St

DER RUF DES ZAUNKÖNIGS

SPIONAGETHRILLER ÜBER EIN DEUTSCHES U-BOOT IM 2. WELTKRIEG

EK-2 MILITÄR

Der Ruf des Zaunkönigs
von Stefan Bursche
März 2024

Verpassen Sie keine Neuerscheinung mehr!

Tragen Sie sich jetzt in den Newsletter ein und versüßen Sie sich die Wartezeit auf den nächsten Band mit mehr Lesestoff von Tom Zola!

Link zum Newsletter:
https://ek2-publishing.aweb.page

Über unsere Homepage:
www.ek2-publishing.com
Klick auf *Newsletter*

Via Google: EK-2 Verlag

Als besonderes Dankeschön erhalten Sie **kostenlos** das E-Book »Die Weltenkrieg Saga« von Tom Zola.

Deutsche Panzertechnik trifft außerirdischen Zorn in diesem fesselnden Action-Spektakel!

Ihre Zufriedenheit ist unser Ziel!

Liebe Leser, liebe Leserinnen,

zunächst möchten wir uns herzlich bei Ihnen dafür bedanken, dass Sie dieses Buch erworben haben. Wir sind ein kleines Familienunternehmen aus Duisburg und freuen uns riesig über jeden einzelnen Verkauf!

Mit unserem Label *EK-2 Militär* möchten wir militärische und militärgeschichtliche Themen sichtbarer machen und Leserinnen und Leser begeistern.

Vor allem aber möchten wir, dass jedes unserer Bücher **Ihnen ein einzigartiges und erfreuliches Leseerlebnis** bietet. Daher liegt uns Ihre Meinung ganz besonders am Herzen!

Wir freuen uns über Ihr Feedback zu unserem Buch. Haben Sie Anmerkungen? Kritik? Bitte lassen Sie es uns wissen. Ihre Rückmeldung ist wertvoll für uns, damit wir in Zukunft noch bessere Bücher für Sie machen können.

Schreiben Sie uns: info@ek2-publishing.com

Nun wünschen wir Ihnen ein angenehmes Leseerlebnis!

Heiko, Jill & Moni
von
EK-2 Publishing

*Einst beschlossen die Vögel,
denjenigen von ihnen zum König zu machen, der am höchsten flöge.
Dies gelang dem Adler, aber als er wieder niedergehen musste,
erhob sich der kleine Zaunkönig, der sich in seinem Gefieder versteckt hatte,
flog noch höher und rief:
„König bin ich!"*

– Äsop

Erstes Kapitel – Das Ende

Er kommt wohl heute nicht mehr zurück, dachte in seiner Zelle eingekerkert deren Insasse, und dachte weiter: *Wenn er heute nicht zurückkehrt, dann kann das nur bedeuten, dass er überhaupt nie wieder zurückkehren wird. Denn ihre ganze Katastrophe hatte er ihnen prophezeit, ihnen ihre Aussichten an die Tafel geschrieben, mit fataler Richtigkeit und seiner unheimlichen Präzision, die ihnen auch heute noch, da sie geschlagen sind, eine solche Angst vor ihm einjagen, dass sie auf seinen Tod nicht verzichten können.*

Über dunklen Gedanken dieser Art und erschöpft von der eigenen Angst und Beklemmung war der Insasse eingeschlafen, als ihn spät in der Nacht ein Klopfen an der Zellenwand aus seinen verfinsterten Träumen aufschreckte. Es war das bekannte Signal und jetzt folgte die Botschaft und der Insasse hörte sie mit dem Ohr an der Wand:

Bei letzter Vernehmung Nase gebrochen. – Meine Zeit ist um. – War kein Landesverräter. – Habe als Deutscher meine Pflicht getan. – Sollten Sie weiterleben, grüßen Sie meine Frau.

Wenig später hatten sie ihn nackt aufgehängt – an einem Haken draußen im Hof – und ihn dann, beim ersten Anzeichen der in Kürze eintretenden Gnade seines Todes, wieder von diesem Haken heruntergenommen: einmal, zweimal, dreimal, immer wieder, bis sie genug hatten und von der Leiche weggingen.

„Bei dem kleinen Admiral hat es sehr lange gedauert", hatte später die SS über die Hinrichtung berichtet.

Zweites Kapitel – New York, New York

Der Mann, den die Sowjets als den gefährlichsten Spion der Welt bezeichneten, hatte eine sehr bewegte Lebensgeschichte. Schon vor Kriegsbeginn, am 2. Januar 1935, bezog der sechssprachige Kika seinen Posten, hofiert und empfohlen von allen entscheidenden Stimmen. Der rechte Mann war gefunden. Nun trat er seinen Dienst an, wobei ihn sein Vorgänger Patzig bereits vor der SS gewarnt haben soll. Seine Antwort ist uns überliefert: „Seien Sie ganz beruhigt, mit diesen Jungens werde ich schon fertig."

***

Im Frühjahr 1943 war New York eine Stadt des Lebens, pulsierend von den Rändern bis in ihr berühmtes, überlaufenes Zentrum. Die halbe Welt war hier zuhause und die Stadt war auf dem Weg, die Hauptstadt des Universums zu werden. Am Tage schienen sich ihre schwarzen, oft schattigen Straßenschluchten in Weiten von unermesslicher Größe zu strecken und die Autos, die Taxis, die Straßenbahnen und die Untergrundbahnen fuhren in endloser Folge bei Tag und bei Nacht und zwischen ihnen bewegten sich Millionen von Menschen, welche von überall herkamen und hier ihr Zuhause gefunden hatten. New York war eine laute Stadt, durchdrungen von einem einzigen ununterbrochenen Geräusch, dem New York-Geräusch, das niemals abriss oder verstummte.

Der April war schon beinah vorüber, der Mai stand vor der Tür und der Frühling hielt Einzug in die große, lärmende Metropole. Das erste Grün, noch mild und dünn, schmückte die Bäume an den Rändern der Straßen, und in den weiten Gärten und Parkanlagen der Stadt liefen die Leute bereits in sommerlicher Kleidung umher. New York, die werdende Hauptstadt des Universums, war eine Stadt im Frieden und auf den Straßen boten Händler Obst, Gemüse, Kleidung, Souvenirartikel, Limonade und Eiscreme an.

Neben der Verdunklung bei Nacht, der sichtbar gewachsenen Anzahl von Rekrutierungsbüros für die Streitkräfte und der öffentlichen Werbung für den Kauf von Kriegsanleihen deutete wenig in New York darauf hin, dass sich die Vereinigten Staaten in einem großen, den Erdball umgreifenden Krieg befanden, der noch gewonnen werden musste, und dass Millionen amerikanischer Familien nicht wussten, welches Opfer von ihnen verlangt werden würde, um dieses Ziel zu erreichen.

Die Gebrüder Walsh, zwei Knaben im Alter von acht und zehn Jahren, alt genug, um zur Schule zu gehen, aber zu freisinnig, um dieser Verpflichtung regelmäßig nachzukommen, schoben ihr Fahrrad – sie hatten nur das eine, mit dessen Gepäckträger meist der jüngere Tom Vorlieb nehmen musste – durch die mit Sandhalm lose bewachsenen Dünen am Point Breeze, dem südöstlichsten Punkt der kleinen Insel-Halbinsel Plumb Island am Gerritsen Creek, zwischen Coney Island und der Jamaica Bay in New York City.

Es war Mittagszeit und die Sonne schien. Der ältere Adam schob das Rad, während Tom nebenher trottete.

„Ich will wieder fahren", sagte Tom.

„Sei still", antwortete sein Bruder und hob das Vorderrad aus dem Sand, in dem es sich immer wieder festfuhr.

„Wann können wir wieder fahren?", fragte Tom.

„Sei endlich still."

Hier draußen hielt sich um diese Zeit kein anderer Mensch auf und auch die beiden Brüder hätten nicht hier sein dürfen, denn es war Schulzeit und sie schwänzten den Unterricht. Die Schule langweilte sie und sie waren auch nicht gut im Rechnen und Lesen und wurden dafür oft von den Lehrern getadelt und von den Mitschülern als Dummköpfe, als Schwachköpfe, als die dummen Brüder Walsh bezeichnet, aus denen nie etwas werden würde und die dazu bestimmt waren, als Bettler auf der Straße zu leben, oder in einer der Fischfabriken in Brooklyn zu landen, wenn sie Glück hatten.

„Darf ich das Fahrrad schieben?", fragte Tom.

„Wenn du nicht still bist, dann bringe ich dich zu Miss Hill", antwortete Adam.

Miss Hill war Toms Klassenlehrerin und Tom hasste sie und hatte Angst vor ihr. Auch wenn Adam diese Drohung, obschon oft ausgesprochen, noch nie wahr gemacht hatte, zeigte sie doch ihre Wirkung auf den kleinen Tom und er stellte sich vor, wie viel schlimmer es wäre, in der Schulstube zu sitzen und sich von Miss Hill anzuhören, dass er sich mehr Mühe geben müsse, sonst werde er auch in der nächsten Englischkontrolle wieder so schlecht abschneiden wie schon in der letzten und überhaupt, wenn er so weitermache, sei er auf dem besten Wege, ein so nutzloser und schlechter Schüler wie sein Bruder Adam zu werden.

Daran denkend besann sich Tom und nahm sich vor, Adam nicht weiter zur Last zu fallen, denn er liebte es, mit seinem Bruder durch die Stadt zu ziehen. Für zwei Knaben in ihrem Alter war New York ein einziges Abenteuer und Abenteuer war alles, was die beiden vom Leben wollten und erwarteten.

Adam blieb stehen und nahm eine Hand vom Fahrradlenker, um seine Augen gegen die Sonne abzuschirmen, während er den Blick auf eine dem Strand vorgelagerte Sandbank richtete. Dann schniefte er und schob das Rad weiter.

An der Küste gegenüber, nur wenige hundert Meter entfernt, in Deep Creek in der Dead Horse Bay, lagen die Yachten und Boote wohlhabender Leute aus Brooklyn und Queens und Adam schaute hinüber.

Gern wäre er auf einem dieser Boote raus in die Bucht gefahren, die ganze Long Island-Küste rauf und darüber hinaus bis Nantucket, wo die Walfänger lebten. Manchmal spürte er in sich die Sehnsucht nach dem großen weiten Meer, den tosenden Wellen und der unerbittlichen See, wo es nichts zählte, ob man reiche oder arme Eltern hatte oder ob man gut oder schlecht in Mathematik oder Englisch war und wo es nur darauf ankam, ob man ein echter Kerl war, und das war er. Das wusste er.

Irgendetwas regte sich dort draußen am Rande der Sandbank, schaukelte in der schwachen Dünung auf und ab, trieb auf die Sandbank und wurde von den zurückgehenden Wellen wieder ein Stück hinausgetragen.

„Tom", sagte Adam und zeigte in Richtung der Sandbank. „Da ist irgendetwas. Da im Wasser. Da treibt irgendetwas."

Tom beschirmte mit der Hand seine Augen wie sein Bruder und blickte in die angegebene Richtung.

„Siehst du?", fragte Adam.

„Ja", sagte Tom.

„Was ist das?"

„Ich weiß nicht. Ein Müllsack vielleicht", sagte Tom.

„Du bist ein Müllsack. Das ist viel zu groß für einen Müllsack."

„Vielleicht ein Netz."

Adam griff den Lenker und schob das Rad weiter. Das Ding nicht aus den Augen lassend, führte er das Fahrrad durch den Sand, immer weiter – bis er es einfach fallen ließ, sich die Schuhe auszog und Tom aufforderte, es ihm gleichzutun. Dann liefen die beiden Jungen durch das flache Wasser und über mehrere Sandbänke hinweg zu dem träge schaukelnden Ding hinüber.

„Mensch, das ist ein Boot, Tom!", rief Adam und hastete durch das Wasser hinüber, ohne Rücksicht darauf zu nehmen, dass seine Kleider und auch die seines Bruders völlig durchnässt wurden.

Adam lief mehrmals um das kleine Boot herum. Es war ein grünes Schlauchboot aus grobem Gummi; die beiden Ruder lagen im Inneren. Adam schaute sich um, aber es war niemand zu sehen, nur weit entfernt eine Gruppe von Männern drüben in Deep Creek, und das kümmerte ihn nicht.

„Ist das zu glauben? Sogar die Ruder sind noch da", sagte Adam und zeigte mit dem Arm in das kleine Bootsinnere.

Tom, der noch nicht recht begriff, was der Fund bedeuten mochte, setzte sich in das Boot, das sogleich ein Stück mit ihm aufs Wasser hinaustrieb.

„Sag Vater nichts davon! Versprich es mir", sagte Adam, während er Tom durchs Wasser nachstieg und das Boot samt Tom mit dem Fuß zurück auf die Sandbank schob. Nachdem er seinen Bruder verscheucht hatte, untersuchte Adam das Boot rasch auf Schäden und legte Tom schließlich den Arm um den Hals.

„Versprich es mir. Das ist jetzt *unser* Boot, hörst du? Niemand darf davon wissen. Das bleibt unser Geheimnis. Verstehst du das?"

Er verstand es nicht; nickte trotzdem.

Auch wenn Adam Walsh ein besserer Leser gewesen wäre, hätte er mit der ausgewaschenen und kaum noch lesbaren Schrift auf dem ledernen Schild an der Innenseite des Schlauchbootes wenig anfangen können, denn sie war in deutscher Sprache verfasst, von der er kein Wort verstand.

„Ich verspreche es, Adam", sagte Tom.

Dann trugen sie unter großer Mühe das Boot mit sich davon, um es an einem besseren Ort zu verstecken.

Als der Abend anbrach und die Sonne unterging, liefen drei Männer durch die Parkanlagen am South Beach auf Staten Island. Keiner von ihnen war über siebenundzwanzig Jahre alt. Erich Lindt, Wilhelm Krebsdorf und Otto Blaschke. Alle drei trugen eine dunkle Hose aus derbem Material und darüber einen Pullover in grauen und dunkelblauen Farben.

„3:30 Uhr", sagte Lindt und blickte auf die Uhr an seinem linken Handgelenk. „Das schaffen wir." Er hatte ein rundes Gesicht mit klugen, beweglichen Augen und unter seinem Pullover wölbte sich ein freundlicher Bauchansatz, der über Lindts Agilität hinwegzutäuschen wusste. In seiner Hand trug er den wasserfesten Beutel mit den Listen.

„Großes Dorf ist das", sagte Blaschke.

Sie waren seit fünf Stunden ununterbrochen durch die Stadt gelaufen.

„Ich hatte es mir größer vorgestellt", antwortete Krebsdorf und schnippte seine Zigarette gegen einen Baum am Wegrand. „Ist ja wie Wattenscheid."

Sie bogen um eine Ecke und vor ihnen erstreckte sich ein endloser Weg, gesäumt von Bäumen und Wiesen. Auf den Wiesen standen Spielgeräte, Klettergerüste, ein Karussell, zwei große, lange Kinderrutschen und dazwischen vereinzelt Pavillons und Bänke. Überall waren Menschen.

„Ich mag den T-2 nicht", sagte Krebsdorf. „Der läuft zu langsam. Jetzt kriegen wir nichts anderes mehr. Früher bei Wohlmann mit den Gastorpedos, das war noch was anderes. Das ging *Zack-Zack-Zack*."

Er schlug dreimal mit der Faust in die offene Hand. „Als würde man mit 'ner Pak schießen."

„Und die Blasenspur?", fragte Lindt.

„Hat uns nie gestört", antwortete Krebsdorf und zuckte mit den Schultern. „Wohlmann ist immer ganz nah ran. Direkt an die Grenze. Auf dreihundert Meter. Sie sollen es ruhig kommen sehen, hat er immer gesagt."

Blaschke warf einen Seitenblick auf Lindt. Wohlmanns Kampfboot war vier Wochen zuvor im irischen Küstenvorfeld versenkt worden. Überlebt hatte das keiner.

„Dann das ewige Rumgemeckere der Leute. Aal raus, Aal rein, Aal raus. Ist doch wie im Puff." Krebsdorf entzündete eine weitere Zigarette.

„Hält die Leute beschäftigt. Das ist doch schön", antwortete ihm Lindt und fuhr fort: „Der T-1 war gut, wenn man nah genug rangekommen ist. Zumindest als die Pistolen noch zuverlässig waren. Der verfluchte Magnetzünder. Ich hab' dann irgendwann nur noch Kontakt geschossen. Hat mehr Aale gekostet, aber wenigstens sind die Dinger hochgegangen. Angeblich kann man auch wieder Magnet schießen, aber ich weiß nicht. Wenn es klappt, ist das natürlich prima."

Er sah zu Krebsdorf hinüber und sprach weiter.

„Wir hatten vor Island mal einen Erzfrachter versenkt, ein Riesenbrocken. Fünfzehntausend Tonnen. Der Aal hat ihn perfekt unterlaufen und auseinander geknickt wie einen trockenen Zweig. Der war in Sekunden weg. Sowas hatte ich noch nie gesehen."

„Das erspart einem dann auch das Gejammer hinterher", sagte Krebsdorf.

„Der Vorteil beim T-2 ", sagte Lindt, ohne auf Krebsdorf einzugehen, „ist, dass man nicht so nah ranmuss. Man braucht aber erstklassige Schussunterlagen."

„Meine stimmen immer", sagte Krebsdorf und blies den Rauch in die Abendluft. „Außerdem ist das gar nicht wahr. Man muss trotzdem nah ran, weil die E-Torpedos zu langsam sind und die lange Laufzeit Gegnerfaktoren wie Fahrt- und Kursänderung stärker ins Gewicht fallen lässt. Da reicht schon ein mäßiger Seegang und mit Pech bringt man den Aal auf zweitausend Meter nicht ins Ziel, auch mit den besten Schussunterlagen nicht. Was nützt es, wenn der Torpedo ungesehen bleibt, aber das Ziel nicht trifft? Es nützt nichts! Der E-Torpedo zwingt dich zum Fächerschuss. Auf Kontakt geschossen", Krebsdorf unterbrach sich selbst, „seit Norwegen haben viele Kommandanten das Vertrauen in den Magnetzünder verloren und seitdem, vielleicht zu Unrecht, nicht wiedergewonnen. Auf Kontakt geschossen und es sitzt dann nur einer, braucht man manchmal noch den zweiten Fächer und am Ende fährt man wieder nach Hause und hat die Brüder nur *angeschossen.*"

„Halt die Klappe, Krebsdorf", sagte Lindt müde.

Noch einmal vergewisserte er sich des Beutels mit den Listen, der an seiner Seite hing. Er strich mehrfach mit der Hand darüber hinweg.

„Ach, Erich", antwortete ihm Krebsdorf gutmütig, „du solltest lieber froh sein, dass du diese Pfeife Petersen losgeworden bist und jetzt mich statt ihm an Bord hast. Schuld an allem sind sowieso nur diese Scheißtorpedos. Wenn wir zuverlässigere Torpedos hätten, wären die Versenkungszahlen der U-Waffe doppelt so hoch. Das sage ich dir so, wie es ist."

Blaschke musterte Krebsdorf von der Seite.

„Und wenn Oma Krebsdorf nicht so triebhaft gewesen wäre, dann wärst du heute immer noch ein feuchtes Glitzern in den Augen deines Großvaters", sagte er.

„Arschloch", bemerkte Krebsdorf gleichgültig. „Meine Großmutter war sehr anständig. Aber da du noch nicht so viel Erfahrung mit Frauenzimmern hast, verzeihe ich dir, Blaschke."

„Blödmann", sagte Blaschke.

„Wir hatten bei Wohlmann mal auf dem Rückmarsch – Brennstoff runter, aber den Bugraum noch voller Torpedos – einen Fächerschuss Gasgetriebene auf einen Achttausend-Tonner, ein Einzelfahrer, ganz schnell, fast zwanzig Knoten. Der ist uns direkt in die Rohre gefahren. Viererfächer. Hat ihn glatt eingerahmt. Der Kahn ist genau zwischen den beiden inneren Aalen durchgezuckelt ohne Kurs- und Fahrtänderung. Der Streuwinkel war viel zu groß eingestellt für die Entfernung, aber meine Schussunterlagen waren das nicht. Das hatte der alte Wohlmann selbst verbockt. Auf dem Achttausend-Tonner wussten die gar nicht, was die für ein Schwein hatten an dem Tag. Die hatten überhaupt nicht *begriffen*, dass sie fällig waren, und sind wie die Blinde Kuh einfach durchgesteuert und immer weiter. Als wir nachgeladen hatten, waren sie außer Reichweite. Der liebe Gott hilft den Einfältigen. Die Blasenspuren hätte sogar ein kurzsichtiger Affe wie du gesehen, Blaschke."

„Woher willst du denn wissen, dass die Torpedos nicht gesehen wurden?", fragte Blaschke.

„Weil er nicht gefunkt hat."

Die drei Männer kamen an eine Bahnunterführung und der darüber hinweg fahrende Zug schnitt mit seinem Lärm das Gespräch ab. Krebsdorf strich sich mit der Hand durch sein schwarzes Haar, dann blickte er nach oben in Richtung der Decke, über die der Zug hinweg polterte.

„Die Tommys haben eine Akte über mich", sagte Lindt, als nach einer Ewigkeit das Rattern über ihren Köpfen verklang. Er zögerte fortzufahren, doch seine beiden Gefährten blieben stumm und die drei Männer gingen rasch weiter durch die lange Unterführung.

„Ja, nicht nur über mich", setzte er nach einem Blick nach hinten wieder an. „Sie haben eine Akte über *jeden* Kommandanten samt Bootsnummer. Da soll allerhand drinnen stehen."

„Was denn zum Beispiel?", fragte Blaschke.

„Verhaltensmuster bei Verfolgung durch U-Jäger. Sie identifizieren uns oft genug."

„Donnerwetter!", sagte Krebsdorf. „Woher weißt du denn das?"
„Von Dönitz selber", antwortete Lindt.
Ein langes Schweigen folgte.
„Du bist ein ‚Wanted Man', Erich", sagte Blaschke nach einer Minute. „Aber in New York werden sie nicht nach dir suchen."
„Würde ja gerne mal wissen", sagte Lindt, „was unsere Abwehr tut, um unsere Kommandanten an Land zu schützen. Wenn ihr mich fragt, ist das der leichteste Weg, um die U-Waffe zu zerschlagen. An manchen Abenden ließen sich ganze Flottillen auf einen Schlag verkrüppeln."
Er warf beiden einen Blick zu und lächelte.
„In Frankreich meine ich. Kein Mensch weiß, dass wir hier sind. Niemand außer dem BdU und unserer Besatzung."
„Und dem Agenten", ergänzte Krebsdorf. „Weißt du, wer das war?"
„Natürlich nicht."
Sie verließen die Unterführung und gelangten auf die Edison Street.
„Der Befehl hat mich ...", sagte Krebsdorf.
„Das musste halt schnell gehen", unterbrach ihn Lindt ungeduldig. „Hohe Priorität. Keine Agenten. Keine Transportkapazität. Keine Verschlüsselungsmöglichkeit. Will nur wissen, was der BdU machen würde, wenn wir die Woche zuvor angegriffen hätten. Immer alles mit der heißen Nadel stricken. Das kann er sehr gut."
Die Sonne war im Westen hinter Staten Island versunken und mit ihr war ein großer Teil des Lichtes gewichen und durch nichts von dem ersetzt worden, das im Frieden die Stadt des Nachts hätte erstrahlen lassen.
Trotz ihres unangreifbaren Charakters war New York eine Stadt im Krieg und es herrschte eine Verdunklungsanordnung der Stadtverwaltung seit Januar 1942. Es war verboten, des Nachts nach außen hin sichtbares Licht oberhalb des Straßenniveaus zu entzünden und so schluckte die Dunkelheit am Abend New Yorks dritte Dimension einfach weg.
Sie beraubte die Stadt ihrer weltberühmten Skyline, hinterließ schwarze Stellen, wo in den Tagesstunden gigantische Bauwerke in den Himmel ragten und ihre Fassaden mit tausend glänzenden Fensteraugen das Bild der Stadt prägten. Die Insel Manhattan war von dem Punkt, an dem sich die drei Männer befanden, nur noch zu erahnen, ein schlafendes Monster in der Dunkelheit. Sie lag unsichtbar im Schutz der Nacht.

Lindt holte aus dem Beutel eine Stadtkarte hervor und die drei drängten sich unter das abgeschirmte Licht einer kleinen chinesischen Küche am Rande der Straße. Der Besitzer bediente eine Hand voll Gäste, die ihre Mahlzeit an Stehtischen zu sich nahmen. Stumm suchend bewegte Lindt einen Zeigefinger über die Karte, fuhr mit ihm mehrmals vor und zurück, einem gezackten Straßenverlauf folgend, ließ ihn dann an einem Punkt verharren und tippte zweimal darauf.

„Wir sind hier", sagte er.

Dann hob er den Finger einen Zentimeter über die Karte und wanderte mit ihm auf einer geraden Linie in Richtung Küste, bevor er ihn langsam an einem zweiten Punkt wieder sinken ließ.

„Und dort liegt das Ziel unserer Reise. Oder der Startpunkt. Je nachdem, wie ihr das betrachten wollt."

Great Kills Harbor stand inmitten eines von Land fast vollständig umschlossenen blauen Ovals geschrieben, als Lindt den Finger wieder von der Karte nahm.

„Wie spät?", fragte Krebsdorf, einen entschuldigenden Blick aufsetzend: Er hatte seine Uhr vierundzwanzig Stunden zuvor in der Zentrale des U-Bootes vergessen. Dort war sie in eine der großen, eingerollten Seekarten gerutscht und später einfach übersehen worden. Lindt und Blaschke hatten ihre Uhren auf Ortszeit umgestellt, als sie von Bord gegangen waren.

„Halb neun durch", sagte Blaschke.

„Wir sollten etwas essen", sagte Lindt.

„Ja, aber nicht hier", antwortete Krebsdorf. „Ich kann diesen Fraß nicht ausstehen. Ich will etwas *Richtiges* essen."

Der Chinese in der kleinen Küche bewegte flink und geschickt seine Pfannen und ließ die Bratnudeln in ihnen auf und ab rutschen und knistern. Lindt lief zu ihm und kaufte eine Flasche Limonade, die er von den Dollars bezahlte, welche er von dem New Yorker Kontakt erhalten hatte. Danach gingen sie.

New York schlafe nie, sagt man, doch gab es in der Stadt Bereiche, die vielleicht weniger wach waren als andere, und einen solchen Stadtbezirk erreichten die drei Männer, als sie den Hylan Boulevard kreuzten und die Miller Road nach Süden nehmend in Oakwood ankamen.

Es handelte sich um eine Wohngegend mit verschlafenen Häuschen, Bars, einer kleinen Bowlinghalle, einem Friseur, drei Autowaschsalons und zwei Tankstellen, Läden für Angelzubehör, einigen Bäckereien, einer Apotheke und einer Wasseraufbereitungsanlage am Rande des Viertels nah der Küste.

Die Stadtluft war dem Geruch knospender Sträucher und dem Duft von Kiefern in den Gärten der Wohnhäuser gewichen. Vom Atlantik wehte das salzige Aroma des Meeres in die Straßen. Auf seinem Fahrrad überholte ein zwölfjähriger Junge die drei Männer, ohne sie zu beachten. Eine gelbe Straßenlaterne beleuchtete ihn eine Weile lang, eine Hand am Lenker, in der anderen etwas mit sich tragend, das wie ein Korb mit Lebensmitteln aussah. Geparkte Autos am Straßenrand zeugten von einigem Wohlstand. In den niedrig gebauten Häusern brannten die Lichter und von den Terrassen drangen Worte und Gelächter in den Abend. *Oakwood Elementary School* stand in weißen Lettern auf einem Schild an einem der Häuser geschrieben und vor dem Gebäude befand sich ein verwaister Spielplatz mit einer großen Eiche in seiner Mitte.

Der Blick in eine Nebenstraße zeigte ein Postbüro, vor dem auf einem Trailer ein Boot am Rande der Straße geparkt war. Blaschke teilte sich mit Krebsdorf den Rest der Limonadenflasche. Sie sprachen wenig miteinander. Es war besser, wenn ihre Stimmen hier draußen in dem dünner besiedelten Gebiet und so nah am Schlüsselpunkt ihrer Flucht aus der feindlichen Stadt von möglichst wenigen Menschen gehört wurden. Aber da war der Hunger und er trieb die drei Männer bald noch einmal unter die Leute.

Im mexikanischen Restaurant *La Esperanza*, einem schwankenden Tollhaus, das mit Lampions an Girlanden, die ständig von einem der Gäste in Bewegung versetzt wurden, ausgeschmückt und von Menschen überlaufen war, feierte in dieser Nacht eine offene Hochzeitsgesellschaft.

Das mexikanische Brautpaar tanzte zwischen den Tischen und zwei Dutzend weiterer Tanzpaare taten es ihm gleich und drehten sich zur Musik einer Mariachi-Band durch den Ballsaal im Erdgeschoss.

An der Bar kostete jedes Getränk nur 20 Cent und vom rosaroten Licht beschienen liefen unzählige Kinder im Restaurant durcheinander, rannten vom Ballsaal die Treppe nach oben zur Empore, zwischen den Tischen hindurch und auf der anderen Seite die Treppe wieder nach unten, rutschten auf dem dort verstreuten Konfetti aus, rappelten sich lachend wieder auf und rannten quer durch den Ballsaal und die Treppe wieder hinauf. Blumen wurden durch die Luft geworfen, prallten von Ballons ab und landeten auf den Tischen zwischen den Tellern, auf denen Servietten lagen, die sich langsam mit Bratensauce vollsogen. Quer durch den Raum waren Papel Picado-Scherenschnittbilder von grüner, gelber, blauer und roter Farbe aufgehängt, in denen sich Luftschlangen verfangen hatten, nach denen die Kinder sprangen. Die Bediensteten des Hauses in ihren schwarzweißen Kleidern hatten es an diesem Abend nicht leicht, die Speisen aus der Küche unbeschadet an die Tische zu bringen.

„Es ist doch schön hier?", fragte Lindt.

„Ja, schön bunt und schön laut."

„Mir gefällt es auch", sagte Krebsdorf. „Nur das Bier ist scheiße. In Hamburg gibt es Kühe, die geschmackvoller pissen können als die Amerikaner Bier brauen. Allein um den Amis anständiges Bier zu bringen, ist es unsere heilige Pflicht, diesen Krieg zu gewinnen."

Die drei Männer saßen an einem der Tische in der oberen Etage und blickten nach unten in den Saal. Auf dem weißen Stofftischtuch standen ihre leeren Teller, eine brennende Wachskerze und drei gefüllte Gläser mit Bier.

„Prost!"

„Auf einen unvergesslichen Abend in New York", sagte Blaschke und hob sein Glas an.

„Sich beim Feind einnisten, heißt das wohl. Prost!", antwortete Krebsdorf. „Das Bier ist wirklich entsetzlich."

Blaschke sah auf seine Uhr.

„Besser noch ein wenig länger hierbleiben, als nachher ewig in der Bucht herumzuschippern. Mittlerweile ist die Küstenwache nämlich auf Zack", sagte er mit einem Blick auf Lindt, der nicht antwortete.

Blaschke trank sein Glas in einem Zug zur Hälfte aus. Lindt drehte auf dem Tisch mit dem Finger eine kleine Untertasse im Kreis herum. Er hatte seine Entscheidung bereits im Sinne Blaschkes getroffen, ohne sie auszusprechen.

Vom anderen Ende der Empore kommend, bahnte sich ein Kellner den Weg zu ihnen und deutete an, die leeren Teller abtragen zu wollen. Lindt nickte und murmelte „Gracias". An ihrem Tisch vorbei liefen immer wieder die Kinder. Drei Mädchen in weißen und gelben Kleidern und vier Jungen im blau und weiß gestreiften Matrosenanzug, alle

Mexikaner, auf ihrem Weg zur Treppe in den unteren Ballsaal. Eine Minute später kehrten sie schon zurück.

„In Great Kills liegt ein Fischerboot für uns", sagte Lindt, als sich der Kellner entfernt hatte. „Die *Beegle*. Soll leicht zu erkennen sein. Sie liegt auf der Südostseite des Hafens."

Jeder der drei imaginierte für sich das blaue Kartenoval der Bucht.

„Was heißt denn *Beegle*?", fragte Krebsdorf.

„Weiß ich nicht", antwortete Lindt.

Enttäuscht nahm Krebsdorf einen Schluck von seinem Bier.

Jahre zuvor, im *Roten Schloss* in Flensburg-Mürwik, vor dem Krieg, als die drei Männer noch Offiziersanwärter der Marineschule gewesen waren, hatte Lindt zu jenen mit den besten Englischkenntnissen gehört.

„Der Hafen ist nicht groß bewacht", fuhr Lindt fort. „Es ist ein ziviler Hafen für Segelboote, Yachten und Fischereikähne. Wir gehen dort einfach rein; drei gesunde, junge Amerikaner auf dem Weg zu ihrem Boot, suchen die *Beegle*, gehen an Bord, setzen artig unsere Positionslichter für die Hafenausfahrt und verschwinden."

Blaschke und Krebsdorf sahen einander an, dann wieder auf Lindt, in Erwartung weiterer Anmerkungen. Lindt lehnte sich in seinem Stuhl zurück und blickte auf sein Bierglas. Zwei Minuten verstrichen in Schweigen.

„So einfach ist das also", sagte Krebsdorf schließlich.

„Ja, so einfach ist das", antwortete Lindt und blickte ihm ins Gesicht. Die Kinder kamen erneut und Blaschke schaute ihnen einen Moment lang nach.

„Kennt ihr die Geschichte vom druckfesten Justav?", fragte Krebsdorf unvermittelt.

„Von *wem*?"

Krebsdorf nahm einen Schluck Bier und rückte seinen Stuhl zurecht.

„Gustav Krieg aus der 7. Flottille, der druckfeste Justav eben. Ihr kennt die Geschichte nicht? Na, dann passt mal auf. Das ist eine wahre Geschichte. Der 1WO seines Bootes hat sie mir in Saint Nazaire selbst erzählt. Hört gut zu."

„Was kommt jetzt?", seufzte Lindt.

„Lass mich erzählen. Das wird dir gefallen. Also, der Gustav ist Obersteuermann auf U 269, schon eine ganze Weile, ein alter Hase noch aus den ersten Tagen der christlichen Seefahrt. Sein Kommandant heißt …"

Krebsdorf stockte, da ihm der Name entfallen war.

„Das ist eine prima Geschichte, Krebsdorf. Kennst du noch eine?", maulte Blaschke.

Krebsdorf hob beschwichtigend die Hand.

„Wartet, wartet. Es wird mir gleich einfallen. Der Kommandant ist …"

„Uhl", sagte Lindt.

„Ja!", rief Krebsdorf und sah Lindt erstaunt an. „Also kennst du die Geschichte ja doch schon?"

„Nein. Aber ich kenne den Kommandanten von U 269. Er ist ein ehemaliger Verwaltungsoffizier", antwortete Lindt.

„Na schön, also Gustav ist Obersteuermann bei Uhl auf U 269 und sie stehen irgendwo im Nordatlantik bei stockdüsterer Nacht und ziemlich starkem Seegang. Gustav ist mit seiner Wache auf der Brücke und sie starren sich die Augen aus nach dem bösen Feind und der Seegang wird schließlich so heftig, dass sich alle auf der Brücke einhaken müssen, um nicht einfach weggespült zu werden."

„Oh Gott, ich weiß, was jetzt kommt!", rief Blaschke.

„Lässt du mich jetzt die Geschichte erzählen oder willst du vielleicht?"

„Mach weiter, Krebsdorf."

„Das Wetter wird immer schlimmer, richtig nordatlantisch, und dann entdeckt einer von ihnen den Schatten querab: Zerstörer, wahrscheinlich. Sie geben Alarm, haken sich aus und verschwinden in den Turm. Alle … " Krebsdorf machte eine Pause, sah die anderen Männer nacheinander an und fuhr fort: „… alle bis auf … richtig, alle bis auf Gustav, denn er kriegt sich einfach nicht ausgehakt, weil *sein* Karabiner klemmt, und jetzt hängt er mit dem Stahlseil an den Turm gekettet, während das Turmluk schon geschlossen ist und die Straße langsam abschüssig wird, wenn ihr wisst, was ich meine."

Er lachte kurz, entzündete eine Zigarette, blies den ersten Zug aus und redete weiter: „Der Bug und das Vorderdeck verschwinden im Wasser und jetzt kriegt es Gustav verdammt nochmal mit der Angst zu tun. Der Karabiner sitzt fest wie geschweißt. Die von der hohen Fahrt am Brückenschanzkleid hochgehende Fontäne fällt über Gustav zusammen und durch den Wintergarten läuft schon Wasser in die Brücke und wenn er nicht längst nasse Füße gehabt hätte, dann wäre es jetzt so weit. Er reißt wie wahnsinnig an dem Haken, aber da ist nichts zu machen. Er kriegt sich nicht befreit und geht jetzt im steilen Winkel mit dem Boot auf Tiefe. Eine elementare Erfahrung – mitten in der Nacht."

Lindt und Blaschke verzogen das Gesicht, als sie sich die Situation vorstellten.

„Was für ein Albtraum", sagte Lindt.

„Und im Boot ist sein Fehlen nicht bemerkt worden?", fragte Blaschke.

Wilhelm Krebsdorf trank von seinem Bier und erzählte weiter: „Dazu komme ich gleich. Ihr wisst, wie lange es dauert, ein alarmtauchendes Boot abzufangen. Schon halb bewusstlos versucht Gustav durch Klopfen gegen das Turmluk noch auf sich aufmerksam zu machen. Die Berichte sind sich uneins, ob das Klopfen im Boot gehört werden konnte oder nicht: Einige schwören, sie hätten das Klopfen gehört. Und als Uhl realisiert, dass sein Obersteuermann nicht im Boot ist und obwohl sie mit bloßen Ohren bereits die Schrauben des Zerstörers hören können, lässt er sofort anblasen, um das Boot abzufangen und wieder aufzutauchen. Sie erreichen den Umkehrpunkt erst in fünfundvierzig Meter Tiefe. Gustav bewusstlos in der Brückenwanne – kein Mensch kann das überleben. Die Sekunden strecken sich endlos und dann durchbrechen sie mit AK-Fahrt wieder die Oberfläche, reißen das Luk auf und finden Gustav, der immer noch angehakt in der Brücke liegt. Gemeinsam bekommen sie ihn befreit und verbringen ihn nach unten. Dann gehen sie sofort wieder vor dem Zerstörer in den Keller. Gustav kommt zwar später noch ins Lazarett, aber er soll den Tauchgang ohne bleibenden Schaden überstanden haben! Kaum zu glauben, was? Ein Mirakel, wie es nur die Marine bietet. Gustav müsse in direkter Linie von einem Fisch abstammen, sagt sein 1WO. Und seitdem wird er in der Flottille nur noch der *druckfeste Justav* genannt."

„Glück gehabt", sagte Lindt. „Da hätte leicht das ganze Boot draufgehen können."

Krebsdorf schaute Blaschke an, dann an Lindt gerichtet: „Wärst du etwa nicht wieder aufgetaucht?"

„Nein, ich wäre nicht wieder aufgetaucht."

„Wenn du genau gewusst hättest, ein Mitglied deiner Besatzung ersäuft gerade, wärst du nicht wieder aufgetaucht?"

„Mit dem Zerstörer nebenan? Auf keinen Fall."

„Nicht einmal für mich?", fragte Krebsdorf.

Die Kinder kamen wieder und stürzten am Tisch der drei Männer vorbei. Ein Junge im Matrosenanzug blieb bei ihnen stehen, direkt neben dem Tisch, und schaute sie neugierig an. Die drei Männer schauten zurück, niemand sagte ein Wort. Dann lachte der Junge und rannte weiter.
„Wir verschwinden jetzt", sagte Lindt.

Im Jahr zuvor, im Januar 1942, begann der deutsche U-Bootangriff auf die Ostküste der Vereinigten Staaten und Kanadas, kurz darauf auch auf die Ölversorgungsrouten im Golf von Mexiko und in der Karibik.

Der Angriff traf eine unvorbereitete und arglose Zivilschifffahrt in den der Küste vorgelagerten Gewässern und in den Buchten der Großstädte. Einige U-Boote probierten das Eindringen in die Flussmündungen an der Atlantikküste, wo sie die Schifffahrtswege mit Minen zu belegen und Angst und Terror ins Landesinnere zu tragen suchten. Der Befehlshaber der Unterseeboote, Admiral Karl Dönitz, bereitete nach der am 11. Dezember 1941 erfolgten Kriegserklärung Deutschlands an die Vereinigten Staaten in aller Heimlichkeit einen überraschenden Schlag gegen die Feinde in Übersee vor, der ihnen im Laufe von sechs Monaten einen Gesamtverlust von über zwei Millionen Bruttoregistertonnen Handelsschiffsraum zufügen sollte. Fünftausend Menschen blieben mit ihren Schiffen auf See, so sagt man, weil es so friedlich klingt.

Als er von der Kriegserklärung erfuhr, brach der Kommandant von U 123, Kapitänleutnant Reinhard Hardegen, seinen Urlaub im verbündeten Italien ab und meldete sich zurück bei seinem Flottillenchef Viktor Schütze, der ihm zur Begrüßung mitteilte, auf ein Telegramm verzichtet zu haben, da er, so sagte er, gewusst habe, dass Hardegen von allein kommen werde.

Sechs Langstrecken-U-Boote des Typs IX der 2. U-Flottille sollten die erste Angriffswelle bilden. Hardegens U 123 war eines von ihnen. Die anderen fünf Boote waren U 66 unter Richard Zapp, U 109 unter Heinrich Bleichrodt, U 125 unter Heinrich Folkers, U 130 unter Ernst Kals und U 502 unter Jürgen von Rosenstiel. Zwischen dem 18. und dem 23. Dezember verließen sie in aller Stille den französischen Atlantikstützpunkt Lorient in Richtung Westen, mit dem Befehl jeden Feindkontakt zu vermeiden. Bald darauf zwang ein Ölleck U 502 zur Rückkehr und die ohnehin kleine Streitmacht schrumpfte auf fünf Kampfboote zusammen, die unbeirrt ihre Fahrt nach Nordamerika fortsetzten. Das Unternehmen *Paukenschlag* hatte begonnen.

Weihnachten kam und verging auf See und in der Nacht vom 13. auf den 14. Januar 1942 hatten alle fünf Boote ihre Bestimmungsorte erreicht: U 66 lag östlich von Kap Hatteras, U 125 vor New Jersey, U 130 und U 109 vor der kanadischen Küste und U 123 mit Hardegen vor Long Island in der Bucht von New York.

Als *unmöglich* wurde die Gefahr eines deutschen U-Bootangriffes eingeschätzt. Außerhalb der Seereichweite der gefürchteten und gehassten, der hinterhältigen und verschlagenen sogenannten *Grey Wolves* liege New York, sagten die amerikanischen Experten und die Entscheidungsträger teilten ihre Auffassung. Nichts war verdunkelt, im Westen zeichnete sich der Schein der Großstadt am Nachthimmel ab, an der Küste Long Islands waren die Leuchtfeuer gesetzt und entlang der Strandpromenade kroch der endlose Strom der zahllosen Kraftfahrzeuge; Lichter aufgeschnürt wie Perlenketten in gelb und rot.

Den New Yorker Hafen verlassend, steuerte der schwer beladene norwegische Motortanker *Norness* ostwärts Kurs Nantucket und offener Atlantik.

Der Torpedo, der den Tanker traf, wurde von dessen Besatzung als Minentreffer interpretiert. Die Masten knickten ein und stürzten in die See. In den Notruf hinein, den die Norweger eilig absetzten, traf der zweite Torpedo achtern die Maschinenanlage und besiegelte das Schicksal der *Norness*. Sie sank nun rasch über das Heck und blieb, den Bug noch über der Wasseroberfläche, im flachen Grund liegen. Die *Norness* sei wahrscheinlich auf eine eigene Mine gelaufen, spekulierte man im amerikanischen Rundfunk und gab eine Wrackwarnung für den Schiffsverkehr vor Long Island aus. Zwei norwegische Mitglieder der Besatzung verloren ihr Leben.

Die Nacht darauf lief U 123 südlich Long Island weiter nach Westen, Long Beach und die Rockaways passierend, den New Yorker Stadtbezirk Queens Steuerbord querab, in die Lower Bay ein.

Die Leuchttürme brannten, auf Coney Island drehte sich das Riesenrad in bunten Farben und die Bucht war voller Schiffe mit gesetzten Positionslaternen, rot für Backbord, grün für Steuerbord: Passagierdampfer aus aller Welt, große und kleine Tanker, Segelboote, Yachten und Jollen, Schleppkähne, Motorkähne, Walfänger und deren Mutterschiffe, Fischerboote, Fischerkutter, Fischfabrikschiffe, Ausflugsdampfer, Trawler, Tender, Schuten, Schoner und Barkassen, zwei Ozean-Liner, die Oberdecks hell erleuchtet, Postschiffe, Paketfrachter, Kohle-

und Chemikalienfrachter, Erzfrachter, Stückgutfrachter, Partydampfer und ein Leichenfährschiff.

Manhattan erstrahlte in der mondlosen Nacht und über das Wasser, in dem sich all die Lichter tausendfach widerspiegelten, drang der Lärm der Straßenbahnen und Autohupen. Zwischen Newark und Long Island brannte jede Lampe, als das große U-Boot über Wasser und mit kleiner Fahrt durch die Bucht lief.

Auf der Brücke standen Hardegen und seine Leute auf der Suche nach Zielen und die gemessene Wassertiefe mit den eigenen Seekarten vergleichend. Für sie war nicht das geringste Anzeichen von Alarmbereitschaft erkennbar, von U-Bootabwehr keine Spur; die wenigen Zerstörer und Korvetten, die sich zeigten, lagen dunkel und verschlafen festgemacht an der Pier. Nach dem Erkunden setzte sich das Boot wieder seewärts ab und versenkte dort den britischen Öltanker *Coimbra*.

Der gut dreißig Meter hohe Feuerpilz konnte von etlichen Strandhäusern auf Long Island aus beobachtet werden. Erst jetzt wusste man auf amerikanischer Seite Bescheid. Rear Admiral Kalbreus, Befehlshaber der US-Marinebasis in Newport, erklärte der Presse: „Für die Versenkungen der *Norness* und der *Coimbra* kann nur ein feindliches U-Boot in Frage kommen", und eröffnete damit die Jagd.

All das lag über ein Jahr zurück, als die drei Männer dem La Esperanza den Rücken kehrten, um sich auf den Weg zum Great Kills Harbor zu begeben. Es zog ein Nebel durch Oakwood, der das Licht der Straßenlaternen milchig eintrübte und den drei Männern gut gefiel, da er ihnen später auf See eine gute Tarnung verschaffen würde.

Vor ihnen lag die Straße und sie liefen auf ihr in südwestlicher Richtung los. Die Gärten ringsum standen still und leer. In der Ferne tönte das Signalhorn des Staten Island Railway, einer Bahn, die seit 1860 den Norden der Insel mit dem Süden verband.

Einige Menschen liefen noch auf der Straße oder kreuzten sie und verschwanden in Nebenstraßen, die rechtwinklig abzweigten. Am Rand der Tarrytown Avenue standen zwei New Yorker Taxis mit eingeschalteten Scheinwerfern und warteten auf Fahrgäste. Die beiden Fahrer waren ausgestiegen und unterhielten sich rauchend. Die Geschäfte waren längst geschlossen, die Angestellten nach Hause gefahren. Um einige der Bars sammelten sich nun die Menschen wie Schwärme von Motten, die der Quelle des Lichtes zuflogen. Das Bier war billig in diesen

Gaststätten und die Amerikaner, besonders die New Yorker, tranken gerne in Gesellschaft und machten sich daraus eine Angewohnheit, die in allen Gesellschaftsschichten vorzufinden war. Zwischen den einzelnen Bars waren die Strecken kurz und der Durst groß und viele Trinker traten erst nach dem Besuch von drei, vier, fünf oder mehr Gaststätten den Heimweg an.

„Ich würde mir jetzt auch einen ansaufen", sagte Krebsdorf und fügte schnell hinzu: „Aber wir sind hier ja wohl auf Dienstreise. Besoffen ist der Häuserkampf leichter zu ertragen, sagt mein Schwager. Der steht im Osten. Die Russen sind auch alle besoffen, sagt er. Ein Haufen Betrunkener, die aufeinander schießen: So sieht der Überlebenskampf unseres Volkes gegen Stalin aus, sagt zumindest mein Schwager."

„Und *der* lebt noch?", fragte Blaschke.

„Er hat meine Schwester geheiratet. Ein furchtloser Mann. Ob er noch am Leben ist, weiß ich nicht. Weiß denn *irgendjemand*, was momentan an der Ostfront geschieht?"

„Die Ostfront geht uns nichts an. Es ist jetzt nicht mehr weit", sagte Lindt.

Die drei Männer durchliefen einige Hinterhöfe, in denen sich Geröll neben überfüllten Mülltonnen zu Schrottbergen angehäuft hatte, die einen kläglichen und finsteren Eindruck abgaben. Halb eingestürzte Wände aus roten Backsteinziegeln türmten sich kniehoch und waren bedeckt von Unrat aller Art. Zerbrochene Rohre, nur noch in Scherben, alte Lampenschirme, von Schimmel überzogen, Konservendosen, aus denen eine braune Flüssigkeit sickerte, lagen auf zerfetzten und aufgeplatzten Sofagarnituren, daneben Fahrräder und Fahrradteile: Felgen, deren Speichen in alle Richtungen abstanden, sternförmig und unwirklich. An ihrem Kabel hing eine Fahrradlampe von der Feuerleiter in luftiger Höhe. Einige Anwohner schauten hinab auf die drei Männer, die sich ihren Weg durch all den Schmutz bahnten. Hundegebell drang aus einer Wohnung im Erdgeschoss. Vereinzelte Rufe. Es roch nach Bier und Küchendunst. In der Dunkelheit stieß Blaschke gegen einen Kinderwagen aus schwarzem Samt.

„Scheiße", fluchte er halblaut und schob ihn beiseite. Hinter der Ecke versperrte ein Zaun den Ausgang auf die Straße.

„Hier lang", sagte Lindt und die drei Männer machten kehrt, durchkreuzten den Hof ein weiteres Mal und gelangten in einen Tunnel, der zur Hälfte durch übereinander gestapelte Paletten blockiert war.

Nacheinander passierten sie den Durchgang und traten ins Freie. Lindt suchte an der Fassade nach einem Straßenschild und gab, als er fündig geworden war, die neue Richtung an.

Ein Autobus fuhr an den drei Männern vorbei und bog an der nächsten Kreuzung ab. Seine Innenbeleuchtung zeigte Arbeiter, die nach der Schicht in der Wasseraufbereitungsanlage nach Hause fuhren. Einige schauten aus dem Fenster. Das Rücklicht des Busses verschwand im Nebel, als er die Grayson Street nordwärts nehmend beschleunigte. Schon bald war er außer Hörweite.

Die drei Männer liefen in die entgegengesetzte Richtung, vorbei an geschlossenen Geschäften und abgestellten Fahrzeugen, die in langen Reihen unter den Laternen am Rand der Straße parkten. In der Ferne formten sich im Dunst gegen den helleren Nachthimmel die Konturen hoher Laubbäume, zunächst als breite Fläche, sich bald auflösend und schließlich einzeln unterscheidbar. Der Great Kills Park.

Ein grünes Schild mit dem Namenszug stand am Ende der Grayson Street. Daneben war ein weiteres Schild in den Boden gerammt. *Under construction*. Zu Füßen der Schilder lagen Bierdosen. Es wirkte wie die Einladung zu einem Gelage, das längst stattgefunden hatte. Die Dunkelheit empfing die drei Männer, als sie den Parkweg betraten, und nach kurzer Strecke schon wurden die vom Straßenlicht erzeugten Schatten der Eichen und Ahornbäume unregelmäßig, bevor sie schwanden und schließlich mit der Finsternis verschmolzen. Ihre eigenen Schatten sahen die drei Männer auf dieselbe Weise zerfallen. Zum ersten Mal an jenem Tage hörten sie das Geräusch der eigenen Schritte. Es schien ihnen unendlich laut zu sein. Die drei Männer sahen eine leere Bank, die am Wegrand aus dem Nebel auftauchte. Dahinter ragten dicht beieinander Bäume in die Höhe und wuchsen sich rasch aus zu einem Wald.

Blaschke starrte in die Düsternis auf der gegenüberliegenden Seite des Weges. Dort irgendwo war der Strand, dahinter der Ozean. Zu Füßen der Bäume wuchsen Farnpflanzen und verbargen einige Gesteinsbrocken, die von Moos bedeckt waren. Die Luft veränderte sich. Sie wurde spürbar feuchter. Im Gras jenseits des Weges musste es größere Pfützen und morastige Stellen geben. Pilzgeruch kroch den drei Männern in die Nase und verzog sich wieder wie ein lebendiges Wesen, dem man auf die Schliche gekommen war, und aus den Tiefen des Parks drangen die Schreie der Vögel.

Die Dunkelheit zwang die drei Männer zu einem langsamen Schritt. Manchmal kam der Pilzgeruch zurück, dann blieb er fort. Es erinnerte sie an die Nachtmärsche während der Marinegrundausbildung. Auch damals waren sie bei Dunkelheit durch die Wälder hinter den Dünen gelaufen, stundenlang, mit schwerem Gepäck beladen und oftmals viele Kilometer weit bis zum ersten Licht des Tages. Das war das Signal zur Umkehr, und nach einer zu kurzen Rast ging es die ganze Strecke zurück, bis der Zug völlig entkräftet gegen Mittag wieder das Kasernengelände erreichte und noch eine Stunde lang im Hof und bei voller Sonne die Ausrüstung instand zu setzen hatte. Einige Männer waren nicht mehr ansprechbar, als sie endlich schlafen gehen durften. Die Marineschleifsteine waren dafür bekannt, sich im Umgang mit den Rekruten selten von der mütterlichen Seite zu zeigen. Die weiten Märsche gehörten über Wochen zum Alltag für die jungen Männer. Bloß waren es Nachtmärsche zu Friedenszeiten und in der Heimat gewesen und das hier war anders.

„Stimmt das", fragte Krebsdorf, „dass die uns hängen können, wenn sie uns damit erwischen?"

Er deutete auf den Beutel, der noch immer an seinem Platz an der Seite Erich Lindts hing.

„Ja", antwortete Lindt.

Krebsdorf fischte eine Zigarette aus der Schachtel in seiner Brusttasche.

„Wären wir keine Kriegsgefangenen? Kriegsgefangene haben doch Rechte", sagte er.

„Wir sind im Moment keine Soldaten, sondern Spione, Krebsdorf. Und Spione werden in aller Regel gehängt oder erschossen. Unsere machen es nicht anders."

„Also dieses Mal besser nicht erwischen lassen."

Lindt antwortete nicht. Der Nebel schien sich wieder aufzulösen oder ihre Augen gewöhnten sich an die im Park herrschende Dunkelheit. Durch die Baumkronen leuchteten fahl einige Sterne.

„Ich habe mit Gott eine Vereinbarung getroffen", sagte Krebsdorf. „Ich tue alles, was er von mir verlangt, und dafür überlebe ich den Krieg."

„*Du* wirst den Krieg überleben. Wer möchte schon sein Gewissen damit belasten, deine zarte Seele ausgelöscht zu haben", sagte Lindt.

„Wir ... "

„Seid mal still mit eurem Heldengequatsche", unterbrach sie Blaschke. „Ich glaube, da vorne ist jemand."

In einiger Ferne bewegte sich zwischen den Bäumen eine kleinwüchsige Gestalt. Leicht gebückt lief sie im dunklen Nebel abseits des Weges durch die Wiese, dabei war sie sehr langsam und änderte oft die Richtung ihres Laufweges. Beim Näherkommen sahen die drei Männer, dass es sich um eine alte Frau handelte. Ein grauer Umhang kleidete sie bis über die Knie und auch der Umhang schien wie die Frau selbst schon sehr alt zu sein. Ihr Gehen war vielmehr ein mühsames Hinken, bei dem sie mit einem Ruck das rechte Bein vorschnellte, um dann langsam und schwerfällig das andere nachzuziehen. Ihr Umhang war schmutzig und nass. Als die Männer näherkamen, blickte die alte Frau kurz auf und sah zu ihnen. Ihr Blick war ohne Ausdruck. Daraufhin lief sie, nach einer vorsichtigen Wende, ohne sich erkennbar durch die drei Männer gestört zu fühlen, in eine große Pfütze inmitten der Wiese hinein.

Die drei Männer standen am Weg und beobachteten ihr Treiben.

„Sie muss verrückt geworden sein", sagte Blaschke.

Die Alte drehte sich über ihre Schulter und warf den drei Männern einen Blick zu, der nicht gleichgültiger hätte sein können. Sie hob einen Arm aus ihrem Mantel und winkte mit der Hand ab, so als wären die drei Männer nur ihre Einbildung gewesen und keiner weiteren Beachtung würdig. Als würde sie einen dummen Vorschlag abtun oder einen Witz, der auf ihre Kosten ging, aber ihr nicht weiter wehtat. Sie tat sie ab wie eine Erinnerung an eine Begebenheit, bei der man sich lächerlich gemacht hatte, die aber schon lange zurücklag und nun weder Scham noch Ängste hervorzurufen vermochte und längst überwunden war. Die alte Frau drehte sich, ohne ein Wort zu sagen, dem Ausgang des Parks zu und setzte dann, den rechten vorschnellend, den linken nachziehend, einen Fuß vor den anderen, bis sie aus der Pfütze heraustrat, ihren Kopf noch einmal nach den drei Männern wandte und schließlich gebückt und langsam weiterzog.

Krebsdorf schaute ihr nach.

„Nur ein Gespenst", sagte Lindt, verdrehte die Augen und wollte weitergehen. Krebsdorf schüttelte den Kopf und schloss sich seinem Kommandanten an.

„New York, New York", sagte Blaschke.

Der Name Great Kills stammte aus dem Niederländischen und hatte wenig mit der gewalttätigen Bedeutung zu tun, die das Wort Kills im Englischen innehatte. Er war stattdessen zurückzuführen auf die Zeiten der holländischen Stadtgründer New Yorks, als der Ort noch Nieuw Amsterdam hieß. Als Kills bezeichnete man die kleinen Flussläufe, die den Stadtteil durchzogen und dessen Charakter prägten. Die meisten dieser Flussläufe waren mittlerweile trockengelegt und statt Kähnen sorgten Autos für den Transport im Stadtteil. Gegen Mitternacht erreichten die drei Männer seinen Hafen.

Der Nebel hatte sich weiter aufgelöst und die Begrenzungen der Hafenbucht waren gegen die Wasseroberfläche deutlich zu erkennen und umschlossen ein Oval von etwa tausend Metern Durchmesser.

Das Wasser war nicht tief, elf Fuß in der Mitte der Bucht und nur sechs Fuß im Zugangskanal. Bei Niedrigwasser ging die Tiefe bis auf ein Drittel Fuß zurück.

Die drei Männer schauten auf das gegenüberliegende Nordufer mit seinen Steganlagen und den Gebäuden, die sich im Besitz der Marinas befanden: Bootshäuser, Lagerschuppen, der Yachtclub. Alle standen im Dunkeln. Auf der Nordseite des Hafenbeckens ankerten hunderte Boote und kleine Schiffe, deren Masten sich in der leichten Dünung bewegten. Die meisten Boote lagen festgemacht an der Pier, einige andere ankerten weiter draußen auf dem Wasser. Fast alle waren sie düster und verlassen und nur auf wenigen brannte zu dieser Stunde ein Licht.

Von einem kleinen Schoner in der Mitte der Bucht drangen die Rufe der auf dem Schiff noch arbeitenden Besatzung über das Wasser und im Scheinwerferlicht liefen Männer an Deck umher. Sie beluden das Beiboot, das an seinen beiden Fierhaken bereits neben dem Schoner über der Wasserfläche in der Luft hing. Im Beiboot stand ein Mann und streckte beide Arme nach Gegenständen aus, die ihm die anderen Besatzungsmitglieder herunter reichten. Von der Westseite legte still ein Fischerboot ab und steuerte die grüne Boje der Hafenausfahrt an.

Die drei Männer gingen schweigend auf der Straße, die sich zwischen dem Great Kills Harbor und der Lower Bay über eine schmale Landenge zwang. Der Strand zur linken Seite der Straße war kahl und menschenleer, ein leichter Seegang trieb die Wellen auf den Sand und ließ sie dort zwischen den Steinen verrinnen, und über das Wasser hinweg konnte man in der Ferne einige wenige Lichter New Jerseys ausmachen. Auch dort war die Küste verdunkelt worden.

Der Hafenteil, dem sie sich näherten, war kleiner als jener auf der Nordseite der Bucht. Die Gebäude standen eng am Wasser: eine Lagerhalle mit Wellblechdach und daneben das Büro des Hafenmeisters, das der offenen See zugewandt war und aus dem gelber Lichtschein drang. Vor der Tür war an einem weißen Mast das amerikanische Sternenbanner gehisst und daneben lagen in mehreren Reihen hintereinander die Boote. Über sie hinwegspringend hätte man leicht trockenen Fußes von einem Ende der Steganlage zum anderen gelangen können; so dicht beieinander waren sie vertäut.

Einige Schaluppen und Jollen lagen mit gestrichenen Segeln längs der hölzernen Pier. Die weißen Körper der Boote leuchteten fahl und wenn die leichten Wellen ihren Rumpf trafen, gaben sie glucksende Geräusche von sich. Am Ende des Stegs in der Dunkelheit waren mehrere große Kisten neben einem Frischwassertank aufgestapelt.

„Unser Boot muss weiter hinten liegen", sagte Lindt.

Von den Schaluppen und Jollen ging eine seltsame Anziehungskraft und Verlockung aus. Wie sie da finster an der Mole lagen, boten sie Aussicht auf Rettung und waren eine Möglichkeit der Flucht aus der Stadt. Ihre umgelegten Masten schienen den drei Männern eine helfende Hand reichen zu wollen. Doch die Täuschung hielt nicht lange an. Mit lautem Schlag wurde auf einer Schaluppe das Fensterluk geschlossen.

„Und wenn wir sie nicht finden?", fragte Krebsdorf leise.

„Wir finden sie schon", sagte Lindt.

Es folgten zwei weitere Reihen mit Schaluppen und Barkassen; auf einigen von ihnen waren Seeleute zugange. Sie verluden Material und Proviant und ein Hafenarbeiter kam auf der Straße mit einer Schubkarre voller Salz in Säcken gelaufen. Er grüßte die drei Männer wortlos und sie nickten ihm zu. Im Weitergehen stiegen sie über ein Tau, das den Weg querte und sich dann zwischen einer niedrigen Mauer und dem Gesträuch verlor. Sie näherten sich jetzt dem Büro des Hafenmeisters in der Mitte der Anlage. Er saß in dem hölzernen Bau an seinem Schreibtisch, auf dem ein Telefon und eine Lampe standen. Durch die großen Fenster konnten die drei Männer ihn gut in dem hell erleuchteten Raum erkennen. Er beugte sich über einen Stapel Papiere und schien in eine Arbeit vertieft zu sein. Hinter ihm an der Wand hing eine Hafenkarte und darüber ein präparierter Marlin, der ein starres Auge auf den Hafenmeister warf.

In der Ecke hauste eine knochige Zimmerpflanze, die sich an die Wände schmiegte wie ein Bild auf der Flucht in das Erdreich des Topfes hinein. Daneben die Schrankkommode und ein Radiogerät. Die Tür zum Büro stand offen und die drei Männer konnten den Song hören, der im Radio lief. Der Hafenmeister schaute einmal kurz und nachlässig auf, als sie an seinem Büro vorüber gingen.

Die Straße führte sie weiter zu einem Parkplatz vor der Anlegestelle im hinteren Teil des Hafens, auf dem Autos, Lastwagen und einige Boote auf ihren Trailern abgestellt waren. Daneben ankerten die Fischereikähne und die Yachten. Die Mole war an dieser Stelle für die größeren Fahrzeuge verstärkt und erweitert. Ein Abschnitt des Ufers war mit Beton ausgebaut und mit dicken Pollern aus Stahl in regelmäßigen Abständen versehen worden. Irgendwo in der Dunkelheit sprang dröhnend der Diesel eines Kutters an und lief mit gleichmäßigem Rumpeln warm. Dazwischen der kurze Zuruf eines Seemanns an den anderen, Scharren und schlagende Kisten. In diesen Bereich des Hafens war auch zu später Nachtstunde noch keine Ruhe eingekehrt. Die drei Männer liefen eine lange Reihe von Tendern, Trawlern und Kuttern ab.

„Sie hat einen weißen Streifen unter der Reling", sagte Lindt. „Und einen grün gepönten Aufbau."

„Dort drüben ist sie", sagte Krebsdorf, als hätte er nur darauf gewartet, es aussprechen zu dürfen. Er deutete mit dem Kopf zur benachbarten Stegreihe, an der eingeklemmt zwischen zwei Sport-Yachten ein kleiner Trawler festgemacht war. An Deck einer der Yachten rauchte ein Seemann eine Zigarette und den schwarzen Rumpf des Trawlers zierte ein weißer Streifen dicht unter der Reling über die gesamte Länge des Bootes hinweg.

Die drei Männer machten kehrt, ohne den Seemann zu beachten, der ihr Wendemanöver mit einigem Interesse von seiner Yacht aus verfolgt hatte. In der benachbarten Stegreihe war die *Beegle* nicht das einzige Boot ihrer Art. Hier lagen neben den beiden Yachten, die sie einfassten, auch etliche andere Fischereiboote. Ihre plumpen Formen ließen sie neben den Sportbooten wie Enten neben Schwänen aussehen. Als die drei Männer endlich vor ihr standen, lasen sie am Rumpf den Namenszug der *Beegle* ab. Das seltsame Wort war mit schwarzen Buchstaben auf den weißen Streifen unterhalb der Heckreling gepinselt worden.

Sie war kein neues Boot mehr. Die hinterlassenen Spuren zahlreicher atlantischer Stürme zeugten von einer langen Zeit als Trawler in den

Hochseefangflotten und ihren Rumpf schmückten mehrere Schweißnähte und Unregelmäßigkeiten, die darauf hindeuteten, dass er schon oft hatte ausgebessert werden müssen, und die rostigen Bahnen, die aus dem Ankerlug hervor liefen, verrieten, dass dort eine Ausbesserung bald notwendig wurde. Die Schleppnetzvorrichtung war demontiert worden und so fristete nun das Boot ein Dasein, welches seiner ursprünglichen Aufgabe entledigt war. Das Augenscheinliche am Anblick der *Beegle* war jedoch der grüne Anstrich ihrer Brückenaufbauten, der sie im Halblicht noch mehr wie eine Ente zwischen Schwänen aussehen ließ.

„Grün ist die Farbe der Hoffnung", sagte Blaschke.

„Sie sieht aus, als hätte sie jemand mit Fröschen beworfen", antwortete Krebsdorf.

Erich Lindt war der Erste, der über das Heck den Trawler betrat. Blaschke und Krebsdorf kletterten ihm nach und sahen Lindt gerade noch in dem kleinen Brückenhäuschen am Bug verschwinden.

An Deck war es unaufgeräumt. Die Planken aus dunklem Holz waren alt und abgenutzt und darauf lagen zwei gelbe Rettungswesten unter den verrottenden Rückständen eines alten Fangnetzes begraben. Leinen lagen aufgeschossen in der Quere und über die gesamte Länge des Decks bis zur Brücke, in der Lindt verschwunden war, waren alte Kleidungsstücke verteilt. Schwarze und grüne Watthosen, gammlige Südwester, Fischermäntel mit ausgebreiteten Ärmeln und löchrigen Kapuzen. Herumliegende Stiefel, Mützen, Handschuhe. Die Ladeluke war abgedeckt und neben der Tür zur Brücke war ein Bootshaken in einem Ring befestigt. Die Tür flog auf und heraus kam Lindt, einen Trinkwasserkanister in der Hand.

„Der Schlüssel ist da", sagte er und stellte den Kanister auf dem Boden ab.

„Ist die Luke offen?", fragte er und überzeugte sich selbst davon, noch bevor die beiden anderen Männer antworten konnten. Mit schneller Hand entfernte er die Abdeckplane und probierte den Griff. Sie war offen. Nach einem Blick in die Finsternis des Laderaumes wandte er sich wieder an seine Begleiter: „Krebsdorf, du stellst fest, wie viel Treiböl an Bord ist, und räumst diesen Mist hier weg."

Er deutete mit der Hand auf den an Deck verteilten Krempel.

„Wir müssen uns hier bewegen können. Bring alles unter Deck und sieh nach, ob Waffen an Bord sind."

Dann wandte er sich an Blaschke: „Wir brauchen Wasser, Otto. Nimm den Kanister und geh zurück zum ersten Steg. Dort habe ich einen Wassertank gesehen. Spüle den Kanister einmal ordentlich aus, bevor du ihn auffüllst. Wir werden auch so schon die Scheißerei kriegen. Sprich mit niemandem und beeile dich. Los, geh!"

Blaschke griff sich, ohne weitere Fragen zu stellen, den Kanister und sprang aus der vor Blicken geschützten Enge des Trawlers zwischen den beiden Yachten zurück auf den Steg. Gleich darauf war er verschwunden. Krebsdorf und Lindt sahen einander an, dann begannen sie gemeinsam das Deck klarzumachen.

Zum Glück haben wir etwas gegessen, dachte Blaschke. Essen sei das Wichtigste, sagte er sich. Alles andere werde sich schon ergeben. *Der helle Wahnsinn*, dachte er und spürte die Müdigkeit in seinen Beinen und in seinem Kopf. Sie waren den ganzen Tag durch New York gelaufen. Mitten im Krieg. Sie waren umringt von Feinden und hatten gegessen, getrunken und gelacht. Der helle Wahnsinn. Er wechselte den Kanister von einer Hand in die andere und griff sich an die Stirn. Sie war kühl und trocken und sein Herz und sein Atem gingen gleichmäßig und ruhig. Er lief an den Hecks der Boote entlang den Weg zurück. Niemand begegnete ihm. Fast wäre er im Dunkeln mit dem Kanister gegen einen Poller geschlagen, als er plötzlich Stimmen hören konnte. Sie klangen warm und freundlich, auch wenn er kein Wort verstand.

Für einen Moment konnte er durch die Dunkelheit aufs offene Meer hinaussehen. Vielleicht war es Einbildung, aber er meinte, in der Ferne die Trennlinie der Kimm ausmachen zu können, den Bereich, wo eine Finsternis in die noch größere Finsternis überging. Welle auf Welle schob sich von dort aus gen Land und wurde auf den Strand gespült, wo sie zu Schaum verlief. Die See war sehr still in dieser Nacht.

Vor zwanzig Tagen noch war er Zeuge eines Luftangriffs auf Berlin geworden, war um sein Leben gerannt, panisch geflohen vor den spät gemeldeten Fliegern, hinab in den Keller, hatte dort einige schwere Stunden verbracht, eingepfercht mit hundert anderen Geflohenen, war mit dem ersten Tageslicht wieder über die Erde gekrochen und seiner Wege gegangen, war mit dem Zug durch das halbe Reich und ganz Frankreich gefahren, war dort in ein U-Boot gestiegen und war jetzt hier, an einem Strand in New York.

Der Luftangriff war schlimm gewesen. Es hatte Tote gegeben. Er hatte keinen gesehen, aber er hatte davon gehört. Am Mittagstisch mit den Eltern wurde nicht viel gesprochen. Es war die letzte gemeinsame Mahlzeit, bevor der Fronturlaub endete und er mit der Tram zum Bahnhof fuhr. Die Gleise führten bereits über weite Strecken an zerstörten Gebäuden, Schuttbergen und Fassadenresten entlang.

Seine Mutter hatte geweint, es war ein grauenhafter Abschied gewesen. Dann die ewig lange Zugfahrt im voll besetzten Abteil. Er hatte aus dem Fenster gesehen und an seine weinende Mutter gedacht, während der Zug das Land durchquert hatte, bis die Nacht einbrach und er unterm Rütteln und Holpern der Bahn einschlief. Als er am Abend des nächsten Tages in Brest eintraf, war der Zug nur noch halb gefüllt und die, die noch in den Waggons saßen, waren zurückkehrende U-Bootmänner wie er.

In dem Berliner Keller, als die Erde gebebt und die Wände gezittert hatten, hatte er neben einer Frau, die so alt war wie seine Mutter, auf das Ende gewartet.

„Ich habe noch nie einen Luftangriff mitgemacht", hatte sie zu ihm gesagt, als die erste Welle abgeflogen war und sie gedacht hatte, es wäre vorbei.

„Ich auch nicht", hatte er ihr geantwortet. Fünf Minuten später warf sie sich voll Angst an ihn und er hielt sie so gut es ging fest, während um sie die Hölle losbrach und alles drohte im Lärm zerfetzt zu werden und eine gewaltige Hand den Keller mit allen darin befindlichen Menschen durchschüttelte und Blaschke die Frau stärker fasste, nicht, um sie aus einem Instinkt heraus zu schützen, wie er sich später eingestehen musste, sondern um selbst an irgendetwas Halt zu finden. Vor seinem Auge wechselte das Licht zwischen schwarz und weiß und er sah, dass die Frau in seinem Arm schrie, aber er hörte es nicht und er war sich vollkommen sicher, dass er hier in der Heimat, in Berlin, mit einer fremden Frau im Arm würde sterben müssen. Doch es kam nicht so. Nach dem Angriff gaben sie sich die Hand und sie gingen wieder in ihr Leben zurück.

Auf den letzten Kilometern vor Brest, als er sah, dass sich nur noch U-Bootmänner im Zug befanden, fragte er sich, ob die anderen in ihrem Urlaub auch so etwas wie er erlebt hätten und ob mit solchen Männern dann noch ein Krieg zu führen sei.

„Wir haben genug Brennstoff, um uns mit der Atlantic Fleet ein Rennen bis nach Grönland zu liefern", sagte Krebsdorf aus der Finsternis des Laderaums herauf zu Lindt, der sich über die Luke gebeugt hatte.

„Wie sieht es mit Waffen aus?", fragte Lindt.

„Zwei Garand-Gewehre mit je dreißig Schuss in Ladestreifen. Vier Handgranaten."

„Gut. Komm hoch."

Krebsdorf stieg an der Leiter aus dem Laderaum und warf die Luke zu. Dann folgte er Lindt auf die Brücke und sie beugten sich über eine Seekarte der New Yorker Bucht, die Lindt aus seinem Beutel gezogen und auf der kleinen Back ausgebreitet hatte.

„Der Treffpunkt ist um 3:30 Uhr etwa hier", sagte Lindt und deutete auf eine Stelle zehn Seemeilen östlich der Halbinsel Sandy Hook.

„Es wird alles verdunkelt sein. Von Minen wissen wir nichts, nur müssen wir höllisch aufpassen, dass wir nicht stranden. Das Wasser geht zurück und man wird nicht viel davon sehen. Könnte eng werden an mancher Stelle."

„Otto bekommt das schon hin, wenn er wieder da ist."

„Ja."

„Wieso schickst du auch den Obersteuermann zum Wasser holen?", maulte Krebsdorf und grinste Lindt an, der sein Grinsen erwiderte. Dann beugten sich beide wieder über die Karte.

„Weber wird jetzt langsam die Bucht ansteuern", sagte Lindt mehr zu sich selbst und fixierte ein Astloch im Rahmen des Brückenfensters. Weber war der 1WO des U-Bootes und hatte zur Stunde das Kommando inne.

„Er wird weit rausgefahren sein, um wenig tauchen zu müssen und die Batterie zu schonen."

„Oder er hat sich gleich auf Grund gelegt. Ich kann immer noch nicht begreifen, dass wir überhaupt hier sind", sagte Krebsdorf und tippte mit dem Finger auf die Seekarte. Dann sah er sich auf der Brücke des Trawlers um. Sie war mit hellem Sperrholz ausgekleidet. Eine Reihe doppeltverglaster Fenster ermöglichte einen guten Blick nach vorn und zu den Seiten, wo die Bordwände der beiden Yachten, die die *Beegle* einschlossen, bedrohlich nah hinter dem ans Glas gespiegelten Innenraum der Brücke aufragten. Krebsdorf sah sich selbst und Lindt im Fenster.

Auf dem Rudertisch befanden sich neben dem Fahrtregler einige kreisrunde Anzeigen für die Geschwindigkeit, den Motoröldruck und die Drehzahl. Ein elektronischer Kompass zeigte stupide nach Süden. Vor dem Steuerrad mit seiner Messingnabe stand ein drehbarer Sessel montiert, von dem aus man bequem sowohl Ruder und Fahrtregler als auch weiter links auf dem Tisch ein kleines, hölzernes, nach oben offenes Kästchen erreichte, in welchem der Bootsführer eine Tasse Kaffee abstellen konnte. Zur rechten Hand befand sich in gleicher Entfernung ein Aschenbecher und weiter hinten das Funkgerät. Im Schloss steckte der Zündschlüssel.

„Fragst du dich gar nicht", sagte Krebsdorf und zeigte auf das Sternenbanner, das an der Brückenrückwand neben der Tür hing, „wem wir diesen Zauber hier überhaupt zu verdanken haben?"

„Nein, das frage ich mich nicht, Krebsdorf", antwortete Lindt und die Schärfe seines Tons machte klar, dass er wenig Lust hatte, über dieses Thema zu sprechen.

„Nun, ich frage mich das schon", fuhr Krebsdorf unbekümmert fort, „denn wer auch immer das sein mag, weiß genau, wann und mit welchem Boot wir hier verschwinden wollen und da draußen wartet die halbe New Yorker Küstenwache auf uns."

„Aha, du Schlaumeier. Und du meinst, es wäre leichter, uns erstmal ablegen zu lassen und draußen wieder einzufangen, statt uns einfach *hier* abzuknallen oder *irgendwo* anders in dieser Stadt?"

„Es ist ja nur aus Neugierde … berufliches Interesse, wenn du so willst, jetzt, da wir Agenten sind."

„Ach, halt die Klappe, Krebsdorf", sagte Lindt. „Wenn es nach mir ginge, stünden wir jetzt einige hundert Meilen weiter östlich."

„Die Briten haben bereits 1940 über siebenhundert Mitglieder der Union of Fascists verhaftet."

„Was du alles weißt. Du bist ja ein richtiger Politiker geworden."

„Ich will sagen, die Amerikaner werden mit ihren verdächtigen Leuten auch nicht zimperlicher umgegangen sein. Da sind nicht mehr viele auf freiem Fuß. Und diejenigen, die es noch sind, werden unter gewaltigem Druck stehen. Sie verhaften auch die Japaner, heißt es."

Lindt sah Krebsdorf nicht an und setzte sich in den Sessel vor das Steuerrad. Dann drehte er den Zündschlüssel und mit einem Rülpser sprang der Motor im Heck der *Beegle* an.

„Blaschke wird gleich zurück sein", sagte er.

Mit dem Kanister in der Hand überquerte Blaschke den Steg, an dessen Ende der Frischwassertank aufgestellt war. Es war nur ein kleiner Tank und Blaschke hoffte, dass er befüllt war. Die Segelboote am Steg wogen leise ächzend in der Dünung auf und nieder. Segel und Masten grau in grau. Er sah, dass auch auf dem Schoner in der Mitte der Bucht die Lichter gelöscht waren. Anscheinend hatte die Mannschaft das Schiff verlassen.

Blaschke beeilte sich, zum Ende des Stegs zu gelangen, und konnte hören, wie die Wellen gegen die Pfeiler schlugen. Durch die Lücken zwischen den einzelnen Bohlen sah er unter sich das dunkle Wasser winzige Strudel bilden, die sich sofort wieder auflösten.

Zwei Wochen hatten sie für die Überfahrt gebraucht. *Zwei Wochen, in denen sich fast gar nichts ereignet hatte*, dachte Blaschke. Wenigstens einmal am Tag Fliegeralarm während der ersten Tage der Biskaya-Durchquerung und dann nichts mehr. Keine Flugzeuge, keine Schiffe. Weder Freund noch Feind. Nichts. Nur die unheimliche Weite des Atlantiks in ihren verschiedenen Facetten bei Tag und bei Nacht. Sie waren nördlich der Azoren in einen Sturm geraten, der sich über mehrere Tage fortgesetzt hatte, sich dann aber bald auflöste und sie schließlich in einen strahlenden Morgen entließ.

Mehrfach trafen Funktelegramme über Konvoisichtungen ein, die sich aber allesamt viel weiter im Norden ergeben hatten, weit außerhalb der Abfangreichweite des U-Bootes. Vom BdU kam kein neuer Befehl. Das Ziel hieß weiterhin *CB*. Ein Marineplanquadrat vor der Ostküste der Vereinigten Staaten, auf das das Boot in einem weit geschwungenen Bogen über tausende von Meilen hinweg zusteuerte. Die Stimmung an Bord war trotz des Mangels an Aufgaben gut geblieben und es gab keine ernsthaften Streitereien unter den Besatzungsmitgliedern, wie sie auf anderen Booten schon vorgekommen waren. Lindt hatte ein wachsames Auge für die Beziehungen und Verhältnisse innerhalb der Mannschaft gehabt und bei Bedarf Versetzungen bewirkt, um problematischen Entwicklungen entgegenzutreten. *So waren sie zu Wilhelm Krebsdorf gekommen,* dachte Blaschke.

Als er den Tank erreichte, schraubte er den Verschluss ab und stellte den Kanister unter einen der Hähne. Dann drehte er den Hahn auf und zu seiner Freude floss tatsächlich sofort Wasser. Er hielt beide Hände unter den Strahl und trank etwas davon. Dann spritzte er sich den Rest ins Gesicht und ließ das Wasser laufen, bis er den Kanister auskippte und erneut unter den Hahn stellte, wie Lindt geraten hatte. Dabei blickte er sich um und konnte niemanden sehen, der sich für ihn und den Wassertank interessiert hätte.

Nach zehn Tagen auf See war ein Funkspruch des FdU West eingetroffen. Dem Boot wurde ein neues Zielquadrat zugewiesen. Es handelte sich um das Nachbarquadrat *CA*, das den Ostküstenabschnitt von Boston im Norden bis Jacksonville im Süden umriss. Nach einer kleinen Kurskorrektur lief das Boot das neue Planquadrat an, in dessen Zentrum sich die Stadt New York City befand. Fünf Tage später überquerten sie die östliche Begrenzung des Quadrates und nach nur einem Tag im neuen Zielgebiet war der nächste Funkspruch aus Frankreich eingetroffen. Dieses Mal vom BdU selbst.
Blaschke erinnerte sich genau, wie Lindt reagiert hatte, als er den Befehl gelesen hatte. Lindt hatte gelacht und dann den Kopf geschüttelt, anschließend hatte er den Befehl an Weber weitergegeben, der nicht gelacht hatte und auch Krebsdorf hatte nicht gelacht, als er als Dritter an die Reihe gekommen war. Einen so ungewöhnlichen Befehl hatte bisher keiner von ihnen erhalten.
„Ich muss es der Mannschaft sagen", hatte Lindt gesprochen. „Die Männer werden denken, ihr Kommandant hat den Verstand verloren."
Sein Blick hatte für einen Moment Blaschkes Augen gestreift. Da war die Wut in Lindts Gesicht zu erkennen gewesen.

Blaschke drehte den Hahn ab und zog den Kanister darunter hervor, schraubte den Deckel auf und hob ihn an. Er war jetzt sehr viel schwerer. Dann begab er sich auf den Rückweg, vorbei an den Schaluppen und Jollen und zurück ans feste Ufer. Das Tor zur Lagerhalle stand noch offen und Blaschke sah einige graue Kisten in Würfelform unter dem Lichtschein der Deckenlampe. Er wechselte den Kanister von der rechten in die linke Hand, da seine Muskeln unter der Traglast schnell ermüdeten, dann erreichte er das Büro des Hafenmeisters, aus dem keine Musik mehr zu hören war, und vom Hafenmeister selbst war nichts zu sehen.
Die Tür zu dem kleinen Bau stand offen und im Inneren brannte Licht. Der gigantische Speerfisch an der Wand wirkte kalt und deplatziert. Blaschke sah ihm in sein starres Auge, als er an dem Büro vorbei ging.

Es ist nicht ungefährlich, diese Art von Fischen zu fangen, dachte Blaschke. Gelegentlich verursachten sie, wenn sie bei hoher Geschwindigkeit aus dem Wasser sprangen, mit ihrem scharfen Maul schwere Verletzungen bei Anglern oder beschädigten mit dem spitz zulaufenden Rostrum sogar Boote. Von dieser Gefahr her rührte wohl auch die menschliche Neigung, die toten Leiber der Fische später zu präparieren und sie als Trophäe an die Wand zu hängen. Blaschke befiel der Gedanke, wie sich ihre drei Köpfe – Lindts, Krebsdorfs und sein eigener – neben dem Marlin machen würden. Er zog rasch weiter. Dabei sah er, dass auf der Nordseite der Bucht wieder ein Boot ablegte und mit langsamer Fahrt den schmalen Ausgang ansteuerte.

Blaschke konnte es nicht erwarten, wieder auf See zu sein. Die ganze Zeit über hatte er ein unheimliches Gefühl der Bedrohung verspürt. Als wüssten die Amerikaner längst Bescheid und ließen sie nur so zum Spaß noch gewähren, um dann bald mit erbarmungsloser Härte zuzuschlagen und ihrem aussichtslosen Unternehmen ein jähes Ende zu bereiten.

Das hier ist Amerika und hier wird nach amerikanischen Spielregeln gespielt, dachte Blaschke. Wahrscheinlich würde man sie alle drei noch an Ort und Stelle erschießen, überfallartig, bevor sie wussten, wie ihnen geschah. *Zack-Zack-Zack.* Drei tote U-Bootmänner, gefährliche Seeungeheuer, die es gewagt hatten, an Land zu kommen und diesen Fehler nun teuer zu bezahlen hatten.

Sie würden Lindts von Kugeln zerfetzte Leiche umdrehen und die Listen aus dem Beutel ziehen und dann würden sie sie alle drei in die Bucht kippen und gegen Mittag würde sie die Flut irgendwo in New Jersey an den Strand spülen.

Durch ein Bullauge konnte Blaschke sehen, dass auf der Yacht unter Deck Licht brannte. Stimmen waren undeutlich zu hören. Ein Lachen. Am Liegeplatz der Yacht, auf dem Steg, standen Stiegen gestapelt, die ein Mann von der Lagerhalle herüberbrachte. Er musste schon einige Male den Weg gegangen sein, denn die Stiegen türmten sich bereits in die Höhe. Die obenauf liegende enthielt Orangen. Ohne darüber nachzudenken, griff Blaschke nach der Stiege und klemmte sie sich unter den freien Arm. Er hatte sich nicht umgeschaut, ob irgendjemand ihn dabei beobachten konnte. Stiehl schnell! Das war das ganze Geheimnis. Nun doppelt beladen, beeilte er sich und war froh, als er endlich das Heck der *Beegle* vor sich hatte, von dem aus Krebsdorf ihm die Hände entgegenstreckte und ihm zuerst die Stiege, dann den Kanister abnahm und schließlich Blaschke selbst mit einem kräftigen Ruck an Bord zog.

„Das reicht bis Weihnachten", sagte Krebsdorf und deutete auf eine zweite Stiege Orangen, die sich bereits an Bord befand. „Wir mussten ja auch irgendwie die Zeit totschlagen."

„Ab nach Hause, Otto", sagte er dann und deutete mit dem Daumen über seine Schulter in Richtung der Brücke. „Der Kaleun braucht deine Hilfe bei der Ausfahrt."

In diesem Moment gingen die beiden Positionslaternen der *Beegle* an. Krebsdorf griff eine Orange aus einer der beiden Stiegen und gab sie Blaschke, dann nahm er sich selbst auch eine, klopfte Blaschke auf die Schulter und gemeinsam gingen sie zu Lindt auf die Brücke.

Krebsdorf zog hinter sich die Tür zu und sofort waren alle Außengeräusche nur noch gedämpft zu hören. Der Diesel tuckerte geduldig im Leerlauf. Lindt stand mit verschränkten Armen am Rudertisch und kehrte dem Bug seinen Rücken zu. Blaschke stellte sich neben die Tür und sah sich auf der Brücke um, während Krebsdorf mit dem Daumen die Schale seiner Orange durchstieß.

„Das wird jetzt nicht ganz ungefährlich", begann Lindt. „Wir verschwinden ohne Abmeldung. Wollen wir hoffen, dass sich unser Freund, der Hafenmeister, einen Teufel darum schert."

Er legte eine Pause ein.

„Mit dem Boot ist, soweit sich das beurteilen lässt, alles in Ordnung, bis auf das Funkgerät. Ist ein bisschen in die Jahre gekommen, die Dame", sagte Lindt und klopfte gegen die Sperrholzplatte unter dem Rudertisch. „Aber wir haben es ja nicht weit, oder? Es sind drei Aufnahmepunkte vereinbart. Der erste liegt zehn Seemeilen östlich von Sandy Hook und ist für 3:30 Uhr geplant. Wir haben es jetzt", er schaute auf die Armbanduhr an seinem linken Handgelenk, „0:45 Uhr. Das ist reichlich Zeit. Wir können es uns sogar erlauben, ein bisschen zu trödeln, falls es die Situation erfordert. Ich möchte vermeiden, dass wir uns lange am Aufnahmepunkt selbst aufhalten und dort anfangen Kreise zu fahren. Also punktgenaue Ankunft, Blaschke. Das Zeitfenster beträgt zwanzig Minuten. Sollte es, aus welchen Gründen auch immer, Weber nicht möglich sein, uns innerhalb der Zeit aufzunehmen, ist der zweite Aufnahmepunkt fünfzehn Seemeilen weiter östlich und zwei Stunden später vorgesehen, also 5:30 Uhr. Das ist kurz vor Sonnenaufgang. Gleiches Spiel mit dem dritten Aufnahmepunkt. Nochmal fünfzehn Seemeilen weiter östlich und 7:30 Uhr. Um diese Zeit ist es taghell. Wir müssen uns nicht lange darüber streiten, dass es das Beste wäre, am ersten Punkt aufgenommen zu werden und uns den Rest zu ersparen.

Unsere Gegner sind die New Yorker Küstenwache und Teile der Atlantic Fleet, die hier stationiert sind. Das dürften eine *Menge* Zerstörer und Korvetten sein. Außerdem kommt spätestens mit dem Sonnenaufgang das Coastal Command der Air Force hinzu. Sie fliegen fast stündlich ihre Suchmuster vor der Küste, wie wir bei der Annäherung festgestellt haben. Ihr wisst, dass diese Leute uns das Leben ganz schön schwer machen können. Solange die *Beegle* nicht identifiziert wird, sind *wir* aber nicht in direkter Gefahr."

Lindt sah Krebsdorf in die Augen und sagte: „Jetzt gilt es, Freunde. Bleibt ruhig. Wir kennen uns lange genug. Weber holt uns hier raus, alles klar? Der kennt die Bande und weiß, was er tut. Und ich weiß, dass wir es schaffen können. Deswegen habe ich *euch* beide auf die Reise mitgenommen. Weil Otto Gezeiten spüren kann wie seine eigenen Atemzüge", er wechselte den Blick auf Blaschke und grinste, „und weil Krebsdorf ein Arschloch ist, das sowieso keiner vermissen würde, falls es doch schief geht. Es geht los. Wir legen ab."

„Immer auf die Kleinen und Dicken", murmelte Krebsdorf, der weder klein noch dick war, sondern einen gut trainierten Körper hatte. Mit seinen schwarzen Haaren sah er aus wie ein spanischer Stierkämpfer.

Er legte seine halb abgeschälte Orange auf eine schmale Back unter dem Fenster, öffnete die Tür und lief nach achtern zum Heck. Sich mit einer Hand abstützend, schwang er über die Reling auf den Steg, löste mit rascher Bewegung die beiden Leinen von ihren Pollern und warf sie an Deck. Daraufhin kletterte er wieder an Bord, ging zurück auf die Brücke und schloss die Tür. Er hatte keine Minute dafür gebraucht. Blaschke hatte sich bereits über die Seekarte gebeugt und studierte sie aufmerksam, als Krebsdorf Lindt zunickte und sich wieder daran machte, sorgfältig seine Orange zu bearbeiten.

Lindt kuppelte den Diesel auf die Welle und schob den Fahrtregler ein kleines Stück nach vorn, während er mit der anderen Hand im Stehen das Ruder fasste. Die Schraube der *Beegle* begann sich in das Brackwasser zu wühlen und durch die Seitenfenster sahen die drei Männer an den sich verschiebenden Bordwänden der beiden Yachten, dass sich ihr Boot langsam vom Steg löste.

Mit der Orange in der Hand spähte Krebsdorf durchs Steuerbordfenster und beobachtete den Abstand zur Bordwand. Fleckiges Metall zog dicht vor seinen Augen entlang. Rostfraß, abgeplatzter Lack, dann ein finsteres Bullauge.

Blaschke ließ die Karte ruhen und übernahm die gleiche Aufgabe auf der Backbordseite, während Lindt mit einer Hand das Ruder genau mittschiffs hielt. Der Bug schob sich vor die beiden Yachten und Stück für Stück befreite sich die *Beegle* aus der Enge ihres Liegeplatzes.

„Wir kommen klar", sagte Krebsdorf.

In öligen Schlieren zog das Brackwasser am Rumpf entlang, schwarz glänzend und voller Unrat, Treibholz, Blechdosen, eingewickelt in grünen Tang, Obst- und Gemüseschalen, umhüllt von undefinierbaren Schlickmassen und Diesellachen, die auseinandertrieben und sich wieder vereinten.

„Heck ist frei!", rief Blaschke, der sein Fenster geöffnet hatte und sich weit hinauslehnte.

Lindt schob den Fahrtregler noch ein Stück weiter nach vorn und der Diesel reagierte prompt mit einer Steigerung der Drehzahl.

„Diesel läuft gut", sagte Lindt.

Der Zeiger des Fahrtmessers auf dem Rudertisch erkletterte fast die Markierung für zwei Knoten Fahrt.

„Steuerbord frei?", fragte Lindt.

Krebsdorf öffnete sein Fenster, lehnte sich hinaus und schaute nach achtern.

„Steuerbord Heck frei", sagte er und schloss das Fenster wieder.

Vor dem Bug wuchsen die Rümpfe der Trawler und Yachten des Nachbarstegs in die Höhe und gewannen ebenso an Größe wie die Gebäude am Ufer in der Mitte des Hafens. Steuerbord wurde das hell erleuchtete Büro des Hafenmeisters sichtbar. Lindt schlug das Ruder hart Backbord ein und die *Beegle* kippte sanft zur Seite.

„Was macht unser Freund?", fragte Lindt.

„Er sitzt an seinem Tisch", sagte Krebsdorf.

Lindt schaute hinüber. Der Hafenmeister saß an seinem Tisch.

„Blaschke, deine Augen bleiben Backbord. Er soll sich nur nicht interessant vorkommen. Nach der Wende Rollentausch. Ihr wechselt die Plätze. Willi hat die besseren Augen."

Langsam schob sich der Bug nach Backbord entlang der Front der anderen Boote. Die *Beegle* zeigte dem Hafenmeister die Breitseite.

„Wir sind jetzt in Lage neunzig", sagte Krebsdorf. „Er schaut rüber!"
„Guter Mann", sagte Lindt. „Wink ihm mal."
Krebsdorf hob einen Arm und winkte.
„Was macht er?", fragte Lindt. „Gefallen wir ihm?"
„Er macht gar nichts", antwortete Krebsdorf. „Er schaut herüber."
„Hoffentlich ist er schlecht bezahlt", sagte Blaschke, der stur nach Backbord in die Dunkelheit spähte.

Krebsdorf fischte in seiner Brusttasche nach den Zigaretten und steckte sich eine an, während die *Beegle* langsam ihre Wende vollzog. Als sich der Bug über den letzten Kutter am Nachbarsteg hinweg schob, erhöhte Lindt noch einmal die Fahrt. Ein Netz trieb an Steuerbord vorbei.

„Die könnten hier auch mal aufräumen", sagte Krebsdorf und blies den Rauch durch sein halb geöffnetes Fenster nach draußen.
„Muss diese Qualmerei eigentlich sein?", fragte Lindt.
„Ja", antwortete Krebsdorf. „Ich bin nervös."
„Wieso?", fragte Lindt. „Gar kein Grund. Was macht er?"
Nun musste Krebsdorf achteraus blicken, um den Hafenmeister zu beobachten.
„Ich weiß nicht. Er macht gar nichts. Er schaut uns nur an."
„Otto, geh doch bitte mal runter und koche uns einen Kaffee in der Kombüse", sagte Lindt. „Ich glaube, wir können alle einen vertragen. Die Ausfahrt ist unbedenklich. Wir brauchen dich erst bei den Sandbänken rund um Sandy Hook. Nimm die Karte mit und schau dir das mal an."
„Jawohl, Herr Kaleun", sagte Blaschke und grinste. Dann nahm er die Karte von der Back, faltete sie zusammen, steckte sie ein und verschwand durch die Tür. Die kalte Nachtluft schlug ihm entgegen. Er riskierte einen Blick auf den Hafenmeister, der sich gerade aus seinem Stuhl erhoben hatte und ihm den Rücken zukehrte. Dann nahm Blaschke den Trinkwasserkanister, zog die Ladeluke auf und stieg die Leiter nach unten.

Erich Lindts rechte Hand ruhte auf dem Fahrtregler und seine Augen waren starr nach vorn gerichtet. Behutsam ließ er das Steuerrad unter dem Handballen in die neutrale Position zurückkehren.
„Was macht er?"

„Er ist nach hinten gegangen. Scheint, als würde er irgendetwas lesen. Sieht aus wie eine Mappe oder sowas."

Lindt sah hinüber zum Ufer. Die Seite des Hafens wirkte leer und ausgestorben bis auf das brennende Licht im Büro des Hafenmeisters. Er entdeckte den Mann im seitlichen Profil. Die Schultern eingefallen, den Kopf gesenkt, stand er da und vor sich in der Hand hielt er die Mappe und blätterte darin. Die Tür zum Büro war geschlossen und auf dem Platz davor hing das Sternenbanner in der Windstille schlaff und lustlos an seinem Mast.

Krebsdorf stand auf der Backbordseite der Brücke und ließ den Hafenmeister nicht aus den Augen. Mit einem Geräusch, das wie Bedauern klang, blies er den Zigarettenrauch aus dem Brückenfenster hinaus in die Nacht und warf die Kippe ins Wasser.

„Das war die letzte", sagte er.

„Hm", machte Lindt, schob den Fahrtregler noch ein Stück nach vorn und überließ die Beobachtung des Hafenmeisters wieder Krebsdorf. Das Wummern des Dieselmotors erhöhte leicht die Tonlage und am Bug entstand eine Welle, welche sich nach beiden Seiten hin teilte. Mit jeder Sekunde gewannen sie Distanz zum Liegeplatz. An Steuerbord voraus lag zwischen anderen Booten der Schoner vor Anker. Lindt schätzte seinen Tiefgang auf gut zwei Meter. *Der ist gerade so über dem Grund hier hereingekrochen,* dachte er.

Die Nordseite des Hafens war vollkommen verdunkelt und am Ufer ragten Gebäude auf, die von den dahinter liegenden Bäumen überwachsen wurden. Es war ein dichter, schwarzer Wald, der sich weit ins Inselinnere erstreckte. Dort war der Hauptteil des Hafens mit den größeren Anlagen und dem Gros der Schiffe: Ein spitzes Dickicht von Masten kletterte aus dem Wasser vor der Pier und im Restlicht der Nacht bildeten sie einen hellen Kontrast zu den dunklen Gebäuden und waren von den Bäumen dahinter gut zu unterscheiden.

„Sauhund!", rief Krebsdorf und wandte sich vom Fenster ab. „Er sieht mit dem Fernglas nach uns."

Lindt sagte nichts und deutete mit dem Finger, für den Hafenmeister nicht einsehbar, auf eine Schublade am Rudertisch. Ein Schaukeln ging durch die Brücke, als eine größere Welle die *Beegle* erfasste. Mit geübtem Schritt glichen beide Männer die Bewegung mühelos aus. Krebsdorf trat an Lindt vorbei, zog die Lade auf und holte das darin liegende Glas hervor, verzichtete aber darauf, es anzusetzen und schaute bloßen

Auges wieder zum Hafenmeister. Der stand am geöffneten Fenster seines Büros und hielt mit beiden Händen sein Fernglas in die Höhe, unfehlbar genau auf die *Beegle* gerichtet.

„Das heißt noch gar nichts", sagte Lindt.

Krebsdorf hatte sich abgewandt, um kein unnötiges Misstrauen beim Hafenmeister zu erzeugen.

„Ja, aber es gefällt mir nicht", sagte er.

Daraufhin schob sich eine lange Reihe von Booten am Liegeplatz auf der Südseite in die Sichtlinie zwischen *Beegle* und Hafenmeister.

Lindt ging mit der Fahrtstufe wieder etwas herunter, um einigen ankernden Booten auszuweichen, die den direkten Weg zum Hafenausgang blockierten. Der Lärm des Diesels verkümmerte zu einem schwerfälligen Mahlen, die Bugwelle sank in sich zusammen und Lindt spähte nach der besten Gasse durch die Boote, fand sie und mit kleiner Fahrt schlich der Trawler hinein.

Ein Spalier aus Geisterbooten teilte das Wasser vor ihnen und dahinter lag die schwarze Nacht, in deren Mitte die grüne Boje der Ausfahrt leuchtete. Lindt gab Ruder und hielt darauf zu. Krebsdorf lehnte sich aus dem geöffneten Backbordfenster und spähte nach dem Südufer. Dann griff er schnell zum Fernglas und setzte es an. Lindt warf einen Seitenblick auf Krebsdorfs Rücken, der sich seltsam verdreht aus dem Brückenfenster bog, und war froh, dass Krebsdorf nicht die Sorge sehen konnte, die sich auf dem Gesicht des Kaleun abzuzeichnen begann.

Sekunden verstrichen. Eine Minute. Krebsdorf hielt schweigend das Glas vor die Augen und mit wachsendem Entsetzen beobachtete er genau das, was er *nicht* hatte sehen wollen.

„Was macht er denn?", fragte Lindt.

„Er hat telefoniert, Erich."

„Dann wird das nichts mit Sandy Hook", sagte Lindt und schob den Fahrtregler weit nach vorn. Der Diesel heulte auf und ein Ruck ging durch die *Beegle*, der Krebsdorf fast aus dem Gleichgewicht brachte. Der Trawler machte einen Satz nach vorn und sofort baute sich am Bug eine wachsende Welle auf. Wasser spritzte gegen die Brückenverglasung.

„Hol Blaschke! Wir müssen nördlicher fahren. Auf Sandy Hook gibt es eine große Küstenwachenstation. Dort können wir uns nicht blicken lassen."

„Verfluchte Scheiße", murmelte Krebsdorf und verließ die Brücke.

Der Fahrtmesser stand bei acht Knoten, als die *Beegle* die Ausfahrt passierte. An Backbord sah Lindt aus dem Augenwinkel den kleinen Strand, der die Ausfahrt begrenzte. Zur Rechten standen einige Backsteingebäude und eine hölzerne Pier, die weit ins Wasser hinausragte. Dicht bei der Boje nahm Lindt noch mehr Fahrt auf. Er sah den Gitterschutz über dem grünen Licht: Schwarze Streben, die ein Muster aus Quadraten bildeten. Dann endlich gewann die *Beegle* die freie See.

„Was ist denn los?", fragte Blaschke, der den Deckel einer großen Kanne verschraubte, als Krebsdorf die Leiter nach unten gestiegen kam. „Ich hätte fast die ganze Brühe hier verschüttet."
Eine weiße Lampe an der Bordwand beleuchtete die Kombüse und Blaschkes fragendes Gesicht.
„Wir sind vielleicht entdeckt", antwortete Krebsdorf. „Der Kaleun will nördlicher steuern."
Blaschke sah die Kanne an und sagte: „Coney Island. Schön. Da können wir noch Riesenrad fahren, bevor sie uns abknallen."
Krebsdorf zog die Brauen hoch.
„Los, komm", sagte er und deutete mit dem Kopf zur Leiter.
Krebsdorf ging voran und erklomm die ersten Sprossen, dann hielt er inne und nahm von Blaschke die Kanne entgegen.
„Verdammt, ist das heiß", sagte er.
„Frisch gekocht, Krebsdorf."

„Vielleicht hätten wir uns doch abmelden sollen", sagte Blaschke zu Lindt.
„Das wäre auch riskant gewesen", antwortete der Kaleun und nahm einen Schluck Kaffee aus seinem Becher, während er im Stehen das Ruder hielt. Die *Beegle* fuhr einen weiten Bogen nach Backbord, um die Landzunge zu umfahren, die den Great Kills Harbor begrenzte. Die Ruhe am Ufer schien durch nichts gestört und auf der Düne wogen sanft die Gräser in traumlos unbewusstem Glück, doch die See war voll regen Lebens. Südlich und östlich bewegten sich zahlreiche grüne und rote Lichter auf dem Wasser, von denen einige blinkten: der Schiffsverkehr der Lower Bay.
An der Küste New Jerseys mit ihren Stränden und Wäldern herrschte vollkommene Dunkelheit.
„Die Lichter löschen?", fragte Blaschke.

Lindt strich sich unschlüssig den Bart.

„Dann fallen wir aus dem Rahmen. Hier ist so viel los, dass alle mit Licht fahren müssen", sagte er.

„Man wird uns auch so finden. Dieser Kahn ist eine einzige fahrende Steuerbordleuchte", sagte Krebsdorf.

„Jetzt mal ruhig", sagte Lindt. „Wir wissen nicht, warum der Hafenmeister telefoniert hat. Kann sein, dass er uns meint, muss aber nicht."

Er sah beide Männer nacheinander an.

„Wenn wir jetzt das Licht löschen und die Küstenwache entdeckt uns trotzdem, kommen sie vielleicht an Bord. Und dann sind wir erledigt."

Krebsdorf gab Blaschke seinen Kaffeebecher, öffnete ein Fenster und steckte seinen Kopf in die Nacht.

Die klare Kontur des Halbmondes verschwamm jenseits der Wolken; nur sein Leuchten war deutlich auszumachen und verhinderte ein vollständiges Eindunkeln. An Backbord lag als Schatten der Strand und man sah dahinter die Küstenstraße, über die sie den Hafen erreicht hatten. Weiter ab thronte die schwarze Masse des Great Kills Park, über der ein graues Band aus Nebel lag. Voraus tauchten immer mehr Schemen mit roten und grünen Lichtern auf.

„Wenn die Wolken aufziehen, haben wir keine Chance, bei gelöschtem Licht verborgen zu bleiben", sagte Krebsdorf, als er das Fenster wieder geschlossen hatte. Er schaute seinen Kommandanten ratlos an.

„Das Licht bleibt an", entschied Lindt.

Er stellte seinen Kaffeebecher in das Kästchen auf dem Rudertisch.

„Der Kaffee ist gut", sagte Krebsdorf und ließ sich seinen Becher zurückgeben. „Wie lang sind wir jetzt auf den Beinen?"

„Lang genug", sagte Blaschke ohne auf die Uhr zu sehen. „In der Kombüse liegen Zigaretten, Willi. Du hast doch sicher nicht mehr viele."

Krebsdorf strahlte.

„Genau genommen sind sie sogar schon alle", sagte er. „Danke."

„Schon gut."

„Wenn wir nördlicher fahren, wird die Strecke länger", führte Lindt das Gespräch auf ihre Lage zurück. „Wir werden trotzdem versuchen, den ersten Aufnahmepunkt zu erreichen. Hier sitzt mir der LI nicht im Nacken und ich kann so viel Treiböl zum Teufel jagen, wie ich will. Es sollte kein Problem sein, den Treffpunkt zu erreichen, vorausgesetzt es gibt keinen Ärger. Wir ersparen uns damit auch die schwierigen Gewässer um Sandy Hook. Was sagst du *dazu*, Otto?"

Blaschke zuckte mit den Schultern.

„Meinetwegen, Herr Kaleun."

„Falls sie tatsächlich nach uns suchen, dann sollten wir zusehen, dass wir hier zunächst einmal wegkommen. Wir gliedern uns in den Ausgangsverkehr von Manhattan ein, suchen uns vielleicht einen Tanker oder einen großen Frachter, hinter dem man sich verstecken kann. Wir haben nur ein Fernglas, kein besonders gutes, kaum geeignet für die Nacht. Es wird entscheidend sein, dass wir die Küstenwache sehen, bevor sie uns sehen. Ich glaube nicht", in Wahrheit hoffte er es nur, „dass der Hafenmeister die Navy alarmiert hat. Falls wir gemeint waren, dann sind wir als Diebstahl gemeldet."

Krebsdorf und Blaschke sagten nichts.

„In Ordnung. Das sind *verdammt* viele Schiffe hier. Die sollen uns im Dunkeln nur erst einmal finden."

Er griff zur Decke und schaltete die Brückenbeleuchtung von sehr schwach auf ganz aus. Die beiden Positionslaternen waren nun die einzigen Lichter, die weiter brannten.

„Das Funkgerät ist außer Betrieb. Sieh zu, ob sich da was machen lässt, Willi", sagte Lindt.

„Im Dunkeln?"

„Ja doch, Herrgott!"

Krebsdorf langte nach dem Kasten, löste einige Stecker und nahm ihn an sich.

„Ich gehe nach unten."

„Einverstanden."

Unterdessen lief die *Beegle* mit Höchstfahrt nach Nordosten auf Coney Island zu. Der Diesel hämmerte und jolte an der Leistungsgrenze, doch mehr als zwölf Knoten waren auch bei Volllast nicht aus dem alten Trawler herauszuholen. Vom Bug spritzte immer wieder Flugwasser gegen die Fenster und Lindt schaltete die Scheibenwischer ein. Nur Blaschke und er waren auf der verdüsterten Brücke zurückgeblieben. Beide schwiegen und hielten Ausschau nach verdächtigen Fahrzeugen.

Zahllose Schiffe durchkreuzten die Bucht in sämtliche Richtungen, die meisten mit gesetzten Positionslaternen. Das Risiko eines U-Bootangriffs wog nicht die Gefahr auf, die dadurch entstanden wäre, wenn der gesamte Schiffsverkehr vor New York mit abgedunkelten

Schiffen zu erfolgen gehabt hätte, und so fuhren sie weiter mit Signal, zumal die Bucht so flach war, dass ein Angriff in unmittelbarer Nähe der Küste glattem Selbstmord gleichgekommen wäre und von den wenigsten Kommandanten in Erwägung gezogen wurde.

Es gab drei ausgebaggerte Schifffahrtswege als Zugang zur Lower Bay: den Sandy Hook Channel zwischen der Halbinsel selbst und den Sandbänken nördlich davon für den Verkehr kleinerer Fahrzeuge aus und nach New Jersey und Newark, den Ambrose Channel im Norden, der in den Anchorage Channel der Upper Bay und schließlich in den Hudson River führte – der einzige von großen Schiffen zu nutzende Kanal –, und schließlich den Swash Channel dazwischen, der in den Chapel Hill Channel mündend den südlichen und den nördlichen Zugang zur Bucht miteinander verband.

„Hast du je so viele Ziele auf einmal gesehen?", fragte Lindt ins Dunkle.

Ein langes Doppelband von roten und grünen Lichtern, die sich gegeneinander verschoben, schlängelte sich direkt voraus und nach Steuerbord hin ausdünnend durch die Finsternis. Die Schatten, auf denen die Lichter in die Nacht fuhren, nahmen allmählich Gestalt an und wurden zu den Umrissen von Schiffen mit Bug, Masten, Flaggen, Schornsteinen, Aufbauten und Heck. Eine weite Reihe von Leuchtbojen markierte den Weg für die Schiffe und verhinderte ein Abweichen ins flache Wasser.

„So viele Ziele", sagte Lindt noch einmal.

Die *Beegle* pflügte durch die See und hielt auf die Schiffe zu. Es handelte sich um den ein- und ausgehenden Verkehr auf dem Ambrose Channel in nordwestlicher Richtung nach New York hinein und entgegen gesetzt, in südöstlicher Richtung, mit einem Knick nach Osten hin bei der East Bank, den Strom der Schiffe raus aus der Stadt, raus aus der Bucht und der Weite des Atlantischen Ozeans entgegen.

Nirgendwo sonst als hier, an genau jener kleinen Stelle der nördlichen Hemisphäre, wurde es deutlicher, welches gewaltige ökonomische Potenzial in diesem Land geschlummert hatte, welche Mengen an Kriegsmaterial in Form von Gewehren, Munition und Granaten und schwererem Gerät wie Lastern, Jeeps, Landungsbooten, Panzern, Panzerabwehrkanonen, Artilleriehaubitzen und Flugzeugen sowie Öl, um all das zum Einsatz zu bringen, und nicht zuletzt Nahrungsmittel und Soldaten von hier aus nach Europa strömten, um dort einen Krieg austragen zu helfen, der in Ländern und Städten geführt wurde, von denen der Durchschnittsamerikaner noch nie etwas gehört hatte und die ihm unmöglich etwas bedeuten konnten.

Dennoch war das ganze Land in Aufruhr geraten wie ein Ameisenbau, in den ein Zündholz gefallen war, nachdem über Pearl Harbor die Trümmer verraucht waren. Die wirtschaftliche Übermacht der Vereinigten Staaten war nicht nur ausreichend, um den eigenen Rüstungsbedarf im Kampf gegen Deutschland und Japan zu decken, sie war auch groß genug, um gleichzeitig die Verbündeten in Großbritannien und in der Sowjetunion wirksam zu unterstützen und deren Widerstandskräfte zu erhalten, als jene schon zu zerbrechen drohten.

Die Schiffe sammelten sich zu den sogenannten HX-Geleitzügen, wurden aus der Marinebasis in Newport durch Zerstörer, Korvetten und Begleitträger ergänzt und machten sich dann auf die vierzehn bis zwanzig Tage dauernde Reise quer über den Ozean nach Großbritannien. Auf dem gesamten dreitausendfünfhundert Meilen langen Seeweg lauerten die U-Boote in Suchharken, die früher oder später ihr Ziel fanden und stellten.

Das war das Schlachtfeld des Atlantiks und es war das entscheidende des Krieges. Ein Schlachtfeld, das keinerlei Spuren aufwies, wenn der Kampf vorbei war und die Schiffe samt ihren Mannschaften auf dem Grund des Meeres lagen.

Die überlebenden Frachterbesatzungen waren, obwohl unersetzbare Bausteine im erbarmungslosen Ringen um die Herrschaft über die Zukunft, keine Militärs und sie wurden nicht gefeiert und niemand hielt eine Parade für sie ab. Sie waren kriegführende und kriegerfahrende Zivilisten, Patrioten der Weltmeere, Helden wider Willen, verwegen, bettelarm, unfrei und dem Schicksal auf den Ozeanen preisgegeben. Großbritannien *und* Amerika, so hieß das gemeinsame Los jener Männer.

Für die Frachter, die den Hafen von New York mit dem Ziel Europa verließen, gab es zwei Möglichkeiten: Entweder fuhren sie in den Tod oder geradewegs hinein ins amerikanische Jahrhundert.

„Dort den Aufkommer achtern", sagte Lindt und zeigte in die Richtung. „Behalte ihn im Auge, Blaschke."

Ein kleines und schnelles Schiff näherte sich von Südsüdost mit hoher Fahrt der *Beegle*. Sein Bug gewann rasch an Größe und die anwachsende Welle zeigte an, dass das Schiff noch immer beschleunigte. Blaschke schaute mit dem Glas durch ein rückwärtiges Fenster und wagte kaum zu atmen.

„Mein Gott, du wirst ersticken, Blaschke", sagte Lindt.

Minuten vergingen. Immer näher rückten voraus die Silhouetten heran. Lindt hielt genau auf einen großen Frachter zu, der ihnen die grüne Steuerbordleuchte zeigte und also aus der Stadt herausfuhr.

„Er kommt immer näher, Kaleun", sagte Blaschke und gleich darauf: „Er dreht bei."

Lindt nahm etwas Fahrt zurück, um den Motor zu schonen, und blickte sich um. Er schaute nach dem Schiff, das nun in einer engen Kurve nach Backbord abdrehte.

„Da kommt noch einer!", rief Blaschke.

Die Tür ging auf und Krebsdorf trat herein. In der Hand trug er das Funkgerät, das von seiner Abdeckung befreit war.

„Keine Chance", sagte er. „Ein Kondensator ist durchgeschmort."

Er zeigte auf die Stelle, als ob Lindt im Dunkeln etwas erkennen oder gar daran ändern könnte.

„In Ordnung", sagte Lindt. „Was macht der zweite Aufkommer?"

Krebsdorf stellte das nutzlose Funkgerät in die Ecke, ließ sich von Blaschke einweisen und nahm das Fernglas an sich.

„Such nach Ersatzteilen, Blaschke", sagte Lindt.

Blaschke begann damit, die Schränke und Laden auf der Brücke nach Ersatzteilen für das Funkgerät zu durchwühlen. Dabei balancierte er in der schaukelnden Enge um Lindt und Krebsdorf herum, die wiederum beiseitetraten, wenn Blaschke an eine Schranktür heran musste.

„Dreht ab", sagte Krebsdorf zwei Minuten später. Die Ruhe in seiner Stimme tat sowohl Blaschke als auch Lindt gut.

Nach einiger Zeit gab Blaschke die Suche auf.

„Hier ist nichts", sagte er.

„Hast du unter Deck nachgesehen, Krebsdorf?", fragte Lindt.

„Habe ich. Fehlanzeige."

„Dann muss es auch so gehen."

Die *Beegle* ging in eine Steuerbordwende und kreuzte die Hecksee des Frachters. Auf die kurze Entfernung waren an Deck einige kleine Lichter und auch Menschen auszumachen. Zwei standen rauchend über die Reling gebeugt. Ein Dritter stieg an einer Außentreppe nach oben und verschwand durch ein Schott ins Innere des Schiffes.

Die drei Männer auf dem Trawler waren jetzt umgeben von Schiffen. An Backbord, keine tausend Meter entfernt, kam schon der nächste Frachter auf mit Kurs Richtung Atlantik. Andere fuhren in einer langen, unregelmäßigen Reihe auf die Enge zwischen Staten Island und Brooklyn zu.

Die *Beegle* drehte bei und ordnete sich seitlich des großen Frachters in den Ausgangsverkehr ein, um nach Süden hin unsichtbar zu werden. Bei dem Frachter handelte es sich um ein C3 Cargo Ship mit einer Länge von einhundertfünfzig Meter und einem Tiefgang von fast neun Meter. Ein Sichtschutz wie ein quer liegendes Hochhaus. Seine Maschinen wummerten und die drei Männer fühlten sich, als wären sie auch unter eine akustische Tarnkappe geschlüpft. Wohltuend, aber trügerisch.

„Coney Island", sagte Lindt und zeigte in die Dunkelheit an Backbord.

Dort stieß die See auf einen vier Kilometer langen Strand, der wie ein helles Band in der Finsternis schwebte. Ein Schwarm Möwen erhob sich durch irgendetwas aufgeschreckt in die Luft und flog von rechts nach links über das Band hinweg. Oder waren es Fledermäuse?

„Brighton Beach", sagte Blaschke. „Schon wieder."

Krebsdorf steckte sich eine amerikanische Zigarette an und stützte sich auf den Fensterrahmen. Jenseits des Strandes ragte die Bebauung auf; in der Ferne erhob sich die verdüsterte Ahnung von Manhattan. Die Wolkenkratzer verschmolzen mit der Nacht, als wären sie in sie eingesickert und von ihr aufgesogen worden. Vereinzelt brannte ein schwaches Licht in der Höhe wie ein Stern.

Das Riesenrad am Brighton Beach stand reglos und abgedunkelt, seine Gondeln hingen als schwarze Punkte zwischen den Streben. Rechts, aber viel kleiner, türmte sich ein Schornstein wie ein einzelner Finger auf und dazwischen standen Bäume und gleich daneben wand sich die Achterbahn des *Cyclone* über ihr Stahlgerüst durch die finstern Kurven. Wo war das Lachen geblieben? Der Anblick war trostlos und morbide.

„Ob unser Schlauchboot gefunden worden ist?", fragte Krebsdorf.

„Mit Sicherheit. Von irgendjemandem."

Lindt war mit der Fahrt heruntergegangen und hatte das Tempo dem des Frachters angepasst. Die drei Männer standen in dem dunklen

Brückenhaus und blickten hinüber auf den Strand. Kein Mensch war zu sehen.

An Steuerbord stieg wie ein Fels die Bordwand des Cargo Ship in die Höhe und die von dem Frachtschiff zur Seite hin weggedrückte Bugwelle ließ die *Beegle* auf und nieder tanzen. Ihre Hecksee machte sich dünn und unscheinbar neben der breiten Schleppe des Frachters aus.

Plötzlich ertönte ein Brummen in der Nacht, das anschwoll und dann so laut wurde, dass die Maschinengeräusche des Cargo Ship in den Hintergrund traten. Die Brückenwand der *Beegle* vibrierte und die Luft schien zu erzittern. Krebsdorf und Blaschke rissen die Brückenfenster auf, reckten den Hals nach draußen und blickten nach oben zum Himmel, doch das Brummen klang schon wieder ab und sie stellten die Suche bald ein.

„Nichts zu sehen", sagte Blaschke.

Auch Krebsdorf schüttelte den Kopf.

„Könnte seewärts gewesen sein", sagte er und Lindt verzog schmerzlich das Gesicht.

„Die gottverdammte Air Force", sagte er. „Die haben uns gerade noch gefehlt. Kriegen zu wenig Schlaf, die Brüder."

Sie passierten Schiffe, die ihnen entgegenkamen und den New Yorker Hafen ansteuerten. Es waren Tanker, Frachter und Transportschiffe in allen erdenklichen Größen und Formen, alte und neue Schiffe; von der Küstenwache fehlte jede Spur. Breezy Point Tip zog an Backbord vorbei und weiter dahinter ließ sich das mit 16-Zoll-Geschützbatterien ausgestattete Fort Tilden erahnen. Eine Feuerkraft, die auch mit weit größeren Zielen als der *Beegle* oder einem U-Boot keine Schwierigkeiten gehabt hätte.

An Steuerbord in vier Meilen Entfernung musste Sandy Hook liegen, doch der große Frachter, an dessen Seite sie noch immer dahinzogen wie ein Putzerfisch, verdeckte die Sicht auf die Halbinsel. Es war 2:30 Uhr. Die letzte Stunde bis zur vereinbarten Zeit war angebrochen.

„Überlegt doch mal", sagte Krebsdorf, nachdem er eine Zigarette in die Bucht geworfen hatte. „Unser flotter, grüner Kahn ist randvoll mit Brennstoff ... die Flagge hier", er deutete auf das Sternenbanner an der Brückenrückwand, „... die ist schnell gehisst ... Der Kaleun gibt uns 'nen Schnellkurs in Englisch."

Er grinste Blaschke an.

„Ich höre nicht zu, aber rede ruhig weiter, Krebsdorf", sagte Lindt.

Krebsdorf ließ sich Zeit und kostete den Moment aus.

„Karibik ... Sonne satt das ganze Jahr ... schöne, braune Mädchen ... Schnaps mit Schirmchen ... der Sand so weiß wie Schnee ... bisschen Baden am Nachmittag ... kein Alarm und keine Wasserbomben mehr."

„Verschollen in New York", spann Blaschke den Faden weiter. „Da würde keiner suchen kommen."

Lindt lachte laut auf ob des vermeintlichen Defätismus seiner Leute.

„Wir könnten Marlinfischer werden."

„Oder Hafenmeister."

„Mal *Die Meuterei auf der Bounty* gelesen?", fragte Lindt.

„Nein."

„Nach dem Endsieg geht es vors Kriegsgericht."

„Endsieg ... ", sagte Krebsdorf. „Noch ein weiter Weg dahin. Für uns ist jeden Tag Kriegsgericht."

Die Wolkendecke zog auf und der Halbmond trat klar am Nachthimmel in Erscheinung.

„Was sind das eigentlich für Listen? Muss ja ein Mordszeug sein, wenn der BdU bereit ist, einen Kommandanten dafür herzugeben."

Lindt druckste ein wenig herum.

„Na ja ... ", begann er. „Das, mein lieber Krebsdorf, wissen nur ganz wenige Menschen und wir, als die Geheimnisträger sozusagen, gehören nicht dazu."

Krebsdorf sah ihn an.

„Darf ich?", fragte er.

„Nur zu."

Krebsdorf nahm sich den wasserfesten Beutel, den Lindt über einen Haken an der Brückenrückwand gehängt hatte und zog die Papiere heraus. Blaschke drängte sich an seine Seite. Das Feuerzeug Krebsdorfs erhellte die Brücke mit warmem Schein.

„Pass auf, dass du den Kram nicht abfackelst, sonst müssen wir nochmal zurück", sagte Lindt, ohne sich nach den beiden umzusehen.

Buchstabe an Buchstabe war mit unregelmäßigen Leerzeichen, aber frei von Absätzen, in vollkommen wirrer Abfolge auf den Papieren aneinandergereiht. Nicht ein einziges bekanntes Wort schien sich auf den über zehn Blättern einzufinden. Viele Buchstabenfolgen waren länger als auch die längsten deutschen Worte.

„Das ist bereits marinefremd kodiert worden", erklärte Lindt. „Die Leerzeichen sind der Kode, sagt der Agent. Wir jagen es noch dreimal durch die Enigma und dann nach Frankreich."

Krebsdorf kratzte sich den Kopf.

„Hmhm. Und wie bringen wir den Fremdkode mit der Enigma zusammen? Die Enigma kennt keine Leerzeichen", sagte Krebsdorf, für den als 2WO des U-Bootes Funksprüche und deren Chiffrierung zum Aufgabenbereich gehörten.

„Mit einem separaten Funkspruch, der nur die jeweilige Anzahl der Buchstaben bis zum nächsten Leerzeichen enthält?", fragte Lindt.

„Zwei. Leer. Vier. Leer. Dreizehn. Leer. Sieben. Leer. Verstehe. Natürlich ohne das ‚Leer' mit zu morsen. Also zweivierdreizehnsieben. Das ist interessant", sagte Krebsdorf. „Dreizehn ist allerdings schon wieder ein Problem. Drei und zehn. Aber das kriegen wir irgendwie hin."

Lindt bedachte ihn mit einem kritischen Blick und Krebsdorf schlug sich sanft die Hand mit den Listen an die Stirne.

„Schaffen wir ja sonst auch", sagte er und lachte. „Verflixte Müdigkeit. Wir können es sogar in einem einzigen Funkspruch machen. Die Funker werden aber eine Weile daran arbeiten müssen, bis alles so weit fertig ist. Das sind zehn Seiten."

„Nein, es sind zwölf. Die Dringlichkeit ist hoch, aber nicht so hoch, dass wir die wenigen Stunden dafür nicht hätten. Ich vermute, dass es sogar reichen würde, wenn wir nicht funken und die Listen einfach nach Hause bringen. Das ist irgendetwas Größeres. Da geht es nicht einfach nur um den Auslauftermin für einen Konvoi oder den Standort feindlicher Wetterboote und es gibt nur einen Grund, weshalb wir trotzdem funken müssen."

„Welchen?"

„Wir könnten versenkt werden."

Krebsdorf nickte.

„Und die Listen von *uns* holen zu lassen. Ist das wirklich der einzige Weg?", fragte er.

„Das kannst du Dönitz selber fragen, wenn du ihn das nächste Mal siehst. Wenn dich der Inhalt der Listen so interessiert, versuch doch den Leerzeichenkode zu knacken."

„Wie lang ist denn die längste Buchstabenfolge?"

„Vierundsechzig."

Krebsdorf verdrehte die Augen.

„Na schönen Dank auch."

„Aber wir können aus der Geschichte etwas lernen", sagte Lindt.

„So? Was denn?"

„Es gibt keine einzige Enigma auf amerikanischem Boden. Und jetzt mach bitte das Licht wieder aus."

Krebsdorf klappte sein Feuerzeug zu und die Dunkelheit war zurück. Eine Welle traf die *Beegle* und die drei Männer fingen sich jeder auf seine Weise auf.

„Was glaubst *du* denn, was in den Listen steht?", fragte Krebsdorf.

„Das kann alles Mögliche sein. Bau- und Forschungsprogramme, geplante Truppenverschiebungen, technische Details von Waffen- und Ortungssystemen, Agentenlisten, Kodierungslisten. Das wäre was: Wenn wir eine kodierte Kodierliste kodierten."

Ihr Gespräch wurde jäh von erneutem Brummen unterbrochen.

„Otto, ans Ruder!", rief Lindt und stürzte mit Krebsdorf, der Blaschke die Listen in die Hand drückte, an Deck.

Das Brummen schwoll an, wurde immer lauter und dann sahen sie die Maschine unweit entfernt in tiefem Flug auf das Meer hinausfliegen.

„Vier Motoren!", rief Krebsdorf Lindt ins Ohr.

Lindt nickte im Lärm Krebsdorf zu, dass er verstanden hatte. Wieder schien die Luft zu zittern und zu beben; die Maschine geriet außer Sicht und das Brummen und Dröhnen wurde leiser, bis es sich in der Nacht verlor. Sorgenvoll blickten sich die beiden Männer an.

Der Frachter in Rufweite an Steuerbord lief unbeirrt seinen Kurs. Der Seegang war stärker geworden und das C3 Cargo durchschnitt die Wellen, ohne sich dadurch beeindruckt zu zeigen, während die *Beegle* schon ins Stampfen geriet. Achteraus folgten in einigem Abstand mehrere Frachter und Tanker.

„Vier Motoren", wiederholte Krebsdorf, als die drei Männer wieder auf der Brücke vereint waren. Aufmerksam suchten sie die Wasserfläche nach verdächtigen Schiffen ab. Das Fernglas wechselte zwischen Lindt und Krebsdorf hin und her, während Blaschke am Ruder verblieb und sich darauf bedachte, den Kurs zu halten.

„Zerstörer achtern!", rief Krebsdorf plötzlich.

Das graue Maul des Kriegsschiffs schoss aus der Dunkelheit hervor. Der Bug stampfte auf und nieder und eine große Bugwelle zeigte die

Höchstfahrt an. Krebsdorf hielt den Zerstörer im Ausschnitt des Glases, während er aus dem Brückenfenster spähte.

„*Fletcher-Klasse!*"

Mit beängstigendem Tempo schloss der Zerstörer auf. Seine Positionslaternen waren gelöscht und Lindt sah, dass auch das Cargo Ship seine Lichter abgeschaltet hatte. Eines nach dem anderen erloschen die Lichter des einlaufenden Gegenverkehrs.

„Hilfskreuzer voraus!", rief Blaschke. „Küstenwache. Lage Null, kommt näher! Was wollen die denn?"

„Runter!", sagte Lindt. „Macht die Gewehre fertig und bleibt unter Deck."

Blaschke und Krebsdorf verließen die Brücke und der Zerstörer überholte die *Beegle*, als die beiden Männer gerade durch die Luke nach unten stiegen und von der Leiter in den schwach beleuchteten Laderaum taumelten zur Kiste mit den darin gelagerten Waffen hin. Krebsdorf reichte Blaschke ein Garand und einen Munitionsclip.

„Das ist das beste Infanteriegewehr der Welt", sagte er.

Dann schob er mit dem Daumen einen Clip in die Kammer des zweiten Gewehrs und griff nach einer Handgranate.

Lindt hatte die Maschine gestoppt und von der dunklen Brücke aus beobachtete er die geisterhafte Szene: Der Zerstörer rannte in voller Fahrt längsseits an Backbord vorüber mit Kurs auf die offene See und hinterließ eine aufgewühlte Schaumschleppe, die im schwarzen Wasser zu leuchten begann. Der Kaleun konnte die Augen nicht von dem Schiff lösen. Der Farbton war ein kaltes, glattes und bösartiges Grau, seine fünf Hauptgeschütze sahen aus wie der Tod, die sechs Wasserbombenwerfer glichen Totengräbern und die sechzigtausend PS aus den beiden Dampfturbinen tobten wie eine Kapelle von Teufeln, die den Marsch in die Finsternis anführte.

Der Kaleun riss sich aus der Erstarrung und blickte auf den Kreuzer der Küstenwache, der nun quer zum gestoppten Verkehr der Schiffe auf dem Ambrose Channel und nur achthundert Meter vor dem Bug der *Beegle* seine Fahrt zurücknahm. Ein Knacken war zu hören, das in eine die Ohren peinigende Rückkopplung überging. Dann bellte mit fremdem New Yorker Akzent eine Stimme durch den Lautsprecher über das Wasser:

„*TURN OFF YOUR LIGHTS! SUBMARINE NEARBY!*"

Drittes Kapitel – Die Beegle

Erinnert sich der Leser noch an Kika – an den Mann, der versichert hatte, mit der SS fertig zu werden? Es geht nun in die Vergangenheit dieses Mannes, an den sich vielleicht noch der Leser erinnern mag, aber sonst leider zu wenige Menschen. Den Kinderspitznamen Kika hatte der Mann im Lauf der Zeiten abgelegt und statt ihm andere Namen angenommen und auch jene wieder abgelegt.

In der Weltgeschichte tritt er das erste Mal 1914 als Oberleutnant an Bord des Kreuzers Dresden in Erscheinung, wo er weniger mit seinen maritimen als mit seinen früh ausgeprägten verschwörerischen und geheimdienstlichen Fähigkeiten dazu beiträgt, der Royal Navy die erste Niederlage seit einhundert Jahren zuzufügen. Dabei trickste er einen nicht minder klugen und verschlagenen Mann aus, der später noch berühmt werden und das britische Empire durch den Zweiten Weltkrieg führen sollte: Winston Churchill.

Als die Dresden schließlich von überlegenen britischen Seestreitkräften in der Cumberland-Bucht in den Gewässern des neutralen Chile gestellt wurde, verschaffte Kika der Schiffsführung die nötige Zeit zur Selbstversenkung, als er als Parlamentär unter Beschuss in einer Barkasse zum Feind übersetzte. Anschließend flüchtete er aus dem chilenischen Internierungslager, überquerte allein auf einem Pferd die Kordilleren, wurde in Buenos Aires zum chilenischen Staatsbürger Reed Rosas und floh auf einem niederländischen Frachter über den Atlantik und das feindliche Plymouth unentdeckt zurück nach Hamburg. Kein schlechter Streich, nicht wahr? Doch später mehr. Er läuft uns heute nicht mehr davon.

***

Der Kaleun hatte sich in den Rudersessel sinken lassen. Wie ein Kind in der Wiege ließ er sich dort vom Wellengang schaukeln, eine Hand noch immer am Steuerrad. Der Kaffee in dem Becher im Kästchen war kalt geworden und im Aschenbecher lagen zwei von Krebsdorfs ausgedrückten Zigaretten. Der Diesel blubberte im Leerlauf.

Lindt fuhr sich mit der Zunge über die Zahnreihen. Sein Mund war trocken und ein pelziger Geschmack hatte sich darin angesammelt. Er schaute sich auf der Brücke um. Die Tür an der Rückwand war geschlossen. Er war allein. Auf dem Boden lagen einige Dinge, die Blaschke bei der Suche nach Ersatzteilen für das Funkgerät in der Eile nicht wieder eingeräumt hatte. Eine schwarze Wollmütze und ein Handschuh, zwei eingerollte Seekarten.

Durch eine geöffnete Schranktür sah er den Griff einer Leuchtpistole. Eine Patrone kullerte gegen die Brückenwand. Lindt erhob sich und nahm sie auf. Er legte sie in den Schrank und schloss die Tür, die sich mit einem Klicken des Magnetverschlusses für das Vertrauen bedankte. Dann verstaute er den Handschuh und die Mütze und räumte die Karten weg. Er erblickte den Beutel an seinem Haken an der Brückenrückwand und nahm ihn an sich, spähte hinein und zählte die Listenblätter durch. Zwölf Stück. *Und auch nach Jahrmillionen sind wir Moleküle und Atome doch alle noch beisammen.* Lindt hing den Beutel wieder auf den Haken.

Auf der Back war die Seekarte der Lower Bay ausgebreitet, in die mit Bleistift die letzte von Blaschke gekoppelte Position eingetragen war. In dem schwachen Licht erschien das Bleistiftkreuz nahezu unsichtbar. Lindt starrte einen Augenblick wie in Trance darauf, dann schüttelte er den Kopf und wandte sich ab. Er trat ans Fenster und spähte hinaus in die Nacht.

An Steuerbord trieb mit gestoppter Maschine und gelöschtem Licht das Cargo Ship. Matrosen liefen geschäftig an Deck umher. Vier Seeleute befreiten das Geschütz am Heck von seiner Plane. Auch die Handelsschiffe waren selbst längst bewaffnet. Weitere Schiffe lagen gestoppt in der Dunkelheit. Der gesamte Verkehr schien zum Erliegen gekommen zu sein. Dunkle Schatten, die an Ort und Stelle verharrten.

Der Küstenwachenkreuzer setzte sich mit kleiner Fahrt nach Süden hin ab. Er hatte seine Positionslichter abgeschaltet und nur die Leuchtbojen, die die Begrenzungen des Ambrose Channel markierten, hatten noch gebrannt, doch in diesem Moment erloschen auch jene.

In der Ferne lief der Zerstörer weiter seewärts und aus den Narrows zwischen Staten Island und Brooklyn stapften noch mehr Kriegsschiffe heran.

Lindt sah sie durch das Glas, das er auf den Fingerkuppen balancierte. Seine Finger zitterten leicht. Die Schiffe tanzten immer wieder aus dem Fokus. Zwei Korvetten und ein weiterer Zerstörer.

Lindt schaute auf die Armbanduhr und brauchte in der Dunkelheit einen Moment, um die Zeit abzulesen. Es war 3:05 Uhr.

Das U-Boot war entdeckt, vielleicht bereits vernichtet. Dem Kaleun kam der Gedanke, dass seine Besatzung tot sein könnte und dass Blaschke, Krebsdorf und er die letzten Überlebenden waren. Konnte das sein? Solange ihm nicht das Gegenteil bewiesen war, existierte für ihn das Boot noch irgendwo da draußen am Rande der Bucht. Dass weitere Jäger dorthin aufbrachen, war ihm ein Indiz, dass auch den Amerikanern kein Beweis für die Vernichtung des Bootes vorlag. Es war nicht viel, um große Hoffnungen daran zu knüpfen.

Die Besatzung verloren? War es möglich? U-Boote konnten zerstört werden, ohne Ölauftrieb oder an die Oberfläche gespülte Wrackteile zu hinterlassen. Sie konnten einfach mit Wasser volllaufen und für immer spurlos in der Tiefe verschwinden.

Die Distanz zum ersten Aufnahmepunkt ist zu groß, um ihn rechtzeitig zu erreichen, überlegte Lindt. Er beschloss, nach seinen beiden Männern zu sehen, um sich mit ihnen zu beraten, und so nahm er einen Rundblick und nachdem er eine unmittelbare Kollisionsgefahr mit anderen gestoppten und umhertreibenden Fahrzeugen ausschließen konnte, öffnete er die Brückentür und trat nach draußen an Deck. Ein Schauer kroch ihm über den Rücken, als der Seewind in seine Kleidung fuhr.

Die Kriegsschiffe waren nähergekommen, steuerten aber weiter südlich. Sie waren sich bewegende Schatten zwischen den statischen Gebilden der gestoppten Tanker und Frachter. Mit ihrem geringen Tiefgang waren die U-Jäger nicht auf den ausgebaggerten Kanal angewiesen und genossen in der Bucht fast vollständige Bewegungsfreiheit. Weit im Westen lag Staten Island in der Finsternis. Die Verdunklung sorgte dafür, dass kaum ein verräterischer Schein den Nachthimmel erhellen konnte. Nur der Halbmond stand über der Insel. Lindt zog die Ladeluke auf und beugte seinen Körper darüber.

„Entwarnung!", rief er nach unten. „Kommt auf die Brücke."

Blaschkes und Krebsdorfs Gesichter tauchten im Ausschnitt der Luke auf. Sie schauten nach oben. Die Anspannung war noch nicht von ihnen gewichen. Entschlossene Kampfbereitschaft sprach aus der Körperhaltung der beiden Männer. Sie sahen aus wie in die Enge getriebene Ratten. Jeder hielt in der Hand sein Gewehr, den Lauf nach unten gerichtet. Es brauchte seine Zeit, bis sie das Gesicht ihres Kommandanten tatsächlich erkannten. Wortlos wandten sie sich von Lindt ab und verstauten die Waffen wieder in der Kiste.

Ein Anflug von Rührung und Mitgefühl befiel Lindt.

Um keinen Preis der Welt hätte er der *Coast Guard Officer* gewesen sein wollen, der zu den beiden nach unten hätte steigen müssen, wenn die Küstenwache an Bord gekommen wäre. Dann wischte er den Gedanken hinfort und lief zurück auf die Brücke.

„Die Situation ist unübersichtlich", begann Lindt, als sich die drei Männer erneut auf der Brücke eingefunden hatten. „Weber ist entdeckt worden."

Die beiden machten ernste Gesichter.

„Ja, das ist sicher", fuhr Lindt fort. „Wie ihr seht, ist hier allgemeiner U-Bootalarm ausgerufen worden. Alle Schiffe sind verdunkelt. Die Kanalbojen sind abgeschaltet. Der Verkehr ist gestoppt, zumindest für den Moment. Mal sehen, wie lange noch. Ich rechne damit, dass hier demnächst wieder Fahrt reinkommt. Sie können nicht die großen Tanker unbeweglich liegen lassen, wenn ein U-Boot in der Nähe ist. Viel zu leichte Ziele auch auf große Entfernungen. Sie *müssen* sie weiterfahren lassen. Das werden wir ausnutzen, sobald es so weit ist. Wir setzen uns weiter seewärts ab, in den schwächeren Verkehr hinein und näher an die Aufnahmepunkte heran. Der erste ist nicht mehr zu schaffen; es ist fast viertel nach drei. Die Navy wird jetzt alles darangeben, Weber zu jagen, und uns bleibt nichts anderes, als zu hoffen, dass sie ihn nicht kriegen. Schwieriges Schlachtfeld für ihn durch die geringe Tiefe … "

Lindt starrte auf den Boden der Brücke, als könnte er durch ihn hindurch bis auf den Grund des Meeres sehen.

„Kann aber auch von Vorteil sein. Das Asdic hat Probleme mit geringen Tiefen und ist hier kaum zuverlässig einsetzbar. Gut für Weber und gut für uns."

Er trank einen kalten Schluck Kaffee und stellte den Becher zurück in das Kästchen.

„Noch etwas gibt Anlass zur Freude, meine Herren. Die Küstenwache ist uns *nicht* auf der Spur."

Krebsdorf grinste.

„Dieses Arschloch von Hafenmeister", sagte er. „Der hat mir den Schrecken meines Lebens verpasst."

Mit lautem Rumpeln lief die Maschine des Cargo Ship wieder an, von dem sie in den vergangenen Minuten ein Stück abgetrieben worden waren.

„Na, wer sagt's denn", meinte Lindt und lächelte. „Ich habe zwei Vorschläge, wie es jetzt weiter geht, und ich möchte wissen, was ihr darüber denkt."

Er schob den Fahrtregler nach vorn und auch die *Beegle* setzte sich in Bewegung.

„Augenblick bitte, Erich", sagte Blaschke.

Er wusste nicht so recht wie anfangen.

„Glaubst du ... denkst du ... also ich will sagen, was denkst *du*? Ist das Boot versenkt?"

Lindt sah ihn an. Blaschke erwiderte den Blick und auch Krebsdorfs Augen waren auf den Kommandanten gerichtet.

„Wir haben einen Auftrag, Blaschke", sagte Lindt. „Einen Befehl. Einen verdammten Sonderbefehl", die Wut war wieder in sein Gesicht getreten, „vom Löwen persönlich. Du kannst davon halten, was du willst. Ich will es nicht hören. Es interessiert mich nicht, ob du den Befehl für eine Schnapsidee hältst. Es interessiert mich genauso wenig, ob du es mir vorwirfst, dass ich dich mitgenommen habe. Vielleicht wärst du ja lieber an Bord geblieben? Ob das Boot versenkt ist? Woher bitte soll ich das wissen? Vielleicht ja!"

Der Kaleun funkelte Blaschke an.

„Und wenn es versenkt ist, dann werden wir den Befehl mit der *Beegle* ausführen. Und wenn das bedeutet, dass wir uns Proviant und Treiböl durch Piraterie besorgen müssen, dann werden wir *das* machen. Und wenn dabei zwei von uns draufgehen, dann wird der Dritte allein weitermachen, bis der Inhalt dieser Listen bei Dönitz angekommen ist. War das klar und deutlich?"

Er sah Krebsdorf und Blaschke in die Augen. Die beiden Männer schwiegen.

„Bringt die Orangen nach unten. Wozu zum Teufel haben wir einen Laderaum."

„Jawohl, Herr Kaleun", sagte Blaschke und verließ die Brücke.

Lindt stand am Ruder, er hielt das Rad mit einer Hand und starrte voraus in die dunkle Nacht. Der Trawler machte kleine Fahrt. Krebsdorf stützte sich mit dem Rücken zum Seitenfenster beidhändig auf die Back und sah Lindt an.

„Der Junge hat 'nen schweren Monat hinter sich. Der Luftangriff. Er wäre fast verschüttet worden."

„Hmhm", machte Lindt.

„Vielleicht hättest du ihn wirklich an Bord lassen sollen."

„Er ist mitgekommen, weil er hier gebraucht wird. Auf dem Boot haben sie die besseren Navigationsmittel und mehr Personal. Mehr gibt es dazu nicht zu sagen."

„Du hättest ihn nicht so anpflaumen müssen."

Lindt schniefte zur Antwort.

„Er wollte wissen, wie du als Kommandant Webers Chancen einschätzt. Das interessiert mich übrigens auch."

„Die Wassertiefe am ersten Aufnahmepunkt beträgt fünfundzwanzig Meter. Weiter östlich ist das Wasser *noch* flacher. Beantwortet das deine Frage, Willi?"

„Noch nicht ganz. Du sagtest, die U-Jäger kriegen im flachen Wasser Schwierigkeiten mit ihren Ortungssystemen. Was hat es damit auf sich?"

Lindt erhöhte die Fahrtstufe und machte eine Kurskorrektur, um das Cargo Ship zu überholen.

„Man kann im flachen Wasser besser den toten Mann spielen", sagte er. „Oder anders gesagt ... das Asdic ist ein Aktivsonar. Es sendet einen Schallimpuls, der von einer Oberfläche, auf die er trifft, reflektiert wird und an das aussendende Gerät zurückgeht. Dort werden die ungefähre Richtung und Entfernung der Reflexionsfläche angezeigt. So weit ganz einfach. Wir sprechen immer von einem Ortungsstrahl, tatsächlich handelt es sich aber um einen Ortungskegel, dessen Spitze der Sender bildet. Der Sender befindet sich an der Unterseite des Zerstörers unter dem Kiel und kann ein- und ausgefahren werden."

Lindt bedachte sich einen Moment und sprach dann weiter.

„Dieser Sender schickt einen drehbaren und flach nach unten gerichteten Ortungskegel aus, der logischerweise zunächst spitz ist und in der Tiefe breiter wird. Die vom Kegel abgedeckte Fläche wird also in der Tiefe immer größer, während in geringen Tiefen Lücken ober- und unterhalb und seitlich der Suchfläche bleiben. Die maximale Ortungsdistanz beträgt in etwa zweitausend Meter. Ein U-Boot in geringer Tiefe kann je nach Entfernung zum Zerstörer vom Suchkegel gar nicht erfasst werden, da er das Boot unterläuft. Das Boot wird erst dann erfasst, wenn der Zerstörer direkt darüberfährt. Im flachen Wasser finden sich häufig thermische Schichten. Die können auch ein U-Boot vor seiner Entdeckung und Vernichtung bewahren, da sie den Ortungsstrahl ablenken und damit die wahre Position des Bootes verschleiern."

Der Kaleun brachte mit einem Rudermanöver nach Steuerbord die *Beegle* wieder auf ihren Generalkurs. Dann sprach er weiter.

„Die Zerstörer suchen nach einer Reflexionsfläche, die ein sehr klares und eindeutiges Reflexionsbild abgibt, wie es die metallische Oberfläche eines U-Bootes tut. Verschiedene Oberflächen reflektieren den Ortungsstrahl unterschiedlich gut. Dummerweise gehört die Außenhaut von U-Booten zu den Oberflächen, die ihn sehr gut reflektieren."

Lindt verzog die Mundwinkel zu einer Grimasse.

„Es gibt Versuche, dem mit einer Gummibeschichtung Abhilfe zu verschaffen, aber das ist ein anderes Thema. Schlammiger Seegrund reflektiert den Ortungsstrahl so gut wie gar nicht, Gestein und Unterwasserfelsen dagegen schon. In der Bucht von New York gibt es beides, sowohl große Schlammflächen als auch Gesteinsformationen. Für den Sonarmann auf dem Zerstörer wird es im flachen Wasser sehr schwierig, ein U-Boot von einem Felsen zu unterscheiden. Gestein zerstreut außerdem den Ortungsstrahl. Der Sonarmann bekommt eine Menge Signale, zwischen denen sich ein U-Boot verstecken kann, erst recht, wenn das Boot auf Grund liegt und also mit dem Gestein sozusagen verschmolzen ist. Ein Boot, das auf Grund liegt, produziert außerdem keinerlei Antriebsgeräusche mehr und es kann, wenn die Besatzung diszipliniert ist und vollkommene Stille bewahrt, für den Zerstörer vollständig verschwinden. Wenn Weber Glück hat, dann hat er Gestein in seiner Nähe. Hat er Pech und er fährt über schlammigen Grund, hat er kaum eine Chance."

„Verstehe", sagte Krebsdorf. „Und wenn sie gebombt werden? Aussteigen ist in zwölf Meter Tiefe eine verlockende Option. Falls das Boot beschädigt wurde, meine ich."

„Ja, kommt drauf an", sagte Lindt und schoss eisig hinterher: „Man kann auch in geringer Tiefe absaufen. Wasser ist Wasser und wenn die Luken verzogen sind, krepiert man mit der Hand über der Oberfläche sozusagen."

Krebsdorf nickte.

Blaschke öffnete die Brückentür und trat ein.

„Erledigt, Kaleun. Die Stiegen sind unter Deck."

„Gut."

Vorsichtig bahnte sich der Trawler einen Weg durch den abgedunkelten Verkehr, der nun wieder in Bewegung gekommen war. Die Schiffe fuhren langsam und hielten großen Abstand zueinander. Der Mond war verschwunden und die Wasseroberfläche sah schwarz aus und kalt.

„Ich wollte mit euch über unsere Möglichkeiten sprechen", sagte Lindt, während er durch das Glas spähte und die andere Hand das Ruder hielt. „Das ist hier alles nicht so gelaufen, wie wir uns das vorgestellt haben. Blaschke, sieh zu, dass du noch eine halbwegs verlässliche Landpeilung kriegst. Wir brauchen wenigstens die ungefähre Position."

Er reichte Krebsdorf das Glas und erhöhte die Fahrtstufe, als sich voraus eine breite Gasse auftat, durch die der Trawler seewärts stoßen konnte. Blaschke beugte sich über die Seekarte.

„Ich gebe dir gleich Bescheid", sagte er.

An Steuerbord fiel die Küstenlinie der Sandy Hook-Halbinsel nach achtern und war kaum noch auszumachen. Nördlich und unter einem dünnen Schein am Nachthimmel mussten die Rockaways und dahinter Queens liegen. Die Küste von Long Island erstreckte sich meilenweit an Backbord querab. Die *Beegle* hatte den Atlantik erreicht.

„Kompass?", fragte Blaschke, den Blick noch immer auf die Seekarte gerichtet. Er streckte seine geöffnete Handfläche Krebsdorf entgegen, während er mit der anderen Hand den Bleistift, die Winkelscheibe und ein großes, hölzernes Lineal bereitlegte.

„Moment."

Krebsdorf zog eine Lade auf und gab den darin befindlichen Taschenkompass in Blaschkes Hand.

„Danke", sagte Blaschke und studierte weiter die Karte. Er hob den Kopf und spähte Backbord voraus in Richtung Long Island.

„Silver Point ... Silver Point", murmelte er und schaute im Wechsel auf die Karte und in die Dunkelheit hinaus. Krebsdorf schaute jetzt ebenfalls in die Dunkelheit. Dann beugte er sich über Blaschkes Schulter und schaute auf die Karte. Dann wieder in die Dunkelheit. Er nickte Blaschke zu, als der ihn fragend ansah.

„Maschine stopp", sagte Blaschke. „Bin gleich zurück."

„Das Glas?", fragte Lindt.

„Brauche ich nicht", sagte Blaschke. „Ich lasse es hier."

Lindt drehte am Fahrtregler und das Wummern des Diesels fiel in sich zusammen. Blaschke öffnete die Brückentür und ging nach draußen. Der Zeiger am Fahrtmesser bewegte sich langsam und gleichmäßig rückwärts der Null entgegen. Lindt und Krebsdorf sahen einander an, dann trat Krebsdorf an die Brückentür und schaute durch das Bullauge nach draußen, wo Blaschke sich über die Bordwand lehnte und wartete, bis der Trawler seine Fahrt verlor. Mit beiden Armen stützte er sich auf der Reling ab. *Er sieht müde aus*, dachte Krebsdorf.

Als die *Beegle* gestoppt lag, hob Blaschke einen Arm in Richtung Long Island und visierte über seine ausgestreckte Hand hinweg, blickte auf den Kompass und wiederholte die ganze Prozedur mehrfach. Daraufhin drehte er sich dem Heck zu und streckte seinen Arm erneut aus.

„Es ist viel zu dunkel", sagte Lindt.

Krebsdorf kniff die Augen und legte die Stirn in Falten, dann kam Blaschke zurück und Krebsdorf hielt ihm die Tür und ließ ihn wieder ein. Blaschke ging an die Karte und zog mit Hilfe des Lineals sorgfältig zwei Bleistiftlinien.

„Ich habe eine Kreuzpeilung zwischen Silver Point auf Long Island und dem North Beach auf Sandy Hook genommen. Die Standlinie nach Long Island müsste relativ präzise sein. Die andere ... "

„Schon gut", sagte Lindt. „Das ist besser als nichts. Du bleibst jetzt auf der Brücke und koppelst alles genau mit. Eine weitere Kreuzpeilung aus zwei Richtungen kriegen wir nicht. Bestenfalls weitere Standlinien nach Long Island."

Lindt schob den Fahrtregler wieder nach vorn und die Schraube begann zu arbeiten. Rings um den Trawler dünnte der Verkehr bereits aus.

Ein kleiner Schwarm Möwen stürzte herab, um das Boot zu inspizieren. Die Tiere landeten auf der Reling und hüpften von dort auf die feuchten Deckplanken, wo sie wenig Halt fanden. Mit kräftigem Flügelschlag erhoben sie sich bald wieder in den Wind. Vor einer Stunde noch war die *Beegle* umzingelt von Schiffen, die die Bucht durchkreuzten, und nun überwog die weite Öde des Ozeans und entfernte die drei Männer immer mehr von der Welt der Menschen.

Die Dünung schlug gegen die Bordwand und Wasser spritzte an der Brücke vorüber und gegen ihre Fenster. Durch den schwarzen Himmel trieben tiefe, graue Wolken. Mit finsteren Grüßen nahm das Meer die abtrünnig gewordenen Seeleute zurück.

Gleichmäßig hämmerte der Diesel und Lindt hatte im Sessel vor dem Steuerrad Platz genommen. Einen Fuß hatte er unter der Kante gegen die Sperrholzplatte am Rudertisch gepresst. Sein schwerer, schwarzer Schuh verharrte dort wie angeklebt und nur das Sprunggelenk bewegte sich, um die Bewegungen der Wellen auszugleichen. Dabei rutschte der Saum seiner dunklen Hose über den Knöchel und gab den Blick auf seine dicken Wollstrümpfe frei. Blaschke und Krebsdorf standen nebeneinander an der Back. Blaschke hielt den Bleistift in der Hand, Krebsdorf eine noch nicht entzündete Zigarette.

„Also", sagte Lindt und federte leicht aus seinem Sprunggelenk.
„Zwei Möglichkeiten. Wir steuern zum zweiten Aufnahmepunkt und hoffen, dass Weber seine Verfolger abgehängt hat. Sollte das nicht der Fall sein, dann sehen wir dort unsere Kameraden von der Navy wieder, worauf ich nicht gerade erpicht bin. Ich kann ganz gut ohne die Leute leben."

Er atmete trocken durch die Nase aus, als würde er damit eine Erinnerung loswerden wollen, die ihn plötzlich befallen hatte.

„Oder wir laufen direkt den dritten Aufnahmepunkt an. Das gibt Weber etwas mehr Spielraum und falls sie verfolgt werden, haben sie auf dem Boot im Moment sowieso andere Sorgen als uns. Für den dritten Aufnahmepunkt ist eine längere Wartezeit vereinbart. Nicht zwanzig Minuten wie an den ersten beiden Punkten, sondern zweiundsiebzig Stunden. Erst danach gilt die Aufnahme als gescheitert. Es ist jetzt fast 4 Uhr."

Krebsdorf und Blaschke sagten nichts. Sie erwarteten eine Entscheidung des Kommandanten.

„Der Nachteil, wenn wir den zweiten Aufnahmepunkt auslassen, ist, dass wir die Möglichkeit aufgeben, noch bei dunklen Lichtverhältnissen geborgen zu werden und es dann passieren kann, dass wir auch bei Kontakt mit dem U-Boot einen weiteren Tag auf der *Beegle* zu verbringen haben. Wenn euch diese Aussicht nicht abschreckt, plädiere ich für diese Option. Unsere Trinkwasservorräte sind ausreichend. Außerdem haben wir die Orangen."

„Wir werden Schlaf brauchen", sagte Krebsdorf. „Und Zigaretten."
„Mit den Zigaretten kann ich dir nicht helfen", antwortete Lindt. „Aber was den Schlaf betrifft, stimme ich dir zu und ich würde vorschlagen, wir fangen gleich damit an."

Der Kaleun schaute zu Blaschke.
„Otto, kannst du wach bleiben?"
Blaschke nickte.
„In Ordnung. Dann begleite doch jetzt den WO nach unten und wenn du wiederkommst, bin ich dir nicht böse, wenn du nochmal eine Kanne frischen Kaffee dabeihast. Und mach dir keine Sorgen um deine Berechnungen. Ich behalte Kurs und Fahrtstufe bei, bis du wieder da bist."

Lindt griff nach der leeren Kanne und gab sie Blaschke in die Hand.

„Melde mich ab zur Nachtruhe, Herr Kaleun", sagte Krebsdorf und stieß die Tür auf. Blaschke folgte ihm.

Die beiden Männer stiegen durch die Luke unter Deck und betraten die Mannschaftsabteilung mit der Kombüse und den Kojen. Krebsdorf streifte sich die Stiefel von den Füßen und warf sich sogleich ächzend auf die Schlafstätte.

„Was für ein Leben", sagte er.

Blaschke kochte in dem Boiler Wasser auf und bereitete den Kaffee vor. Mit blitzschneller Reaktion bewahrte er die leere Kanne vor dem Fall von der Back, als das alte Fischerboot durch eine See ins Rollen geriet.

„Wie ist Lindt so als Kommandant?", fragte Krebsdorf unvermittelt.

Blaschke drehte sich zu ihm und zuckte die Schultern.

„Er ist wie früher", sagte er.

Krebsdorf lächelte.

Nach einigen Minuten verschraubte Blaschke die Kanne und sprach mit dem Rücken zu Krebsdorf stehend: „Falls du nachher Wabos hörst, mach dir keine Sorgen. Das bedeutet nur, dass Weber noch am Leben ist."

Er drehte sich um. Krebsdorf war bereits eingeschlafen.

Die *Beegle* tanzte auf der stärker werdenden Dünung hinaus aufs Meer. Wellen zerstoben an ihrem Bug, teilten sich zu beiden Seiten hin und spritzten entlang der Bordwände. Der kleine, grüne Trawler war auf seinem Kurs.

Weit an Backbord schlich ein Tanker durch die Dunkelheit in Richtung des rettenden Hafens von New York und auf der Landmasse dahinter leuchtete von Zeit zu Zeit ein schwaches Licht auf wie das Glimmen eines Glühwürmchens. Es mussten Kraftfahrzeuge sein, die mit abgeblendeten Scheinwerfern die Küstenstraße auf Long Island entlangfuhren. *Keine Verdunklung ist jemals vollständig*, dachte Lindt.

Dann war Blaschke zurückgekehrt und hatte zwei Becher mit dem starken, südamerikanischen Kaffee befüllt. Die Wärme des Bechers in der Hand und das anregende Gefühl des Kaffees im Magen taten ihnen wohl. Wären sie an Bord ihrer Waffe gewesen, hätte der Tanker zu ihrer Linken die beiden U-Bootmänner in schiere Aufregung versetzt und das Jagdfieber in ihnen entfacht; nun betrachteten sie ihn schweigend und mussten ihn seiner Wege ziehen lassen. Sie beobachteten das Schiff durch das Glas. Der Tanker war abgedunkelt und lief langsame Fahrt. Die Aufbauten am Heck überragte ein mächtiger Schlot, aus dem graue Wolken hervorstießen und sich zu einer Rauchfahne auseinanderzogen, die sich über dem Kielwasser des Schiffes wieder verlor. Vier gewaltige Mastsektionen verteilten sich über die gesamte Länge des Tankers. Sie zeichneten fliegende, schwarze Dreiecke in die Nacht. Am vorderen Mast wehte das Sternenbanner über den Brückenaufbauten des Vorschiffs.

„Siebentausend Tonnen", schätzte Blaschke.

„Ja. Ein schönes Schiff", sagte Lindt. „Die sind noch einmal durchgekommen. Kompletter Irrsinn heutzutage auf so einer fahrenden Fackel anzuheuern. Acht Millionen Tonnen sind im letzten Jahr versenkt worden."

Lindt schüttelte den dunkelblonden Kopf, bevor er weitersprach.

„Das muss eine Mischung aus Heldenmut und ökonomischer Not sein. Wenn die den Tanker betreten, stehen sie schon mit einem Bein im Grab."

„Die Besatzung wird sich vor Freude über die Rückkehr heute wahrscheinlich halb totsaufen."

„Kann's ihnen nicht verdenken."

Die beiden Männer sahen dem Tankschiff nach, das langsam in der Dunkelheit verschwand, die Bunker voller Öl für die gierige Metropole.

„Krebsdorf war 1WO bei seinem letzten Kommando, richtig?", fragte Blaschke und hob wieder das Glas an, um die Kimm abzusuchen.

„Das ist richtig", antwortete Lindt.

„Wie kommt es, dass er unter dir als 2WO fährt? Ist der nächste Schritt nicht eher der Kommandantenlehrgang in Neustadt?"

„Normalerweise läuft das so, ja."

„Was ist passiert?"

Lindts Hand ruhte auf dem Fahrtregler, ohne ihn zu bewegen.

„Kannst du dir das nicht denken?"

„Er muss Wohlmann angepinkelt haben."

Lindt nickte.

„Genauso war es."

Eine Welle hob die *Beegle* in die Höhe und die beiden Männer suchten Halt, bevor der Trawler in die See zurückfiel.

„Was hat er gemacht?"

„Er hat den Kaleun unter vier Augen einen Weltkriegskapitän genannt."

Lindt sah Blaschke an und versuchte zu ergründen, was er dachte.

„Das hat der alte Wohlmann sich nicht gefallen lassen und hat ihn auf die Versetzungsliste geschrieben. Mit einem entsprechenden Vermerk."

„Und nun darf Krebsdorf weiter Wache gehen und Funksprüche entschlüsseln, statt sein eigenes Boot zu bekommen", sagte Blaschke.

„Er hätte ohnehin noch ein bis zwei Feindfahrten als 1WO bei Wohlmann vor sich gehabt, bevor es so weit gewesen wäre."

„Und jetzt ist Wohlmann tot", sagte Blaschke.

„Ja. Wahrscheinlich von Zerstörern im flachen Wasser gestellt. Genaues weiß keiner."

„Merkwürdige Geschichte."

„Wieso? Der Seekrieg ist härter geworden. Krebsdorf ist kein Hellseher. Wir verlieren Boote. So ist das eben."

„Aber er hatte kein Vertrauen zu Wohlmann, zumindest nicht mehr."

„Er hatte viele Erfolge mit Wohlmann. Sie haben gemeinsam einen ganzen Hafen an Schiffen auf Grund geschickt. Ich weiß nicht, was passiert ist. Krebsdorf spricht nicht darüber."

„Andere Frage, die letzte, versprochen. Wer ist der bessere Wachoffizier? Krebsdorf oder Weber?"

Lindt lachte.

„Sie sind beide gut. Gott sei Dank."

Der erste Streifen Helligkeit erhob sich in Fahrtrichtung voraus über die Erdkrümmung. Ankündigung eines neuen Tages mit ungewissem Ausgang. Metallischer Glanz, der berühmte Silberstreif am Horizont. Ein gutes Vorzeichen?

Die Antwort war ein Grollen, das über die Wasserfläche drang. Lindt sprang sofort auf die Beine und spähte hinaus ins Halblicht. Das Grollen kam von Steuerbord querab. Dumpfe Schläge in kurzer Abfolge.

„Gib mir das Glas!"

Blaschke reichte ihm das Fernglas und der Kaleun presste sich das Okular gegen die müden, geröteten Augen. Wieder ein Schlag, dann noch einer, der durch die morgendliche Brise rollte wie ein Donnerhall. Lindt versuchte die Eindrücke seines Gehörs mit denen seines Sehnervs in Einklang zu bringen. Noch ein Grollen und dann sah er endlich. Ein Beben über der See weit an Steuerbord, ein bizarres Gebirge, das den

Wellen entwuchs und wieder in sich zusammenfiel. Verzögert trug der dumpfe Schlag über die Wasserfläche heran. Mit hoher Fahrt floh eine Korvette vor den selbst verursachten Detonationen.

„Wo stehen wir?", fragte Lindt.

Blaschke zeigte es ihm auf der Seekarte.

„Das ist am zweiten Aufnahmepunkt. Weber ist noch in der Gegend. Sie jagen ihn", sagte der Kaleun mit belegter Stimme.

Krachend flog die Tür auf und die beiden Männer fuhren erschrocken herum. Krebsdorf stand plötzlich auf der Brücke. Sein Gesicht war müde und zerknittert, aber aus den weit geöffneten Augen sprach nur die Frage.

„Was ist los?", rief er.

„Weber. Wabos. Sie hetzen ihn durch die Bucht", sagte Lindt und zeigte nach Steuerbord.

Krebsdorf eilte ans Fenster. Der nächste Knall hallte über das Wasser und Lindt gab das Fernglas weiter.

Im Fokus erblickte Krebsdorf eine weiße Kordillere von der Höhe einer Eisbergkette, bevor sie in sich selbst zusammenstürzte. Ein Hieb grollte in der Ferne, gefolgt von einer ganzen Serie dumpfer Schläge. Vor der kochenden See rannte die Korvette, legte sich scharf in eine Kurve, die den Kiel aus dem Wasser zu heben drohte, und stoppte schließlich die Maschine. Augenblicklich schrumpfte die Bugwelle der Korvette ein.

„Sie horchen", sagte Krebsdorf.

Die drei Männer verteilten sich mit versteinerten Gesichtern über die Reihe von Brückenfenstern.

„Das müssen wir weiträumig umfahren", sagte Lindt, ohne den Blick abwenden zu können. „Wir machen einen Schlag nach Backbord."

Blaschke ging ans Steuer und registrierte seine Kursänderung.

„Vielleicht haben sie gar keine Peilung und schmeißen einfach nur ihr Gepäck in die See, um Schluss machen zu können", sagte Krebsdorf.

Die Korvette lag jetzt gestoppt und der Wellengang hatte den kochenden Schaum der Wasserbomben auseinandergetrieben. Dem Antlitz der See war nicht das Geringste geschehen. Kein Baum, der hätte Feuer fangen können, kein Trichter als Zeugnis der Verletzung blieb zurück und die Haut aus Wasser bedeckte und verschloss die erlittene Wunde, aus der nun Fische mit geplatzten Schwimmblasen an die Oberfläche trieben oder dem Grund entgegen sanken, wo sie von den glücklicheren Tieren teilnahmslos umschwommen wurden.

Nach ihrer Kursänderung setzte sich die *Beegle* nach Nordosten hin ab, um der tödlichen Jagd nicht zu nah zu kommen.

„Falls Weber wirklich dort ist, können sie am Horchgerät jetzt unsere Schraube hören. Ein weiterer Grund, hier zu verschwinden. Weber braucht klare Verhältnisse", sagte Lindt.

Nach zehn Minuten war die Korvette schon weit achteraus gewandert; sie lag noch immer gestoppt und Krebsdorf hatte keine weiteren Beobachtungen gemacht, als sich hinter der Korvette aus dem morgendlichen Dunst der Zerstörer heranschlich.

Zu Beginn wirkte es, als würde die Korvette selbst wieder Fahrt aufnehmen, doch die Rauchfahne über ihr wanderte über den Abgasschlot hinweg und als der Bug der Korvette immer länger wurde, erkannte Krebsdorf, dass es sich um ein zweites Schiff handeln musste. Er gab das Glas an Lindt weiter und der Kaleun blickte eine Minute lang mit spitzem Mund hindurch.

Der Qualm aus den Schornsteinzwillingen wurde dichter und stieg höher und das Kriegsschiff nahm Fahrt auf, überholte die Korvette, beschleunigte weiter, während nunmehr schwarzer Qualm in einer langen Fahne hinter dem Zerstörer zurückblieb, der mit rasendem Tempo über sein getauchtes Ziel hinweg sprintete. Dann flogen im hohen Bogen beiderseits des Zerstörers insgesamt acht taumelnde, schwarze Tonnen über sein Heck ins Meer und tauchten ohne jede Eleganz darin ein, während das Kriegsschiff noch immer mit Höchstfahrt rannte und vor dem eigens ausgebrachten Tod davonlief. Ein schwarz-weiß-grauer Palast erhob sich aus der See, wuchs in zwanzig, in dreißig Meter Höhe und stürzte kaum erbaut wieder in sich zusammen. Dann rollten die Detonationen zu einem schweren Brei vermengt über das Wasser an die Ohren der drei Männer auf der Brücke der *Beegle* und die Abgasfahne über dem Zerstörer schrumpfte ein, während über der Korvette eine neue entstand und sich der kleinere der beiden Jäger wieder in Bewegung setzte.

„Rollentausch", sagte Krebsdorf bitter.

„Jeder darf mal", antwortete ihm Lindt. „U-Jäger in freier Wildbahn."

Der Kaleun wandte sich ab, während die Amerikaner ihren neuen Anlauf vorbereiteten.

5:30 Uhr. Die noch hinter der Kimm verborgene Sonne hatte die darüber liegenden Wolkenbänder in Brand gesteckt und der Silberstreif, während er wuchs und sich dehnte, änderte allmählich seine Farbe von Silber über ein mildes Türkis hin zu leuchtenden Tönen in gelb, rot und orange, die sich auf die tiefen Wolken abfärbten und deren untere Ränder entzündeten, bis sie zu lodern begannen.

In der Höhe wurden die Bäuche frühmorgendlicher Kumuli rosa beschienen und kontrastierten stark mit ihren verschatteten Oberseiten; die Kimm selbst lag als unscharfe, graue Trennlinie zwischen der dunkelblauen See und dem in Flammen stehenden Himmel, vor dessen Hintergrund sich die Konturen der Möwen wie die Umrisse vorzeitlicher Ungeheuer unter einem Vergrößerungsglas abzeichneten. Die Rümpfe, geduckt zwischen den schwarzen Schwingen stiegen sie auf, fliegende Trapeze ohne Unterseite, hielten sich einen waghalsigen Moment lang in scheinbarer Schwerelosigkeit und stürzten zurück in die Tiefe. Das von den Wolken reflektierte Licht warf einen glühenden Streifen Rot auf das Meer, über dem bald die Sonne aufgehen würde.

„Lächerlich", sagte Krebsdorf. „Ein Hochseeschlepper und nicht mal eine Angel an Bord. Ich wollte eigentlich Fisch zum Frühstück. Dass man bei der Kriegsmarine einen guten Hunger entwickelt, konnten sich die Herren Auslandsdeutsche wohl nicht vorstellen."

„Nimm eine Orange", sagte Blaschke.

„Ich hatte schon vier Orangen seit gestern", antwortete Krebsdorf. „Ich werde bald selbst zur Orange. Wird Zeit, dass wir zurück an Bord kommen bei der schmalen Kost in ... in diesem Garten."

„Hör auf zu meutern, Wilhelm. Du kannst die Flagge hissen", sagte Lindt.

Krebsdorf sah ihn an.

„Na los, mach sie über der Brücke fest."

Die ersten Sonnenstrahlen fielen durch die Frontverglasung auf die Flagge an der Brückenrückwand und Lindt beschirmte mit der Hand seine zu Schlitzen gekniffenen Augen gegen das in Fahrtrichtung aufgehende Gestirn. Krebsdorf nahm die Flagge von der Wand und legte sie zusammen.

„Auch das noch", sagte er.

Der Kaleun antwortete nicht und Krebsdorf machte kehrt und verließ mit der Flagge unterm Arm das Brückenhaus. Im Westen bot der Himmel noch immer ein verschlafenes Blaugrau, in das sich einige weiße

Wolken einfügten. Weit achtern liefen drei Frachter quer über den Horizont.

Krebsdorf stieg mit einem Fuß auf die Innenseite des Rettungsrings neben dem Bootshaken bei der Brückentür und warf die Flagge aufs Dach, kletterte hinterher und nutzte den kurzen Mast, an dem er die Flagge festmachen wollte als Griff und zog sich nach oben. Im Brückenhaus hörten die beiden dort verbliebenen Männer Krebsdorfs Schritte auf dem Dach.

Kondensierte Wassertropfen waren auf dem Blechdach zu einer feinen Lage zusammengelaufen und Krebsdorf musste stark aufpassen, um nicht darauf auszurutschen. Der Bootskörper unter ihm schaukelte auf und nieder und der WO zog die Öse der Flagge über den Mast und der Seewind ließ das Sternenbanner gegen das Heck hin aufflattern. Krebsdorf betrachtete die Fahne des Feindes, dann wandte er sich um und schaute nach Osten.

Lavaströme durchzogen die brennenden Wolken, röstende und glühende Adern, die aufplatzten und ihr Rot in den gesamten Himmel ergossen. Krebsdorf vergaß, dass das Firmament jemals blau gewesen war. Ein Anblick von höllischer Schönheit, der ihn betäubte und hinfort riss. Ein schwarzer Wolkenball ging in Flammen auf, brannte rot, dann von den Rändern nach innen gelb, blähte sich auf und wurde von Strahlen durchstoßen. Die Flammen leckten über zum Wolkennachbar, ein anderer verbrannte vollständig und trieb auseinander. Das Feuer griff um sich, steckte alles an, die Wolken, die See, Himmel und Ozean, alles verschmolz zu Lava, tausend Grad heiß. Traum vom Mars. Der Mars in Brand. Der kleine Trawler trieb durch die Atmosphäre eines fremden und großen Planeten.

„Du solltest dich besser eine Stunde hinlegen, Otto", sagte Lindt. „Ich lasse dich von Krebsdorf wecken, wenn wir den Aufnahmepunkt erreicht haben."

„Es sind noch neunzig Minuten bis zum Ziel auf dieser Fahrtstufe, Herr Kaleun", sagte Blaschke.

„In Ordnung. Geh schlafen."

Blaschke trug neben der aktuellen Position die Uhrzeit, den Kurs und die Geschwindigkeit auf der Karte ein, dann nickte er Krebsdorf zu, der soeben wieder auf der Brücke erschienen war, und ging unter Deck.

Lindt machte im Kopf eine schnelle Überschlagsrechnung und reduzierte die Fahrt um zwei Knoten. Er strich Blaschkes Zahl durch und korrigierte sie.

„Das verschafft ihm eine halbe Stunde mehr Schlaf", sagte er zu Krebsdorf. „Und wir kommen trotzdem an."

„Das wird kaum eine Rolle spielen um diese Uhrzeit. Ich glaube nicht, dass Weber uns vor Einbruch der Dunkelheit aufnehmen kann", sagte Krebsdorf.

Lindt schniefte und machte ein abwägendes Gesicht.

„Werden wir sehen", sagte er.

„Blaschke ist ein guter Mann", sagte Krebsdorf.

„Ja", sagte Lindt.

Krebsdorf nahm die Schachtel mit den Zigaretten von der Back, sah hinein, rang einen Augenblick mit sich selbst, nahm eine Zigarette heraus, rang noch einmal mit sich und steckte sie wieder zurück.

Die Sonne war nun vollständig über der Kimm herausgekommen und tauchte die Brücke in goldenes Morgenlicht. Die beiden Männer spürten die Wärme auf den Wangen und mit halb geschlossenen Augen standen sie blinzelnd und sogen das Licht in sich ein, während die *Beegle* wippend auf und nieder ging.

Der Seegang hatte die Nacht über nicht an Stärke gewonnen und die tiefen Wolkenbänder faserten auf und stoben auseinander, verloren allmählich ihre innere Glut und leuchteten nur an den Rändern noch in gelber Farbe wie in Gold gefasst. Aus der Höhe kommend nahm das Blau seinen Platz am Himmel wieder ein, drängte den roten Feuerschein zurück und übergoss die Wolken mit rosa und violetter Farbe. Eine Wolke blieb verschattet in dunklem festem Grau.

„Wenig Verkehr", sagte Krebsdorf, der sich das Glas gegriffen hatte.

„Ja", sagte Lindt. „Das ist gut, wenn es so bleibt."

Krebsdorf beobachtete einen anderen Trawler an Steuerbord voraus. Ein Schwarm Möwen kreiste über dem Boot, das im Einlaufen begriffen war und den Bauch mit gefangenem Fisch gefüllt hatte. Die Möwen sahen aus wie ein schwarzer, löchriger Heiligenschein.

An der Backbordseite erstreckte sich weit im Norden die Küste von Long Island als liegender Strich und zog sich noch einhundert Meilen nach Nordosten hin, bevor sie am Leuchtturm von Montauk ihr Ende fand.

Der Kaleun öffnete ein Brückenfenster und steckte den Kopf nach draußen.

Die anrennenden Seen, dunkelblau mit dünnen, weißen Schaumkronen, wurden mühelos durchschnitten oder von dem Bootskörper beiseitegedrängt. Schwacher Wind aus Nordost trieb die Wellen vor sich her und machte die Dünung lang und flach. Er ließ die Wogen deutlich vor der Einmeter-Marke brechen. Lindt blickte nach achtern über das Heck auf den sich aufklarenden Himmel im Westen. Das Blau kam heraus und die Wasserfläche darunter war meilenweit mit den sich niedrig brechenden Wellen übersät.

„Merkwürdig", sagte er, nachdem er seinen Kopf wieder hereingebracht und das Fenster geschlossen hatte. „Noch gar keine Flieger heute Morgen."

Er machte sich daran, mit den Fingern eine Orange abzuschälen. Krebsdorf war im Sessel vor dem Steuerrad versunken.

„Sollte hier nicht eigentlich Himmel und Hölle in Bewegung gesetzt sein nach einer U-Bootsichtung?", fragte Lindt.

„Vielleicht suchen sie weiter westlich und konzentrieren sich auf die Schifffahrtsrouten", sagte Krebsdorf.

Lindt nickte.

„Möglich, dass sie lieber über ihren wertvollen Schiffen bleiben wollen und die Hafenzugänge sichern", sagte er.

„Gut für uns", antwortete Krebsdorf.

„Ja, gut für uns, wenn es Weber geschafft hat, nach Osten auszubrechen. Ein Jammer, dass das Funkgerät nicht geht. Wäre interessant zu hören, was man sich über uns zu erzählen hat."

„Das Funkgerät ist nicht der einzige Mangel an Bord, Erich", sagte Krebsdorf.

Er war so tief in den Sessel eingesunken, dass er gerade noch über den unteren Fensterrand auf die See vorausblicken konnte.

„Die Trinkwasseraufbereitung ist komplett außer Betrieb. Das kriegen wir auch nicht mehr repariert. Es fehlen die notwendigen Ersatzteile und Chemikalien. Die *Beegle* muss schon eine ganze Weile ungenutzt in Great Kills gelegen haben."

Lindt verzog das Gesicht und kratzte sich den Hinterkopf. Er war müde und hungrig.

„Wie viel Wasser haben wir noch?", fragte er.

„Es wird bei sparsamer Verwendung für die vereinbarten zweiundsiebzig Stunden am dritten Aufnahmepunkt reichen, aber nicht sehr viel länger darüber hinaus."

Eine Frage schob sich zwischen die beiden Männer, die weder Lindt noch Krebsdorf aussprechen wollten und es auch nicht taten. Es genügte ihnen, einander anzusehen.

„Noch eine Sache", sagte Krebsdorf stattdessen. „Bis zur Marinebasis Newport sind es etwa einhundertfünfzig Meilen. Wir müssen davon ausgehen, dass das Boot gegen 2:30 Uhr entdeckt wurde. Vielleicht schon etwas früher. Jetzt ist es fast 6 Uhr. Wenn die Navy in Newport eine Einsatzgruppe gebildet und auf das Boot angesetzt hat, wird die bald hier sein – in ein bis zwei Stunden."

Lindt nickte wieder.

„Daran habe ich auch schon gedacht", sagte er. „Uns wird nichts anderes bleiben, als um den dritten Punkt zu kreisen und so zu *tun*, als wären wir ein Fischerboot."

„Ankern ist keine Option?"

„Doch, aber eine riskante, die unnötiges Interesse auf uns ziehen könnte. Vielleicht sind wir dazu gezwungen. Die Strömungsverhältnisse hier sind nicht unkompliziert. Letztlich muss das Blaschke entscheiden. Wenn Blaschke sagt, wir müssen ankern, dann ist das so."

„Und dann beißen wir in den sauren Apfel?"

„Ja."

„Schade, dass wir die *Beegle* nicht auf Grund setzen und einfach wieder auftauchen können."

„U-Bootfahrer sind eben verwöhnt", sagte Lindt.

Möwen umkreisten den Trawler und ließen sich in die Tiefe fallen. Vor dem Sturz ins Wasser schlugen sie schreiend die Flügel und erhoben sich wieder in die Höhe.

„Was ist das Erkennungssignal für Weber?", fragte Krebsdorf.

„Es gibt keins", sagte Lindt.

„Es gibt keins?"

„Nein."

Lindt schaute seinen WO amüsiert an.

„Wir wussten doch nicht, was für ein Boot die Amerikaner für uns haben und welche Mittel uns zur Verfügung stehen würden. Wir hatten darüber nachgedacht, die Positionslaternen auszutauschen, sind davon aber wieder abgerückt. Zu riskant. Wir drei allein sind die Erkennungssignale."

Krebsdorf blickte seinen Kommandanten fassungslos an.

„Das darf doch nicht wahr sein", sagte er.

„Doch, ist es. Oder hast du eine bessere Idee?"

„Wie hätte uns Weber denn bei Nacht finden sollen?"

„Mit Glück und guten Ohren. Er weiß ja, dass wir nicht mit dem großen Dampfer kommen. Wir hätten zwanzig Minuten lang periodisch die Bootsnummer gegen den Rumpf geklopft. Optische Erkennungssignale sind keine vereinbart."

„Das ist unglaublich."

Lindt zuckte mit den Schultern.

„Besser, du glaubst es", sagte er.

Um Viertel vor Acht war Blaschke wieder auf der Brücke erschienen, ohne dass Krebsdorf ihn hatte wecken müssen. Nach einer kurzen Beratung hatten die drei Männer beschlossen, den Anker auszulassen, und stoppten daraufhin den Diesel. Der Elektromotor der Winde wurde gestartet und mit ausreichend Vorlauf der Kette sank der Haken in den schlammigen Grund ein, um die *Beegle* fortan am endlich erreichten dritten Aufnahmepunkt zu halten und ihr Abdriften in den unmöglich zu berechnenden Strömungen zu verhindern.

Der Morgen war blau und mild, die Dünung unverändert flach und die Sonne erwärmte das leuchtend grüne Brückenhaus und zog die Feuchtigkeit aus den Holzplanken des Decks. Von den trocknenden Aufbauten stieg Dampf auf und als der Wind hineinfuhr, erweckte er das blau-weiß-rote Sternenbanner an seinem Mast über der Brücke zum Leben. Der Trawler drehte sich zwischen dem Wind und dem schwachen Gezeitenstrom, schwoite wenig und die Kette des Ankers hing schlaff hinab in die Tiefe.

Mit der Fernglastasche um seinen Hals war Lindt auf das Dach der Brücke geklettert und hatte sich dort niedergelassen. Das Dachblech war jetzt warm und trocken und an mancher Stelle blätterte die grüne Farbe ab und legte scharfkantigen Rostfraß frei. An der Flagge vorbei in Richtung New York spähend, erkannte Lindt am Horizont Mastspitzen, die bald darauf wieder untersanken und verschwanden.

Er zog aus der Tasche ein sauberes Tuch hervor und wischte behutsam über die Objektive und die Okularmuscheln. Während der Nacht war keinem der drei Männer die fortschreitende Verschmutzung des Glases aufgefallen. Vorsichtig rieb er mit kleinen Kreisbewegungen die Linsen sauber. Dann erhob Lindt das Glas in Richtung Nordosten und suchte lange die Kimm ab. Als ihn Krebsdorf vom Deck aus fragend ansah, schüttelte er nur den Kopf und setzte seine Beobachtung fort.

Der Obersteuermann Blaschke hatte die Seekarte aus dem Brückenhaus genommen und sich mit dem Rücken gegen die Reling am Heck auf die Holzplanken des Decks gesetzt. Er fuhr mit der Hand über die Stirn und wischte sich die Augen aus. Dann krempelte er die Ärmel seines blauen Pullovers nach oben, die Karte lag über seinen Knien aufgefaltet; es war mehr Beschäftigung als Notwendigkeit, denn Blaschke war mit den Gegebenheiten des Seegebietes schon vertraut.

Die Wassertiefe betrug hier siebenundzwanzig bis siebenunddreißig Meter. Nach wie vor nur ein äußerst geringer Operationsspielraum für ein U-Boot. Bis zum Einsetzen der Flut fehlten nur wenige Stunden und Blaschke hoffte darauf, dass der Wind vorher seine Richtung verändern würde. Nordostwind war für das Areal ungewöhnlich und er konnte, wenn erst die Flut dazu kam und der Anker samt der Kette nicht für genügend Halt sorgte, ein Versetzen der *Beegle* nach Westen hin und zurück in Richtung New York bewirken.

Er überlegte, was zu tun wäre, falls es so kommen würde. Es gab keine weiteren Navigationsmittel an Bord und Blaschke vermisste vor allem seinen Sextanten. *Bei unklaren Strömungs- und Windverhältnissen ist durch bloßes Koppeln der Standort des Schiffes nicht mehr genau genug zu bestimmen*, dachte Blaschke. Ein meilenweites Abdriften in Seegebiete, in denen das U-Boot nicht nach ihnen suchen würde, war eine Bedrohung, auf die man sich vorzubereiten hatte.

Wir müssen in diesem Fall nach Norden laufen, dachte er, *in Richtung Long Island, und von der schmalen, vorgelagerten Insel Fire Island Landpeilungen nehmen.*

Bei Tageslicht sollte der Leuchtturm leicht zu finden sein. Auf diese Weise konnte er den eigenen Standort wieder mit ausreichender Präzision bestimmen und daraufhin mit Höchstfahrt zum Aufnahmepunkt zurückkehren. Das ganze Manöver würde je nach Stärke der Versetzung nicht viel mehr als zwei, höchstens drei Stunden Zeit kosten. Er war beruhigt und zufrieden.

Jetzt dachte er an Weber und das Boot und an Schnitte, den Schiffskoch, und an Berlin und seine Mutter. Was würde sie denken, wenn sie ihn hier sitzen sehen könnte, müde und mager und angespannt, auf einem amerikanischen Trawler, die Seekarte der Bucht von New York auf dem Schoß?

Krebsdorf kam zu ihm herüber und setzte sich neben Blaschke auf die Planken. Der Obersteuermann erzählte Krebsdorf, was er vorhatte, sollte der Anker den Kräften der Strömungen und Winde nicht mehr gewachsen sein.

„Du machst dir zu viele Sorgen, Blaschke", sagte Krebsdorf.

„Ich musste an Schnitte denken", antwortete Blaschke. „An sein berühmtes Frikassee am siebenten Seetag. Das bringt Glück, hat er mir gesagt."

Blaschke faltete die Seekarte zusammen und steckte sie in die Tasche.

„Einmal ist ihm das Frikassee angebrannt", fuhr er fort. „Er hat geschimpft wie ein Rohrspatz. Auf sich selbst natürlich."

„Und weiter?", fragte Krebsdorf.

„Er war untröstlich."

Blaschke lächelte bei der Erinnerung an Schnittes trauriges und kummervolles Gesicht, das er noch Tage nach dem Unglück jedem zeigte, der durch seine Kombüse kam.

„Aber weißt du, was das wirklich Seltsame daran war, Willi", sagte Blaschke. „Wir hatten bei der Unternehmung mit so vielen Ausfällen zu kämpfen wie bei keiner davor. Der Steuerborddiesel war höchstens über die Hälfte der Feindfahrt betriebsbereit. Er ging immer wieder kaputt und immer war es irgendwas anderes. Es war wie verhext. Wir hatten Ruderklemmer bei Tauchfahrt und Schwierigkeiten, den richtigen Trimm zu finden. Einmal sind wir auf zweihundertsiebzig Meter durchgefallen und dachten schon, wir sind erledigt. Dann musste ich eine ganze Woche lang ohne Kreiselkompass navigieren, bis er wie von Zauberhand wieder ging. Und was das Schlimmste war, wir hatten nicht einen Frachter zu Gesicht bekommen, die ganze Feindfahrt über, zwei Wochen lang. Dann hatte der Kaleun die Schnauze voll und wir sind mit einem Diesel zurück nach Hause gekrochen."

Krebsdorf sah Blaschke an.

„Aber dieses Mal ist das Frikassee nicht angebrannt", sagte er.

„Nein, dieses Mal nicht."

„Na, siehst du."

Krebsdorf erhob sich und wollte gehen, doch Blaschke hielt ihn noch einmal zurück.

„Dieses Mal gab es überhaupt kein Frikassee am siebenten Seetag, sondern erst am achten."

Krebsdorf entzündete sich eine Zigarette und schaute nachdenklich auf den Steuermann.

„Mein Gott, Blaschke, was ist eigentlich los mit dir? Willst du mich in Depressionen stürzen? Das können nicht einmal die Tommys mit ihren Wasserbomben."

Damit ließ er Blaschke sitzen und ging zum Vorderdeck.

Gegen Mittag, als der Gezeitenstrom kippte, was sich so weit draußen vor der Küste und in den allgemeinen Ostströmungen weniger stark bemerkbar machte, als Blaschke befürchtet hatte, flaute auch der Wind ab und die Schaumkronen verschwanden von den schrumpfenden Wellen. Eine glatte See breitete sich rund um die *Beegle* aus und der Trawler schwoite in langsamer Kreisbewegung um den Ankerpunkt, ohne die Kette schwer zu beanspruchen.

Zwei viermotorige Fernaufklärer des Coastal Command hatten am Vormittag den Schlepper der drei Männer in großer Höhe überflogen und waren seewärts verschwunden. Sie hatten keinerlei Interesse an dem ankernden Fischerboot gezeigt und von der aus Newport erwarteten Einsatzgruppe fehlte jede Spur, ebenso von dem U-Boot.

Der Kaleun hatte die letzten Stunden auf dem Blechdach der Brücke verbracht und wartete nun auf Krebsdorf, der ihn als Beobachter ablösen sollte.

Im kurzen Hemd, die Hosenbeine bis über die Waden aufgekrempelt, erschien Krebsdorf auf dem Dach und ließ sich einweisen. Er schien bestens gelaunt. Lindt und Krebsdorf standen nebeneinander auf dem Brückendach und blickten auf die See und den Himmel darüber. Ihre dicken Pullover hatten die Männer abgelegt und Lindt warf den seinen vom Brückenhaus hinunter auf das Deck und stieg ihm über den Rettungsring nach. Die Temperatur war auf fünfundzwanzig Grad angestiegen und alle drei waren sie nun in kurzem weißem Hemd, von dem der Aufdruck *Kriegsmarine* vor Beginn der Geheimunternehmung sorgsam entfernt worden war.

Die Sonne brannte herab auf das blaue Meer und Krebsdorf auf dem Blechdach riss sich bald auch das weiße Hemd vom Leib und wickelte es wie einen Turban über sein schwarzes Haar, um damit den Kopf vor der brennenden Glut zu schützen. Er saß im Schneidersitz gegen den kurzen Fahnenstock gelehnt; den Riemen des Fernglases hatte er um seine nackten Schultern geschlungen und im Mundwinkel steckte schief eine seiner letzten Zigaretten. Mit der Hand rollte er eine Orange, die er sich zur Wache mit nach oben genommen hatte, auf dem Dachblech vor und zurück.

Über der Kimm kräuselte sich die Luft, sie fieberte und verschwamm, regte und bewegte sich unscharf im Ausschnitt des Glases, das Krebsdorf an seine Augen gehoben hatte. Schweiß lief unter seinem Turban hervor und über die Stirn hinab und tropfte auf die Okularmuscheln des Glases. Krebsdorf wischte ihn mit dem Tuch auf. Er rückte seinen Körper am Fahnenstock ein kleines Stück weiter und hob das Glas erneut gegen den Himmel.

Eine weite, bauchige Wolke blähte sich und stieß eine andere, kleinere hervor, die in Form eines Lammes mit dem Kopf voraus der See entgegenkippte. Die weißen Beine waren wie mit Watte auf den blauen Himmel getupft. Krebsdorf tastete den Raum zwischen den beiden Wolken ab. Er hatte es während seiner Wachgänge auf der U-Bootbrücke schon einige Male erlebt, dass ein Flugzeug sich entlang der Wolkenränder anschlich, noch vom Dunst verhüllt, und den Sichtschutz nur für kurze Zeit aufgab, um einen klaren Blick auf sein Ziel zu erhaschen, bevor es wieder im Wolkennebel verschwand. Das war ein beliebter Trick bei den Piloten der alliierten Marineflieger, ebenso wie der direkte Anflug aus der Sonne, der häufig erst zu spät erkannt wurde und nicht selten schwerste Beschädigungen oder gar Zerstörung des Bootes zur Folge hatte. Die U-Jäger hatten sowohl zu Wasser als auch in der Luft dazugelernt und waren im Laufe des Krieges zu einer immer größeren Gefahr für die U-Bootbesatzungen geworden.

Krebsdorf stöhnte auf, als der Fahnenstock gegen seine Wirbelsäule zu drücken begann, und er rückte im Kreis ein Stück an dem Stock weiter. Bequemer wurde es dadurch nicht. Das Dachblech hatte sich aufgeheizt und brannte, wenn er es mit den Waden oder Handflächen berührte. Nach kurzer Zeit war der Rücken des WO mit Schweiß bedeckt und die Hitze stieg ihm ins Gesicht. Mit dem Unterarm fuhr er sich über die nasse Stirne, blinzelte die Augen frei und spähte durch das Glas.

Nichts als endloses Blau ringsum, über das die Milliarden Diamanten der Sonnenreflexionen tanzten, funkelnde Sterne, die in den Augen stachen. Er gab es bald auf, in diesem Lichterzauber die Reflexion eines

U-Bootperiskops ausmachen zu können und konzentrierte sich auf die Kimm und den Himmel darüber. Argwöhnisch kehrte sein Blick immer wieder in den Nordostsektor zurück, aus dem die Einsatzgruppe erwartet wurde. Er starrte so angestrengt auf den feinen Streifen des Horizonts in Erwartung der Mastspitzen, die Hitze im Gesicht und den Schweiß in den Augen, dass er die Zigarette in seinem Mundwinkel vergaß und er es gar nicht merkte, als die Glut erlosch und der Glimmstängel nunmehr kalt zwischen seinen Lippen steckte.

Reglos verharrte sein Gesicht unter dem Glas, sein Mund war trocken und die Lippen spröde, der schwarze Bart schon dicht und lang.

Und wenn sie kommt, die Einsatzgruppe, fragte er sich. *Was dann?*

Würden sie hier weiter vor Anker liegen und die Fischer spielen? Wenn die Zerstörer und Korvetten, vielleicht war auch ein Kreuzer darunter, oder Schnellboote, wenn der Feind näherkäme, auf sie zuhielte, was dann?

Seit dem Ausbruch des Krieges fühlte sich Krebsdorf auf Überwasserschiffen unwohl. Es kam ihm unnatürlich vor, der Fähigkeit, die Wasseroberfläche jederzeit verlassen und in den Tiefen der See vor den Augen des Gegners verschwinden zu können, beraubt zu sein. Er fühlte sich ausgeliefert und wehrlos. Selbst an Bord des U-Bootes, das ja gleichfalls die meiste Zeit aufgetaucht fuhr, fühlte er Unruhe in sich, solange das Boot an der Oberfläche klebte, und erst wenn der letzte Wasserschwall verrauscht war und die See sich über dem grauen Bootsrumpf geschlossen hatte, war er mit dem Boot wirklich im Einklang.

Er liebte die Tauchfahrt und war noch immer fasziniert von der Ruhe im Meer und im Boot, die nur durch die summenden E-Maschinen gestört wurde, deren monotoner Gesang bald unmerklich mit der Stille verschmolz.

Unter Wasser hatte er selten Angst gehabt, seltener als an der Oberfläche jedenfalls, auch in großen Tiefen nicht.

Das Meer würde ihn, sein eigenes Kind, schützen, hatte Krebsdorf immer geglaubt. Es schützte ihn vor einem gefährlichen Feind, der nach seinem Leben trachtete. So hatte er während des gesamten Krieges, während all seiner Fahrten mit Wohlmann, so hatte er auch im dichtesten Wasserbombenangriff gefühlt. Das Meer würde ihn schützen. Auch vor den Bomben und Granaten, mit denen der Feind ihn zerstören und töten wollte.

So saß er und dachte an frühere Unternehmungen: an Feindfahrten mit Wohlmann, an Überwasserangriffe bei Nacht auf große Geleite, Angriffe, die er als 1WO selbst gefahren hatte, an Ziele, die er selbst herausgesucht und deren Besatzungen er mit seinen Entscheidungen zum Tode verurteilt hatte.

Es war ihm nie schwergefallen, nicht während des Angriffs und auch nicht danach, wenn sich das Boot seiner Verfolger entledigt hatte und die Gedanken zu den Momenten zurückkehrten, in denen Krebsdorf Herr über Leben und Tod gewesen war und bestimmt hatte, welche Schiffe überleben durften und welche nicht.

Krebsdorf hatte sich zumeist für die sicheren Ziele entschieden, nicht für die fetten Pötte mit der großen Tonnagezahl. Er bevorzugte den Schuss aus der kurzen Entfernung und wenn er sich auf ein dickes Ziel losmachen ließ, umso besser. Ein auf Höchstgeschwindigkeit eingestellter T1-Presslufttorpedo legte die Mindestdistanz, auf die geschossen werden konnte, dreihundert Meter, in weniger als zwanzig Sekunden zurück. Zwanzig Sekunden zwischen Krebsdorfs Feuerbefehl und dem Einschlag. Niemals hatte er während jener zwanzig Sekunden an die Männer an Bord des Zielschiffes gedacht, nie daran, dass ein Fehlschuss die Errettung Hunderter Menschenleben bedeutete. Nein, er hatte dem Einschlag entgegengefiebert und wenn die Explosion die Nacht zerrissen hatte, war es Erleichterung, gesteigert zu einem reinen Glücksgefühl, was Krebsdorf verspürt hatte. Es war immer nur Erleichterung gewesen und das Nachlassen eines gewaltigen Erfolgsdrucks, zumal bei der ersten Versenkung einer Feindfahrt.

Krebsdorf wusste, dass jedes Besatzungsmitglied in diesen Momenten von seiner Entscheidungsfreudigkeit und von seinem Geschick bei der Ermittlung der Schusswerte abhängig war. Leistete er gute Arbeit, würde beim Einlaufen im Heimathafen ein Siegeswimpel am Sehrohr wehen und vom Kommandanten bis zum einfachen Seemann brauchte sich keiner schämen zu müssen. Das Unternehmen war auf einen Schlag gerechtfertigt, ganz gleich, wie hoch die Tonnagezahl war. Nichts war schlimmer als ohne Erfolg nach Hause zu kommen, nach langer Fahrt die Torpedos ungenutzt wieder zurückzubringen.

Deswegen bevorzugte er den einfachen, aber riskanten Schuss auf die kurze Entfernung. Riskant deshalb, weil nach dem Einschlag die Position des U-Bootes für gewöhnlich verraten war und so nah am Feind sich die Lage nun schlagartig änderte, das Boot und seine Besatzung selbst gejagt und malträtiert werden würden: Eine gefährliche Art zu kämpfen, doch Krebsdorf teilte diese Auffassung des Kampfes mit seinem Kommandanten Wohlmann und sie hatten auf diese Weise viele Angriffe gefahren und überstanden. Nur nicht mit leeren Händen nach Hause kommen. Das war es, worauf es ankam. Wer wagt, gewinnt. *So heißt es doch*, dachte Krebsdorf.

Sein rebellierender Magen unterbrach ihn in seinen Gedanken und er schaute ärgerlich auf die Frucht, deren orangene Farbe einen hübschen Kontrast zu dem leuchtenden Grün des Dachblechs bildete, über das er sie noch immer in langsamer Bewegung vor und zurück rollte. Er überlegte, ob er die Orange jetzt essen sollte, nahm sie vom Dach auf, wog sie in der Hand und setzte sie schließlich wieder ab. Es ärgerte ihn, dass sie ihre Proviantierung nicht besser durchdacht hatten. *Etwas Milch und Brot und vor allem Fleisch wären nun das Richtige*, dachte er. Wer konnte wissen, wie lange sie noch auf der *Beegle* auszuharren hatten?

Sein Hemdturban war schweißnass und auf seinem Rücken perlte der Schweiß und lief in langen Bahnen die Wirbelsäule entlang abwärts und hinein in Krebsdorfs derbe U-Boothose, die vor Feuchtigkeit am Dachblech des Trawlers zu kleben begann.

„Sind Sie ein U-Bootfahrer oder ein Anarchist, Herr Oberleutnant?" Der Flottillenchef hatte ihn nach der letzten Feindfahrt mit Wohlmann zum Rapport in seinem Büro antreten lassen. Als Krebsdorf im Vorzimmer lange warten musste, schaute die Sekretärin ihn an, als hätte sie Angst um ihn.

Sie war sehr hübsch, brünett mit schmalen grünen Augen, einer hohen Stirn und kleinen Lachfalten um den Mund. Ihre Stimme war bezaubernd.

„Nehmen Sie doch hier drüben Platz, Herr Oberleutnant", sagte sie zu ihm. „Der Chef ist noch beim Essen. Das kann dauern."

Er hatte die Offiziersmütze abgenommen und sich in einen Sessel gleich bei ihrem Schreibtisch gesetzt und sah ihr eine Weile dabei zu, wie sie auf der Schreibmaschine schrieb. Hin und wieder blickte sie auf und lächelte ihn an.

„Was schreiben Sie denn da?", fragte er.

Sie hatte zunächst nicht geantwortet und nur gelächelt, dann sagte sie: „Ihre Entlassungspapiere, Herr Oberleutnant."

Das versetzte ihm einen Schlag und er fragte nicht weiter, doch sie lächelte noch immer still in sich hinein.

Dann kam wie ein Wirbelwind der Flottillenchef ins Vorzimmer geschossen, sah beide flüchtig an und sprach: „Kommen Sie gleich mit, Oberleutnant."

Zehn Minuten später stand Krebsdorf wieder vor ihrem Schreibtisch. „Ich bin degradiert worden", sagte er.

„Ich weiß", sagte sie und reichte ihm die Dokumente, bei denen es sich nicht um Entlassungspapiere, sondern um einen Versetzungsbefehl zur 1. Ubootflottille nach Brest handelte.

„Würden Sie trotzdem mit mir ausgehen?", fragte er und ihr Lächeln gewann an Strahlkraft.

„Sehr gern", antwortete sie nach kurzem Zögern.

„Verraten Sie mir Ihren Namen?"

„Ich heiße Yvonne. Aber seien Sie bei mir nicht zu forsch. Ich kann forsche Männer nicht ausstehen, Leutnant Krebsdorf."

„Willi!"

Lindts Gesicht tauchte plötzlich an der Dachseite auf. Der Kaleun hatte sich weit aus dem Brückenfenster gestreckt und an der Dachkante hochgezogen, dann war er vollständig herausgeklettert und stand nun mit den Stiefeln auf dem unteren Rahmen des Brückenfensters. Ein Arm griff nach dem Fahnenstock, um Lindt Halt zu geben, während der andere ein beschriebenes Blatt Papier schüttelte.

„Das musst du dir ansehen", sagte Lindt und lachte. „Es lag unten in der Schublade."

Der Kaleun überreichte Krebsdorf den handgeschriebenen Zettel und der WO begann zu lesen:

Unser braven U-Boat Kameraden viel Gluck und guter Jagt.
America ist Deutschland.
No need of keeping the Beegle. Consider as sinking an Allied ship.
Sieg Heil!

Krebsdorf schüttelte nur den Kopf.

„Unbegreiflich, was diese Leute antreibt", sagte er schließlich. „Wenn sie doch nicht einmal die Sprache sprechen."

„Das weiß ich auch nicht", sagte Lindt, der noch immer lachte und über die merkwürdige Botschaft aufs Äußerste amüsiert zu sein schien. „Aber ohne sie wären wir niemals wieder aus der Stadt herausgekommen."

„Ich hätte nicht gedacht, dass so etwas möglich ist", sagte Krebsdorf und gab Lindt den Zettel zurück. „Den solltest du aufheben, falls du das Ganze nachher für einen Traum hältst. Hier ist der Beweis."

Lindt steckte den Zettel in die Hosentasche, legte den Kopf schief und blickte nach oben zum Himmel. Dann sah er Krebsdorf an.

„Pass auf, dass du keinen Sonnenbrand kriegst."

Er ließ vom Fahnenstock ab und begann zurückzuklettern. Der Kaleun hielt sich noch mit einer Hand an der Dachkante fest, dann verschwand sein Gesicht vor Krebsdorfs Augen und daraufhin die Hand.

Viertes Kapitel – Weber

Um den spanischen Diktator Franco von der „Süße der Neutralität" zu überzeugen, bedurfte es nicht nur einer Millionenzahlung Winston Churchills, sondern auch der intrigierenden Einmischung eines Mannes, der sich zu diesem Zeitpunkt schlicht Señor Guillermo nannte und der dem Caudillo glaubhaft versicherte, dass „kein einziger deutscher Soldat je einen Fuß nach England setzen wird".

In den Gesprächen mit Hitler über einen Beitritt seines Landes zur Achse und einer damit verbundenen Eroberung Gibraltars hielt sich Franco schließlich haarklein an die Anweisungen des Zaunkönigs. So bestand Franco – nicht ganz zufällig - hartnäckig darauf, von den Deutschen eine gewisse Anzahl schwerer Geschütze geliefert zu bekommen, von denen Hitler wusste – nicht ganz zufällig -, dass in den deutschen Arsenalen ein betrüblicher Engpass an ihnen vorlag. In einer Gesprächspause soll der Führer dann entnervt geäußert haben, das Ganze sei wie beim Zähneziehen.

***

Die schwarze Oberfläche des Wassers war wie ein Leichentuch über die verborgenen Tiefen geworfen, als die rote Mondspitze über der Kimm herauskam und sich sogleich zu einer flammenden Spur verlängerte, die durch die Wellen hindurch auf die *Beegle* zulief. Dann schob sich eine tiefe Wolke heran und das rote Licht trübte ein, flackerte einen Moment und erlosch, bevor es Minuten später mit erstarktem Schein wieder aufleuchtete und die zerbrochene Mondscheibe wie eine Ampel zwischen den Nachtwolken stand.

Das Wellenrauschen umspielte die Stille und Blaschke fühlte sich allein und hatte das Gefühl für die Zeit, die er mittlerweile als Ausguck auf dem Blechdach das Brückenhauses verbracht hatte, vollständig verloren.

Er versuchte mit den Augen der gebogenen Linie der Ankerkette zu folgen, bis zu dem Punkt, an dem sie unter die Wasserfläche schnitt und verschwand. Blaschke fühlte sich dumpf und verbraucht, wie benebelt. Ein Geräusch im Wasser riss ihn aus seiner Lethargie und er fuhr herum, sprang vom Dachblech auf und stand mühevoll balancierend, während sein Blick die Wellen absuchte, die gegen den Rumpf des Trawlers schlugen. Ihr Anrollen und Glucksen, das am Tage beruhigend gewirkt hatte, veränderte nun seinen Klang und tönte geheimnisvoll hohl und seltsam bedrohlich wie fremde Stimmen, die des Nachts zu ihm sprachen und deren Botschaft er nicht verstand.

Er ging an die Dachkante, beugte sich hinüber und sah nach unten ins schwarze Wasser. Die See wirkte kalt und feindlich. Ein fremdes Element in der Dunkelheit.

Der Obersteuermann hob den Blick und drehte sich einmal im Kreis. Rings um den alten Schlepper war nichts zu sehen. Nur die Mondreflexionen funkelten auf der Oberfläche und tanzten über die See. Mit dem aufkommenden Mondlicht nahm die Sichtweite zu und wo zuvor undurchdringliche Schwärze geherrscht hatte, traten langsam wieder die Weite des Raumes und des Meeres ans Auge.

Blaschke sah nach oben zur Decke aus Sternen, die sich über die Welt gelegt hatte wie auf schwarzem Boden verstreuter Zucker. Der Anblick beruhigte ihn und er stand lange, den Kopf im Nacken, den Mund leicht geöffnet und schaute reglos hinauf.

Unter sich hörte er ein leises Geräusch, dann Krebsdorfs Stimme und plötzlich war er wieder völlig wach, mit allen Sinnen da und Herr seiner Lage.

Er erkannte das Fernglas neben dem kurzen Fahnenstock, den Riemen über den Stock geworfen. Wie war es dort hingekommen? Das musste er selbst gewesen sein, doch er konnte sich nicht erinnern. Behutsam nahm er den schweren Gegenstand auf und legte sich den Riemen um den Hals. Es klapperte, als das Glas gegen den Reißverschluss seines Pullovers schlug.

Von Blaschke unbemerkt brach langsam und fast vollkommen geräuschlos die Kante des U-Bootturms durch die Wasseroberfläche. Das Boot machte kaum Fahrt und erst, als die Ballasttanks ausgeblasen wurden und die Pressluft fauchend in sie hineinfuhr, nahm Blaschke von dem nur hundert Meter entfernten Boot Notiz.

Er erkannte das Geräusch sofort und drehte sich um: Das Boot war hinter ihnen aufgetaucht und beschleunigte. Über das Heck der *Beegle* hinweg sah er den schmalen, dunklen Bootskörper mit dem vergrößerten Turm in der Mitte, aus dem über den Wintergarten ganze Sturzbäche von Meerwasser abliefen. Es strömte zischend und grollend über die Steiggriffe, Grätings und Deckplanken. Weiß schäumend hob sich der

Bug aus der See, ein Raubtier mit Gischtmähne, und kalt standen seine geschlossenen Mündungsklappen für einen Moment über der See, bevor sich der Bug langsam senkte und in die tragenden Wellen zurückfiel und das Heck vollständig herauskam.

Dann sah Blaschke erst einen, dann zwei und drei, schließlich vier Männer auf der Brücke erscheinen und als er winkte und sie zurückwinkten, befiel ihn ein solches Gefühl der Erleichterung, wie er es zuletzt verspürt hatte, als er dem gebombten Berliner Keller entkommen war und sich durch den Schutt zurück ans Licht gegraben hatte.

Die vier Gestalten bewegten sich auf der Brücke. Eine winkte immer noch und Blaschke hob auch noch einmal den Arm und schwang ihn wild durch die Luft.

Es muss Janosch sein, von der ersten Wache, der da winkt, dachte Blaschke und grinste. Janosch, das Kamel. Janosch der Keinbeinige. Janosch der Gravitätische. Er trug viele Namen an Bord.

Immer mehr Leute erschienen im dunklen Halblicht auf der Brücke des U-Bootturms, wo sich ein geschäftiges Treiben entwickelte. Die Ausguckposten wurden besetzt, eine Gruppe von Männern eilte an die Flakbewaffnung, eine andere Gruppe stieg über die Leitern herunter auf das Vorderdeck und arbeitete sich staksend in Richtung des Bugs vor. Dabei hielten sich die Männer jeder mit einer Hand am Antennenspanndraht fest, der von der Brücke bis zum Netzabweiser führte. Das Ziel der Seeleute waren vier kreisrunde Behälter an Oberdeck, in denen jeweils ein aufblasbares Gummiboot für fünf Mann Besatzung untergebracht war und von denen eines bereits fehlte.

Blaschke kletterte vom Brückendach der *Beegle* und hörte rechts unter sich die Türe aufgehen.

„Der Milchmann ist da", rief Krebsdorf, der aus der Tür herausgetreten war, gefolgt von Lindt. Glücklich fielen sich die drei Männer in die Arme.

„Ein Teufelskerl, der Weber", sagte Blaschke und strahlte über das ganze Gesicht. „Zu schlau für die Amis."

Der Kaleun trat an die Reling und erhob das Glas in Richtung Nordost.

„Kann's nicht glauben", sagte er.

„Vielleicht hat er sogar was versenkt", sagte Krebsdorf und grinste. „Ich hätte es jedenfalls versucht."

„Was du schon wieder für eine große Fresse hast", sagte Blaschke.

„Aus dir mache ich auch noch einen Helden, Blaschke. Wirst dich schon bald ans Siegen gewöhnt haben."

Blaschke, der der älteste der drei Männer war, sagte daraufhin nichts mehr. *Vielleicht hat Krebsdorf Recht*, dachte er.

„Versenkung vorbereiten", befahl Lindt und deutete mit dem Kopf zur Laderaumluke.

„Jawohl, Herr Kaleun", sagte Krebsdorf. „Zweihundert Tonnen. Ich möchte, dass im KTB erwähnt wird, dass die vom 2WO mit der Hand versenkt worden sind."

Der Kaleun lachte.

„Nicht so laut lachen", sagte Blaschke. „Das ist kilometerweit zu hören."

Daraufhin lachten alle drei, bis Lindt Einhalt gebot.

„Er hat Recht", sagte der Kaleun. „Krebsdorf, fang an."

Durch die Ladeluke stieg Krebsdorf an der Leiter unter Deck und sah im weißen Licht die vertraut gewordene Umgebung des Bootsinneren, die nun auf den Meeresgrund befördert werden sollte, wo sie ihr Aussehen bald stark verändern würde.

„Die Waffen mitnehmen?", rief Krebsdorf durchs Luk nach oben.

„Hierlassen", kam prompt die Antwort.

Von der Waffenkiste weiter ließ Krebsdorf seinen Blick streifen über Rohre, Absperrhähne und Ventile, die defekte Trinkwasseraufbereitungsanlage und den niedrigen Durchgang zur Kombüse und dem Schlafbereich. Er lief leicht gebückt hinein und schaute sich noch einmal um, ob nichts vergessen geblieben und der *Beegle* vor ihrer bevorstehenden ersten und letzten Tauchfahrt versehentlich überlassen worden war.

Vor der Back stand in einem blechernen Waschbecken die große Kaffeekanne und Krebsdorf griff nach ihr, schüttelte sie und stellte daraufhin das leere Gefäß enttäuscht an seinen Platz zurück. Die drei von den U-Bootleuten benutzten Kojen waren aufgeräumt und das Bettzeug lag lose auf ihnen.

„So kannst du dich bei Neptun blicken lassen", murmelte Krebsdorf und strich mit der Hand über eine der Decken.

Nachdem er die Kombüse wieder verlassen hatte, suchten Krebsdorfs Augen rasch die Umgebung ab, folgten dünnen und dicken Rohrleitungen, die entlang der Bordwände und teils quer über den Boden oder unter der Decke verlegt waren. Im achteren Bereich des Laderaums fand er ein Bodenventil und den passenden Schlüssel in einem Schrank direkt daneben. „Sea cock – Flood warning" stand in roter Farbe auf einem weißen Blechschild geschrieben, das an dem Schlüssel befestigt war. Er lief an der Bordwand entlang wieder nach vorn und entdeckte neben den Rohrleitungen für Kühl- und Abwasser ein Seeventil. *Fangen wir erstmal damit an*, dachte Krebsdorf und suchte in den Eingeweiden der *Beegle* nach Werkzeug.

Über die Reling gebeugt standen Lindt und Blaschke und beobachteten, wie vom Vorderdeck des U-Bootes das Schlauchboot zu Wasser gelassen und mit zwei Seeleuten besetzt wurde, die nun rudernd auf die *Beegle* zuhielten. Das U-Boot selbst hatte gestoppt und lag in seiner gesamten Länge sichtbar querab zur *Beegle* und nicht weit von ihr entfernt.

Unter den Ruderschlägen seiner kleinen Besatzung kam das Schlauchboot vom schwachen Seegang kaum behindert schnell näher und Lindt schickte Blaschke zu Krebsdorf hinunter, um die Orangen abzubergen.

„Vitamine schmeißen wir nicht weg", sagte der Kaleun.

Er versuchte in der Dunkelheit am U-Boot etwaige Schäden ausmachen zu können, die es während seiner Verfolgung erlitten haben mochte, konnte zu seiner Freude und Genugtuung aber nichts dergleichen feststellen. Vom Netzabweiser am Bug über die seitlichen Satteltanks, das Deckgeschütz und den Brückenaufbau bis zum Achtersteven schien das Boot in bester Verfassung zu sein, so als hätte es gerade eben seinen Stützpunkt verlassen.

Die Kühlwasserleitung war durch Krebsdorf bereits gelöst worden, als Blaschke unter Deck zu ihm stieß, und ein dünner Wasserstrahl lief aus dem gekappten Rohr auf den Flurboden.

„Wie sieht es denn aus?", fragte Blaschke.

„Alles vorhanden", antwortete Krebsdorf. „Wenn wir jetzt verschwinden, liegt die *Beegle* in vierundzwanzig Stunden auf Grund."

Blaschke sah ihn an und Krebsdorf grinste zurück.

„Achtern gibt es ein Bodenventil. Damit geht es schneller."

„Hilf mir mal mit den Orangen", sagte Blaschke.

„Scheiß Orangen", murmelte Krebsdorf, folgte dem Obersteuermann aber anstandslos in die Ecke, in der die beiden Stiegen untergebracht waren. Sie verluden die übrig gebliebenen Früchte in eine einzelne Stiege und ließen die leer gewordene an Ort und Stelle zurück. Dann erklomm Blaschke die Leiter, drehte sich zu Krebsdorf um und nahm die gut gefüllte Stiege entgegen. Eingeklemmt zwischen den Sprossen der Leiter und seinem Körper beförderte Blaschke die Orangen schließlich an Deck.

Dort stand Lindt, der sich bereits den Bootshaken vom Brückenhaus gegriffen hatte und diesen in der Hand haltend wie Neptun persönlich die Ankunft des Schlauchbootes erwartete.

„Die Listen brauchen wir noch", sagte der Kaleun, nachdem Blaschke die Stiege bei ihm abgestellt hatte. Blaschke ging schnell zum Brückenhaus, öffnete die Tür und trat ein. Er nahm die Seekarte an sich, sah zwei leere Kaffeetassen und den gefüllten Aschenbecher auf der Konsole und griff sich dann vom Haken den Beutel mit dem wertvollen Geheimdienstmaterial.

Das Schlauchboot war nur noch wenige Meter vom Rumpf der *Beegle* entfernt und der Seemann am Ruder drehte beständig seinen Kopf nach dem Trawler und schielte über seine Schulter hinweg, um die Ruderschläge anzupassen. Lindt beugte sich weit über die Reling und streckte dem zweiten Mann im Schlauchboot den Bootshaken entgegen.

„N'abend, Herr Kaleun", grüßte der Seemann und hielt breitbeinig im Schlauchboot stehend beide Hände nach vorn, um den Bootshaken in Empfang zu nehmen.

„Reuter, sind Sie das?", fragte Lindt.

„Schuldig, Herr Kaleun", kam die Antwort und der Seemann griff im gleichen Moment zu und zog am Bootshaken das Schlauchboot längsseits der *Beegle* gegen ihren Rumpf.

„Wir sind der Fährdienst nach Frankreich, Herr Kaleun. Dachten uns, Sie wollen vielleicht mitkommen?"

„Vorschlag angenommen, Herr Bootsmann", antwortete Lindt und wandte sich an Blaschke: „Los doch!"

Der Obersteuermann reichte die Stiege mit den Orangen nach unten in die ausgestreckten Hände des zweiten Seemannes. Dann gab er den Beutel mit den Listen hinterher.

„Wichtig", kommentierte Blaschke, als der Seemann den Beutel im Inneren des Schlauchbootes verstaute. Daraufhin kletterte Blaschke selbst vorsichtig über die Reling und ließ sich von den beiden Männern im Schlauchboot dabei helfen einzusteigen. Lindt reichte den Bootshaken hinterher.

„Festhalten! Geht gleich los", sagte er und verschwand in Richtung der Laderaumluke. Er beugte sich darüber und rief: „Krebsdorf?"
„Herr Kaleun?"
„Bereit?"
„Jawohl."
„Dann schick sie mal auf die Reise."
„Gleich erledigt, Herr Kaleun."
Krebsdorf öffnete mit dem Schlüssel das Bodenventil und kurz darauf vernahm er einen satten Rülpser, als das Wasser von unten in die Bilge des kleinen Trawlers eindrang. Ohne weitere Zeit zu verlieren, eilte Krebsdorf an die Leiter und stieg sie nach oben, wo ihm Lindt eine Hand entgegen streckte und ihn aus dem Laderaum herauszog. Dann liefen die beiden Männer zurück zum Schlauchboot und stiegen mit Unterstützung von unten nacheinander ein.

„Gibt es Verluste?", fragte Lindt.
„Keine, Herr Kaleun", antwortete Reuter und stieß das Schlauchboot mit dem Bootshaken von der langsam sinkenden *Beegle* ab. „Wir sind durch Flieger entdeckt worden und das wäre beinahe schlimm ausgegangen: ganz später Alarm – aber wir hatten Glück und die Bomben lagen nicht sonderlich gut. Wir waren noch nicht einmal getaucht, als die hochgingen."
Der Kaleun blickte aufmerksam in Reuters Gesicht, auf dem er im Dunkeln weniger lesen konnte, als er es gern getan hätte, und so musste er sich fragend ein schnelles Bild der Situation an Bord verschaffen.
„Wie schlimm war es?"
„Einige schwere Stunden waren schon dabei, Herr Kaleun", sagte Reuter.
„Schäden an Bord?"
„Alles repariert, Herr Kaleun."
„Die Amerikaner müssen noch viel von den Tommys lernen, Herr Kaleun", sagte der Mann am Ruder. Es war Matrosenobergefreiter Tobias Kahls, siebenunddreißig Jahre alt, aus Kiel stammend und der älteste Mann an Bord. Er war um jeden Preis zuverlässig und Lindt vertraute ihm vollkommen. „Wenn der Gegner die Engländer gewesen wären, dann wäre es aus gewesen, aber die Amerikaner konnten mit unserem Geschenk nicht viel anfangen."
„Na, da bin ich aber insgesamt froh", sagte Lindt.

„Wir auch, Herr Kaleun", sagte Reuter.
„Habt ihr selbst schießen können?", fragte Lindt weiter.
„Keine Chance. Gar keine."
„Batteriestand?"
„Fast halbvoll, Herr Kaleun. Wir sind viel herumgekrochen und haben uns dann auf Grund gelegt."
„Schwer gewesen, uns zu finden?"
„Nicht so sehr. Wir sind schon eine ganze Weile in Ihrer Nähe und haben nur auf den günstigsten Moment gewartet. Ganz schwacher Horchkontakt Richtung West vor dem Auftauchen, ansonsten Ruhe. Machen Sie sich also keine Sorgen, Herr Kapitänleutnant", sagte Tobias Kahls.
Langsam entspannte sich Lindt und die Stimmung in dem sich unter Schaukeln von der zurückgelassenen *Beegle* entfernenden Schlauchboot lockerte sich nach den ersten drängenden Fragen des Kommandanten.
„Wann habt ihr uns gefunden?"
„Gestern Nachmittag, Herr Kapitänleutnant. Da war kein anderes Schiff am Aufnahmepunkt, als wir ankamen. Oberleutnant Weber stand am Sehrohr: ‚Da sitzt ein Nackter auf dem Brückendach', hat er gesagt, und da wussten wir eigentlich alle schon Bescheid. Nichts für ungut, Leutnant Krebsdorf, aber wir hatten unsere Freude an Ihnen. Von der Zentralewache durfte jeder mal durchs Sehrohr gucken."
„Spanner", sagte Krebsdorf und grinste.
Das kleine Schlauchboot hatte jetzt die Hälfte der Strecke von dem sinkenden Trawler hin zu dem wartenden U-Boot hinter sich gebracht.
„Und bei Ihnen ist auch alles gut verlaufen?", fragte Reuter.
„Durchaus planmäßig", sagte Lindt und nickte. „Die Stadt ist gigantisch. So etwas gibt es bei uns nicht. Berlin ist eine Kleinstadt im Vergleich. Da wird man noch einige Jahrzehnte bauen müssen, um aufzuschließen."
„Im Moment wird da mehr zerstört als aufgebaut, Herr Kaleun", sagte Blaschke.
„Um Platz zu schaffen für die Hauptstadt Germania", antwortete Krebsdorf. „Wenn sie fertig ist, ziehe ich hin. Ich will dort meine Kinder großziehen. Sieben Stück! Yvonne sieht es genauso. In meinem nächsten Heimaturlaub fangen wir mit der Produktion an. Sie wird dann

immer einen dicken Bauch haben, wenn sie den Kinderwagen durch Germania schiebt."

„Na, den entsprechenden Prügel haben Sie ja, Herr Leutnant", sagte Kahls.

„Eben", antwortete Krebsdorf.

Über den rudernden Kahls hinweg spähend erkannte Lindt, dass die Ballasttanks des U-Bootes nun vorgeflutet wurden und der Bootskörper langsam nach unten wegsackte. Einige Wellen spülten bereits über Heck und Achterdeck und ließen das Achterschiff für Momente unter die Wasseroberfläche schneiden. Einige Sekunden später geschah das Gleiche mit dem Vorderdeck, es tauchte in die See, von den breiten Wulsten der seitlichen Satteltanks war schon nichts mehr zu sehen; eine Welle traf noch die Bugverkleidung, bevor sie in der nächsten Welle verschwand und nur der Netzabweiser mit dem Antennenspanndraht noch aus der See herausragte. Der Kaleun erkannte auf der Brücke seinen ersten Offizier, der den Flutzustand von Vor- und Achterdeck kontrollierte und sich von Zeit zu Zeit über das Turmluk beugte, um Kommandos nach unten zu geben.

Der Matrosenobergefreite Kahls hatte nun nichts weiter zu tun, als das Schlauchboot über das Vorderdeck zu rudern und dort an Ort und Stelle zu verharren, bis auf Webers Befehl hin gelenzt wurde und sich das U-Boot mit dem Schlauchboot auf seinem Vorderdeck wieder aus den Wellen erhob.

Die Männer stiegen aus, Lindt nahm die Listen an sich, Krebsdorf die verhassten Orangen, und dann liefen sie auf dem schwankenden Vorderdeck in Richtung der Brücke, von der aus ihnen einige Seeleute entgegenkamen, um das Schlauchboot zu verstauen.

„Willkommen zurück an Bord", grüßten die Seeleute lachend und schnell wurden einige Hände gedrückt, bevor sich die beiden Gruppen auf Höhe des Deckgeschützes aneinander vorbeischlängelten. Lindt erklomm auf der Backbordseite des U-Bootturms die eingelassenen Stahlsprossen, den Beutel mit den Listen auf seinem Rücken, und trat auf die Plattform.

Oben erwartete ihn der 1WO, die Hand an der weißen Kommandantenmütze.

„Herr Kaleun", sagte Weber, „ich übergebe Ihnen das Kommando über U soundso mit achtundvierzig gesunden Besatzungsmitgliedern und vierzehn Torpedos."

Weber nahm die Mütze ab und überreichte sie Lindt, der sie in die linke Hand nahm und mit der Rechten nach Webers Hand griff, um sie zunächst fest zu schütteln, den Wachoffizier zu dessen Überraschung aber gleich darauf heftig gegen seine Brust zog und ihm mehrfach kraftvoll den Rücken klopfte. Die übrigen Männer auf der Brücke ließen sich davon nicht ablenken.

„Mein Gott, Weber", sagte Lindt, nachdem er den WO wieder freigelassen hatte. „Sie glauben gar nicht, wie dankbar ich Ihnen bin."

Sich die Kommandantenmütze überstülpend trat Lindt ans Schanzkleid und sah nach der Gruppe am Bug, die damit beschäftigt war, den Schlauchbootbehälter wieder zu verschließen.

„Auf neunzig Grad gehen", befahl der Kaleun. „Große Fahrt voraus, Flak räumen, Alarmtauchbereitschaft herstellen, zwote Wache aufziehen, Leutnant Krebsdorf übernimmt. Folgen Sie mir, Oberleutnant Weber. Ich will alles haarklein erfahren."

Während Lindt und Weber und die Flakbedienung durchs Turmluk in das U-Boot einstiegen, versank hundert Meter entfernt das Sternenbanner am Fahnenstock auf dem Brückenhaus der *Beegle* in der See.

Im Turm waren nur die Instrumententafeln schwach beleuchtet, vor denen der Rudergänger auf seinem Schemel saß und Lindt aus großen Augen ansah, als der Kaleun die Leiter herabgestiegen kam. Aus der Zentrale drang Rotlicht nach oben und tauchte den engen Raum in ein gespenstisches Halblicht ohne Schatten und klare Konturen. Die fahlgelb beleuchtete Kursanzeige drehte langsam auf die Neunzig zu.

„Auf den Kurs achten", sagte Lindt und stieg am Rudergänger vorbei hinab in die Zentrale. Weber und die anderen folgten ihm.

Ein Tohuwabohu bestehend aus Jubeln, Pfeifen, Grölen, Rufen, Klatschen, Singen und Schreien empfing den Kommandanten. Löffel wurden gegen Teller geschlagen und übertönten das mit Lindts Erscheinen angestellte Grammophon, dessen Marsch sich über die Bordsprechanlage nicht gegen den übrigen Lärm behaupten konnte und im allgemeinen Durcheinander verloren ging. An die zwanzig bärtige Männer standen dicht gedrängt in bunt durcheinander gewürfelter Kleidung in der Zentrale und klatschten mit nicht zu bremsendem Eifer in ihre Hände. Nur ein schmaler freier Kreis unter der Leiter blieb offen, in den der Kaleun hineintrat wie in einen Bühnenscheinwerfer. Keiner der Männer wich zurück; alle Augen waren auf ihn gerichtet, während das Toben und Lärmen weiter zunahm.

„Uhhhhhhhhhhhhhhhh Hurra! Hurra! Hurra! Uhhhhhh Hurra! Heil U-Lindt!"

Alle Gesichter waren mit roter Farbe übergossen, wild und animalisch. Das war keine funktionierende Kampfeinheit, das war eine Horde von verrückt gewordenen Anarchisten.

„Ruhe im Boot!", rief Lindt.

Sofort wurde es still.

„Männer!"

Augenblicklich begann das Toben aufs Neue und Lindt trat beiseite, um Platz für den ihm nachfolgenden Weber zu schaffen. Auf dem Gesicht des 1WO zeigte sich eine Mischung aus Lächeln und völligem Ernst.

Nach dem Oberleutnant kam nun auch von der Flakmannschaft einer nach dem anderen die Leiter herab in die Zentrale gestiegen und fügte sich wortlos in die Reihen ein.

Der Kaleun hob die rechte Hand und langsam wurde es wieder still im Boot. Nur das gleichmäßige Hämmern der Diesel war zu hören, als Lindt sich in der Runde umblickte.

„Männer, ich fasse mich kurz."

Er zog aus dem Beutel die Listen hervor und hielt sie in die Höhe wie einen unermesslich wertvollen Schatz. Die Leute drängten ein wenig, jeder wollte einen Blick auf die zwölf Blatt Papier erhaschen, die der Grund für die hinter ihnen liegenden Strapazen waren.

„Macht doch mal Platz!"

„Nicht drängeln, ja."

„Hast du zugenommen? An dir kann man ja gar nicht mehr vorbei gucken."

„Ich werde verrückt."

„Gib dir ja keine Mühe."

„Na, das hat sich aber diesmal gelohnt! Papier!"

Lindt nahm die Hand wieder herunter.

„Der Sonderauftrag ist ausgeführt, Männer", sagte er.

Den darauffolgenden Jubel ließ der Kaleun von alleine ausklingen.

„Jetzt nichts wie weg hier", sagte Lindt, als wieder Ruhe eingekehrt war. „Ich verlange äußerste Aufmerksamkeit von jedem Einzelnen. Aus dem Gefahrenbereich sind wir noch lange nicht raus. Also nicht nachlassen. Gefeiert wird erst zu Hause. Alles wie immer. Auf Manöverstation!"

Die Männer traten auseinander.

„Wenn der Alte sagt, er fasst sich kurz, dann meint er das auch so. Sehr angenehm. Nicht wie diese Goldfasane."

„Hör doch auf. Ich bin da mal während einer Großkampfrede eingepennt. Im Stehen. Kein Witz."

„Ja! Zu dumm nur, dass dich dann einer geweckt hat, sonst würdest du da immer noch stehen und ich müsste mir nicht dein blödes Gequatsche anhören."

Die Zentrale leerte sich und der Raum erhielt sein gewohntes, maschinelles Aussehen zurück: Aluminiumflurplatten mit Tränenmuster zur Steigerung der Rutschfestigkeit, die Innenwand gebogen mit Spanten in regelmäßigem Abstand, die Röhre von Innen, Leben im Druckkörper, Kabelstränge und Kettenläufe, eine Welt aus Rohrleitungen, der Tannenbaum eine verwirrende Ansammlung von Handrädern, Wasserstandsgläser und Ventile, Chronometer, Manometer, Velometer, alles doppelt und dreifach vorhanden, Kohlendioxidmesser, Ruderlagenanzeigen horizontal, Ruderlagenanzeigen vertikal, Druckventile, Batteriestand vorn und achtern, Drehzahlmesser und Fahrtstufentelegraph für Backbord- und Steuerbordanlage, Papenberg-Instrument zur Tiefenfeinsteuerung für den Periskopeinsatz, Regelzellen, Frischwassererzeuger, Kreiselkompass, Hauptlenzpumpe, Druckluftpumpe, Hilfslenz- und Trimmpumpe, Kartentisch, Echolot daneben, Feuerleitanlage mit Vorhaltrechner im Turm darüber, Spannungsregler und Entlüftungsräder, in der Mitte der Zentrale neben der Leiter zum Turm das Beobachtungssehrohr für Luftziele, alles im roten Licht der nächtlichen Überwasserfahrt.

Nur der hier benötigte Teil der Besatzung war geblieben und die anderen hatten sich durch das vordere und achtere Kugelschott an ihre jeweiligen Arbeitsplätze im Bugraum und Achterschiff begeben. Der Zentralemaat schmunzelte.

„Willkommen zurück, Herr Kaleun."

Lindt fasste ihn anerkennend am Oberarm.

„Gute Arbeit, Langer. Wir reden später."

Der Kaleun lief einmal im Kreis um die Leiter zum Turm inmitten der Zentrale und warf auf jedes Instrument einen prüfenden Blick, klopfte Schultern und sprach zu müden Gesichtern, ohne sich auf längere

Gespräche einzulassen. Weber stand gegen die Kartenkiste gestützt und tauschte sich mit dem Leitenden Ingenieur aus, einem achtundzwanzigjährigen Maschinenbauer aus Bremen.

Am Kartentisch hatte sich Blaschke eingefunden und nahm seine Arbeit wieder auf. Er begann damit, die Operation des U-Bootes im Verlauf der letzten drei Tage nachzuvollziehen, unterstützt von Reuter, der ihn während dieser Zeit vertreten hatte. Blaschke folgte der mit Bleistift eingetragenen Linie, sah den Abschnitt, den er noch selbst gezeichnet hatte, die waghalsige Annäherung an Coney Island, dann die abrupte Wende um einhundertachtzig Grad. Eine flach gezackte Spur führte anschließend aus der Lower Bay hinaus, doch weniger weit, als er vermutet hatte.

„Dort haben wir uns hingelegt", kommentierte Reuter. „Eine Mulde im Seegrund. Klein, aber fein. Steinige Gegend."

„Nicht schlecht, Reuter", sagte Blaschke.

„Ist nicht meine Idee gewesen, Otto", sagte Reuter bescheiden.

Blaschke setzte den Finger auf die Bleistiftlinie, um den parallel verlaufenden Kursen besser folgen zu können.

„Ja, und dann ging es los", sagte Reuter. „Irgendwann war Schluss mit dem Gegammel zwischen den Fischen. Schließlich mussten wir euch ja wieder abholen. Versprochen ist versprochen."

Die Bleistiftlinie näherte sich wieder der Lower Bay an, schnurgerade auf den ersten Aufnahmepunkt zu, doch dann erhielt sie einen ersten starken Knick nach Süden hin.

„Hier hatten sie uns entdeckt", sagte Reuter. „War so eine Art Nahtoderfahrung", fügte er lakonisch hinzu. „Begreife nicht, wie die daneben werfen konnten."

„Man muss nicht alles im Leben verstehen."

Die Linie beschrieb einen widerspenstigen Bogen, der sie in ihre ursprüngliche Richtung zurück und in die Nähe des zweiten Aufnahmepunktes führte.

„Versprochen ist versprochen."

Doch dann zackte die Linie aufs Neue und hörte nicht mehr auf zu zacken. Blaschke schaute auf ein kaum zu entwirrendes Muster aus teilweise übereinander verlaufenden Bleistiftstrichen.

„War schlimm", sagte Reuter und nickte gedankenverloren vor sich hin. „Eine dritte Dimension stand dem 1WO ja praktisch nicht zur Verfügung."

Unter den Flurplatten des Funkraums verstaute die Flakmannschaft wieder die Munitionskästen, die sie zuvor auf den Turm getragen hatte. Eine zusätzliche Vorsichtsmaßnahme, sollte die an Oberdeck vorhandene Bereitschaftsmunition bei einem Angriff ausgehen.

„Ich spediere das Zeug gerne zehn Mal hin und her. Ist mir lieber so."

„Entschuldigung, Herr Oberleutnant. Darf ich mal ran?"

Weber trat beiseite, um den Männern bei ihrer Arbeit nicht im Weg zu stehen. Lindt kam zu ihm.

„Gehen Sie doch schon zur O-Messe und ruhen Sie sich mal aus. Ich muss mich noch um das hier kümmern."

Er erhob kurz die Hand mit den Listenblättern.

„Ich komme dann zu Ihnen."

Weber trat mit einem Bein voran durch das vordere Kugelschott und verschwand im Vorschiff. Lindt sah ihm nachdenklich hinterher. Verhaltene Gespräche drangen aus dem Funkraum in die Zentrale.

Der Kaleun berührte den Leitenden Ingenieur Baumann am Ärmel, der das ordnungsgemäße Verstauen der Munition überwachte.

„Es war knapp, oder?", fragte Lindt den LI.

„Kann man so sagen."

„Irgendwelche Schwierigkeiten mit der Maschine?"

„Jetzt nicht mehr."

Lindt stieß trocken Luft aus der Nase.

„Wir tauchen bei sechzig Prozent Ladung. Beim nächsten Mal treffen die Herren vielleicht besser", sagte er.

Baumann nickte.

„Gute Idee, Herr Kaleun."

Lindt trat an die Leiter zum Turm, schaute sich noch einmal in der Zentrale um und stieg dann die Leiter nach oben. Die Luke zum Turm war zum Schutz vor Fliegersichtung verschlossen. Er öffnete sie und stieg hindurch. In dem runden engen Raum saß noch immer der Rudergänger auf seinem einsamen Posten. Lindt hielt kurz inne und sah ihn eindringlich an.

„Rauchen Sie etwa?", fragte er.

„Ich bin Nichtraucher, Herr Kaleun."

„Sehr gut", sagte Lindt.

Er verschloss die Luke zur Zentrale wieder und stieg weiter nach oben auf die Brücke. Einer der beiden achteren Ausguckposten wendete seinen Kopf, als Lindt nach oben geklettert kam.

„Umdrehen!", schnauzte ihn Lindt sofort an. „Oder wollen Sie nochmal eins auf den Deckel kriegen, Mensch!"

„Es tut mir leid, Herr Kapitänleutnant", sagte der Ausguck.

„Was meinen Sie, wie Ihnen das leid tut, wenn wegen Ihnen das Boot absäuft! Passen Sie ja auf!"

Die Nacht war mit dem steigenden Mond noch etwas heller geworden und blaugraue Wolken zogen eilig durch den Himmel. Der aufkommende Wind trieb die lange schwarze Dünung vor sich her und mit ihr das Boot.

„Rückenwind", sagte Krebsdorf, der in der Steuerbordnock stand, ohne sich umzudrehen oder das Glas abzusetzen. „Wir laufen fünfzehn Knoten Fahrt. So habe ich mir das vorgestellt."

Das Vorschiff stampfte leicht auf und nieder und der Bug produzierte eine stetige Welle, die sich grünlich fluoreszierend beiderseits des Bootskörpers verlief. Das Wasser rauschte geradezu, während das Boot voran schoss.

„Leutnant, ich brauche Ihren Spindschlüssel. Bitte geben Sie ihn mir."

Krebsdorf setzte das Glas ab und fuhr sich mit einer Hand in den Ausschnitt seines Pullovers und kramte den Schlüssel hervor, der dort an einer Kette um seinen Hals befestigt war. Wortlos überreichte er Lindt die Kette und setzte sein Glas wieder an.

„Danke", sagte Lindt und schärfte den vier Männern der Brückenwache noch einmal ein: „Äußerste Konzentration. In etwa einer Stunde tauchen wir."

Wieder in der Zentrale betrachtete der Kaleun durch das Kugelschott die ins Schwitzen geratenen Männer der Flakmannschaft, die damit beschäftigt waren, die schwere Flurplatte über der Munitionskammer zu verschließen.

„Die Knallerei wieder schön verpackt?", fragte er.

„Bis zum nächsten Mal, ja", antwortete ein stämmiger Maat und trat die Flurplatte zu.

„Wer rastet, der rostet", sagte Lindt, stieg durch das Schott und schob sich an den Männern vorbei. Im Horchraum saß der Funkmaat Anton Kiebig und las ein Buch.

„Was liest du, Anton?"

Der Funkmaat blickte von seinem Buch auf.

„Nietzsche, Herr Kaleun."

Lindt grinste.

„Ich wusste gar nicht, dass du so schlau bist."

„Sie würden staunen, Herr Kaleun", sagte Kiebig. „Ist mehr das sprachliche Erlebnis."

„Hattest du Dienst während der Verfolgung?"

„Ja."

Der Kaleun schnalzte als Zeichen der Anerkennung die Zunge.

„Hat wohl keinen Sinn, wie?", fragte er und deutete auf den Kopfhörer, der vor dem Funkmaat auf der Tischplatte lag.

„Nicht bei der Fahrtstufe."

„Alles klar, Anton. Weitermachen."

Daraufhin betrat Lindt die Offiziersmesse, wo Weber bequem auf dem Sofa an der Back saß, ein Bein angewinkelt und gegen die Tischplatte geklemmt. Seine Augen waren geschlossen und der Mund ein so gerader Strich, als würde ein Lineal darin stecken. Auf der Back vor ihm lag aufgeschlagen ein altes Magazin und daneben stand eine Obstschale voller Orangen.

Lindt trat an die Back und öffnete mit Krebsdorfs Schlüssel den darüber angebrachten Spind für Verschlusssachen. Weber schlug die Augen auf und sah den Kaleun von unten an.

„Dauert noch einen Moment", sagte Lindt. „Welches Datum haben wir heute?"

„Es ist der 28. April 1943", sagte Weber und machte die Augen wieder zu.

Lindt suchte in den Enigma-Unterlagen nach den Walzeneinstellungen für Offiziersfunksprüche für den heutigen Tag. Er fand das Blatt, notierte die Einstellung auf einen Zettel und fügte ihn den zwölf Geheimdienstpapieren hinzu. Dann griff er aus der Schale eine Orange, legte sie in den Spind und schloss wieder ab.

„In einer Stunde tauchen wir. Sonnenaufgang in vier Stunden", sagte er noch und ließ Weber dann in Ruhe.

Der Kaleun lief den kurzen Weg zurück in den Funkraum und tippte den diensthabenden Funkmaat an.

„Gleich gibt es richtig Arbeit für euch", sagte er und begab sich in den benachbarten Kommandantenraum, zog den grünen Vorhang zu und war das erste Mal seit achtzig Stunden wirklich für sich allein.

„Ja, den Zug kannst du schon machen, aber dann verlierst du", sagte der Torpedomixer Scholz zum achtzehnjährigen Matrosengefreiten Fuhrmann. Die beiden saßen sich im Schneidersitz gegenüber auf dem Boden des Hecktorpedoraums. Zwischen ihnen stand ein magnetisches Schachbrett.

„Wäre doch schade, schließlich haben wir erst vor fünf Minuten angefangen."

Vor dem Hilfsgenerator saß der E-Maschinenmaat Klein und schaute ihnen zu.

Fuhrmann hielt seine Dame zwischen den Fingern, die er zunächst weit nach vorn zu bringen gedacht hatte, und verharrte so, durch Scholz' Bemerkung irritiert.

„Nicht loslassen!", rief Klein und rutschte unruhig hin und her. „Er hat Recht."

Fuhrmann nahm die Dame zurück und stellte sie an ihrer ursprünglichen Position wieder ab.

„Hättest du doch gleich sagen können, dass du ein Anfänger bist", sagte Scholz. „Dann hätte ich anders eröffnet."

„Ich bin kein Anfänger", sagte Fuhrmann beleidigt.

Von den E-Maschinen drang schallendes Lachen herüber.

„Lüg doch nicht", sagte Scholz. „Natürlich bist du das."

Fuhrmann schob einen Bauern zwei Felder nach vorn.

„Na also, geht doch", kommentierte Scholz und machte selbst einen Zug. „Du bist dran."

„Scholz hat sogar schon den 1WO besiegt", sagte eine leise Stimme.

„Ist's wahr?", fragte eine zweite Stimme.

„Ich schwöre es dir. Er ist nicht zu schlagen."

„Das war die beste Partie, die ich je an Bord gesehen habe", sagte eine dritte Stimme.

Fuhrmann brachte einen Springer nach vorn.

„Wer hat dir das Spiel denn beigebracht?", fragte Scholz und zog einen Bauern.

Fuhrmann zögerte.

„Na, sag's ihm schon!", rief eine Stimme bei der E-Maschine.

„Meine Tante", sagte Fuhrmann und brachte den Springer weiter nach vorn.

„Seine Tante!", riefen alle drei Stimmen und überschlugen sich lachend.

Scholz blieb ernst und sah Fuhrmann in die Augen, dann lächelte er und zog einen Läufer auf das Feld mit Fuhrmanns Springer. Er nahm die Figur vom Feld und stellte sie zurück in den hölzernen Figurenkasten.

„Und? Hast du sie mal besiegt?", fragte Scholz.

Kicherndes Lachen bei der E-Maschine.

„Gleich beim ersten Mal", sagte Fuhrmann.

Das Kichern steigerte sich zu wieherndem Gelächter.

„Deine Tante will ich kennenlernen!", sagte Klein.

Fuhrmann wurde rot und zog nun doch seine Dame.

„Das hätte ich nicht gemacht", sagte Klein und schraubte den Verschluss von einer Limonadenflasche ab.

Scholz brachte schnell seine eigene Dame in Position.

„Ist Janosch wach?", rief Scholz nach vorn. „Mit dem hier bin ich gleich fertig."

„Der Keinbeinige schläft gerade. Hat er sich auch mal verdient, das alte Faultier. Er war ja schon fast 'ne halbe Stunde wach heute."

Mit herausgefordertem Stolz im Blick und Hast in der Hand schlug Fuhrmann mit seiner Dame einen von Scholz' Springern und nahm die Figur an sich.

„Matt", sagte Scholz und zog mit dem Läufer die Falle zu.

Klein schaute Fuhrmann mitleidig an.

„Habt ihr noch einen? Willst du nochmal, Alfi?", rief Scholz.

„Danke nein. Lieber fange ich mir noch 'ne Wasserbombe."

„Bleib, wie du bist", sagte Scholz und tätschelte Fuhrmann die Wange. „Wenn alle so wären, dann gäbe es keine Kriege auf dieser Welt."

Absolute Dunkelheit, in die langsam wieder vertraute Geräusche einsickerten. Gespräche und Lachen. Der Kaleun schlug die Augen auf. Waren es mehr als fünf Minuten gewesen?

Unter dem grünen Stoff des Vorhangs zitterte ein schmaler Streifen Licht in rätselhaftem Rhythmus, hervorgebracht durch die Vibrationen der beiden Diesel in ihren Fundamenten und den Seegang, durch den sie sich wühlten. Vor und zurück schwang der Vorhang, Zentimeter nur, aber deutlich. Der Krieg des Lichts gegen die Dunkelheit. Die Front zitterte und zitterte, vor und zurück, und eine markant abgewetzte winzig kleine Stelle im Tränenmuster der Flurplatte des

Kommandantenschapps erschien und verschwand, erschien und verschwand und kam abhanden.

Lindt griff nach der Leselampe am Kopfende seiner niedrigen Schlafstätte und schaltete sie ein. Gelbes Licht fiel gegen die Holzvertäfelung zwischen dem kleinen Hängeschrank und der Druckkörperhülle.

Für einen Augenblick sah der Kaleun durch den gelben Schein und die Holzvertäfelung hindurch, durch Webers Hinterkopf hindurch und weiter mit Webers Augen und durch sie hindurch und weiter durch Stauräume und Schapps und über die Füße eines ausgestreckt auf seiner Koje liegenden Seemanns hinweg und durch den nächsten Stauraum und die Bordwand hindurch das Meer, dunkel und schwarz, von lähmender Kälte, nicht mehr zu durchdringen und ohne jede Gnade oder Vernunft.

Sich mit beiden Armen aufstützend, erhob er sich von dem Lager und trat an den Spind heran.

Der 1WO hatte den Schlüssel für Lindt im Schloss stecken gelassen. Keine kleine Nachlässigkeit unter normalen Umständen, aber normal war auf dieser Feindfahrt seit dem Erhalt des Sonderbefehls schon lange nichts mehr. Lindt beschloss, seinen 1WO nicht darauf anzusprechen.

Eine Drehung des Schlüssels entriegelte den Spind und der Kaleun öffnete die Tür: Obenauf lag die Walther und er nahm sie aus dem Spind heraus und legte sie auf das Kopfkissen seiner Koje, wo sie weich einsank und anschließend unter dem Operationsbefehl, unterzeichnet vom Flottillenchef, begraben wurde.

Die Finger fanden zwischen Besatzungs- und Inventarlisten die Enigma-Unterlagen. Kommandantenfunksprüche galt es nicht sonderlich oft zu ent- oder zu verschlüsseln und sie bedeuteten in der Regel keine guten Nachrichten. Ihr Eintreffen änderte die Stimmung an Bord immer schlagartig. Auch der Sonderbefehl war ein solcher Kommandantenspruch gewesen.

Lindt notierte die Walzeneinstellung unter jene für den einfachen Offiziersfunkspruch und räumte anschließend alles wieder in den Spind, schloss ab und steckte den Schlüssel ein.

Die beiden Funkmaate erwarteten ihn schon, als er den Vorhang beiseite zog und aus dem Schapp zu ihnen trat. Anton Kiebig schien besonders neugierig zu sein auf das, was ihn erwartete.

„Es gibt eine Kodierliste, die uns nicht vorliegt", begann Lindt. „Wir brauchen sie auch nicht. Darum werden sich andere schlaue Herren kümmern. Dieser Kode hier", er legte die zwölf Blätter gestapelt auf den Tisch im Funkschapp, „ist ziemlich schwach und deswegen sind wir überhaupt erst in die ganze Sache hineingeraten. Ein guter Mathematiker könnte ihn relativ schnell durchbrechen."

Die beiden Funker blickten verstohlen auf das oben aufliegende Stück Papier.

„Hier spielt die Musik. Es ist ein Leerzeichenkode. Das heißt, die jeweilige Anzahl der Buchstaben einer Buchstabengruppe bestimmt darüber, welcher Buchstabe im Klartext durch den Buchstaben im Kode dargestellt wird. Ein A ist in einer Buchstabengruppe mit drei Buchstaben zum Beispiel ein M, in einer Gruppe mit vier Buchstaben aber vielleicht ein T. Die Länge der Buchstabengruppe ist entscheidend und definiert wird sie immer von dem der Gruppe folgenden Leerzeichen, deswegen ‚Leerzeichenkode'. In einer Gruppe mit fünf Buchstaben ist ein A vielleicht wieder ein M, auch das ist möglich. Für jede Buchstabengruppenlänge gibt es eine eigene Kodierliste, insgesamt vierundsechzig Stück, denn genauso lang ist die längste Buchstabengruppe. Das klingt kompliziert, aber ein Gehirntier wie der Überläufer Neumann würde in kürzester Zeit Kleinholz aus dem Kode machen, falls er den Amerikanern in die Hände fällt. Hier kommen wir mit unserer Enigma ins Spiel. Die Enigma ist nicht zu knacken, wie ihr wisst, und die Informationen, die dort auf diesen zwölf Blättern gesammelt sind, sind kriegswichtig; das sagt mir mein Gefühl. Konntet ihr mir so weit folgen?"

„Auf die Leerzeichen kommt es an", antwortete Kiebig.

„Genau."

Kiebig griff nun doch nach den Listen, teilte den Stapel und gab eine Hälfte dem zweiten Funkmaat.

„Durchnummeriert. Das ist ja schon mal praktisch", sagte der Funkmaat.

„Wir funken nie mit Leerzeichen, Herr Kaleun", sagte Kiebig.

„Aber mit Satzzeichen."

„Ein Satzzeichen ist ein X. Jedes Satzzeichen ist ein X."

„Daran hat der Ersteller des Leerzeichenkodes leider nicht gedacht. X sind reichlich vorhanden, werdet ihr sehen."

„Separatfunkspruch."

„War auch meine Idee. Der 2WO sagt, es ginge auch mit einem einzigen Funkspruch."

„Machbar ist es", sagte Kiebig. „Mit einer vorangestellten Erklärung und entsprechenden Einschüben. Man könnte die Einschübe als ausgeschriebene Zahl einfügen."

Er führte beide Handflächen parallel zueinander durch die Luft, als würde er ein unsichtbares Paket von einem Punkt zum anderen wuchten.

„Eine Zahl – die Länge der vorangegangenen Buchstabengruppe – anstelle eines Leerzeichens, eingeschlossen in zwei X und mit einer Wiederholung wie bei Eigennamen."

Jetzt tippte er mit dem Zeigefinger das Paket an.

„Eine doppelte Bestätigung für ein hier zu setzendes Leerzeichen."

„Das ist ziemlich lang. Und wenn wir ein ‚LEER' einfügen?", fragte Lindt.

„Wird fehlerhaft. Sehen Sie mal."

Kiebig zeigte ihm ein vorhandenes ‚LEER' im Kodetext der Listen.

Der Kaleun staunte.

„Wie haben Sie das so schnell finden können? Was ist mit ‚LEERZEICHEN'?"

Anton störte sich nicht daran, dass er plötzlich vom Kommandanten gesiezt wurde wie zu Beginn ihrer Bekanntschaft.

„Das könnte gehen. Es spielt keine Rolle, Herr Kaleun. Entweder ein Funkspruch mit Erklärung oder zwei Funksprüche. Zwei Funksprüche lassen sich besser aufbereiten, kann man einfacher lesen und sind schneller gesendet."

„Dann zwei Funksprüche", sagte Lindt. „Dreifach verschlüsseln. Walzeneinstellungen sind auf dem Zettel notiert. An den BdU und den FdU. Wie lange braucht ihr?"

Die beiden Funker sahen sich die Listen genauer an.

„Drei bis vier Stunden, Herr Kaleun", sagte Kiebig.

„In Ordnung. Fangt an. Wir tauchen bald, da habt ihr Ruhe. Gebt mir Bescheid, wenn ihr fertig seid."

„Sie können sich auf uns verlassen", sagte Kiebig. „Übrigens, Herr Kaleun – Neumann ist Jude."

Vom gleichförmigen Mahlen der Diesel begleitet, zog das U-Boot durch die Nacht dahin, unter einem blauschwarzen Himmel, der mit ausgespuckten Sternen übersät war, von denen die meisten bereits ins

Meer gestürzt zu sein schienen, wo sie funkelnd zwischen den Wellen trieben. Ein dünn zerblasener Wolkenfetzen bedeckte eines der am Firmament verbliebenen Schatzfelder, weiß und durchsichtig, wie ein Gespensterkostüm aus fragilem Stoff, hinter dem sich eine geöffnete Diamantschatulle verbarg. Wind fuhr allgegenwärtig über die See und ließ die Wasserfläche meilenweit leicht und frühlingshaft erschauern.

„Viertelstunde noch", sagte Lindt, als er auf der Brücke stand.

Auf beiden Seiten des Bootes spielte das Wasser und probierte sekündlich neue Formen aus Schaum und Blasen, bevor es als lange Schleppe zurückblieb.

„Das ist wie Brotkrumen auslegen", sagte Krebsdorf.

„Ich hatte Sturm bestellt", antwortete Lindt. „Wird wohl nicht geliefert."

Der Mond leuchtete klar und hell.

„Achtern ja aufpassen!", sagte Krebsdorf. „Wenn sie kommen, dann wahrscheinlich von dort."

Jeder der fünf Männer auf der Brücke hielt sein Glas vor die Augen, starke Zeiss-Gläser mit ausgezeichneten Nachtsichtoptiken.

„Auf Blasenspuren achten", sagte Lindt. „Wir sind hier nicht das einzige Submarine. Die Amerikaner können Sechserfächer schießen."

„Klingt, als wären Sie neidisch", sagte Krebsdorf.

„Bin ich auch."

Krebsdorf wollte noch etwas sagen, doch Lindt fuhr ihm dazwischen: „Ruhe jetzt!"

Zäh verstrichen die Minuten, ein Quantum eingesperrter Zeit. Mit in der Zelle die Anspannung und als verbotener Gast die Angst vor dem zweiten Angriff.

„Frage: Uhrzeit?"

„9 Uhr, deutsche Zeit", antwortete der Rudergänger im Turm.

Krebsdorf sah Lindt an, der sich über das Sprachrohr beugte.

„Klarmachen zum Tauchen", gab Lindt nach unten in die Zentrale und machte eine Kopfbewegung zum Turmluk.

Der Antrieb wurde nun von den Dieselmotoren auf die beiden E-Maschinen umgeschaltet und die Untertriebzelle geflutet.

„Unterdeck tauchklar", meldete der LI durchs Sprachrohr.

„Einsteigen!"

Einer nach dem anderen stiegen die Männer der Brückenwache durch das Luk in den Turm ein, nach Wilhelm Krebsdorf zuletzt der

Kommandant. Lindt drehte am Handrad das druckfeste Luk dicht und rief nach unten in die Zentrale: „Turmluk ist zu. Fluten. Auf zwanzig Meter gehen. Durchgehend Tiefe messen."

„Fluten", kam die Wiederholung aus der Zentrale. „Klar bei Entlüftungen, vorne unten zehn, hinten unten fünf, auf zwanzig Meter gehen", sagte der LI, der sich an seinem üblichen Arbeitsplatz hinter den beiden Tiefenrudergängern in der Zentrale eingefunden hatte.

Die Brückenwache kam die Leiter hinabgestiegen und verstaute die Ferngläser am vorgesehenen Ort.

„Halbe Fahrt voraus", sagte Lindt und mit einem Lächeln zum Leitenden: „Ganz gemütlich runter."

Das singende Mäuserennen der E-Maschine schaltete eine Tonlage tiefer und transkribierte zu einem ruhigeren, ohrgefälligen Summen.

Am Tannenbaum kratzte sich der Zentralemaat Langer das Ohr, dann steckte er einen Zeigefinger hinein und beförderte einen kleinen gelben Krümel Ohrenschmalz in die Bilge.

Die Vorlastigkeit des Bootes nahm zu und die Männer in der Zentrale schauten schweigend einander an oder blickten nach oben zur Decke und lauschten auf jedes kleinste Geräusch, das sich ihnen bot. Eine Welle traf klangvoll das Schanzkleid am Turm und verrauschte gurgelnd, während die Nadel am Tiefenmanometer zuckend von sechs auf sieben Meter strich.

Ins Summen der E-Maschinen fiel der Zusammenklang eines letzten Schwalls Wasser, als das Heck des U-Bootes unterschnitt und sich die Wasseroberfläche über ihm verschloss. Die Geräusche der See blieben fortan aus und Stille trat ein.

„Zehn Meter", sagte der LI.

„Langsame Fahrt, vier Knoten", befahl der Kaleun. „Frage: Wassertiefe?"

„Tiefe unter Kiel beträgt fünfunddreißig Meter", meldete Blaschke vom Echolot am Kartentisch.

Die beiden Tiefenmanometer, eines für geringe und eines für große Tiefen, zeigten nun stetig den Fortschritt des Tauchgangs an.

„Untertriebszelle ausdrücken, langsam aufkommen", sagte der LI.

„Boot scheint prima getrimmt, Herr Oberleutnant", sagte Lindt zum LI.

Das U-Boot sank in verhaltenem Tempo hinab in die Dunkelheit.

„Zwanzig Meter."

„Boot durchpendeln."

Es pendelte noch einige Male mit der erforderlichen Lastigkeit entlang der Zwanzigmetermarke, um die verbliebene Restluft aus den Tauchzellen zu befördern, dann steuerte sich das Boot auf ebenen Kiel ein und hielt fortan die Tiefe mit Hilfe der beiden E-Maschinen.

„Beide Mitte", sagte Baumann. „Boot ist durchgependelt, Herr Kaleun."

„Entlüftungen schließen. Beide Maschinen kleine Fahrt, zwei Knoten", befahl Lindt und stieg durch das Kugelschott, vorbei am mit den Listen beschäftigten Funkmaat, und wandte sich an Kiebig: „Genaues Rundhorchen. Wollen mal sehen, ob wir noch allein sind."

Kiebig hob schon den Arm.

„Schraubengeräusch, einhundertfünfzig Grad, große Entfernung, zehn bis fünfzehn Kilometer", sagte er und verstellte den Lautstärkeregler seines Kopfhörers.

Lindt war sofort bei ihm.

„Noch was?"

Der Horcher zögerte mit der Antwort und drehte ruhig an seinem Handrad. Seine Augen waren dabei weit geöffnet und blickten Lindt direkt an. Langsam strich der Richtungsanzeiger des Horchgerätes seinen Suchkreis ab. Der Kaleun hockte wie eingefroren und so saßen sich die beiden Männer gegenüber und starrten einander in die Augen. Kiebig drehte langsam das Handrad weiter, hielt inne, drehte zurück, grenzte ein.

„Zwotes Schraubengeräusch, zwohundertsiebzig Grad, große Entfernung, mindestens zehn Kilometer, überlappt sich, Herr Kaleun!"

Lindt griff den zweiten Kopfhörer und stülpte ihn über die Mütze.

„Hören Sie?", fragte Kiebig, während er das Handrad mit kleinen Bewegungen nach links und nach rechts drehte.

„Gasturbinen?"

„Denke schon, Herr Kaleun. Zerstörer – mindestens drei – hören Sie?"

„Einsatzgruppe", sagte Lindt. „Die kommen aus Newport. Reichlich spät."

Kiebig drehte das Handrad weiter, passierte die blinde Stelle am Heck, die auch bei geringstem Eigenantrieb kaum Horchmöglichkeiten bot, und vollendete den Suchkreis, dann drehte er schneller, noch mehrfach den gesamten Bereich abdeckend, hielt inne, drehte weiter. Noch immer sah er Lindt direkt in die Augen.

„Keine weiteren Kontakte."

„Zurück zum ersten", sagte Lindt.

Kiebig drehte das Handrad auf einhundertfünfzig Grad, Steuerbord achteraus.

„Kolbenmaschine, Herr Kaleun."

„Ja."

„Ziemlich langsam. Um den müssen wir uns keine Sorgen machen."

Lindt nahm den Kopfhörer ab und reichte ihn Kiebig, der ihn verstaute. Der Kaleun stand auf und rückte seine Mütze zurecht. Dann lief er langsam auf und ab. An beiden Enden des Horch- und Funkraums hatten sich Männer eingefunden, die ihre Augen nun auf ihn gerichtet hielten.

„An alle Stationen", sagte der Kaleun. „Feindkontakt. Ruhe im Boot bewahren."

Der Befehl wurde leise weitergegeben.

„Umschalten auf Weiß. Unnötiges Licht löschen."

Auch dieser Befehl wurde mit gedämpften Stimmen quittiert und weitergetragen. Das Rotlicht erlosch, wurde ersetzt durch die Standardbeleuchtung und anschließend sofort gedimmt. Eine andere Form der Nacht brach an. Kiebig griff zum Schalter und dämpfte das Licht im Horchschapp. Weitere Stationen folgten, bis im gesamten Boot nur noch schwaches, weißes Licht für die Beleuchtung sorgte. Die Männer hatten fortan aufzupassen, wo sie hintraten.

In der Stille wurde das Klacken der Enigma hörbar. Der an ihr arbeitende Funkmaat blickte auf, das *Klack-Klack-Klack* setzte aus und der Funkmaat sah Lindt fragend an.

„Weitermachen", sagte Lindt.

Klack-Klack-Klack, setzte die Enigma wieder ein und Lindt schob sich am Funkmaat und den zurückweichenden Männern vorbei durchs vordere Kugelschott zurück in die Zentrale. Blaschke wartete am Kartentisch und ließ ihn passieren. Er zog den Bauch ein und presste seine Wirbelsäule gegen die Tischkante. Neben dem Obersteuermann stand Krebsdorf mit verschränkten Armen und beobachtete neugierig das Verhalten eines jeden Einzelnen. Der LI Baumann, der Zentralemaat Langer und die beiden Tiefenrudergänger befanden sich auf ihren Posten.

„Langsame Fahrt, drei Knoten", sagte Lindt mit einem Blick auf die Batteriestandanzeige. „Wir müssen Saft sparen. Zwo Dez nach Steuerbord, neuer Kurs einhundertundzehn Grad. Echolot aus."

Blaschke schaltete das Gerät ab.

„Neuer Kurs einhundertundzehn Grad", wiederholte der Rudergänger im Turm und brachte das Boot auf den Ausweichkurs. Die E-Maschine erhöhte ihre Tonlage und das Boot kippte sanft nach Steuerbord an.

„Nicht benötigte Hilfsmaschinen abstellen. Offiziere bis auf Wache in die O-Messe", sagte Lindt und trat voran durch das Schott. Der Leitende Ingenieur folgte ihm. Krebsdorf und Blaschke blieben an Ort und Stelle und blickten einander an. Der 2WO nickte schweigend und trat dann hinter die Tiefenrudergänger.

„Eins-Eins-Null liegt an", sagte der Rudergänger im Turm.

Lindt schoss einen fragenden Blick in Richtung Kiebig, als er das Funkschapp passierte.

„Einsatzgruppe läuft Westkurs, Herr Kaleun", sagte Kiebig.

Lindt winkte ab.

„Da müssen sie hin", sagte er. „Was macht der Frachter?"

„Der will auch nach Hause. Wandert achteraus."

„Genehmigt. Den lassen wir laufen."

Offenbar war für den Kaleun die Sache schon erledigt, denn er steuerte nun ohne Hast in die O-Messe und setzte sich gegenüber Weber ans andere Ende der Back. Von hier aus konnte er in Richtung des Horchschapps blicken, falls sich dort noch eine Wendung der Umstände ergeben sollte.

Der Leitende Ingenieur folgte, sah, dass beide Zugänge zum Sofa an der mit Holz verkleideten Wand des Druckkörpers besetzt waren, blieb zögernd stehen und schien zu überlegen, über welche Seite er nun an seinen Lieblingsplatz gelangen sollte.

„Der LI kurz vor dem Sprung über die Back", kommentierte Lindt, genoss einen Augenblick seinen müden Witz und das beleidigte Gesicht des Leitenden und erhob sich dann noch einmal, um Baumann durchzulassen, der sich nun hinter die Back zwängte und unter den Holzschränken Platz nahm.

Ausdruckslos hatte Weber die Szene beobachtet. Er saß mit der Schulter ans Sofa gelehnt und zog sein linkes Bein ein, damit der LI Platz hatte. Sein Haar hing ihm in langen, wilden Strähnen über die linke Wange. Er war müde, sah aber nicht so aus.

„Sie wissen immer noch nicht, wo wir sind", sagte Lindt. „Zählen ihre Dampfer und schauen, ob nicht doch irgendwo einer fehlt. Die haben den Zweck unseres Besuchs nicht begriffen, so wie es scheint."

Der Kaleun verfiel wieder in Schweigen und betrachtete die Buchrücken, die sich auf einem hohen Board eingeklemmt neben dem 1WO aneinanderreihten. Dann hörte er den Backschafter im Funkraum und lehnte sich aus der Bank, um zu sehen, was er bringen würde.

Der Backschafter trug ein Tablett vor sich her und bugsierte es vorsichtig durch den schmalen Zugang zur Offiziersmesse.

„Leichtes Frühstück, die Herren Offiziere?", fragte der Backschafter und stellte dem LI das Tablett vor die Nase.

„Danke, Backschafter", sagte der Kaleun und ließ seine Augen über das Tablett gleiten. Er hatte unglaublichen Hunger.

Da waren mit Hartkäse und Dosenwurst belegte Brote, Tomaten und Gurken aus der Dose, ein Teller mit frisch aufgeschnittenen Orangen, drei Flaschen Limonade und eine große Kanne Kaffee.

„Wünsche guten Appetit", sagte der Backschafter und entfernte sich durch den Funkraum und die Zentrale.

Mit knapper Geste gab Lindt die Schlemmerei frei und die drei Männer aßen langsam und ausführlich und schwiegen dabei. Das Summen der E-Maschine war schon lange in der Stille des Bootes untergegangen und ließ sich nur noch mit bewusster Konzentration wahrnehmen. Von Zeit zu Zeit schaute einer dem anderen beim Essen zu, während er selbst kaute. Blicke trafen sich wortlos. Die Sachen auf dem Tablett verschwanden Stück für Stück in den Mägen der drei U-Bootfahrer.

Weber schüttelte seinen Kopf, als Lindt ihm die geschnittenen Orangen mit den Augen schmackhaft machen wollte.

„LI?"

Der Leitende zog den Teller mit den Früchten näher zu sich, nahm sich eines der Stücke und biss hinein, dass der Saft herausspritzte. Genussvoll stöhnte er auf und verschlang den Rest des Stücks.

„Unglaublich gut", sagte der Leitende.

„Hmhm", machte Lindt. „Amerikanische Orangen. Florida wahrscheinlich. Vom Feind geklaut schmeckt es am besten. Das wusste schon der alte Clausewitz."

„Man kann richtig die Sonne schmecken. Probieren Sie doch, Oberleutnant."

Der 1WO nahm sich ein Stück Orange und kostete, dann nickte er dem Leitenden zu und leckte sich den klebrigen Saft von den Fingern.

„Noch einmal", sagte Lindt, „Ihnen beiden gilt mein persönlicher Dank. Sie haben Außerordentliches geleistet. Sie haben in einer *äußerst* bedrohlichen Situation für das Boot die Nerven behalten und richtig reagiert, was man Ihnen gar nicht hoch genug anrechnen kann. Ich möchte wissen, wie Sie das geschafft haben."

Weber und Baumann tauschten einen Blick, dann setzte sich Weber aufrecht und begann zu erzählen:

„Ich hatte mich entschieden, den Aufnahmepunkt zunächst nicht getaucht anzulaufen, um die Batterie für den weiten Rückmarsch durch Flachwasser zu schonen und die eigene Initiativfähigkeit zu erhalten. Der erste Alarm kam sehr spät: zu spät – unter normalen Umständen. Ich bin mir nicht sicher, ob Sie vielleicht nur mit unseren Gespenstern reden."

„Sich nach Apfelsinen verzehrende Gespenster", sagte Lindt. „Reden Sie weiter, Oberleutnant, ich wollte Sie nicht unterbrechen."

„Der Anflug kam von direkt voraus, sehr tief, dreißig Meter, viermotorige Maschine."

Weber räusperte sich und sprach weiter.

„Aller Wahrscheinlichkeit nach Coastal Command. Wir hatten nicht die Zeit, um das Flugzeug zu identifizieren, aber es ist naheliegend. Bevor wir ihn sehen konnten, hatten wir ihn gehört. Viel Zeit blieb da schon nicht mehr. Ich war der Einzige, der die Maschine noch gesehen hat, da ich wie üblich als Letzter eingestiegen bin. Kaum war das Luk dicht, krachten schon die Bomben – vier Stück, dicke Brocken, zweihundertfünfzig Kilogramm vermutlich – direkt hinter uns in die See und hoben das Heck aus dem Wasser, so dass die AK laufenden Maschinen sich beinahe selbst schmorten, da die Schrauben nichts mehr zu greifen hatten, und als sie wieder griffen, uns fast in den Grund rammten durch die starke Vorlastigkeit."

Der Kaleun schaute Weber in die Augen, ohne eine Miene zu verziehen. Der Leitende Ingenieur starrte direkt voraus auf Krebsdorfs Koje, die der Back mit dem Sofa gegenüber lag.

„Oberleutnant Baumann hat blitzschnell reagiert: ‚Alle Mann voraus' widerrufen, sofort nach hinten trimmen lassen und große Fahrt zurück befohlen, sonst hätte der Seegrund vollbracht, wozu der Amiflieger nicht in der Lage war."

„Gut reagiert, LI", sagte der Kaleun.

„Ja, den Grund gerammt haben wir trotzdem, allerdings mit dem achteren Kiel und nicht mit dem Bug, was aber auch reichlich Flurschaden angerichtet hat. Wassereinbruch über das Hecktorpedorohr und kurzzeitiger Ausfall beider E-Maschinen. Zu unserem Glück hatten wir noch genügend Fahrt im Boot, um uns dann mit Hilfe der Ruder zu stabilisieren, bis die E-Maschinen wieder anliefen."

„Kaum zu glauben", sagte Lindt.

Aus dem Horchschapp tauchte Kiebigs Gesicht auf. Er hatte die Kopfhörer abgenommen und sagte mit klarer Stimme: „Herr Kaleun, die Zerstörer laufen weiter westwärts ab, fünfzehntausend Meter schon sicher."

Lindt nickte dem Horcher mit einem halb misslungenen Lächeln zu, da er gedanklich noch in Webers Bericht gefangen war.

„Danke, Funkmaat. Sehr gut."

Nach der Kaffeekanne greifend, sagte der Kaleun: „Sie können dann gleich schlafen gehen. Wollen Sie trotzdem Kaffee?"

Der 1WO schüttelte den Kopf und Baumann schob Lindt seinen Becher zu.

„Halbe Tasse reicht, Herr Kaleun", sagte der LI. „Ich muss nochmal in die Maschine."

Lindt schraubte den Deckel von der Kanne, goss Baumanns Becher halbvoll und schob ihn dem LI zu. Dann goss er sich selbst ein und wartete ab, während er den heißen Kaffee trank.

„Wir hatten nach dem Fliegerangriff etwa zwanzig Minuten Ruhe und Zeit, um uns um die Schäden zu kümmern. Scholz' Leute im Heckraum und der Obermaschinist bekamen die Lage schnell in den Griff, doch dann sind wir vom Asdic erfasst worden", sagte Weber.

Lindt sah ihn erstaunt an.

„Zu dem Zeitpunkt waren wir ja schon weit in der Bucht und von Schiffen umgeben. Wir konnten kaum noch unter Periskoptiefe tauchen, wenn wir keine weitere Kollision mit dem Grund riskieren wollten. Die Sache schien, ehrlich gesagt, ziemlich aussichtslos, Herr Kaleun."

Über der Back leuchtete matt der gelbe Lampenschirm und warf ein gnädiges Licht auf Webers Gesicht, das dem Kommandanten nun offen zugewandt war.

„Mit dem ersten Anlauf begann ein endloser Tanz um das Feuer, ständig wechselnde Hartruderlagen und Fahrtstufen. Unsere einzigen

Trümpfe waren die volle Batterie und der kleinere Wendekreis des Bootes gegenüber den Killern oben. Am Anfang war es nur ein einzelner Zerstörer."

Lindt sah Weber in die Augen und nickte.

„Den haben wir gesehen."

„Gut möglich, Herr Kaleun. Er kam von Westen aus Richtung der Stadt."

„*Fletcher-Klasse.*"

„Wir haben ihn nicht identifizieren können. Wir hatten andere Sorgen."

Lindt pfiff durch die Zähne und trank von seinem Kaffee.

„Die Amerikaner hatten Schiss, sich mit ihren eigenen Bomben in die Luft zu jagen, waren ja auf geringste Tiefe eingestellt, und mein Bestreben war, sie keine Anläufe mit Höchstfahrt machen zu lassen."

Weber strich sich eine Haarsträhne aus dem Auge.

„Es hat nicht lange gedauert, da waren sie schon zu dritt. Asdic-Ortung riss überhaupt nicht mehr ab. Das hat schön an den Nerven gefeilt. Wir haben dutzende Male das Ortungsfahrzeug mit großer Fahrt untertaucht und dabei purzelten die Johnnys aus der Batterie, dass einem Angst und Bange werden konnte. Es war klar, dass wir das nicht lange durchhalten."

„Gab es durch die Bomben weitere Beschädigungen?"

„Allerdings, Herr Kaleun. Mancher Serie ließ sich schlicht nicht mehr ausweichen und die lagen dann unangenehm nah und haben uns gerüttelt und geschüttelt. Wir sind einige Male nach oben geworfen worden und durch die Oberfläche gebrochen. Direkt neben die Zerstörer, die vor Schreck aber nicht schießen konnten oder ihre Rohre nicht runter bekommen haben oder aus Angst vor Eigenbeschuss nicht feuerten."

Lindt wurde klar, wie knapp das Boot seiner Vernichtung entgangen war.

„Jedenfalls", stieß Weber hervor und zog einen gedanklichen Schlussstrich, „hatten die irgendwann keine Bomben mehr und da ist es uns gelungen, nach fünf Stunden Verfolgung, die Killer abzuschütteln und mit Schleichfahrt abzulaufen. Wir lagen dann bis zum Nachmittag auf Grund in der Nähe des dritten Aufnahmepunktes und haben erst mal aufgeräumt."

„Und da mache ich jetzt auch weiter", sagte der LI und erhob sich vom Sofa. Weber stand von seinem Platz auf und ließ den Leitenden Ingenieur auf seiner Seite durch.

„Melde mich ab in die E-Maschine", sagte Baumann.

Lindt nickte.

„Diese Schweine", sagte er.

Der LI trank im Stehen seinen Kaffeebecher leer, stellte ihn auf die Back, schüttelte den Kopf und nahm in wieder an sich.

„Liegt ja auf dem Weg", murmelte er und stapfte mit dem Becher in der Hand durch den Funkraum davon.

„Sie gehen jetzt schlafen, Oberleutnant", sagte der Kommandant zu Weber, der sich daraufhin in den O-Raum begab und dort in seine Koje fiel wie ein toter Mann. Der Kaleun aber beschloss, den Männern der Bugraumbesatzung noch einen Besuch abzustatten. Die Obstschale mit den Orangen nahm er mit, denn er wollte nicht mit leeren Händen erscheinen.

Fünftes Kapitel – Flucht

Eine Welt, in der Zaunkönige leben, ist niemals nur schwarz oder weiß. Nein, sie ist grau wie eine deutsche Felduniform oder blutrot wie das Ende des Spartakusaufstands. Der Landwehrkanal wurde zu Rosa Luxemburgs vorübergehender Grabstätte, aus der sie jedoch wie eine Rachegöttin wieder auferstand, um einen ihrer Mörder, Kurt Vogel, hinter die Gefängnismauern in Moabit zu bringen.

Am 17. Mai erschien dort ein Oberleutnant Lindemann mit ebenso täuschend echten wie falschen Papieren, die besagten, dass der Gefangene in ein anderes Gefängnis zu verlegen sei. Jedoch handelte es sich bei dem anderen Gefängnis um die Freiheit jenseits der holländischen Grenze und den Oberleutnant Lindemann hat es nie gegeben.

***

„Turmluk ist frei."

Die Männer standen in schweren Südwestern um die Leiter in der Zentrale, bereit zum Aufentern.

„Druckausgleich."

„Dritte Wache auf die Brücke."

Blaschke setzte seinen Seestiefel auf die unterste Sprosse und stieg in den Turm, wo er, kaum von der Leiter, das Gleichgewicht verlor und gegen die Turminnenwand geschleudert wurde. Das kreisrunde Luk tauchte für einen Moment vor seinem Auge wie ein Abgrund auf, in den er gleich fallen würde, doch der ihm nachfolgende Seemann stützte ihn und half ihm wieder auf die Beine.

Er trat an die zweite Leiter und stieg sie hinan. Dann wagte er, durch den Seemann von unten gestützt, beide Hände von der schwankenden Leiter zu nehmen, drehte das Luk auf und konnte es gerade noch rechtzeitig loslassen, als es wie ein Korken aufsprang und ein grauschwarzer Himmel sichtbar wurde, aus dem ihm eine halbe Tonne Wasser entgegenstürzte und um ein Haar alle vier Mann der Brückenwache zurück in die Zentrale spülte.

„Aufentern! Schnell!"

Der Rudergänger im Turm feuerte die Männer an, die sich vor seinen Augen durch den Wasserfall nach oben vorarbeiteten.

„Los! Los! Los!"

Die Männer zogen den Kopf ein und versuchten das Gesicht unter den weiten grauen Kapuzen vor den Fluten zu schützen, während sie einer nach dem anderen schließlich auf die Brücke gelangten. Eine gewaltige Menge Seewasser landete klatschend auf den Flurplatten der Zentrale und lief von dort in die Bilge.

„Hilfslenzpumpe anstellen", sagte Baumann ruhig.

Lindt stand am vorderen Kugelschott und spähte in den Funkraum.

„An die Arbeit. Funkmessgerät zuschalten. Vielleicht könnt ihr hier unten ja mehr sehen als der Obersteuermann oben auf der Brücke. Und die Funksprüche absetzen, dalli dalli", sagte er und kam schwankend herüber zum LI geschlingert.

„Großartiges Wetter!", rief er. „Besser geht es nicht. Einpeilen werden sie uns trotzdem."

Er griente und schlug Baumann auf die Schulter.

„Wollen wir hoffen, dass Sie den Kahn wieder anständig zusammengesetzt haben."

Der LI blieb die Antwort schuldig und verzog nur das Gesicht.

„Beide Halbe, Steuerbord auf Ladung schalten, Ausblasen mit Diesel", rief der Kaleun. „Jetzt machen wir erstmal ein bisschen Strecke, liebe Freunde, auf dass wir wegkommen von diesem Scheißkontinent mit seinen ungastlichen Einwohnern."

Ein weiterer Schwall Wasser kam durch das Luk in die Zentrale geschossen. Der Kaleun trat unter die Öffnung und rief nach oben:

„Bisschen was müsst ihr schon in dem Tümpel lassen, sonst stranden wir!"

Vor der nächsten Flut, die an Stelle einer Antwort in die Zentrale stürzte, konnte er gerade noch in Deckung springen und sich am Sehrohr auffangen, wo er wie ein Kind lachend zum Stehen kam und sich die durchweichte Mütze vom Kopf riss und sie zum Trocknen auf die Kartenkiste warf.

Der Bootskörper stampfte und rollte unentwegt und jeder Mann in der Zentrale hatte an irgendetwas Halt finden müssen, um nicht durch den Raum geworfen zu werden.

Aus dem U-Raum kam Janosch der Gravitätische durch das achtere Kugelschott in die Zentrale gestiegen. Sein Gesicht war von adliger Blässe.

„Na, wenn das man nicht die Speerspitze der deutschen U-Bootwaffe ist. Wo soll es denn hingehen, Janosch?"

„Ins Schapp-H, Herr Kaleun. Ich glaube, ich muss mich übergeben."
„Na, dann mal los, Janosch. Aber lass ja meine Funker in Ruhe. Ich lasse dich kielholen, wenn du den Funkraum vollsaust, also reiß dich noch ein Stück zusammen."

Unter dem Gelächter der Zentralewache schlich Janosch weiter nach vorn, kam ins Straucheln, wurde von Krebsdorf aufgefangen und zum vorderen Kugelschott bugsiert.

„Hast es gleich geschafft, Janosch", sagte Krebsdorf.

„Und vergiss nicht, den ganzen Schmodder auszudrücken hinterher und klar Schiff zu machen", rief ihm der Kaleun nach. „Reicht, wenn hier nur einer sich sein Essen noch einmal durch den Kopf gehen lässt."

Ohne Pause und Unterlass wurde das Boot geschaukelt, geschoben und gehoben, niedergedrückt und wieder empor geworfen. Als Janosch nach fünf Minuten zurückkam, sah er schon viel besser aus und konnte sich dem Gelächter der Zentraleleute anschließen.

„Ab in deinen Stall, du Untier", sagte Lindt. „Und hör jetzt auf damit, den Smut zu veralbern."

„Wird mir nicht noch einmal passieren", sagte Janosch und feixte, bevor er achtern verschwand.

„Die Kotzerei ist nur zur Hälfte Physik", verkündete Lindt und zog sich den Südwester und den breiten Karabinergürtel über den Pullover. „Die andere Hälfte ist Psychologie."

Er schlitterte über die Flurplatten zurück unter das Turmluk, blickte nach oben und wich mit der linken Hand an der Leiter gekonnt der nächsten Sturzflut aus, indem er vor ihr davon schwang wie eine in ihren Angeln aufgehende Tür, dann stieg er ohne weitere Zeit zu verlieren die Leiter hinan und stand Sekunden später in einer grauen Wolke aus Gischt und Nebel auf der Brücke zwischen den vier Männern der dritten Wache.

Gewaltige Brecher fielen von achtern über das Boot her und trugen es in einhundert Meter weiten Sprüngen nach vorn oder zerplatzten gischtend an der Rückseite des Turms.

Der Kaleun hakte sich am vorderen Schanzkleid ein, stieg auf den Fußtritt und reckte sich zwischen Blaschke, dem zweiten vorderen Ausguck und dem Bock des Luftzielsehrohrs weit hinaus über die Brücke und sah nach unten auf das Vorderdeck, wo das Seewasser in ständig wechselnden Formen und Strukturen aufbrandend und schäumend zwischen Turm und Deckgeschütz über die Grätings lief, das

Kompassgehäuse umspielte oder unter sich begrub und dabei zischend, gurgelnd, tosend und rauschend das Kampfboot seinem eigenen chaotisch-blinden Willen zu unterwerfen suchte.

Lindt sprang zurück, bevor ihn ein Brecher von hinten überraschen konnte, und blickte in Blaschkes rotes Gesicht, das ihn aus der Höhle der Südwesterkapuze mit verkniffenen Augenschlitzen ansah.

„Besser hätte es nicht kommen können, Otto!", rief er. „Was wir für ein Glück haben!"

Schwarze Schneisen bildeten sich zwischen den anrollenden Wellenbergen, die mit weißen Gischtfetzen und grauen Schaumkronen bedeckt waren; dann wurden die Schneisen zu Wellentälern und drohten gänzlich in der Tiefe zu versinken, bevor sie von weit her eine unsichtbare, aber mächtige Kraft wieder in die Höhe brachte und sich selbst dabei zu erkennen gab: roh, obszön, blind, taub, gefühl- und sinnlos und gegen jedes Menschenschicksal von ausgemachter Gleichgültigkeit.

Eine riesenhafte Woge näherte sich von achtern dem Boot.

„Wahrschau! Brecher!", riefen die beiden Ausgucks gleichzeitig und duckten sich in die Brückenwanne.

Lindt riss Blaschke, der den Ruf nicht gehört hatte, an seiner breiten Gürtelschärpe zu Boden und sah, wie die weiße Masse zunächst das Heck, dann den Wintergarten und zuletzt die gesamte Brücke unter sich begrub und das Boot unter die Fluten drückte. Sekundenlang strampelte Blaschkes schwarzer Körper im Dunkeln, ein Knie traf Lindt in die Seite und dann schoss das Boot wieder durch die Oberfläche und der Kaleun ließ Blaschkes Schärpe los.

„Mindestens sieben!", schrie Lindt Blaschke an.

„Was?"

Der Obersteuermann hatte Schwierigkeiten zu atmen.

„Der Seegang, Otto! Mindestens sieben!"

Blaschke saß mit dem Rücken zum Schanzkleid und atmete heftig, sein Südwester glänzte vor Nässe und er sah den Kaleun aus großen Augen an. Der Wind pfiff und johlte und eine kleinere Welle zersprengte am Geländer des Wintergartens und traf als Flugwasser klatschend auf Blaschkes Brust.

„Ich bekomme keine Luft, Erich!"

Im starken Wind schien Blaschke nicht mehr atmen zu können. Sein Mund stand weit offen und er begann nach Luft zu japsen.

Der Kaleun blickte nach achtern, sah den nächsten Brecher anrollen, die Ausgucks schrien „Wahrschau!" und dann warf sich Lindt auf den Obersteuermann und die Woge drückte beide Männer mit aller Macht gegen das Schanzkleid.

„Den Obersteuermann entgegennehmen!", rief Lindt durchs Turmluk, als das Wasser abgelaufen war.

Eine schwarze Wand aus tiefen, ineinander verkeilten Wolken rückte von achtern immer näher an das Boot heran. Von einer Sekunde auf die nächste setzte starker Regen ein und fiel auf Blaschkes Gesicht. Ein roter Faden Blut aus seiner Nase wurde sogleich weggespült.

Im Turmluk zeigte sich Krebsdorfs schwarzes Haar und Lindt löste Blaschkes Karabiner von der Brückenverkleidung und schob den Obersteuermann in Krebsdorfs ausgestreckte Hände.

Als der WO Blaschke geborgen hatte, schlug Lindt das Turmluk dicht und stürzte erschöpft neben den Fußtritt. Das Stahlseil seines Karabiners führte nur Zentimeter vor seiner Nase nach oben an den Haltepunkt im Brückenschanzkleid.

„Man man, Blaschke, du bist zart wie ein Dichter", sagte Schnitte, der Schiffskoch.

Er hatte sich neben den Obersteuermann aufs Sofa in der O-Messe gesetzt. Krebsdorf saß am anderen Ende der Back unter der Großaufnahme von Dönitz, die jede U-Bootmesse zierte.

Blaschke schien völlig entkräftet. Er hustete immer wieder und seine Hose und sein blauer Pullover tropften noch immer.

„Wie Novalis", sagte Schnitte. „Hast du 'ne vierzehnjährige Freundin?"

„Ich habe keine Freundin, du Arschloch", brachte Blaschke hervor.

Krebsdorf feixte.

„Mach uns ein paar Stullen, Schnitte", sagte er.

„Ihm fehlt nichts", sagte der Smut und klappte kopfschüttelnd den Sanikoffer zu. Dann erhob er sich und trat aus der Back.

„Bring uns etwas zu essen", sagte Krebsdorf. „Ich kümmere mich schon um ihn."

Krebsdorf sah Blaschke forschend an.

„Zieh erstmal den Kram aus", sagte er. „Du holst dir sonst eine Erkältung."

Ärgerlich folgte der Obersteuermann und streifte sich den nassen, widerspenstigen Pullover über den Kopf, stand auf und kletterte fluchend aus der Hose.

Krebsdorf hielt einen zufällig vorbeikommenden Mann der Bugraumbesatzung an, der auf dem Weg in die Zentrale war.

„Was auch immer Sie vorhaben, das hat noch Zeit. Gehen Sie in den U-Raum und lassen Sie sich dort ein U-Bootspäckchen für den Obersteuermann geben. Die werden schon wissen, welche seine Klamotten sind."

„Geht in Ordnung, Herr Leutnant", sagte der Torpedomixer und schaute Blaschke mitleidig an.

„Gehen Sie schon", sagte Krebsdorf.

Blaschke saß nur in seiner Unterhose auf dem Sofa und fing an zu zittern.

„Und bringen Sie eine Decke mit!", rief Krebsdorf dem Mixer nach.

Das Boot befand sich noch immer in schlingernden und rollenden Bewegungen, so dass sich beide Männer mit je einer Hand an der Back abstützen mussten.

„Was ist passiert?", fragte Krebsdorf.

„Keine Luft mehr gekriegt", stieß Blaschke aus.

„Ziemlich hart da oben, wie?"

Blaschke sagte nichts. Noch immer hob und senkte sich sein Brustkorb in rascher Folge und immer stärker kam nun ein Zittern dazu. Unter seiner schwach behaarten Brust standen einige Rippen hervor. Aus seinem Bart tropfte das Wasser darauf.

„Du siehst aus wie ein gestrandeter Höhlenmensch, Otto."

Blaschke lächelte schwach und nickte vor sich hin.

Endlich kam der Mixer zurück, ein grünes U-Bootspäckchen unterm Arm.

„Unterhose ist auch dabei, Herr Obersteuermann. Und die Decke."

„Danke", sagte Blaschke.

„Und Ihre Uhr, Herr Leutnant", sagte der Mixer. „Die lag noch in der Zentrale."

„Aha!", rief Krebsdorf. „Danke auch."

Er untersuchte das kostbare Stück, das schon lange nicht mehr die Bordzeit anzeigte.

„Kann man eigentlich immer drei Tage nach der Entmagnetisierung in den Bach schmeißen."

Der Mixer lächelte, drehte sich um und verschwand, sich bei jeder Gelegenheit abstützend, wieder in Richtung Zentrale.

Blaschke stand auf, zog sich die nasse Unterhose vom Leib und warf sie aufs Sofa. Sein von Kälte und Nässe eingeschrumpfter Penis machte einen kümmerlichen Eindruck und Krebsdorf warf Blaschke einen wissenden Blick zu, während der Obersteuermann in die frischen Sachen stieg.

„Wie hast du es geschafft, so trocken zu bleiben?", fragte Blaschke und deutete auf Krebsdorfs Kleidung, die bis auf einige feuchte Stellen vom Wasser verschont geblieben war.

„Ich bin wasserabweisend, Otto."

„Witzbold."

„Ist mein voller Ernst. Das Meer verdunstet an meiner heißen Leidenschaft für die großdeutsche U-Bootwaffe. Falls wir absaufen sollten, bleib in meiner Nähe. Dann hast du eine Chance."

„Spinner", sagte Blaschke und knöpfte das Hemd zu.

„Na, das sieht doch ganz gesund aus", rief Krebsdorf dem Smut entgegen, der auf einem Teller eine Hand voll belegte Brote brachte.

„Und, wird er wieder?", fragte der Smut.

„Mach du dir mal keinen Kopf darum", sagte Krebsdorf.

Pomadig zog der Smut wieder ab und Blaschke verschlang eines der Brote, während Krebsdorf ihm schweigend dabei zusah.

„Hör mal, Blaschke", sagte er nach dem zweiten Brot, „du musst da wieder hoch. Und zwar so schnell wie möglich. Er macht dich fix und fertig, wenn du die Wache ausfallen lässt. Er wird dich für dienstuntauglich erklären. Dann lässt man dich nie wieder auf ein U-Boot und du kommst zum Arbeitsdienst oder an die Ostfront. Das kannst du deiner Mutter … "

„Ich weiß", unterbrach ihn Blaschke.

„Kommst du klar? Ich ziehe dich auch noch ein zweites Mal rein, aber ich würde in deinem Interesse lieber darauf verzichten."

„Es geht mir gut, Willi. Und danke."

„Lass die Klamotten hier. Ich kümmere mich darum."

Blaschke stand auf und stakste zurück in die Zentrale.

„Hast nicht viel verpasst, Otto", rief Lindt, als Blaschke wieder auf der Brücke stand. „Das Wetter ist immer noch bescheiden."

„Herr Kaleun, es tut mir … "

„Nicht entschuldigen, Blaschke. Warst du beim Sani?"
„Ja, Herr Kaleun."
„Und was sagt er?"
„Es geht mir gut."
Noch immer tobte unvermindert die graue See und warf ihre Brecher nach dem Boot.
„Wahrschau!"
Die Brückenbesatzung duckte sich und die Woge rollte über sie hinweg.
„Was war das?", fragte Lindt.
„Ich weiß es nicht."
„Ich sag dir, was das war, Blaschke", rief Lindt durch den strömenden Regen in Blaschkes Ohr. „Das war ein Angstanfall. Wenn das nochmal vorkommt, muss ich dich aus dem Wachdienst nehmen und zurück in Brest muss ich dich dann dienstuntauglich schreiben lassen. Ich habe gar keine andere Wahl. Es ist *auch* in deinem eigenen Interesse. Die Sicherheit des Bootes ist auch … "
Eine tosende Welle schluckte den Rest von Lindts Worten.
„Hast du mich verstanden, Otto?"
„Ja, Herr Kaleun."
„Kommst du jetzt klar?"
„Ja, Herr Kaleun."
Lindt hakte sich aus und stieg durch das Luk hinab in das U-Boot.
In meinem eigenen Interesse, dachte Blaschke und starrte in den grauen Schleier aus gischtendem Dunst. *Warum wissen eigentlich immer alle anderen, was in meinem eigenen Interesse ist und nur ich weiß das scheinbar schon lange nicht mehr?*

„Jetzt geht es endlich nach Hause", sagte Meier, der Mulatte, der auf seiner Klappe im Bugraum lag und die Arme hinter seinem Kopf verschränkt hielt, während er sich vom Seegang durchschaukeln ließ. An Bord wurde er „Mulatte" genannt, da er mit einer nie verblassenden Sonnenbräune gesegnet war und von blonder Haarfarbe, die schon ins Weiße stach.
„Kann es gar nicht mehr abwarten", fügte er hinzu, da niemand antwortete. „Ich hab' schon jede Nacht Pollution."

„Träum weiter, Mulatte", rief Kohler vom anderen Ende des Bugraums, wo er die Batterie eines offengelegten E-Torpedos prüfte, der in seiner Reservehalterung fest verankert war.

„Wieso? Der Sonderauftrag ist ausgeführt. Hat der Alte doch selbst gesagt."

„Hast du dich hier mal umgeguckt oder siehst du nur noch Fotzen vor deinen Augen?"

„Der Kaleun ist noch nie mit vollen Rohren heimgefahren", sagte Uhlig, dessen Koje sich gegenüber der des Mulatten befand.

„Gott, bei dem Gewackel kann kein Mensch arbeiten", fluchte Kohler.

„Wir haben doch gar keinen Brennstoff mehr", warf der Mulatte ein und fuhr erschrocken fort: „Wie wollen wir überhaupt nach Hause kommen?"

„Einer ist immer der Trottel", sagte Kohler. „Dich haben sie wohl von 'nem Elbkahn verpflichtet."

„Ich bin mit Endrass gefahren, du Großmaul."

„Na, sei mal froh, dass du nicht mit ihm abgesoffen bist."

„Der Alte kehrt nicht um, bis er ein paar Engländer umgelegt hat."

„Das stimmt nicht. Von euch kann sich wohl keiner mehr an das Unternehmen ‚Frikassee' erinnern?"

„Ach Gott, das zählt nicht."

„Da ist uns der Kahn ja unter den Füßen aus dem Leim gegangen. Da war Sabotagesaison. Scheiß Franzosen. Die halbe Werft gehört an die Wand."

„Warst du mal bei sowas dabei? Die große Fresse haben kann jeder. Ich hab' das mal mitbekommen. Da haben sie fünf Nutten erschossen. In einem Hinterhof. Hätte ich gar nicht sehen dürfen. Hab's aber gesehen."

„Sei still, sonst fängt der Meier gleich wieder das Wichsen an. Sowas macht den doch geil."

„Was ist nun mit dem Brennstoff?", fragte Meier, der Mulatte.

„Wir müssen versorgen, du Heini", sagte Uhlig.

„Der ist schlimmer als Fuhrmann", sagte Kohler.

„Wer ist Fuhrmann?", fragte Meier.

„Hecktorpedo. Die haben auch ihren Trottel."

„Ihr seid ganz schöne Arschlöcher, wisst ihr das? Seid ihr immer so zu den Neuen?"

„Nur, wenn sie so blöd sind."

„Wo sollen wir hier denn versorgen? Auf Grönland stehen die Amis", sagte der Mulatte.

„Ja, zwei Mann und frieren."

„Haben wir einen Versorger dort oben?"

„Wir hatten zumindest mal einen. *Odin*. Passender Name, nicht?"

Meier überlegte.

„Portugal ist neutral. Außerdem schaffen wir es gar nicht bis zu den Azoren."

Kohler verschloss die Wartungsklappe des Torpedos und stakste nach vorn an die Koje des Mulatten. Er hielt sich am Eisengestänge fest und schaute dem Mulatten in die Augen. Der blickte furchtlos zurück.

„Sag mal, Mulatte, wann bist du eigentlich das letzte Mal U-Boot gefahren?"

„Anfang '42. Ich war lange im Lazarett."

„Um deine Blödheit kurieren zu lassen?", fragte Uhlig und der ganze Bugraum tobte. „Viel Erfolg haben sie ja nicht gehabt."

„Und wo bist du da hingefahren, Anfang '42?"

„Nordatlantik. Westlich von Irland. Ich habe noch nie auf See versorgen müssen."

„Und redest wohl auch nicht viel mit deinen Kameraden, wie? Kannst du ja richtig froh sein, dass du jetzt uns hast."

„Worauf willst du hinaus?"

„*Milchkuh*."

„Was soll das denn sein?"

„Ein anderes U-Boot. Wahrscheinlich versorgen wir an einem anderen U-Boot."

„Die Hilfslenzpumpe allein schafft die Menge nicht mehr", sagte Baumann und Lindt schaute verärgert auf das beständig durchs Luk in die Zentrale eindringende Seewasser. Nur ein dünner, tropfender Strahl, als würde jemand den Inhalt einer Gießkanne im Turm verteilen, doch dann kam ein ganzer Sturzbach krachend herabgestürzt und weichte jeden ein, der sich gerade unter dem Ausschnitt des Luks befand, weshalb dieser gemieden wurde und die Männer die Zentrale lieber auf der Seite des Zentralemaats am Tannenbaum durchquerten, wo sie vor den Fluten noch einigermaßen sicher waren. In der Bilge unter den Flurplatten sammelte sich das Wasser und schwappte unter dem Gitterrost hin und her.

„Zehn Minuten noch?", fragte Lindt.
Der LI nickte.
Allen war die Müdigkeit anzumerken, die von der bereits einige Stunden andauernden Fahrt durch das Unwetter aufgekommen war und den Männern in den Knochen steckte wie ein weiter Tagesmarsch zu Fuß. Die Beine wollten nicht mehr. Mancher Seemann schwankte bereits wie besoffen durch das Boot. Muskulatur wie poröses Gummi. Wer konnte, lag in seiner Koje und ließ die Schaukelei im Liegen über sich ergehen.
„Immer schwer am ersten Sturmtag", sagte Lindt. „Nach ein paar Wochen gewöhnt man sich daran."
Einige Männer der Bugraumbesatzung, die den Bewegungen des Bootes am stärksten ausgesetzt wurden, waren Janoschs unrühmlichem Beispiel gefolgt und übergaben sich in die Bordtoilette oder in die Bilge, wenn sie es bis dahin nicht mehr schafften. Ein saurer Geruch drang aus dem Vorschiff und im Heckraum sammelten sich die zum Trocknen aufgehängten Kleider der Besatzung, wo sie mangels Luftzufuhr zu modern begannen. Ihre Feuchtigkeit kroch von dort in den E-Raum und durch das geöffnete Schott weiter in den Dieselraum, vermischte sich dort mit dem Ölgeruch und dem Küchendunst der angrenzenden Kombüse und legte sich im U-Raum wie ein stinkendes Tuch auf die Gesichter der in ihre Kojen vor den Auswirkungen des Sturmes geflüchteten Unteroffiziere und Maate.
Kurz vor Mitternacht deutscher Zeit begann man in der Zentrale damit, die nach vorne und achtern weggehenden Kugelschotten als Zugänge zur *Stinkabteilung* und *Miefabteilung* zu bezeichnen, während man sich selbst als *das feuchte Zentrum der Welt* begriff.
„Letzte Chance, im Turm zu rauchen", sagte der Kaleun. „Weitergeben."
Die Nachricht durcheilte beide Abteilungen und bald darauf standen drei Männer in der Zentrale und warteten, dass die zwei im Turm erlaubten Raucher fertig wurden und nach unten kamen.
„Das ist das einzig Gute an diesem Wetter", sagte der Mulatte, der einer der drei Wartenden war.
„Sie müssen knobeln, meine Herren", sagte Lindt. „Es können nur noch zwei von Ihnen eine Zigarette rauchen."
„Schon in Ordnung", sagte Scholz. „Da bin ich heute Nacht ein Nichtraucher wie zu Hause bei Weib und Muttern."
„Sie sind ein Gentleman", sagte der Mulatte.

„Scholz. Kannst *du* sagen."
„Zu mir auch. Ich bin Gerd Fuhrmann."
„Jakob Meier."
Der Mulatte gab beiden die Hand.
„Schon komisch", sagte er. „Da fahren wir seit drei Wochen gemeinsam zur See und lernen uns jetzt erst richtig kennen."
Die beiden Raucher kamen aus dem Turm herabgestiegen und der Mulatte und Fuhrmann enterten schnell auf, grüßten den Rudergänger und steckten sich ihre Zigaretten an. Direkt neben ihnen stürzte das Wasser hinab in die Zentrale.
„Auch das erste Mal an Bord?", fragte der Mulatte.
„Ja. Meine erste Feindfahrt."
„Und wie findest du es?"
„Beschissen", sagte Fuhrmann und blies den Rauch aus.
Der Rudergänger und der Mulatte lachten.
„Wie alt bist du, Fuhrmann?"
„Achtzehn. Mir ist es lieber, wenn du mich Gerd nennst."
„Geht in Ordnung, Gerd. Magst du deinen Nachnamen nicht?"
„Nein."
„Warum nicht?"
„Weil mein Vater so heißt."
Der Mulatte schniefte und zog dann an seiner Zigarette.
„Bist in Ordnung."
Im Ausschnitt des Luks beobachteten sie, wie sich im Rotlicht die erste Wache für ihren Turn fertigmachte. Der 1WO zog sich noch ein dickes Paar Wollstrümpfe über die bereits angelegte Garnitur und befestigte sie mit Gummibändern, bevor er in seine Seestiefel stieg. Dann zog er einen grauen Pullover an und legte sich ein Handtuch um den Kragen. Er überprüfte noch einmal alle vier Nachtgläser und zog sich dann den Südwester über.
„Aufzug großer Seehund", sagte der Mulatte. „Wir haben es wenigstens trocken."
„Ihr vielleicht", sagte Fuhrmann. „Bei uns ist es wie im Regenwald."
„Trotzdem gute Arbeit, Gerd."
„Was meinst du?"
„Der Wassereinbruch. Du warst doch mit achtern?"
„Ja. War halb so wild."

Der 1WO zog sich die Kapuze über und gab seinen Leuten noch einige Anweisungen.

„Los, wir müssen", sagte der Mulatte.

Die Beiden drückten ihre Zigaretten am Rand der zum Aschenbecher umfunktionierten Konservendose aus und warfen die Stummel hinein. Der junge Fuhrmann blickte nach oben und wagte den schnellen Abstieg über die Leiter und sprang in Deckung. Als der Mulatte ihm folgen wollte, wurde er im Absteigen von einer herabstürzenden Flut überrascht und vollständig eingeweicht. Unbeeindruckt begann er sofort damit, sich zu entkleiden.

„Ich komme gleich mit dir", sagte er zu Fuhrmann und dann verschwanden sie gemeinsam in der *Miefabteilung* des Achterschiffs.

Weber legte seine Handschuhe an und sah auf die Uhr über dem Kartentisch. Sein Blick lag finster im Schatten der Kapuze verborgen und er glich die Zeit mit der auf seinem Chronometer ab, einer Quarzuhr, die er von ihrem Armband befreit hatte und in der Hosentasche mit sich trug, wasserfest und teuer, doch stets nachzustellen, da innerhalb des Bootes auf gewöhnliche Uhrwerke beizeiten kein Verlass mehr war.

„Los geht's. Aufentern!", sagte er und die drei Leute seiner Wache, allen voran Janosch der Gravitätische, stiegen durch die Leiter nach oben und der 1WO folgte ihnen als Letzter.

Es war früher Abend über den östlichsten Ausläufern der Bucht von New York, ein lichtloser Abend, der in tiefen schwarzen Regenwolken ungesehen der Nacht entgegen starb und vom Westwind davongetragen wurde.

„Wind aus Westsüdwest, Herr Oberleutnant", rief Blaschke. „Seegang sechs bis sieben, Sichtweite eintausend Meter, keine Vorkommnisse."

„Recht vielen Dank, Herr Obersteuermann."

Blaschke befahl den Leuten seiner Wache einzusteigen. Durchnässt und durchfroren bis auf die Knochen, müde und erschöpft, die Gesichter gerötet und verkrustet vom Salz, kletterten sie einer nach dem anderen zurück in den Turm.

Als Blaschke die Leiter nach unten stieg, sah er den 1WO über sich das Luk verschließen. Vor Blaschkes Auge drehte sich geisterhaft und wie von selbst das Handrad dicht, während er Sprosse um Sprosse nahm und vorbei am Rudergänger zurück ins wärmende Rotlicht des Bootes fand.

In der Zentrale standen der Kommandant, der LI und Krebsdorf beieinander und achteten nicht auf den Obersteuermann, der sich aus seinem Südwester schälte und ihn anschließend wegstaute.

Dann stieg Blaschke mit einem Bein, das ihm schwer wie Blei erschien, durch das achtere Kugelschott und trat an seine Bettstatt. In der Koje darunter lag Bootsmann Herbert Reuter und schlief. Die Leute der dritten Wache schleppten sich gerädert an Blaschke vorbei weiter nach achtern, während Blaschke aus dem kleinen Schränkchen an der Rückwand der Koje sein drittes und letztes U-Bootspäckchen herausholte und auf dem Kopfkissen bereitlegte. Reuters Hand in der Koje darunter rutschte zwischen dem hochgeklappten Kojengitter hervor und berührte Blaschke am Bein, der davon kaum Notiz nahm. Ein übler Geruch von modernder Kleidung, Maschinenöl, Schweiß und anderen menschlichen Ausdünstungen lag in der Luft, als Blaschke, während er sich entkleidete, von achtern einen nackten Mann den U-Raum betreten sah. Im Rotlicht sah der Mann aus wie ein Geist mit weißen Haaren. Dann ging er wortlos an ihm vorbei.

Blaschke klappte eine Hälfte des Kojengitters nach oben und hing seine nasse Kleidung darüber, dann griff er nach dem trockenen U-Bootspäckchen, das ihm jetzt wie der wertvollste Schatz an Bord vorkam, und zog sich die Sachen über, während er sich am Kojengitter festhielt. Als er fertig war, kletterte er unter Schmerzen in seine Koje, wobei er darauf Acht gab, nicht auf Reuters Hand zu treten. In der Koje drehte er sich um, klappte die zweite Hälfte des Kojengitters nach oben, zog den Vorhang zu und fiel fast augenblicklich in einen tiefen Schlaf, dem der Seegang nichts mehr anhaben konnte.

„In der Zentrale hat es aufgehört zu regnen", sagte der Mulatte, als er zurück im Bugraum auf seiner Klappe lag. „Wir fahren das Turmluk jetzt geschlossen."

Die meisten Männer im Bugraum schliefen oder dösten apathisch vor sich hin. Nur Kohler und Uhlig waren zu einem Gespräch aufgelegt.

„Gruselig", sagte Kohler und ließ das Wort als Rätsel im Raum stehen. Der Mulatte fuhr mit seinen Augen die rot schimmernde Hülle des Druckkörpers entlang.

„Wieso?", fragte er nach einer Minute.

Uhlig warf Kohler im Liegen einen Blick zu. Auch er schien nicht zu wissen, worauf Kohler hinauswollte. Eine starke Welle traf dröhnend die Bordwand und kippte das Boot nach Steuerbord, wo es einige Sekunden verharrte und dann langsam zurückrollte.

„Wieso?", frage der Mulatte noch einmal.

„U 106", antwortete Kohler.

Jetzt richtete sich Uhlig auf die Seite und sah erwartungsvoll zu Kohler hinüber. Der wich seinem Blick aus, schaute nach unten und legte sich die Worte zurecht.

„Auf U 106 war das so", begann er und stützte sich ebenfalls auf die Seite, während Uhlig und der Mulatte seiner Erzählung lauschten.

„Die hatten stürmisches Wetter, genau wie wir jetzt, ganz schwerer Seegang mit überkommenden Brechern."

Er legte eine Pause ein und wartete die nächste Woge ab, um seine Zuhörer ein wenig einzustimmen. An der Bordwand rauschte das Wasser.

„Als die Bilge vollgelaufen war, haben sie das Luk geschlossen. Die Tür zugemacht sozusagen."

Er schaute Uhlig an und nickte bedächtig.

„Und dann?", fragte Uhlig.

„Dann hatten sie erstmal Ruhe, Trockenzeit in der Zentrale, und konnten lenzen. Die ganze Suppe schön zurückpumpen, dahin, wo sie hingehört."

Der Mulatte schaute über seine Füße hinweg auf Kohler und wartete darauf, dass er weitersprach.

„Das ging wohl ein paar Stunden so", sagte Kohler. „Sind schön im Trockenen durch die Gegend gekarrt, haben mal die Strümpfe gewechselt und was man halt so tut, nech."

Wieder traf eine Welle klangvoll auf die Bordwand und die Ketten am Flaschenzug, mit dessen Hilfe die Torpedos in ihre Rohre geladen wurden, rasselten in der Neigung des Bootes aneinander.

„Dann war Zeit zum Wachwechsel", sagte Kohler. „Der WO ist mit seiner Truppe hoch ans Turmluk gestiegen. Was die für eine Lust hatten, könnt ihr euch ja vorstellen."

Kohler wandte sich zum Mulatten um und sah ihm in die Augen.

„Der WO dreht das Turmluk auf und klettert raus in den Sturm, um die armen Schweine da oben zu erlösen."

Er machte eine Pause. Uhlig und der Mulatte blickten Kohler gespannt an.

„Aber da oben war keiner mehr. Da hingen nur noch ein paar Stahlseile und von den vier Mann fehlte jede Spur."

Kohler kratzte sich den Bart.

„So war das auf U 106", sagte er.

In der O-Messe saßen Lindt und Krebsdorf gemeinsam an der Back. Das Grammophon im Funkschapp nebenan spielte eine neue Platte aus der Bordsammlung.

„Bisschen leiser, Funkmaat", sagte Lindt. „Lassen Sie die Männer schlafen."

Der Funkmaat grinste und drehte die Lautstärke etwas zurück. Davon wurde Kiebig im Horchschapp wach, blickte sich schlaftrunken um und legte seinen Kopf wieder auf die Arme, um weiter zu schlummern.

Krebsdorf hatte vor sich auf der Back die Enigma-Maschine platziert und machte mit dem Zeigefinger seiner linken Hand die Eingaben, während er mit der Rechten die Entschlüsselung mit einem Bleistift auf einem Blatt notierte.

„Überraschung, Herr Kaleun", sagte Krebsdorf. „Kommandantenspruch."

„Der Löwe antwortet", sagte Lindt.

„Bestimmt ein Halsblechversprechen", sagte Krebsdorf und entschlüsselte die Nachricht weiter.

„Oder er schickt mich jetzt nach Colorado."

„Ritterkreuzfeier auf See. Hatten wir bei Wohlmann auch schon. Das war eine ziemlich lahme Veranstaltung."

Lindt stieß Krebsdorf feixend in die Seite.

„Vielleicht bekommen Sie endlich Ihren Lorbeerkranz", sagte er und meinte damit das U-Bootkriegsabzeichen, das Krebsdorf nie ansteckte, da er es als ausgesprochen unästhetisch ablehnte und sich weigerte, seine Ausgehuniform damit zu verunstalten.

„Witzig", sagte Krebsdorf und tippte weiter auf die Tasten ein.

Der Seegang hatte etwas nachgelassen und das Boot rollte nunmehr mit verhaltenen Ausschlägen nach Backbord und Steuerbord.

„Den Rest des Weges zum Glück müssen Sie alleine gehen", sagte Krebsdorf und schob Lindt die Enigma und den Notizblock hinüber.

Der Kaleun machte sich daran, die dritte Verschlüsselungsstufe aufzubrechen und notierte den Klartext mit dem Bleistift. Als er fertig war, schob er Krebsdorf den Zettel hin:

Außergewoehnlich gute Arbeit, Kapitaenleutnant.
Ihre Leistung wird nicht unberuecksichtigt bleiben. Befehle folgen.
gez. Doenitz

Krebsdorf sah Lindt an.
„Muss spannend sein für die Führung", sagte er.
Der Kaleun stand auf, lief in die Zentrale und wandte sich an den Leitenden Ingenieur.
„Langsame Fahrt", sagte er. „Kein Mensch weiß, was er mit uns vorhat."
Dann kehrte er in den Funkraum zurück, betrat das Kommandantenschapp und zog den Vorhang zu.

Um vier Uhr deutscher Zeit erfolgte der Wachwechsel und die zweite Wache unter Wilhelm Krebsdorf trat erneut ihren Dienst an. Die Bilge war leergepumpt und das Turmluk wieder offen, um schnelles Alarmtauchen zu ermöglichen. Das Boot rutschte über den Kontinentalsockel immer weiter in den offenen Atlantik mit seinen großen Tiefen hinein. Auf der Brücke verrichtete die während der letzten Werftliegezeit hinzugefügte neue Bali-Antenne ihren Dienst und das Funkmesswarngerät Metox schwieg beharrlich.
Es war stockfinstere Nacht und die See hatte sich beruhigt. Die Wellenkämme erreichten keine bedrohlichen Höhen mehr und der Wind blies mit verminderter Stärke aus Westsüdwest. Krebsdorf hatte die Männer seiner Wache angewiesen, die Gürtel mit den Stahlseilen im Boot zu lassen. Der Mond lag hinter Wolken verborgen und das Boot fuhr mit dröhnenden Dieseln in die alles aufsaugende Schwärze der Nacht.
„Ich will euch eine kleine Geschichte erzählen", sagte Krebsdorf nach einer Viertelstunde. „Das ist eine wahre Geschichte, also hört gut zu."

Was ihn geweckt hatte, war Blaschke nicht sofort klar, als er an den Rändern des Bewusstseins wieder zu sich fand. Es waren Stimmen im U-Raum zu hören, wie aus weiter Ferne, doch als er die Augen aufschlug, stellte er fest, dass bereits laut miteinander gesprochen wurde. Von achtern aus der Kombüse drang der Geruch von gebratenem Speck und Kaffee an seine Nase.

„Hast du zum Wegweiser umgelernt, Mensch? Steh nicht so im Weg rum."

„Paris, da lang. Dreitausend Meilen. Häng dir ein Schild um."

„Lasst mich doch erstmal wach werden, ihr blöden Maschinenheinis. Scheiß Bilgenkrebse."

Irgendjemand zog laut den Rotz in der Nase hoch.

„Frühstück fällt aus für dich, Janosch. Du passt ja so schon kaum noch durch das Schott."

„Wahrschau, eilig!"

Geschirr fiel klappernd zu Boden.

„Blödmann. Mach langsam."

„Chance zum Scheißen?"

„Morgen wieder."

„Arschlöcher."

„Hier wird der Reihe nach geschissen. Ihr habt achtern wohl die Manieren verlernt?"

„Ich mach dir gleich Manieren. Aber blaue."

Rumpeln und Scheppern. Eine Zahnbürste fiel klappernd in ihren Becher.

„Gibt's noch Orangen?"

„Du bist ein langsamer Mensch, weißt du das?"

„Gibt's noch welche oder nicht?"

„Na, die frischen sind alle. War doch klar. Musst du schon früher aufstehen."

„Wo bleibt eure Solidarität?"

„Sprich mal Deutsch, ja. Du bist hier nicht mehr am Gymnasium."

„Ich hab' noch 'ne halbe. Willst'e?"

„Gib her."

„Na, nicht alles. Hier, kriegst die halbe Halbe."

Blaschke drehte sich um und sah auf das Karomuster des Vorhangs seiner Koje.

„Die Firma dankt."

„Was ist denn jetzt mit Schapp-H? Seit wann ist die Lampe eigentlich kaputt? Kann doch nicht so schwer sein, da mal eine neue Birne reinzudrehen."

„Mach's dir selber. Machst du doch sonst auch."
„Geht nicht. Bin kein ausgebildeter Elektriker."
„Hab' ich vergessen, du Wegweiser."
„Ausgebildeter Wegweiser."
Blaschke zog den Vorhang zurück.
„Moin, Herr Obersteuermann."
„Moin, Otto."
„Moin", sagte Blaschke.
Die Männer des U-Raums hatten zwischen sich die Back angeschlagen und saßen frühstückend einander gegenüber. Es gab dick mit Butter bestrichenes Kommissbrot, dazu Konfitüre, Dosenschinken, Fruchtsaft und Kaffee oder Tee. Zeitgleich verrichteten im achteren Bereich nacheinander einige Leute des Maschinenpersonals ihre Morgentoilette auf U-Bootfahrerart: Jeder Mann an Bord hatte pro Tag etwa zwanzig Liter Wasser für die Körperpflege zur Verfügung. Eine große blecherne Waschschüssel stand auf den Flurplatten und die Männer tauchten ihre Waschlappen darin ein und fuhren sich anschließend damit über Arme, Oberkörper und das Gesicht.

Unter Blaschkes Koje stand auf einem Tablett schon sein vom Smut bereitetes Frühstück fertig. Da seine Koje am anderen Ende des Raumes lag, hatten die Männer dafür gesorgt, dass Blaschke, wenn er wach wurde, nicht noch einmal zurück in die Kombüse und an allen anderen vorbeizulaufen hatte. Es war eine Geste der Bequemlichkeit, keine Fürsorge, die sich im Bordalltag so eingespielt hatte, denn Blaschke schlief nach seiner Wache, die um 0 Uhr endete, meistens noch etwas länger als die Frühaufsteher.

„Spritz nicht so mit deinem Badewasser, du Sau, ja? Wenn ich verzweifelt genug bin, deine Läuse zu fressen, melde ich mich schon bei dir", sagte Tobias Kahls und hob abwehrend einen Arm gegen die Waschschüssel.

„Reine Absicht, Opa. Jetzt sei nicht gleich beleidigt. Das sind Gratisproteine."

„Wenn du so weiter machst, kannst du dich in Zukunft zwischen deinen Dieseln waschen. Dann lassen wir dich hier überhaupt nicht mehr rein."

„Du gehörst hier doch auch nicht her. Hast du mal auf deinen Ärmel geguckt?"

„Die Jugend verlottert", sagte Kahls und schüttelte den Kopf.

„Schon gut, Opa. Ich wollte dein Greisentum nicht beleidigen. Kannst meinen Saft haben, wenn du willst. Frieden?"

Kahls nickte.

„Abgemacht", sagte er.

Blaschke strich sich Butter auf eine Scheibe Brot, dann ließ er sich den Napf mit der Konfitüre geben und strich sie über die Butter.

„Du hast uns noch gar nichts von New York erzählt, Otto", sagte Reuter, der neben Blaschke saß. „Wie war es dort?"

Die Gespräche verstummten und einige Männer drehten ihr Gesicht zu Blaschke hin, während sie weiter aßen.

Blaschke überlegte, was er sagen sollte.

„Wie im Frieden", sagte er. „Aber irgendwie auch nicht."

Er biss von seinem Brot ab und kaute.

„So viel haben wir gar nicht von der Stadt gesehen", log er.

„Ihr wart bei einem Agenten?"

„Der Alte, ja. Er ist allein hingegangen."

Inzwischen war es vollkommen still im U-Raum. Blaschke trank von seinem Kaffee. Er war nervös. Er mochte Situationen nicht, in denen er im Mittelpunkt stand.

„Wir waren in einem mexikanischen Restaurant."

„Und dann seid ihr mit einem Boot aus der Stadt raus?", fragte einer der Maschinenleute.

„Mit einem Fischtrawler, ja. Wie im Film. Ich kann es selbst nicht glauben."

„Angeblich war Hardegen mit seinen Männern in New York im Puff", sagte Janosch der Gravitätische.

„So ein Garn. Das glaubst du doch selber nicht. Lass dich nicht so veralbern."

„Wer weiß", sagte Janosch.

„Jetzt spinnst du, Janosch. Das ist völlig ausgeschlossen."

„Wer weiß", wiederholte Janosch und zuckte die Achseln.

„Glaubst du sowas, Otto?", fragte Reuter.

Blaschke lachte. Er fühlte sich fehlbesetzt als Experte für New York-Fragen.

„Ich glaube nicht, dass Hardegen im Puff gewesen ist", sagte er.

„Siehst du, Janosch", sagte Reuter. „Du spinnst doch."

„Jedenfalls habe ich das mal gehört", sagte Janosch unbekümmert und biss von seinem doppelt belegten Schinkenbrot ab.

„Und die Amerikaner?", fragte Kahls. „Ist das der Feind?"

„Der Führer sagt ja, Opa", sagte der Maschinist.

„Was ist das denn für eine blöde Frage? Wie viele Bomben brauchst du denn noch von denen, bis du das kapierst?", fragte Reuter.

„Uns haben sie nichts getan", sagte Blaschke. „Also dem Alten, dem 2WO und mir."

„Uns schon", sagte der Maschinist. „Uns wollten sie nämlich umlegen."

Blaschke nickte.

„Da hast du deine Antwort", sagte der Maschinist.

„Ich hab' Verwandtschaft in Sacramento", sagte Kahls. „Wie sollen meine Tante und meine Cousinen meine Feinde sein?"

„Wenn sie Bomben bauen, die dir dann aufs Dach fliegen, du alter Trottel."

„Die bauen Wein an und keine Bomben. Meine Tante hat einen kalifornischen Winzer geheiratet."

„Schön für sie."

„Scheiß Krieg", sagte Kahls.

„Freut mich, dass du das jetzt auch begreifst, Opa", sagte der Maschinist.

„Ich wollte sie eigentlich immer mal besuchen fahren. Aber nie das Geld gehabt. Ich war Schuster im Leben. Schon komisch, dass ich dann ausgerechnet mit der Kriegsmarine rüberfahre."

„Mir wird gleich melancholisch. Leg mal 'ne andere Platte auf, sonst muss ich heulen."

Kahls verstummte und schaute lustlos auf sein Frühstück.

„Vielleicht kannst du sie ja nach dem Krieg besuchen", sagte Blaschke.

„Ja, vielleicht", sagte Kahls.

„Wenn du jetzt sparst", nahm der Maschinist den Faden auf, „hast du dann nämlich mehr als genug Geld für die Überfahrt."

„Der Krieg macht Träume wahr!", rief Reuter.

„Und wenn du dann da bist, kannst du deiner Tante erzählen, dass du mit dem U-Boot schon mal in New York gewesen bist."

„Im Puff."

„Gut gekoppelt!", rief Reuter von unten durchs Turmluk. „Nur ein paar Meilen Versetzung."

Blaschke reichte vorsichtig den Sextanten in die ausgestreckten Hände des Rudergängers.

Südöstlich der Walfängerinsel Nantucket hatte das Boot den Kontinentalhang überquert und stand nun mehr als zweihundert Seemeilen östlich von New York. Die Wassertiefe fiel hier innerhalb neunzig Seemeilen von vierzig Meter auf über eintausendzweihundert Meter ab.

Über der Kimm glänzte im aufgeklarten Himmel die Venus, die Blaschke zur Standortbestimmung hinzugezogen hatte. Der Morgenstern war mit bloßem Auge gerade so noch zu erkennen gewesen, verblasste dann aber rasch gegen die aufgehende Sonne, die mehrere Schichten rosa Fruchtfarbe übereinander in den blaugrauen Himmel bettete und von unten an ihnen zu lecken begann, bis die Schichten Risse bildeten, von oben nach unten einsackten und den gesamten Osthimmel mit auseinanderlaufender Farbe bekleckerten, als sich die Wolken in der steigenden Wärme weiter auflösten. Eine lange, graue Schlange kroch mit weit geöffnetem Maul auf den träge explodierenden Sonnenball zu und wurde Kopf voraus von ihm verschlungen.

Krebsdorf stand im Wintergarten und pisste achtern in die See. Er kniff die Augen zusammen, um sie vor dem Rauch der Zigarette zu schützen, die in seinem Mund steckte, während er mit beiden Händen nach dem Tauchbunker zielte. Als er fertig war, schüttelte er die Hüften, packte alles ein und schlenderte an der Zigarette ziehend zu Blaschke ans Brückenschanzkleid herüber.

„Wo stehen die Amerikaner, Herr Obersteuermann?"

Blaschke zeigte mit dem Daumen über seine Schulter hinweg nach achtern, ohne das Glas abzusetzen.

„Sicher?"

„Nee", sagte Blaschke einfallslos. „Was treibt Sie auf die Brücke, Herr Leutnant? Beginnt Ihre Wache nicht erst in fünf Stunden?"

„Wollte mich etwas freimachen und rauchen, bevor wir tauchen. Meine Brückenwache wird wohl ausfallen."

Blaschke sah ihn an.

„Der Kaleun geht auf Nummer sicher, war doch klar. Sie können in zehn Minuten Schluss machen. Tagesmarsch unter Wasser."

„Auch gut", sagte Blaschke und setzte das Glas wieder an. „Schade um das Wetter bei unserem Brennstoffstand."

„Die Amis haben da auch noch ein Wörtchen mitzureden."

„Die Ruhe ist merkwürdig", sagte Blaschke. „Das hier ist ein dicht überwachtes Seegebiet."

„Das höre ich schon zum fünften Mal heute: Die Ruhe ist merkwürdig."

„Stimmt doch."

„Ja, aber beschreien Sie es nicht. Irgendwann hört es der Ami."

Krebsdorf stellte sich neben Blaschke in die Brückennock und ließ seinen Blick über die Wasserfläche schweifen und er wusste nicht warum, aber etwas im Spiel der Wellen und des Lichts erinnerte ihn an Yvonne und seinen letzten Abend mit ihr in der Rue Mirabeau. Sie war überhastet und verliebt sofort mit ihm nach Brest gezogen, in eine kleine Wohnung unter dem Dach, die Krebsdorf günstig ausfindig gemacht und an zwei Nachmittagen für sie hergerichtet hatte.

Jetzt erinnerte er sich an die wortlose Traurigkeit des letzten Abends, die ihrer beider mühsam einander vorgespielte Sorglosigkeit schließlich bezwang und nur noch Wortlosigkeiten übrigließ, bis sie in Blicken und Berührungen wieder zueinander fanden, gierig und zart, voll Angst vor dem Morgen und voll Lust auf ein gemeinsames Leben, das unsicher, aber möglich vor ihnen lag. Ihre tiefen Augengeheimnisse im Kerzenlicht und ihr schönes, braunes Haar, das er beiseite strich, um ihr Gesicht zu küssen. Seine fliegenden Hände überall auf ihrem Körper. Als ihr Fleisch sich an seinem teilte, stöhnte sie sogleich dunkel und kehlig auf und dann verlor er sich in ihr und ihre Wange an der seinen schien bereits hundert Meilen entfernt und die Worte, die er ihr gesagt hatte, klangen in seinen eigenen Ohren hohl und leer wie die Phrasen der Marineeinpeitscher.

Krebsdorf warf die Zigarette in die See und trat ans Turmluk.

„In zehn Minuten, Herr Obersteuermann."

„Jawohl."

Der Himmel war ein senfgelbes Tischtuch mit blassen Rotweinflecken und über die See strich mit gewellten Fingern der Wind. Keine Möwen mehr, nur die steigende Sonne im Lichterzauber zwischen den Wolken mit ihren einzigartigen Formen und jede wollte die eine Unvergessene sein und bleiben. Die Schatten der vier Männer der Brückenwache verkürzten sich, holten sie von achtern, aus Amerika kommend, langsam ein und schlossen auf, sich in geheimnisvoller Seitwärtsbewegung im Rücken annähernd. Vier lange, schwarze Schattenmänner, zwei in einem, also zwei von ihnen unsichtbar, so spurteten sie unbemerkt dicht hinter dem U-Boot heran, während in der Farbpalette des großen Himmelsmalers allmählich alles durcheinandergeriet.

„Herr Kaleun!"
Lindt sprang von seiner Koje auf und riss den Vorhang beiseite. Der Funkmaat blickte ihm entgegen.
„Funkmesskontakt in dreihundertfünfzig Grad", sagte er.
Der Kaleun trat hinter den Funkmaat und blickte über seine Schulter auf die blassgrün hinterlegte, kreisrund eingefasste Anzeige des Funkmessgerätes mit ihren beiden vertikalen Skalen. Wie alle Kommandanten misstraute Lindt dem Gerät von Grund auf.

Die linke Skala reichte von Drei bis Fünfundvierzig und war für geringe Entfernungen gedacht, wobei Drei dreihundert und Fünfundvierzig viertausendfünfhundert Meter Entfernung meinte. Auf der rechten Skala lag die obere Grenze bei Einhundertfünfzig, fünfzehntausend Meter Entfernung entsprechend, und der untere Ortungsbereich bei Zehn, also eintausend Meter. Mit einem Kippschalter ließ sich das Gerät von der Nutzung der einen Skala auf die andere umschalten, wobei sich an der grünlich oszillierenden, vertikalen Linie in der Mitte zwischen den beiden Skalen als Darstellungsweise nichts veränderte. Jetzt war das Gerät auf die höhere Reichweite der rechten Skala eingestellt und im äußersten Ortungsbereich auf Höhe der Einhundertfünfzig schlug die Linie horizontal in beide Richtungen aus.

„Erstes Signal?", fragte Lindt.
„Erstes Signal, Herr Kaleun", antwortete der Funkmaat. „Soeben erfasst."
„Den Ortungsbereich schon überprüft?"
„Jawohl. Es kommt und geht, Herr Kaleun. Bei dreihundertfünfzig Grad kommt es immer wieder."
Lindts Züge erstarrten zu frostiger Kälte, bevor sich seine Gesichtsmuskeln wieder warm und lebendig zu regen begannen.
„Sofort abschalten."
Der Funkmaat griff nach dem Schalter und die grün flackernde Linie zuckte und fiel dann in sich zusammen. In der Zentrale erwarteten Weber und Krebsdorf den Kommandanten. Sie hatten mitbekommen, dass sich etwas ereignete.
„Auf Gefechtsstationen", sagte Lindt. „Zehn Grad nach Backbord, beide Maschinen halbe Fahrt."

Er wandte sich an die Wachoffiziere.

„Kommen Sie mit."

Dann ließ er sich ein Fernglas reichen und stieg auf die Leiter zur Brücke.

„Torpedowaffe überprüfen", rief er auf halbem Wege und kletterte weiter in den Turm.

Auf der Brücke standen Blaschke und der zweite vordere Ausguck in ihrer jeweiligen Nock und hielten die Gläser vor ihre bärtigen Gesichter. Sie hatten die kleine Kurskorrektur bemerkt, ohne sich einen Reim darauf machen zu können.

„Haben Sie irgendetwas gesehen?", fragte Lindt.

„Nein, Herr Kaleun", antworteten beide.

Lindt stellte sich neben den Sehrohrbock und setzte sein Glas in Richtung der Kimm an. Die beiden Wachoffiziere positionierten sich dahinter und erhoben ihre Gläser über die Schultern der anderen hinweg. Fünf Ferngläser waren nun auf den Sektor direkt voraus gerichtet.

„Wir haben einen Funkmesskontakt in null Grad", sagte Lindt.

In der Ferne verloren sich die Wellenstrukturen und verschmolzen zu einer glatten blauen Fläche, die bei der Kimm mit dem graugelben Himmel darüber kollidierte, an dem sich neue Wolken gebildet hatten.

Im schwankenden Ausschnitt des Glases sah der Kaleun nichts als den Schleier der Ferne, matt und verschwommen wie eine durch schlechten Filter missratene Fotografie. Die tiefe Sonne streute weißen Schnee darüber und das Spritzwasser der Bugwelle kam dem Auge irritierend nah und verdeckte zeitweise die Sicht.

Die Männer standen dicht beieinander und der gebündelte Blick der fünf Gläser bohrte sich in die Fahrtrichtung des Bootes. Niemand sprach ein Wort und nur die See traf klatschend auf den Satteltank, rollte sich an ihm empor, sprang auf und fiel gischtend rückwärts wieder ab.

Blaschke trat von einem Bein aufs andere und durchkämmte mit dem Glas den Himmel voraus. Krebsdorf folgte ihm mit bloßem Auge auf der Suche nach dem schwarzen Punkt, der nicht natürlichen Ursprungs war. Ohne Glas ließ sich der größere Ausschnitt beobachten. Er erwartete die eine verräterische Bewegung, das kurze Aufblitzen reflektierten Sonnenlichts auf der Unterseite einer Aluminiumtragfläche. Er starrte wie in Trance, auf den gesamten Sektor fokussiert.

Im Horchschapp sprang Kiebig auf, wand sich vom Stuhl und bog seinen Körper nach achtern.

„Ortung!", rief er in die Zentrale.

Durchs Sprachrohr hörten die sieben Männer auf der Brücke die Stimme des Leitenden Ingenieurs Baumann: „Metox-Warnung."

Und gleich darauf: „Funkmesskontakt in fünf Grad, Entfernung zehntausend."

Fünf Gläser richteten sich in die angegebene Richtung leicht an Steuerbord voraus.

„Alarm", sagte Lindt unter dem Glas hindurch.

„Alarm!", rief Krebsdorf nach unten und der Rudergänger betätigte die Glocke, die entsetzlich laut durch das gesamte Boot schrillte.

Die beiden achteren Ausgucks drehten sich um und sprangen hintereinander durchs Luk in den Turm, gefolgt von Weber und dem vorderen Ausguck, der sich an der Leiter fallen ließ und mit den Stiefeln auf die Schulter des 1WO schlug und im nächsten Moment selbst von Krebsdorfs Stiefeln am Ohr getroffen wurde. Blaschke stürzte neben Krebsdorf in die Zentrale, sprang wie ein Gummiball zurück, taumelte und wurde vom LI aufgefangen.

„Fluten!", rief der Kaleun, während er das Turmluk dicht drehte.

Noch immer rannten von achtern Männer in Eile durch die Zentrale nach vorn, wichen der im Raum verstreuten Brückenwache aus und schwangen sich durch das Kugelschott weiter in den Funkraum, während das Boot nach vorn kippte und den Lauf der Männer noch beschleunigte. Fuhrmanns Blick flog an Blaschke vorbei und weckte eine unangenehme Erinnerung.

„Dalli dalli dalli!", schrie ihn der LI an.

Auf der Skala der Lastigkeitsanzeige über der Tiefenrudersteuerung gingen zwanzig Grad durch und der Bug schnitt mit AK laufenden E-Maschinen unter, während das Boot noch immer weiter nach vorn über kippte, auf der nicht gefluteten Tauchzelle 1 im Heck schwimmend.

Die Augen des LI hafteten an der Anzeige des Tiefenmanometers.

„Zelle 1 fluten", sagte er schließlich, als es zehn Meter anzeigte.

Mit großer Geschwindigkeit stürzte das Boot hinab in die Tiefe.

„Zwanzig Meter", sagte der LI.

Die Männer hielten sich an dem fest, was sie zu fassen bekamen. Rohrleitungen, Gestänge, die Kartenkiste. Der Kaleun hatte seinen rechten Arm um das Luftzielsehrohr geschlungen und stemmte sich dagegen wie der Betrunkene, der an einen Laternenpfahl geklammert in den Abgrund seines Rausches blickt.

„Dreißig Meter", sagte der LI.

„Auf sechzig Meter gehen", sagte Lindt.

Die E-Maschinen summten im hohen Ton ihrer Höchstleistung und trieben das Boot schnell tiefer.

„Vierzig Meter."

Am Kartentisch standen Blaschke und Krebsdorf nebeneinander und stützten sich mit den Händen hinter dem Rücken dagegen. Weber war dem Ansturm der nach vorne eilenden Besatzung nach der anderen Seite hin ausgewichen und stand nun neben dem Zentralemaat am Tannenbaum. Er hatte beide Arme in die Luft gestreckt und hielt sich am Gestänge fest, während sein Blick nach unten auf die Flurplatten gerichtet war. Unter der blauen Offiziersmütze quoll sein langes Haar hervor.

Einzelne Gegenstände wie Stifte, eingerollte Karten oder unachtsam abgestellte Becher kamen ins Rutschen. Eine Kartoffel fiel aus ihrer Kiste und rollte durch die ganze Zentrale bis zum vorderen Kugelschott und plumpste dumpf gegen die Wand.

„Verflucht nochmal", sagte Lindt und blickte sich nach einem Schuldigen um.

Ein Matrosengefreiter hatte sich der Kiste schon angenommen und verhinderte, dass der Rest dem abtrünnigen Einzelgänger folgen konnte.

„Fünfzig Meter. Besatzung auf Gefechtsstationen", sagte der LI.

„Besatzung auf Gefechtsstationen", wurde der Befehl des Leitenden durch den Funkraum weiter nach vorn gegeben.

Ohne Eile stiegen die Männer der Lastigkeit entgegen und durch die O-Messe und den Funkraum zurück in die Zentrale und nach achtern.

Fuhrmann kletterte durch das Schott, streckte im U-Raum nach beiden Seiten die Hände aus und hangelte sich an den Kojen weiter aufwärts, dann durch die Kombüse, in der Schnitte bereits vor ihm angelangt war und sich schon wieder seiner Arbeit widmete, da das Boot nun auf ebenen Kiel zurückkam, weiter durch den Dieselraum, in dem es nach Öl stank und die Kolbengestänge der riesigen Dieselanlagen reglos still standen und wo ihm der zurückgebliebene Obermaschinist aus dem Weg trat, und durch die schmale Tür hinein in den E-Maschinenraum, gefolgt von Bootsmann Scholz.

Sie setzten sich auf die Flurplatten und Scholz hob eine Hand und klopfte Fuhrmann auf die Schulter. Dann suchte er hinter sich nach einer Flasche Fruchtsaft, trank einen Schluck und reichte die Flasche an Fuhrmann weiter.

„Wie ist das, wenn man absäuft?", fragte Fuhrmann und wischte sich den Mund ab.

Scholz sah ihn überrascht an.

„Sag es mir, Rudi, schnell. Ich muss es wissen. Vielleicht passiert mir das ja gleich."

Scholz blickte sich um. Sie waren allein im Heckraum. Er schüttelte den Kopf, dann wandte er sich an Fuhrmann.

„Also, erstens saufen wir nicht ab", sagte Scholz. „Und zweitens", er überlegte kurz, „das geht rasend schnell. Kriegt man gar nicht mit. Der Druck da unten", er tippte mit dem Zeigefinger auf die Flurplatte, „ist so gewaltig, das kannst du dir gar nicht vorstellen, Gerd. Der Druckkörper reißt, das Boot implodiert, die Luft im Boot wird so stark komprimiert, dass sie zu brennen beginnt, aber das merkst du schon gar nicht mehr, weil in der ersten Sekunde dein Skelett, deine Lungen und dein Herz eingepresst werden wie eine Briefmarke und sofort kollabieren. Fini."

Sechstes Kapitel – Im Roten Schloss

Niemals nur schwarz oder weiß, doch gibt es eine Feder im Gefieder des Zaunkönigs, die an Dunkelheit kaum zu übertreffen ist. Erforderte es, um im Reich des Schwarzen unerkannt zu bleiben, eine solche Dunkelheit? Ist sie jemals zu verzeihen? Niemand kann diese Frage beantworten. Man stelle sich eine stumpf gewordene Münze vor, welche nur am Rande noch ihren vollen Glanz aufweist, und die, rotierend in die Luft geworfen, nur vom Rand her, dem Verbindungsstück zwischen ihren beiden Seiten, noch im Licht der Sonne zu funkeln vermag.

Unter den Methoden und Ideen des Zaunkönigs, sich des Vertrauens seiner Machthaber weiterhin gewiss zu bleiben, ist jene wohl die abstoßendste und obwohl sie nicht eindeutig belegt ist, müssen wir von ihrer harten und bitteren Realität ausgehen. Ein britischer Historiker hat es so ausgedrückt: Wer mit dem Teufel zu Tische sitzt, der kann es nicht verhindern, bei dem Mahl einen guten Teil seines Giftes in sich selbst aufzusaugen. Und so ist das verpflichtende Tragen des Davidsterns für deutsche Juden wohl auf den Zaunkönig zurückzuführen. Auch das ist wahr, auch das.

***

Flensburg-Mürwik, Sommer 1936.

Von der weitläufigen Bootsanlage am Ostufer der Flensburger Förde führte eine schöne und recht steile, sehr geräumige und von Mauern aus rotem Backstein gesäumte Treppe empor zum ankerförmigen, ebenfalls aus rotem Backstein errichteten Hauptgebäude der altehrwürdigen Marineoffiziersschule, die unter dem Namen *Rotes Schloss* bekannt war. Seit 1910 bildete hier die Marine ihren Nachwuchs an Seeoffizieren aus.

Als der Personalbedarf der Reichsmarine auf über zweihundert Seekadetten pro Jahr anstieg, schlug der Staatssekretär des Reichsmarineamts Admiral Alfred von Tirpitz den Neubau einer Marineschule in Flensburg vor, die ihre Vorgängerschule, die Marineakademie zu Kiel, in deren Umfeld der Vizeadmiral Volkmar von Arnim einen gefährlichen sozialdemokratischen Einfluss zu erkennen geglaubt hatte, ablösen und beerben sollte.

Entstanden war ein Gebäudekomplex von einiger Schönheit in reizender Lage unmittelbar an der See, mit roten Mauern, die weiß verziert und grün bewachsen waren, mit roten Dächern, vielen Giebeln und einer breiten Front weiß gerahmter Fenster, die nach der Förde hinausblickten und dem *Roten Schloss* von der Seeseite kommend einen unvergleichlichen, majestätischen Anblick verliehen.

In dieser Marineschule erlebten drei Mitglieder der Crew '35 einen Abend, den sie später nie vergessen würden und der ihr weiteres Leben entscheidend prägen sollte. Ihre Namen sind bereits wohlbekannt. Sie lauteten Erich Lindt, Wilhelm Krebsdorf und Otto Blaschke.

„Schneller, Blaschke! Drei Minuten noch", rief der in einen blauen Turnanzug gekleidete stellvertretende Sportausbilder von der Mitte der Anlage. Er war ein Fähnrich und nicht viel älter als die Seekadetten. In der Hand hielt er eine Stoppuhr und feuerte die Jungen an. Sie trugen kurze, schwarze Hosen und weiße Hemden ohne Ärmel, auf denen der Reichsadler und ein Hakenkreuz abgebildet waren.

Es war ein heißer Sommervormittag und die Sportanlage auf dem weiträumigen Gelände der Marineschule war nach Südwesten hin von Bäumen gesäumt, deren Schatten in die falsche Richtung fielen.

„Hopp! Hopp! Hopp! In zwei Wochen ist Hauptprüfung, da könnt ihr auch nicht bummeln!"

Zehntausend Meter waren in einer bestimmten Zeit zu bewältigen. Wer das nicht schaffte, konnte die Prüfung nicht bestehen.

„Los! Los! Los! Ich will euch kämpfen sehen! Kämpft, Jungs, kämpft!"

Fünfzehn Seekadetten liefen im roten Sand ihre Runden. Eine Hand voll hatte die Distanz schon hinter sich gebracht und sie saßen oder lagen mit weit von sich gestreckten Gliedern auf der Rasenfläche im Inneren der Wettkampfbahn.

Der Himmel über Flensburg war blau, frei von Wolken, und die Sonne brannte gnadenlos. Lindt und Krebsdorf liefen nebeneinander; der Schweiß tropfte von ihren Gesichtern auf den Boden und auf ihre Turnschuhe, unter denen der Sand aufgewühlt wurde und als eine feine rote Staubwolke zurückblieb. Blaschke, der anfangs noch mit ihnen gelaufen war und gut mitgehalten hatte, war auf den letzten fünfhundert Metern ein Stück abgefallen und lief allein durch die Kurve bei der Hindernisbahn mit ihren Gruben und Balkenhindernissen, mit denen die Seekadetten auch schon bestens vertraut waren.

„Nicht schlapp machen, Blaschke! Kämpf dich wieder ran! Kämpf, Junge, kämpf!"

Immer mehr Kadetten überquerten ein letztes Mal die Ziellinie und liefen mit erhobenen Armen locker aus oder brachen erschöpft auf der Rasenfläche im Inneren der Wettkampfbahn zusammen, wo sie schwer atmend liegen blieben.

Als Lindt und Krebsdorf ins Ziel liefen, trabten sie an den im Rasen liegenden Kameraden vorbei, grinsten einander in die roten, von Schweiß überströmten Gesichter, wobei sie schniefend ihre Nase in Falten zogen, und fielen dann nebeneinander ins Gras. Eine Minute später lag Blaschke neben ihnen und die drei Kadetten atmeten heftig, während die Sonne weiter auf sie niederbrannte.

„Mir ist ... ", stieß Blaschke hervor, „mir ist ... ", seine Lunge pumpte wie die eines verfolgten Hasen, „mir ist ein bisschen schwindlig geworden, Jungs."

Er ließ eine Mischung aus Stöhnen und Schmerzensschrei folgen.

„Sonst hätte ich euch geschlagen."

„Ich sehe nichts mehr", sagte Krebsdorf. „Ehrlich, ich bin blind."

Lindt kicherte.

„Ich auch."

Der Sportausbilder schlenderte von der Mitte des Rasens auf die Kadetten zu.

„Prima, Jungens! Das war doch gar nicht schlecht", rief er.

Nachdem sie geduscht und die Sportkleidung gegen die weiße Kadettenuniform mit der blauen Mütze getauscht hatten, sammelten sich die Marineschüler zum Mittagessen im Speisesaal im ersten Stock mit Blick auf den Bootshafen und die Förde. An langen Tischreihen, die unter den fünf großen Bogenfenstern standen, konnten jeweils zwanzig Kadetten einander gegenübersitzend speisen. Die hellen Wände waren mit Fresken dekoriert, die maritime Motive zeigten – größtenteils Seeschlachten aus dem Weltkrieg – und das kunstvolle Bogengewölbe der Decke wurde von zwei im Raum stehenden Säulen getragen.

Zur Stunde war der Speisesaal nicht gefüllt, da noch Lehrgänge stattfanden, und nur die Seekadetten der Sportgruppe und jene einer Lehrgangsgruppe, die aus der Nachrichtenschule gekommen war, hatten über den großen Raum verteilt an den Tischen Platz genommen.

Lindt saß an einem der zwei Meter hohen Bogenfenster, das sich in einzelne Felder aufteilte und dessen oberstes Feld mit Buntglas verziert war und auf dem das rot-weiße Wappen der Stadt Kiel im Licht der Sonne leuchtete. Blaschke saß neben ihm und Krebsdorf den beiden gegenüber. Neben seinem Essensteller lag eine Ausgabe des *Flensburger Tageblatt*. Um die drei herum waren in mehreren Gruppen die anderen Offiziersschüler mit ihrem Mittagessen zugange.

„Ich war wirklich blind, Willi", sagte Lindt. „Ich bin nur noch deinem Keuchen gefolgt."

„Ich habe nicht gekeucht", sagte Krebsdorf.

„Und ob du gekeucht hast. Wie ein alter Fördedampfer hast du gekeucht."

Krebsdorf schüttelte den Kopf und nahm einen Bissen von seiner Kohlroulade. Während er kaute, blickte er durch das Fenster raus aufs Wasser, auf dem in der Sonne etliche weiße Jollen zu sehen waren.

„Und Blaschke ganz schwach. Ganz ganz schwach", sagte Lindt.

Blaschke schlug Lindt mit der flachen Hand auf den Hinterkopf.

„Ich bin zwanzig Sekunden nach euch ins Ziel. Ihr hättet ruhig mal warten können."

„Höher", sagte Lindt.

„Schneller", sagte Krebsdorf.

„Weiter", sagte Blaschke müde. „Olympisches Gold für Deutschland. Arschlöcher. Ihr bringt mich noch ins Grab."

„Aber wir bringen dich", sagte Krebsdorf.

„Nachher ist Schießen, da kannst du dich rächen. Ich würde vorschlagen, du knallst Krebsdorf einfach ab. Der hat's verdient."

„Blaschke trifft doch nichts", sagte Krebsdorf und zwinkerte Blaschke zu. „Wenn der mich erschießen will, trifft er den Fähnrich und wir müssen die Übung abbrechen."

„Was ist eigentlich mit dem Marder los?", fragte Lindt.

Marder nannten sie den Unteroffizier, der für gewöhnlich mit ihnen die Sport- und Schießübungen durchführte.

„Krank zu Hause", sagte Blaschke.

„Hat der ein Zuhause? Dachte, der wohnt hier."

„Der wohnt hier nicht mehr als *wir*."

„Guter Punkt!"

„Krank im Juli. Armes Schwein", sagte Krebsdorf. „Jetzt guckt euch doch mal dieses Wetter an!"

Er hob den Kopf und schaute aus dem Fenster hinaus auf die Förde. Blaschkes und Lindts Augen folgten ihm.

Auf der Admiralswiese vor der steilen Treppe zur Bootsanlage stand eine Gruppe weiß gekleideter Kadetten in einem lockeren Halbkreis. Ein Seeoffizier war bei ihnen und sprach zu der Gruppe, während er die Arme hinter dem Rücken hielt und nur gelegentlich die rechte Hand hervorbrachte und mit ihr nach der Treppe deutete. Die Treppe war breit und bestand aus grauem, hellem Stein. An ihrem oberen Ende und auch unten bei der Pier war sie durch große, aufwändige Toranlagen aus rotem Backstein mit Dächern aus rotem Ziegel begrenzt. Beiderseits der Treppe wuchsen am Hang hohe, stattliche Laubbäume empor.

Am Pier der Bootsanlage, an der Hansa-Brücke, waren die Ausbildungsfahrzeuge der Lehreinrichtung festgemacht, hellbraune und weiße Segelboote und dunkler gepönte Barkassen dicht an dicht. Weiter unten am Südende lag ein Schnellboot, auf dem ein einzelner Marinesoldat mit Stahlhelm in der Sonne Wache stand.

Die blaue Wasserfläche der Förde war mit den weißen Segeln der Jollen übersät, die in alle Richtungen kreuzten und im hellen Licht erstrahlten und leuchteten. Viele der Jollen waren Teil der Ausbildungsflotte und wurden von Kadetten gesteuert.

Von Süden kommend, bahnte sich die Mannschaft eines Ruderachters mit gleichmäßigem Schlag ihren Weg durch die ausweichenden Jollen. Im Sonnenlicht konnte man selbst über die große Entfernung hinweg den Schweiß auf den Armen der Ruderer glänzen sehen. Vom Deck einer Yacht, die in der Mitte der Förde festgemacht hatte, winkte ihnen ein schlankes, braungebranntes Mädchen in einem grünen Badeanzug zu und am gegenüberliegenden Ufer strahlte hell und frisch das Strandbad Wassersleben und rechts davon erhob sich ein dichter Laubwald, der bereits zu Dänemark gehörte.

„Wenn das Wetter so bleibt, fahre ich nach dem Schießen auch nochmal raus", sagte Krebsdorf. „Seid ihr dabei?"

Blaschke nickte kauend.

„Unbedingt", sagte er.

Lindt überlegte und zögerte.

„Mein Vater ist in der Stadt. Es kann sein, dass er mich besuchen kommt", sagte er.

„Wann hast du deinen alten Papa das letzte Mal gesehen, Erich?", fragte Krebsdorf.

„Ist ein halbes Jahr her."
Lindt schnalzte die Zunge.
„Würde ihn schon gerne sehen", sagte er.
„Das macht nichts", sagte Krebsdorf. „Du triffst dich mit deinem Vater und wir sammeln dich dann irgendwo am Ufer ein."
„Ja, gute Idee", sagte Lindt.
„Und morgen, Freunde, fahren wir nach Kiel", sagte Krebsdorf.
Er schlug die Zeitung auf, drehte sie zu Blaschke und Lindt herum und tippte auf eine Anzeige.
„Der Kaiser von Kalifornien", sagte Krebsdorf. „Von und mit Luis Trenker. In Kiel spielen sie ihn."
„Tatsächlich", sagte Lindt.
„Da müssen wir hin", sagte Blaschke. „Zeig doch mal. Wir können in die Nachmittagsvorstellung gehen. Dann schaffen wir den Zug zurück."
„Ja, prima, nicht?"
„Unbedingt, Willi. Ein Glück, dass du die Zeitung hast."
Krebsdorf nickte stolz.
„Und ihr habt Glück, dass ihr mich habt."
„Ja, na leider nicht mehr lange."
„Wieso?"
„Na, weil ich dich nachher abknalle."
Ein Offizier betrat den Speisesaal und kam an den Tisch der drei.
„Kadett Lindt."
Die drei Kadetten standen von ihren Plätzen auf und grüßten vorschriftsgemäß.
„Herr Leutnant?"
„Sie sind vom Schießen freigestellt. Ihr Vater ist da. Er wartet draußen im Hof auf Sie."
„Vielen Dank, Herr Leutnant."
Der Offizier machte kehrt und verließ den Speisesaal.
„Entschuldigt mich", sagte Lindt und nahm den Teller in die Hand, auf dem die Hälfte noch nicht aufgegessen war.
Blaschke winkte ab.
„Keine Angst, Erich. Ich knalle ihn nur ab, wenn du dabei bist."

Im kühlen Treppenhaus der Marineschule war es still, als Lindt nach unten ging. Durch die Fenster fiel das Sonnenlicht auf die weißen

Wände und das rote Mauerwerk und Lindt hörte den Hall seiner eigenen Schritte auf den steinernen Stufen.

Zum letzten Mal hatte er seinen Vater gesehen, als er vor einem halben Jahr ein Wochenende in der Heimat verbringen durfte, und schon damals war die Gesundheit seines Vaters angeschlagen. Lindt fragte sich, was ihn erwartete, wenn er den stellvertretenden Gauleiter sehen würde.

Er schritt unter den Kronleuchtern der Haupthalle hindurch, nahm die Mütze ab und trat durch das Tor in den Hof. Die Mittagssonne empfing ihn und der weite begrünte Platz strahlte eine große Ruhe aus.

Im Schatten einer Kastanie sah Lindt seinen Vater warten. Er trug einen grauen Anzug und hielt einen Hut mit beiden Händen vor die erkrankte Stelle seines Körpers wie ein Feigenblatt. Darüber war der freundliche Bauchansatz zu erkennen, der Lindt in diesem Sommer noch nicht gewachsen war und seinem Vater, bedingt durch die Krankheit, bereits wieder abhanden zu gehen begonnen hatte.

Lindt lief auf ihn zu und blieb zwei Meter vor ihm stehen. Am Revers des Vaters steckte das Abzeichen der Partei, die Deutschland mit sozialem Frieden und Wohlstand beglückt hatte, so sagte man.

„Hallo, Erich", sagte er und seine Stimme klang warm, schwach und freundlich.

Lindt trat auf ihn zu, gab ihm die Hand und umarmte ihn.

„Es ist lange her, Vater", sagte Lindt.

Sein Vater nickte und lächelte und dann legte er seinen Arm auf Lindts Schulter und Rücken.

„Lass uns gehen", sagte er.

Sie verließen den Hof der Marineschule und liefen in Richtung Kelmstraße. Durch die Bäume sahen sie die Kommandeursvilla und den Wasserturm. Sonnenflecke zitterten im Schattenspiel der Laubblätter über den Fußweg.

„Wie geht es Mutter und Liesl?", fragte Lindt.

„Sie sind sehr munter. Liese erinnert deine Mutter, glaube ich, daran, wie sie selbst gewesen ist."

Lindts kleine Schwester war zwölf Jahre alt.

„Liese hat viel Blödsinn im Kopf. Zurzeit ist sie in Max Schmeling verliebt und redet ununterbrochen von ihm."

Lindt lachte auf.

„Der ist doch viel zu alt für sie", sagte er.

„Aber in der Schule ist sie fleißig und macht uns wenig Sorgen."
„Wir gehen ans Wasser?", fragte Lindt.
„Ja, warum nicht."
An der Kreuzung Fördestraße bogen sie links ab und passierten die Redaktion des *Flensburger Tageblatt*. In der Ferne knallten Gewehrschüsse.
Über die Uferstraße liefen sie bis zum Gasthaus *Alter Meierhof* und setzten sich an einen Tisch mit Blick auf die See. Die Wirtsfrau brachte ihnen Kaffee und Kuchen nach draußen. Lindts Vater hatte seinen Hut auf den leeren Stuhl neben sich gelegt und rauchte eine Zigarre zum Kaffee.
„Wie geht es dir?", fragte Lindt.
Der Vater wich seinem Blick aus.
„Jeder sagt mir etwas anderes. Der Arzt, dem ich am meisten vertraue, sagt, ich habe noch drei Monate."
Jetzt suchte der Vater wieder Lindts Blick und fand ihn auf sich gerichtet, ohne auszuweichen.
„Es geht mir ziemlich schlecht, Erich."
Lindt griff nach der Hand seines Vaters, der es gewähren ließ. Lindt hielt die Hand noch einen Augenblick, dann ließ er sie los.
„Ich bin sehr stolz auf dich", sagte Lindts Vater.
Lindt nickte. Sein Gesicht hatte sich verfinstert.
Über das blaue Wasser lief ein zarter Wind und kräuselte die Oberfläche. Am flachen grünen Ufer spielten einige Seevögel zwischen den Gräsern und aus dem Wirtshaus kam der Kellner gelaufen und trat an ihren Tisch.
„Darf ich Ihnen noch etwas bringen?", fragte er.
„Bringen Sie uns einen guten Cognac", sagte der Vater.
„Sehr gern."
„Es tut mir leid, dass ich euch nicht öfter besuchen konnte", sagte Lindt, als der Kellner gegangen war. „Aber vielleicht kann ich in Zukunft … "
Der Vater griff nach seiner Hand und schüttelte den Kopf.
Lindt sah nach oben in den wolkenlosen Himmel und spürte die Wärme in der Hand seines Vaters, die auf der seinen lag. Bevor der Kellner zurückkam, ließ ihn der Vater wieder los. Schweigend stellte der Kellner zwei rund gebauchte Cognacgläser auf den Tisch und goss

sie zu einem Drittel voll, dann stellte er die Flasche in die Mitte des Tisches und entfernte sich.
 Lindt sah seinen Vater an.
 „Wir trinken auf nichts", sagte Lindts Vater und erhob sein Glas.
 Sie stießen an und tranken.
 „Wie läuft deine Ausbildung?"
 Lindt nickte und goss beiden nach.
 „Ziemlich gut", sagte er.
 „Weißt du schon, wo du nach der Hauptprüfung hinkommst?"
 „Nein."
 Lindt sah seinen Vater an.
 „Ich will nicht über *mich* reden", sagte er.
 „Und ich nicht über *mich*", sagte der Vater.
 „Dann lass uns nur trinken", sagte Lindt.
 Sie stießen an und tranken.
 „Willst du eine?", fragte Lindts Vater und steckte sich eine Zigarre an.
 „Ja."
 Sie rauchten.
 „Ich habe nicht die geringste Angst vor dem Tod."
 Er sah ihn an.
 „Nicht die geringste."
 Lindt wusste, dass sein Vater nicht log. Der Alkohol veränderte sein Denken nicht. Er veränderte nur, was er von seinem Denken nach außen ließ und anderen zeigte. Lindt griff nach der Flasche und goss beiden nach.
 An der weißen Hauswand des Meierhofs bewegten sich langsam die Schatten der Gräser im Licht. Sie zitterten und verschwammen wie Sonnenflecke am Grund eines Schwimmbeckens.
 „Die Marineschule ist unglaublich", sagte Lindt. „Ich habe mich noch nie so wohlgefühlt."
 „Das ist gut, Erich."
 „Ich bin bestimmt am richtigen Platz und ich habe Kameraden, auf die ich mich verlassen kann."
 Der Vater nickte.
 „Hast du wirklich keine Angst, Vater?"
 Lindts Vater betrachtete den Cognac in seinem Glas.
 „Wir haben viele Ängste im Leben, denen wir uns stellen müssen. Eine davon ist die Angst zu gewinnen. Die soll man nicht haben."

Lindt zeigte dem Kellner an, dass sie zwei Gläser Wasser wünschten.
„Courage? Angst vor der eigenen Courage?", fragte Lindt.
Der Vater winkte ab.
„Ja", sagte er. „Angst, den eigenen Ansprüchen nicht zu genügen, ist verzeihlich. Kein Mensch genügt seinen eigenen Ansprüchen. Aber ich meine die Angst vor dem Erfolg. Viele Menschen leiden darunter. Die Angst zu gewinnen. Man sieht sie manchmal bei einem schlechten Boxer, der dann immer verliert. Boxt du noch, Erich?"
„Ja, aber ich bin kein guter Boxer, auch wenn ich keine Angst davor habe zu gewinnen."
Der Vater lachte und der Kellner brachte das Wasser.
„Haben Sie ein Telefon im Haus?", fragte der Vater.
„Ja."
„Bitte bestellen Sie mir ein Taxi."
Der Kellner lief ins Haus ans Telefon.
„Schätze, ich bin ein wenig ins Plaudern geraten", sagte Lindts Vater.
„Das macht nichts. Das ist gut. Es war interessant."
„Jetzt haben wir doch beide über uns gesprochen und es war gut."
„Kannst du noch arbeiten?"
„Ja. Es macht Mühe, aber gibt mir Kraft."
„Das verstehe ich."
„Ich werde erst aufhören, wenn die Arbeit mir die Kraft wegnimmt, die ich brauche."
„Vater, ich habe zwei Kameraden. Sie heißen Wilhelm Krebsdorf und Otto Blaschke."
Lindt zögerte. Er fühlte sich privilegiert.
„Sag es schon. Ich werde sehen, was ich für deine Kameraden tun kann."
„Wir wollen alle drei zur U-Bootwaffe."
Der Vater nickte.
In der Sonne leuchtete der Cognac in der Flasche.

„Das Taxi wird jeden Moment da sein", rief der Kellner von der Wirtshaustür aus.
Die beiden erhoben sich von ihren Stühlen und liefen vom Ufer weg und an der Wirtshaustür zählte Lindts Vater dem Kellner das Geld in die Hand, legte einen großen Schein dazu und dann liefen sie um das Haus und an die Straße.

Ein schwarzes Taxi wartete bereits bei der Einfahrt und Lindt umarmte seinen Vater.

„Das ist noch nicht der Abschied, Vater", sagte Lindt.

Der Vater nickte und stieg in das Taxi ein und Lindt hob eine Hand und das Taxi fuhr mit seinem Vater davon.

Der Sohn drehte sich nach dem Wirtshaus um. Zu jener Seite des Meierhofs drang kein Sonnenlicht vor und sie lag vollständig im Schatten. Lindt überlegte, an den Tisch zurückzulaufen und den restlichen Cognac allein zu trinken. Er schritt um das Haus herum und sah die Flasche in der Sonne leuchten.

Dann wandte er sich ab und ging am Ufer zurück in Richtung der Marineschule. Als er an eine Stelle kam, die zu dicht bewachsen war, zog er seine Schuhe aus, krempelte die Hose nach oben und lief im Wasser weiter.

Er dachte an seinen Vater und daran, dass er bald sterben würde.

An den Fußsohlen spürte er die glatten, vom Wasser abgeschliffenen Steine, die im Schlick des Ufers verborgen lagen. Sie schienen wärmer als das kalte Wasser und Lindt war erstaunt darüber, dass er noch immer nicht weinen konnte.

Zahlreiche Fahrzeuge durchkreuzten die blaue Weite der Förde. Kleine Boote mit gesetzten weißen Segeln. Am Strandbad Solitüde stieg Lindt aus dem Wasser und lief durch den Sand, der an seinen nassen Füßen haften blieb. Die blaue Kadettenmütze trug er in der einen, seine Schuhe in der anderen Hand. Er lief zwischen den Menschen, den ausgebreiteten Badehandtüchern und den Zelten hindurch. Dünne Gräser wuchsen aus dem Sand, grün oder schon gelb verbrannt. Knaben rannten ins Wasser und sprangen vom Steg in der Mitte der Badestelle. Ein Dutzend Kinder lief Lindt vor die Füße und er musste ihnen ausweichen. Der Sand war schlecht und voller Steine. Lindt grüßte mit der Mütze in der Hand einige Crewkameraden, die Unterrichtsschluss hatten und in ihrer Badehose am Strand lagen. Es war Samstagnachmittag.

Er setzte sich in den Sand und beobachtete das bunte Treiben, während seine Füße trockneten. Lindt rieb seine Zehen aneinander, bis der Sand zwischen ihnen abgefallen war, dann krempelte er die Hose nach unten, klopfte sie ab und zog die Schuhe wieder an. Hinter dem Strand lief er auf dem Ewoldtweg unter den Bäumen entlang bis zum Yachthafen und setzte sich dort ans Wasser, um zu warten, bis Blaschke und Krebsdorf vorbei gesegelt kommen würden.

Als es so weit war, fuhren sie hinaus bis zur Halbinsel und machten erst am Nordstrand kehrt. Blaschke und Krebsdorf sprachen wenig und Lindt fast gar nicht. Es war einer der schönsten Abende der drei gemeinsam, und der vorletzte, den sie zusammen als Offiziersschüler im *Roten Schloss* verbrachten.

Sonntagmittag standen die drei Seekadetten im Gedränge am Bahnsteig des Flensburger Bahnhofs. Es war laut und die Luft stank nach Kohle und verbrannten Bremsen. In der Matrosenjacke, die sie über die Uniform gezogen hatten, fielen sie zwischen den anderen Marine- und Wehrmachtsangehörigen nicht auf, die mit ihnen den Zug nach Kiel bestiegen und sich über die verschiedenen Abteils verstreuten.

Im Gang liefen sie nach vorn, spähten links und rechts in die Abteils, in denen Koffer und Gepäckstücke verstaut wurden, und fanden ein Abteil auf der linken Seite in Fahrtrichtung, das von zwei jungen Soldaten besetzt war und noch genug Platz für die drei Kadetten bot.

„Kommt nur herein, Jungs", riefen die Soldaten und deuteten auf die freie Bank gegenüber, die mit braunem Lederstoff bezogen war und im Standgas vibrierte. „Wir haben nichts gegen die Marine. Ich war selbst schon mal am Meer."

Die drei Kadetten schüttelten die Hände der Soldaten und setzten sich auf die Bank.

„Das hier draußen", sagte einer der Soldaten und zeigte auf drei unauffällige Gebäude auf dem Bahnhofsgelände, „sind die Adolf-Hitler-Anlagen."

„Imposant", sagte Blaschke.

„Hast du das gewusst, Willi?", fragte Lindt.

„Nee", antwortete Krebsdorf und studierte die drei armseligen Buden. „Repräsentativ."

„Die sind noch klein", sagte der zweite Soldat und brachte aus seinem Tornister eine Flasche Korn zum Vorschein, während der Zug anfuhr und die drei Gebäude langsam vor dem Fenster vorbeizogen. „Dem Bürgermeister ist der Name erst letztes Jahr eingefallen. Vielleicht wachsen sie noch."

„Das hier ist Meier", sagte der erste Soldat und zeigte mit dem Daumen auf seinen Kameraden. „Frank Meier. Ich würde vorschlagen, ihr nennt ihn einfach Frank. So mache ich es jedenfalls. Und ich bin

Thomas. Wir beißen nicht. Wir sind nur Reserve und fahren zur Übung."

Die drei Kadetten stellten sich mit ihren Namen vor und sagten, wo sie herkamen.

„Offiziersschüler also", sagte Thomas.

Frank schraubte den Schnaps auf.

„Darauf trinke ich", sagte er und setzte die Flasche an. Dann streckte er den Arm aus und reichte Krebsdorf den Schnaps herüber.

„Auf die Wehrmachtsreserve", sagte Krebsdorf und nahm einen Schluck. „Schmeckt üppig bis wild."

„Nur zu", sagte Frank. „Wir haben noch was im Keller."

Er zeigte mit dem Kopf auf seinen Tornister. Lindt und Blaschke tranken und reichten die Flasche an Thomas zurück. Der Zug rollte über eine Brücke auf den Bahndamm.

„Wir sind Schlossergesellen und haben eigentlich Besseres zu tun", sagte Thomas. „Aber zweimal im Jahr Soldat spielen geht schon in Ordnung."

„In Kiel?", fragte Lindt.

„Wir fahren weiter in die Lüneburger Heide. Großes Geländespiel. Wir kennen das schon. Ist nicht weiter tragisch, bis auf die Zeit, die man verliert."

„Wird da auch scharf geschossen?", fragte Blaschke.

„Freilich, das schon. Beim letzten Mal haben die MGs hinterher noch stundenlang in einen Sandhügel geschossen, weil die Munition wegmusste. Sind auch jedes Mal Panzer dabei", sagte Frank.

„Mordsdinger. Panzer II. Die finde ich sogar ganz interessant. Sind technisch nicht ganz anspruchslos", sagte Thomas.

„Und machen einen Heidenkrach", sagte Frank.

Draußen flogen schon halb von Bäumen verdeckt die letzten Gebäude der Stadt vorbei.

„Wir werden dort auch in Gefechtswartung ausgebildet", sagte Thomas.

„Die Franzosen haben größere Panzer als wir", sagte Krebsdorf.

„Kann schon sein", sagte Thomas.

Er klang nicht so, als würde er sich sonderlich dafür interessieren.

„Wo wollt ihr denn hin?", fragte er.

„Wir fahren ins Kino", sagte Blaschke.

Thomas nickte. Kino interessierte ihn auch nicht. Das Gespräch schlief zwischen den langen Baumreihen, die links und rechts vorbeigezogen wurden, ein.

Lindt verschränkte die Arme und schlummerte. Man ließ ihn in Ruhe. Ortschaften tauchten am Rand der Bahnstrecke auf. Maasbüll. Husby. Kleine Orte mit wenigen Häusern, deren Dächer mit Reet gedeckt waren. Dann kam der Schaffner, stanzte die Fahrkarten und plauderte kurz mit den beiden Reservisten. Als er ging, war Lindt bereits wieder eingeschlafen.

Krebsdorf holte seine Zeitung hervor und Thomas bat ihn um einen Teil. Sie lasen und das Papier raschelte und zitterte über dem Knie.

Blaschke stand auf und trat ans Fenster. Er schob es nach unten und weckte damit Lindt. Dann nahm Blaschke die Mütze ab und steckte seinen Kopf nach draußen. Der Fahrtwind traf ihn wie eine feste Masse und er hatte das Gefühl, dass sich sein linker Mundwinkel dabei ausdehnte. Der Zug fuhr mitten durch die Felder des flachen Landes. Blaschke sah viele Bauern bei der Sonntagsarbeit und winkte ihnen zu. Manche winkten zurück. Dann kam eine lange Reihe von Telegraphenmasten, die die Bahnstrecke querte. Schwarze Striche im Feldergelb der Landschaft, die zu einem einzigen grünen Metallpfeiler wurden, als der Zug die Telegraphenleitung unterfuhr, und die sich dann wieder vervielfachten.

Am Bahnhof Sörup stellte sich Krebsdorf neben Blaschke ans Fenster und sie gaben den am Bahnsteig wartenden Mädchen Namen und Noten für ihr Aussehen.

„Elisabeth. 8,5", sagte Krebsdorf und winkte einer blonden jungen Frau zu, die ihn ignorierte und eilig davonlief.

„Marie. 4,0. Aber großes Talent", sagte Blaschke.

„Die Brünette?", fragte Krebsdorf.

„Ja."

„Marie!", rief Krebsdorf. „Marie! Mein Freund hier sagt, du hast ein großes Talent!"

Das Mädchen tippte sich an den Kopf und die beiden Kadetten lachten. Dann stieg aus einem der hinteren Waggons eine sehr schöne, große Frau in einem langen roten Kleid mit einer weißen Handtasche.

„Cornelia", sagte Krebsdorf.

„9,0 mindestens", schätzte Blaschke.

Sie lief nach vorn und kam näher. Die beiden Kadetten streckten sich weit zum Fenster heraus.

„Wir sind im falschen Abteil, Otto. Da hinten scheint es viel schöner zu sein."

Thomas lachte und blickte von seiner Zeitung auf. Die Frau kam näher und Krebsdorf drängte Blaschke zurück, um sie besser sehen zu können. Sie hatte ihn bemerkt und kam noch näher.

„Wenn ich gewusst hätte, dass Sie im Zug sind, wäre ich nicht bei diesen Langweilern hier geblieben!", rief ihr Krebsdorf zu und sie lachte und kam näher. Sie war von außergewöhnlicher Eleganz und bewegte ihren Körper mit großer Sicherheit. Die Leute am Bahnsteig schienen ihr auszuweichen. *Manche Menschen sind so*, dachte Blaschke. Platz da, hier komme *ich*. Die Handtasche wirkte so natürlich, als wäre sie ein Körperteil von ihr.

„Ich bin Willi", sagte Krebsdorf, als sie unter dem Fenster stand. Er streckte ihr die Hand entgegen und sie nahm sie lachend in die ihre.

„Wie heißen Sie?", fragte Krebsdorf.

Sie blickte nach oben und sah sich neugierig die beiden jungen Kadetten an. Blaschke errötete unter ihrem Blick.

„Wohnen Sie hier?", fragte Krebsdorf.

„Sie machen wohl keine Gefangenen, wie?", fragte sie und ihr Lachen war schön und herzlich.

Krebsdorf ließ ihre Hand nicht los. Mit der anderen Hand hielt sie ihr Haar, das der Wind in ihr Gesicht und über ihre Augen wehte.

„Schnell einen Stift! Habt ihr einen Stift?", rief Krebsdorf den beiden Reservisten zu.

Thomas durchsuchte seinen Tornister und brachte einen kurzen Bleistift hervor und reichte ihn Krebsdorf, der ihn weitergab und von der Zeitung einen Streifen abriss.

Er lächelte die Frau an, während sie den Zeitungsstreifen gegen die Fensterscheibe des Zuges drückte und mit dem Bleistift etwas darauf zu schreiben begann. Dann gab sie Krebsdorf den Zettel, der ihn einsteckte und wieder nach ihrer Hand griff.

„Sie sind unglaublich, wissen Sie das?", fragte Krebsdorf mit ihrer Hand in der seinen und dann fuhr der Zug an und er musste loslassen. Sie blieb am Bahnsteig stehen und sie hielt noch immer ihr Haar. Er beugte sich weit aus dem Fenster und winkte ihr zu, während der Zug sich langsam entfernte.

Daraufhin ließ sich Krebsdorf ins Polster der Sitzbank fallen und klopfte mit der Hand auf die Brusttasche mit dem Zettel darin.

„So geht das, Freunde", sagte er und die beiden Reservisten konnten ihre Bewunderung nicht verbergen.

Lindt war schon wieder eingeschlafen.

„Was hat sie denn geschrieben?", fragte Thomas.

Krebsdorf zog den Zettel aus der Brusttasche und las ihn. Dann lachte er und gab ihn Thomas.

„Und?", fragte Blaschke.

„*Sie sind ja komplett irre*"

Jetzt lachten alle.

„Ach, ich finde sie schon", sagte Krebsdorf. „So groß ist der Ort nicht."

„Hast du dir das mal genauer angeguckt?", fragte Thomas. „Sie heißt Ina. Hier … "

Er gab Krebsdorf den Zettel zurück.

„Sie hat die Buchstaben unterstrichen."

„Na, seht ihr", sagte Krebsdorf. „Das wird mir helfen, sie zu finden. Ein schöner Name."

Lindt lächelte im Schlaf.

„Was ist mit ihm?", fragte Thomas. „Er spricht gar nicht."

Krebsdorf zuckte die Schultern.

„Lass ihn. Er hat ziemlich viel um die Ohren."

„Ist gut."

Der Zug ließ Sörup hinter sich zurück und rollte wieder durch Felder und Wiesen.

„Jemand Schach?", fragte Frank.

„Ja, gut", sagte Blaschke. „Aber gib erst noch mal das üppig wilde Zeug herüber."

Frank gab ihm den Schnaps und klappte das kleine Tischchen herunter. Dann holte er aus seinem Tornister das Reiseschachbrett, stellte es auf das Tischchen und begann die Figuren aufzubauen. Blaschke nahm einen kräftigen Schluck und dann noch einen.

„Hast du eine Zigarette, Willi?", fragte er Krebsdorf.

Krebsdorf gab ihm eine und steckte sich selbst eine an.

„Schwarz oder weiß?", fragte Frank.

„Was ist denn das für eine Frage? Bei uns zu Hause wird das gelost."

Blaschke nahm zwei verschiedenfarbige Bauern und steckte die Hände hinter den Rücken. Dann brachte er beide zu Fäusten geballt wieder hervor und streckte sie Frank entgegen. Frank berührte Blaschkes linke Faust und als er sie öffnete, lag ein schwarzer Bauer darin.

„Pechvogel", sagte Blaschke.

„Jetzt hast du keine Chance mehr", sagte Krebsdorf. „Blaschke ist ziemlich gut in dem Spiel."

„Ihr Mariner seid schon ein verrückter Haufen", sagte Thomas.

„Große Fresse haben und dann den Kampf von anderen austragen lassen. Krebsdorfs Markenzeichen", sagte Blaschke.

„Hey, ich dachte, ich inspiriere dich", sagte Krebsdorf.

„Da liegst du falsch. Du deprimierst mich."

Sie begannen zu spielen.

„Fenster auf", sagte Lindt und öffnete die Augen.

Blaschke stand auf und öffnete das Fenster wieder. Der Zigarettenrauch zog eilig nach draußen. Am Bahnhof Süderbrarup stand kein Mensch vor dem hellen, rot überdachten Bau und der Halt dauerte nicht lang. Gleich darauf stapfte der Zug vorbei an grünen Wiesen in einen Tunnel aus Bäumen. Blaschke spielte aggressiv und als sie die Schlei überquerten, hatte Frank schon die ersten Figuren verloren.

„Kannst aufgeben", sagte Krebsdorf. „Der schlägt dich zweimal bis Kiel, wenn es sein muss."

Der Zug ratterte über die Lindaunisbrücke und Thomas gab Krebsdorf seine Zeitung zurück. Er trank vom Schnaps und schaute jetzt dem Schachspiel zu. Frank spielte nicht schlecht und bereitete einen Gegenschlag vor. Als Blaschkes Dame in Bedrängnis geriet, beugte sich Lindt nach vorn und studierte das Schachbrett. Das grüne flache Land zog vorbei und niemand achtete mehr darauf. Die fünf jungen Männer sahen auf das Schachbrett und die Gesichter der beiden Gegner waren ernst geworden und Blaschke verlor seine Dame. Jetzt war es an ihm zurückzuschlagen und noch vor Rieseby gelang ihm eine Zange, indem er mit seinem Springer Franks König Schach stellte und ihn zwang, einen der beiden wertvollen Türme zu opfern.

„Bisschen was für den Geist?", fragte Thomas und bot Blaschke den Schnaps.

„Danke, Thomas. Ihr seid schwer in Ordnung, das will ich euch mal sagen."

Blaschke trank und Krebsdorf steckte ihm ungefragt eine Zigarette in die Hand.

„Jetzt reiß dich mal zusammen, Blaschke", sagte er. „Hier steht die Ehre der Marine auf dem Spiel."

Franks Dame kam zurück und fegte Blaschkes Springer aus der Ecke.

„Das war klar", kommentierte Lindt. „Trotzdem guter Zug."

Am Bahnhof in Rieseby interessierte sich niemand mehr für die zahlreichen Mädchen, die vor dem geöffneten Fenster auf und ab liefen. Der Zug stand volle fünf Minuten und dann gab der Lokführer Signal und die Fahrt ging schnaufend weiter. Die beiden Schacharmeen waren zusammengeschrumpft.

„Mit zwei Läufern kann man nicht Matt stellen, mit zwei Türmen schon. Blaschke ist im Vorteil", sagte Lindt.

„Zu blöd mit der Dame", sagte Frank.

„Ja, das war blöd", gab Blaschke zu. „*Stehen gelassen* nannte das mein Alter immer." Sein Ton leierte vom Schnaps. „Von dem hab' ich es gelernt."

„Sonst wäre ich vorne", sagte Frank.

Blaschke drehte die schwarze Dame in seinen Fingern.

„Ja."

„Die richtig guten Spieler können sieben Züge und mehr überblicken", sagte Lindt.

„Blaschke hat schon Schwierigkeiten mit dem nächsten", sagte Krebsdorf.

„Jetzt seid endlich still", sagte Blaschke. „Ich bin besoffen."

„Na, das hoffe ich doch", sagte Thomas und gönnte sich selbst noch einen Schluck. „Nicht mehr weit bis Kiel."

„Hälfte", sagte Lindt.

„Wann geht euer Zug?", fragte Krebsdorf.

„Stunde Wartezeit."

„Kann man viel Schnaps schaffen. In einer Stunde."

„Kann man."

Blaschke machte einen verlegenen Zug mit einem Bauern.

„Jetzt aber", sagte Thomas.

„Man man man."

„Kurzer Waffenstillstand?", fragte Frank.

„Wieso? Willst du saufen?", fragte Krebsdorf.

„Ja."

Thomas holte die zweite Flasche Korn aus seinem Tornister.
„Mach das Fenster auf."
Blaschke stand auf und das Fenster knallte nach unten.
„Langsam!"
„Ich bin besoffen", sagte Blaschke.
Das Abteil begann sich um ihn zu drehen.
„Wir müssen das nicht zu Ende spielen", sagte Frank an Lindt gerichtet. Die beiden Reservisten waren fast zehn Jahre älter als die Kadetten.
„Doch, warte", sagte Blaschke.
Lindt sah Blaschke an und hielt sich zurück.
„Fünf Minuten Waffenstillstand", sagte Krebsdorf.
Blaschke schloss die Augen und sank zusammen.
„Das wird nichts", sagte Thomas.
Durch das offene Fenster fauchte der Fahrtwind.
„Scheiße", sagte Krebsdorf.
„Bin da", sagte Blaschke und schlug die Augen auf.
„Du hast genug, Otto", sagte Krebsdorf.
„Ja, gib mir nur … "
Blaschkes Hand fiel von der Schläfe in die Tiefe und Frank räumte das Schachspiel zusammen.
Draußen schien die Sonne in das flache grüne Land und die Wolken blähten sich wie sterbende Organe. Wiesen fetzten vorbei, Bachläufe zuckten und Blaschke fühlte, dass ihn alle anstarrten.
„Warum?", fragte er.
„Ist er immer so?"
„Ist er immer so?"
„Ist er immer so?"

Auf dem Vorplatz des Capitol-Kinos sammelten sich die Leute und warteten auf den Einlass. Zuvor hatten die drei Kadetten im Imbiss am Dreiecksplatz etwas gegessen. Blaschke war gezwungen worden, eine große, fettige Rauchwurst zu verspeisen. Dazu zwei Spiegeleier und eine Kanne Wasser.
„Geht wieder", sagte Blaschke.
Krebsdorf sah Lindt an.
„Wird schon gehen", sagte Lindt.
„Willst du noch was?"
„Ich bin satt", sagte Blaschke schläfrig.

„Wir können auch nach Hause fahren, Otto", sagte Lindt. „Wenn dir das lieber ist. Der Zug fährt in zwanzig Minuten."
„Nein", sagte Blaschke. „Kann sein, dass ich einschlafe."
„Du hast zu viel gesoffen, Otto", sagte Lindt. „Aber keine Angst, wir passen auf dich auf. Gleich können wir rein. Dann kannst du schlafen, wenn du willst."
„Wie heißt der Film?", fragte Blaschke.
„Der Kaiser von Kalifornien."
„Der Kaiser, ja", sagte Blaschke.
„Mit Luis Trenker!", sagte Krebsdorf.
„Mit Kaiser Luis", sagte Blaschke.
Krebsdorf sah Lindt an.
„So eine Schnapsleiche."
„Höher", sagte Lindt.
„Schneller", sagte Krebsdorf.
„Weiber", sagte Blaschke.
„Er ist fit", sagte Krebsdorf und nickte. „Ich denke, wir können es riskieren. Musst du kotzen, Otto? Besser jetzt als später."
„Ich muss nicht kotzen."
„Na also."
„Da ist Ina", sagte Blaschke.
„*Wer?*"
Blaschkes Gesicht war weiß wie Schnee.
„Ina", sagte er.
Im Eingangsbereich, der noch mit einem roten Seil verhangen war, standen drei große Männer in schwarzer Uniform und zwischen ihnen stand Ina. Sie hatte die Kleidung gewechselt und trug ebenfalls schwarz. Die drei Männer unterhielten sich mit ihr und Inas Lachen war wieder herzlich und schön.
„Mein Gott, sie ist es wirklich", sagte Krebsdorf.
Lindt drehte sich um.
„Ina!", rief Blaschke.
„Halt die Klappe, Blaschke", sagte Krebsdorf.
Lindt schürzte die Lippen und sah Blaschke an.
„Ina!"
„Blaschke, halt die *Fresse!*", sagte Krebsdorf.
Sie schaute herüber. Blaschke wollte ihr winken und Lindt schlug ihm den Arm runter.

„Sie ist nicht allein, du Idiot", sagte Krebsdorf.

„Was denn", rief Blaschke laut, „das ist doch nur die *SS*!"

„Halt die Schnauze, Otto", sagte Krebsdorf und zu Lindt: „Bring ihn hier weg."

Lindt versuchte Blaschke aus der wartenden Menge zu lösen und wegzuführen. Blaschke folgte ihm widerwillig und drehte sich nach Ina um. Lindt griff ihn fest am Arm und tat ihm weh.

„Los doch, Otto!"

Die drei Männer hatten sich umgedreht. Einer von ihnen sprach mit Ina und zeigte auf Krebsdorf, der in der Mitte zwischen Lindt und Blaschke und der Gruppe von SS-Leuten stand. Dann lief er auf Krebsdorf zu. Er war groß und an seinem Ärmel war die Hakenkreuzbinde.

„Wer hat denn euch kleine Marineschweinchen aus Mürwik rausgelassen?", rief er Krebsdorf an.

„Der Standortkommandant. Es ist Sonntag", sagte Krebsdorf.

„Hast du gerade nach meiner Freundin gerufen?"

„Nein."

Der SS-Mann trat auf Krebsdorf zu und schlug ihm hart ins Gesicht. Krebsdorf taumelte zurück und stürzte zu Boden.

Blaschke riss sich von Lindt los. Die Leute wichen beiseite und riefen und schrien. Blaschke stürzte sich durch die Menge auf den SS-Mann und Lindt versuchte ihm zu folgen. Die beiden anderen SS-Männer rannten hinzu und Blaschke rammte sein Knie in die Magengrube des SS-Manns, der Krebsdorf geschlagen hatte, und als er zusammensackte, brach er ihm den Arm am Ellbogengelenk. Die Leute schrien zu Tode erschrocken auf. Krebsdorf saß am Boden. Sein Mund war voller Blut. Neben ihm krümmte sich der SS-Mann und hielt seinen Arm, das Gesicht von Schmerzen verzerrt.

„Lauf, du Vollidiot!", rief Lindt Blaschke zu und riss ihn mit. „Lauf!"

Krebsdorf rappelte sich auf und folgte ihnen. Sie schubsten die Leute beiseite und rannten übers Pflaster. Ina lief zu dem SS-Mann am Boden. Die beiden anderen rannten Blaschke nach. Krebsdorf drehte sich um und schlug einen von ihnen mit der Faust zu Boden.

„Lauft!", rief er.

Sie rannten auf die Straße und zwischen die hupenden Autos. Ein Bus bremste scharf und blieb mit qualmenden Reifen stehen. Radfahrer mussten in voller Fahrt absteigen. Die Wut der Leute. Angst und Überraschung. Einige wichen in die Geschäfte zurück. Die drei Kadetten rannten die Bergstraße hinab bis zum Ratsdienergarten und auf die Brücke in der Mitte des Parks. Hier war es friedlich und still und inmitten der Teichanlage spuckte die Fontäne Wasser in die Höhe. Der dritte Schwarze, ein SS-Junker, war noch immer hinter ihnen und die Kadetten drehten sich auf der Brücke um und Lindt trat ihm entgegen. Der SS-Junker kam einige Schritte vor ihm zum Stehen.

„Drei gegen einen", sagte Lindt. „Verschwinde, du hast keine Chance."

Seine Armbinde war verrutscht und das Gesicht des SS-Junkers war rot vor Anstrengung und Zorn.

„Ihr drei Scheißer steckt in echten Schwierigkeiten", sagte er.

Krebsdorf wischte sich mit der Hand das Blut vom Mund.

„Hau ab", sagte Lindt. „Mach schon."

„Wir wissen, wer ihr seid."

„Du bist hier in Kiel, du Arschloch", sagte Krebsdorf. „An deiner Stelle würde ich mein Maul nicht so weit aufreißen."

„Hau ab", sagte Lindt.

„Eure Offizierslaufbahn könnt ihr jetzt vergessen."

„Das werden wir ja sehen", sagte Krebsdorf.

„Die werden euch aus der Marine werfen."

Krebsdorf trat auf ihn zu. „Verpiss dich!", schrie er ihn an.

„Ins Zuchthaus sollte man euch werfen!"

Lindt hielt Krebsdorf zurück.

„Hau endlich ab."

Der SS-Junker erhob den Finger und zeigte auf Blaschke.

„Du bist erledigt", sagte er.

Dann ging er.

„Er hat Recht, Blaschke", sagte Lindt, als er gegangen war. „Du bist erledigt."

Blaschke stand am Brückengeländer.

„Du hast ihm den Arm gebrochen."

„Na und!", rief Blaschke. „Lasst uns zurück gehen und ich breche ihm auch noch den zweiten. Ich breche ihnen alle Arme, die sie haben!"

Krebsdorf blutete stark. Er befühlte seine Lippe.

„Schau dir Willi an!", rief Blaschke. „Schau ihn dir an! Ich breche ihnen auch noch die Beine!"

„Lass mal sehen", sagte Lindt.

Krebsdorf spuckte Blut aus.
„Fehlt was?"
„Weiß nicht."
„So eine Scheiße."
„Glaube schon."
Ein Eckzahn war ausgebrochen.
„Ich breche dem Schwein die Beine", sagte Blaschke und lief auf und ab.
„Weil du nicht deine Fresse halten kannst", sagte Krebsdorf.
„War das wirklich Ina?", fragte Blaschke.
„Glaube schon", sagte Lindt.
„Sie war es", sagte Krebsdorf.
„Eine SS-Schlampe", sagte Blaschke. „Na großartig. Großartig!"
„Halt die Fresse, Blaschke", sagte Krebsdorf.
Blaschke trat ans Brückengeländer und übergab sich.
„Weil du nicht deine Fresse halten kannst", sagte Krebsdorf.
„Wir gehen nicht zum Bahnhof", sagte Lindt.
Zwei Schwäne näherten sich der Brücke und ein Schwarm Enten flog schnatternd auf.
„Der Zug ist sowieso weg", sagte Krebsdorf. „Wir müssen den Abendzug nehmen."
„Diese scheiß SS", sagte Blaschke.
„Wir gehen zum Arsenal", sagte Lindt. „Und zwar gleich. Ich werde telefonieren und sehen, was ich tun kann."
„So eine Scheiße."
„Du bist erledigt, Blaschke. Glaub mir."

Am Abend war der Hauptbahnhof fest in Marinehand. Überall standen Kadetten und Matrosen und Seeoffiziere. Prostituierte streiften umher im gelben Licht.
„Einfahrt Gleis 3 nach Hamburg, Achtung am Bahnsteig, Gleis 3 nach Hamburg."
Verkrüppelte Obdachlose, Soldaten und Kinder, Greise, Mädchen, Menschen.
Die drei Kadetten standen am Gleis und warteten auf den Zug nach Flensburg. Matrosen der Handelsmarine saßen auf Sitzbänken und waren umlagert von käuflichen Mädchen, deren Preise Verhandlungssache waren und im Laufe der Zeit verfielen wie jene von Gebrauchtwaren.

Ihre Seesäcke hatten die Matrosen vor den Bänken zu Haufen zusammengeworfen.

„Na, Kinners", sagte eine alte Nutte und baute sich vor Blaschke auf. „Lutschen drei Mark."

„Verschwinde", sagte Blaschke.

Lindt stand bei Krebsdorf und sprach leise mit ihm.

Dann kam der Zug, die gelben Fenster randvoll mit Menschen, und spuckte sie aus auf den Kieler Bahnhof. Planvoll wie Ameisen strömten sie den Ausgängen zu. Alle in Erwartung, alle mit Absichten.

„Wart ihr das?", rief ein Kadett vom anderen Ende des Zuges und stieg ein.

Sie kletterten über den Gitterrost der Trittstufen in den Zug und liefen durch den halb abgedunkelten Gang. Der Zug stank nach Menschen und Alkohol. Irgendwo weiter vorn wurde gesungen und gelacht.

„Hier rein", sagte Lindt und betrat ein leeres Abteil und die Beiden folgten ihm.

„Mach das Fenster auf", sagte Krebsdorf.

„Hast du Schmerzen?"

„Die Spritze wirkt noch."

Krebsdorf war im Arsenal medizinisch versorgt worden, während Lindt telefonisch die Leitung der Marineschule darüber informiert hatte, was geschehen war, und vergeblich versucht hatte, seinen Vater zu erreichen. Ob sie sich der Polizei stellen sollten? Nein, der Vorfall sei in Mürwik schon bekannt und der Kommandeur bereits unterrichtet und die Seekadetten seien aufgefordert, ohne Zeitverzug in den Stützpunkt zurückzukehren und bei Eintreffen umgehend Meldung zu machen. Blaschke hatte einen starken Kater und sein Gesicht war eingefallen. Seine Augen waren so klein, dass man sie in ihren Höhlen suchen musste. Er hatte Kopfschmerzen und sagte kaum noch einen Ton.

Dann löste ein Ruck den gelben Bahnhof hinterm Fenster aus seiner Starre und der Zug fuhr an. Zurück am Gleis verblieben die Matrosen mit ihren Seesäcken und den Prostituierten. Das Abteil, das nun aus dem Licht der Bahnhofshalle hinaus in die Finsternis des Abends gezogen wurde, vorbei am Sophienblatt und dem Kieler Hörn, füllte sich schnell mit den Gedanken der drei Seekadetten an.

Hinter der Brücke machten die Gleise eine Rechtskurve und führten am Friedhof entlang aus der Stadt heraus und in das flache, dunkle Land. Einige rote Laternen schimmerten hinter den Bäumen wie

Glühwürmchen und Feenlichter, die in der Nacht entschwanden, als der Zug weiterfuhr und zwischen Hasseldieksdamm und Eichhof entlang den Bahnhof Suchsdorf erreichte, an dem ein einzelner Fahrgast wartete. Blaschke beobachtete, den Kopf in die Hand gestützt, wie er einstieg, und dann setzte sich die Bahn wieder in Bewegung. Krebsdorfs Kiefer war angeschwollen und er hatte Schmerzen.

„Es tut mir leid, Willi", sagte Blaschke.

Eine lange Baumreihe verdeckte die Sicht nach draußen und die schwarze Masse der Bäume flog am Fenster vorbei, gestaltlos und dicht, dann war sie verschwunden und gab den Blick auf dunkle Wiesen frei. Kastanien standen wie einzelne Wächter im ihnen zugeteilten Bereich. Zu ihren Füßen lagen Schafe müde vom Tag zusammengerollt im Gras und daneben schliefen braune Pferde im Stehen und bewegten im Traum den Schweif. Einen Kilometer weiter trotteten Kühe sinnlos durch die Nacht bis an den Zaun.

„Mein Fehler, Willi. Tut mir leid. Tut mir leid."

Blaschke griff sich an die schmerzende Schläfe.

„Schon gut, Blaschke. *Mich* werden sie nicht aus der Marine werfen. Was hast du dir nur dabei gedacht?"

„Denkst du, sie werfen mich aus der Marine?"

„Ich weiß nicht."

„Was denkst du, Erich?"

„Ich weiß es nicht, Otto."

„Gott, ich würde dem Dreckskerl sofort wieder den Arm brechen", sagte Blaschke.

„Du bist immer noch so besoffen, dass du wahrscheinlich sogar die Wahrheit sagst", sagte Krebsdorf.

„Ich habe mit meinem Vater gesprochen", sagte Lindt.

Blaschke massierte sich die Schläfe.

„Wegen der U-Waffe. Es wird klappen, Willi. Verflucht nochmal, Otto, er hätte uns alle drei reingebracht!"

„Tut mir leid, tut mir leid", sagte Blaschke und stützte den Kopf wieder in die Hand und starrte nach draußen.

Lindt schüttelte den Kopf.

„Diese verfluchten Schweine denken, sie können machen, was sie wollen", sagte er.

„Wie geht es deinem Vater, Erich?", fragte Blaschke. „Wir haben gestern nicht viel darüber gesprochen."

Lindt stand auf und trat ans Fenster. Der Nachtwind fuhr ihm ins Gesicht und er blickte auf das Land, das in seiner einfachen Beschaffenheit vor ihm lag.

„Es geht ihm nicht gut", sagte Lindt und blickte wieder nach draußen.

„Bleib gedanklich mal bei dir, du Esel. Ich meine Blaschke. Esel Blaschke", sagte Krebsdorf.

In der Ferne umarmte der finstere Himmel das dunkle Land und die Sterne krochen aus der Helligkeit hervor, in der sie tagsüber verborgen geblieben waren. *Manche Dinge sieht man erst, wenn es um einen herum dunkel wird*, dachte Lindt und schalt sich sogleich für derartige Sentimentalitäten.

„Das ist nicht das erste Mal, dass Mürwik mit der SS aneinandergerät, Otto", sagte Lindt. „Du solltest nicht erwarten, dass man große Rücksicht nehmen wird. Die werden keine Gnade walten lassen. Du musst dich darauf einstellen, dass sie dich rauswerfen. Gibt keinen Welpenschutz mehr. Nicht wenn sie … mein Gott, du hast sogar mich erschreckt."

„Ja, und ich würde es nochmal machen", sagte Blaschke.

Er sah elend aus.

„Ich kann die Schwarzen nicht leiden, Erich. Ich mache keinen Hehl daraus. Ich wollte immer zur U-Bootwaffe."

„Du machst es dir ein bisschen einfach."

„So!", rief Blaschke. „Ich mache es mir also einfach. Das ist ja interessant!"

Krebsdorf schniefte und blickte sich im Abteil um.

„Scheiße", murmelte er.

„Was hattest du denn gedacht zu unternehmen?", rief Blaschke. „Hm, Erich? Was hattest *du* denn vor? Sag es mir!"

„Sein Vater ist Gauleiter, Otto, wenn auch in Stellvertretung", sagte Krebsdorf.

„Sein Vater ist so gut wie … ", er unterbrach sich selbst abrupt. „Das …"

Lindt winkte ab und blickte aus dem Fenster.

„Beruhigt euch bitte", sagte er.

„Tut mir leid, Erich."

„Hör auf, dich zu entschuldigen."

„Es tut mir wirklich leid", sagte Blaschke und stützte den Kopf jetzt in beide Hände.

Der Schaffner kam und die Reihe goldener Knöpfe an seiner Jacke blitzte auf, als er die Tür zum Abteil öffnete und hereintrat.

„Abend, die Herren."

„Guten Abend."

Die Seekadetten reichten dem Schaffner ihre Fahrkarten, der sie prüfte und dann eine nach der anderen mit seiner Zange stanzte. Lindt sah ihm vom Fenster aus dabei zu.

„Angenehme Fahrt", sagte der Schaffner und verließ das Abteil und die Kadetten steckten ihre Fahrkarten wieder ein.

Der Zug fuhr an der Ostsee entlang und durchs Fenster hörte man unter dem Lärm das Rauschen der Wellen. Lindt spürte die weite Wasserfläche in der Dunkelheit liegen, dann entzog sie eine Baumreihe seinen Blicken; einmal tauchte sie noch kurz auf und verschwand hinter Bäumen und Häusern und schließlich dem Bahnhof von Eckernförde, an dem der Zug kurz hielt.

Im trüben Licht des Bahnsteigs sah Lindt eine Katze im Spiel mit der von ihr gefangenen Maus. Der kleine schwarze Pelzfleck floh eine Katzenlänge über den Boden, dann nagelte ihn die krallenbewehrte Pfote an Ort und Stelle fest, warf ihn in die Luft und, als er wieder gelandet war, die Pfote auf dem halb abgerissenen Schwanz der Maus, drückte die Katze ihr geschlossenes Maul in das weiche Fleisch der Maus. Dann rannte die Maus, schlug einen Haken in die entgegengesetzte Richtung, die Unendlichkeit vor Augen und dann die Katze, die mühelos zweimal über sie hinweggesprungen war. Die Maus wurde am Schwanz gepackt und zu Boden geschleudert, wobei der Schwanz abriss und wie ein toter Regenwurm liegenblieb. Mit letzter Verzweiflung stürzte sich die Maus ins Gleisbett und die Katze hinterher und dann fuhr der Zug an und ein greller Schrei wurde jäh unterbrochen.

„Was war das?", fragte Krebsdorf.

„Eine Katze", sagte Lindt. „Der Zug hat eine Katze überfahren."

Siebentes Kapitel – Das Glücksschwein

„Ich bin nur der kleine W.C. Was kann ich gegen den großen W.C. tun?"
Über die Details zur Vorbereitung des Unternehmens Seelöwe war Winston Churchill so gut unterrichtet wie in Deutschland nur ungefähr ein Dutzend hochrangiger Offiziere. Wie konnte das passieren?
1940 standen für die Verteidigung der britischen Insel im erwarteten Invasionsraum sechzehn Divisionen zur Verfügung. Im Oberkommando der Wehrmacht ging man aber von neununddreißig Divisionen aus. Was war geschehen?
„Ich bin nur der kleine W.C. Was kann ich gegen den großen W.C. tun?"

***

Blaschke stand neben Krebsdorf am Kartentisch in der Zentrale und er erinnerte sich jetzt, wie sie damals, vor fast sieben Jahren, am Bahnhof in Flensburg angekommen und wie sie aus dem Zug gestiegen waren und wie der Seekadett, der im selben Zug gefahren war, von zwei Angehörigen des Marinewachbataillons angehalten worden war und mit diesen gesprochen hatte und die Marinesoldaten daraufhin auf Lindt, Krebsdorf und ihn zugelaufen waren, das Karabinergewehr über der Schulter.

„SS verdreschen, ihr habt Nerven, man man man", hatte einer von ihnen gesagt und Krebsdorf hatte ihm ins Gesicht gegrinst und seine Zahnlücke gezeigt.

Die nächste Erinnerung war ein großes geräumiges Zimmer in der Kommandeursvilla der Marineschule in Mürwik, das mit Möbeln aus teurem Teakholz ausgestattet war und in dem neben dem elektrischen Licht auch einige Kerzen brannten in silbernen Leuchtern. Blaschke saß in einem schwarzen Ledersessel, eine Stunde lang, und nichts geschah. Er war ganz allein in dem Raum und er sah den Kerzen zu, wie sie langsam herunterbrannten und es war bereits spät in der Nacht. Er stand von seinem Sessel auf und lief in dem Raum umher. Draußen herrschte Finsternis und in den Fensterscheiben spiegelte sich Blaschkes Gesicht auf eine unangenehme Art und Weise. Sein Denken kreiste um zwei einander widerstrebende Gedanken. Der erste war, *ich würde das Gleiche sofort wieder tun,* und der zweite, unter dessen Wucht der erste Gedanke auseinanderbrach, war, *ich habe einen sehr großen Fehler gemacht.* Und dann verschmolzen die beiden Gedanken zu diesem: *Ich würde den gleichen Fehler sofort wieder tun.* Das Gesicht in der Fensterscheibe sah ihn blass und ratlos an. Warum hast du nach Ina gerufen, fragte das Gesicht. Ja, warum eigentlich? Er wusste es nicht. Ina: Ina. Hatte er sich in sie verliebt? Oh, gewiss. Gewiss, gewiss. Ganz bestimmt hatte er sich in sie verliebt. Im Gegensatz zu Krebsdorf, der ganz bestimmt nicht in sie verliebt war. Aber diese Liebe, dieses Verliebtsein war Lüge und Unwahrheit und nicht die Antwort auf die Frage, warum er nach ihr gerufen hatte.

Er starrte auf die geschlossene Tür. Seit über einer Stunde blieb diese gottverdammte Tür geschlossen, durch die der Standartenführer verschwunden war. Oder war er nur ein Sturmbannführer gewesen? Ein Obersturmbannführer? Oberunterhauptsturmbannstandartenscharführer. *Diese Scheiß SS*, dachte Blaschke. *Noch nicht einmal ihre Ränge kann sich ein gesunder Mensch merken.* Das Kerzenlicht flackerte im Fenster und kein Ton drang hinter der verschlossenen Tür hervor.

Als der SS-Mann hereingekommen war, es war ein Standartenführer, wie Blaschke sich jetzt zu erinnern meinte, ein junger Mann, Ende zwanzig, groß, aber das waren sie alle bei der SS, als der Standartenführer hereingekommen war, in den Raum, in dem Blaschke schon zu diesem Zeitpunkt lange gewartet hatte, da hatte der Standartenführer Blaschke zugenickt und ihn gegrüßt, zivil gegrüßt, ohne Hand und ohne jede militärische Form. Ein freundliches Lächeln, ein Nicken, und das war alles gewesen. Er hatte nicht gewirkt wie jemand, der nach Mürwik gekommen war, um Rache zu nehmen. *Da war keine Spur von Bosheit oder Aggression gegen mich gewesen*, hatte Blaschke gedacht. Ausgeglichen hatte er gewirkt. Ausgeglichen und bestimmt. Ein Mann, der es gewohnt war, dass die Dinge so liefen, wie er sich das vorstellte und das hatte Blaschke eine Heidenangst eingejagt. *Das ist wahr.*

Im Fensterglas hatten sich Blaschkes Mundwinkel verzogen. Er dachte an das Knie und wie es sich in den Uniformrock gerammt hatte, dicht über dem Koppel. Und dann das Geräusch, das seltsame Geräusch, das er gehört hatte, als er den schwarzen Ärmel durchgebogen und dann durchgebrochen hatte und die Hakenkreuzbinde die neu geführte Strecke entlang nach unten gerutscht war bis über das Handgelenk wie ein zu schlaff gespanntes Tennisband.

Warum hatte er nach Ina gerufen? Er wusste es nicht. Das Knie, ja, das wusste er, das Knie, der brechende Arm, dieser scheußlich um das Ellbogengelenk herum gebrochene SS-Arm, das wusste er, das hatte er für Willi getan. *Auch das ist wahr.*

Die Kerzen brannten schrecklich langsam ab. *Dicke Kerzen, dick wie Unterarme, brennen immer langsam,* dachte Blaschke. Er stellte sich neben einen der Leuchter und sah eine Weile der Kerze beim Abbrennen zu. Das kleine Kraterbecken, in dem der heiße Wachs farblos schwamm und dabei die Flamme über den Docht nährte, der schöne weiße Docht, er musste schwarz werden und zerfallen. *Ich muss hier warten, bis ich schwarz werde und zerfalle,* dachte Blaschke. *Auch das ist wahr, auch das.*

Krebsdorf stieß Blaschke in die Seite.

„Ich glaube, er hört was", sagte er.

Blaschke reagierte nicht und Lindt sah Krebsdorf vom Tiefenruderstand aus in die Augen. Krebsdorf nickte zum Kugelschott und Lindt schob sich an ihm vorbei und zwängte seinen Körper hindurch. Die Männer der Brückenwache standen noch in der Zentrale. Das klare weiße Licht fiel auf die Uniformen und zeigte die Gesichter mit ganzer Deutlichkeit. Einer der beiden achteren Ausgucks lächelte und Blaschke nickte ihm zu.

„Sechzig Meter", sagte der LI laut genug, dass er noch im Funkraum gehört werden konnte.

„Kleine Fahrt, zwei Knoten", gab Lindt zur Antwort.

„Zweihundert Liter nach hinten trimmen", sagte Baumann. „Zwei Knoten. Keine Bewegung mehr im Boot."

Die Trimmpumpe sprang an und beförderte über die Leitungen zweihundert Liter Wasser aus dem Bug in das Heck des Bootes. Die E-Maschinen liefen nur noch kleine Fahrt und waren in der Zentrale kaum mehr wahrzunehmen. Ein Mann der Brückenwache klemmte sich mit Daumen und Zeigefinger die Nase zu und unterdrückte ein Niesen. Sein Kopf zuckte und wurde rot und Tränen schossen ihm ins Auge. Dann nickte er und signalisierte, dass es vorbei war. Der Zentralemaat klopfte ihm auf die Schulter.

Durch das Kugelschott blickte Krebsdorf in den Funkraum. Dort hockte Lindt neben Kiebig und ließ seine Augen nicht von dem Horcher. Der Kaleun berührte mit einem Knie die Flurplatte, das andere Bein war angewinkelt und Lindt stützte sich mit dem Arm darauf ab. Die weiße Kommandantenmütze war ihm in den Nacken gerutscht und legte seine glatte Stirn bloß, an der einige Haarsträhnen klebten. Lindt schob die Strähnen beiseite und zog die Mütze gerade. In der Zentrale schaute Blaschke Krebsdorf an und der zuckte mit den Schultern.

Anton Kiebig saß vornüber gebeugt in seinem Schapp, beide Hände an jeweils eine Ohrmuschel des Kopfhörers gepresst. Seine Augen waren geschlossen, dann gingen sie auf, nur ein Stück, und wurden zu engen Schlitzen. Er nahm die rechte Hand vom Kopfhörer und drehte das Handrad, wobei er seine Augen wieder verschloss und mit den erweiterten Ohren des U-Bootes die umgebende See abhorchte. Mit kleinen Bewegungen drehte er das Handrad weiter und streifte den vorderen Sektor ab. Am Schott zur O-Messe hatten sich einige Männer eingefunden und blickten stumm in den Funkraum. Der Kommandant sah sie an und schüttelte den Kopf. Noch nichts, sollte das heißen.

„Die wollen uns wohl doch nicht wieder von der Angel lassen", sagte der Zentralemaat Langer an Blaschke und Krebsdorf gerichtet.

„Bluthunde", sagte Blaschke.

Krebsdorf schüttelte den Kopf.

Der Zentralemaat am Tannenbaum sah auf seine Hände, dann wieder zu Krebsdorf und Blaschke.

„Hört er denn was?"

„Noch nicht", sagte Krebsdorf leise.

„Jetzt geht es wieder los", sagte Kohler im Bugraum.

Der Mulatte sah ihm in die Augen und nickte stumm. In der Hand hielt er einen ölverschmierten Lappen aus Putzwolle. Die Stille im Boot war gespenstisch. Den Lappen noch in der Hand, setzte sich der Mulatte auf seine Koje und wartete. Kohler starrte ihn mürrisch an.

„Mulatte", sagte er, „kennst du das Bild von der Hinrichtung Ludwigs des Sechzehnten?"

„Was?"

„Das Gemälde. Kennst du es?"

„Ja, sicher."

„Ich frage mich: Der abgeschlagene Kopf, wenn er in den Korb fällt, fällt er dann weich oder tut es *noch einmal* weh?"

Im Funkschapp hatte das Ausbleiben einer Meldung des Horchers die Anspannung und Erwartung nur immer weiter gesteigert. Der Kaleun lief auf und ab, schob die an den Schotten wartenden Männer beiseite und wanderte zwischen O-Messe und Zentrale umher und warf bei jedem Besuch im Funkschapp einen Blick auf Kiebig, als könnte er auf diese Weise bewirken, dass der Horcher endlich etwas hören würde.

„Trimm im Auge behalten", sagte er zu Langer und Baumann in der Zentrale, die mit nichts anderem beschäftigt waren. Dann schob er Krebsdorf beiseite, trat ins Funkschapp, blickte Kiebig an und stieg weiter in die O-Messe, wo Weber an der Back saß und ihm forschend ins Gesicht schaute. Wortlos kehrte der Kaleun daraufhin um und begab sich durch das Funkschapp zurück in die Zentrale.

Das U-Boot kroch mit geringstem Antrieb durch die Tiefe, fünfzig Wellenumdrehungen, seine Horchfähigkeit voll ausnutzend, während es die eigene Präsenz bestmöglich gegen jedes feindliche Ohr verschleierte.

In seinem Kopfhörer konnte Anton Kiebig nichts anderes vernehmen als das, was er hätte hören können, hätte er seinen Kopf in eine mit Wasser und sonst nichts befüllte Badewanne gehalten: die reine Stille, in die sich ein banales Glucksen mischte. Er hatte die Lautstärke vollständig aufgedreht und suchte ein ums andere Mal den gesamten Ortungsbereich ab, ohne eine Auffälligkeit bemerken zu können. Er wusste nicht, dass sich nur einige tausend Meter entfernt ein amerikanischer Horcher in einem amerikanischen U-Boot in ganz ähnlicher Lage befand.

Lindt setzte sich in der O-Messe gegenüber Weber an die Back.

„Glauben Sie an Phantome, Herr Oberleutnant?", fragte er.

Weber zog eine Braue nach oben.

„Vielleicht nur eine Metox-Fehlfunktion, Herr Kaleun."

„Möglich", antwortete Lindt. „Oder Fliegerradar. Ist auch möglich. Was hier an Viermotorigen rumfliegt, gehört verboten!"

„Das ist sogar sehr wahrscheinlich."

Lindt nahm die Mütze ab und warf sie ärgerlich auf das Sofa.

„Oder eben ein Phantom. Vergessen Sie nicht, dass wir selber einen Funkmesskontakt hatten."

„Kann auch eine Fehlfunktion gewesen sein. Sie wissen ja, was die Dinger taugen."

„Das werden mir langsam zu viele Zufälle!", fuhr Lindt auf.

Der LI erschien im Schott und Weber erhob sich, um ihn an seinen Platz zu lassen. Dann setzte sich der 1WO wieder hin und sah dem Kommandanten ins Gesicht.

„Können wir die Tiefe halten, LI?", fragte Lindt.

„Der Trimm ist gut."

„Na wenigstens was."

Zwischen Funkraum und O-Messe sammelten sich einige Besatzungsmitglieder der Freiwache, um die Entwicklungen besser verfolgen zu können. Sie wagten es kaum, den Kaleun anzusehen, der sie ignorierte, da sie den Trimm hier noch weiter auszugleichen schienen. Die Männer sprachen leise miteinander und stellten ihre eigenen Vermutungen darüber an, womit sie es zu tun hatten.

„Bestimmt wieder ein Flieger."

„Hast du was knallen gehört? Wenn das ein Flieger war, fresse ich 'nen Besen."

„Submarine. Todsicher."

„Haben die Amis Funkmessortung auf ihren Schnellbooten?"

„Hörst du mir überhaupt zu? Das war ein Submarine."

„Red' keinen Quatsch. Die Submarines sind doch alle im Pazifik. Die haben da genug zu tun."

„Im nächsten Leben wäre ich auch gerne ein amerikanischer U-Bootfahrer. Was die für einen Platz haben müssen!"

„Die Schweine haben Belüftung im ganzen Boot und eine Eismaschine!"

„Wenn wir eine Eismaschine an Bord hätten, würde der Keinbeinige aber bald platzen. Zum Glück haben wir keine!"

„Ach, halt doch die Schnauze", sagte Janosch der Gravitätische. „Ich will gar keine Eismaschine. Aber Belüftung wäre schon prima. Mit euch Stinkern zur See zu fahren ist nämlich kein Vergnügen."

„Du riechst auch nicht gerade nach Blumen."

„Ich glaube immer noch, dass das ein Flieger war."

„Pazifistenflieger oder was?", fragte Alfi.

„Vielleicht sind die Amerikaner kriegsmüde."

„Genau. Wahrscheinlich sind ihre Bomben alle, wie?"

„Eines weiß ich über die Amerikaner: Bomben haben die ohne Ende."

„Und sie haben sie alle nur für dich gebaut. Kann es ihnen nicht mal verübeln, dass sie dich umlegen wollen."

„Wenn sie mich umlegen, legen sie auch dich um. Daran hast du wohl nicht gedacht, du Leuchte?"

„Alles Waschlappen, die Amis", sagte Alfi. „Die würden doch heulen, wenn die so hausen müssten wie wir."

„Also, ich glaube auch, dass es ein Flugzeug war."

„Soso. Machen wir jetzt eine Abstimmung? Wir wissen nicht, was das war! Vielleicht gar nichts!"

„Das wird immer schöner. Das Metox warnt uns jetzt vor Fliegern, die es gar nicht gibt, und die echten können in aller Seelenruhe ihre Bomben über uns abladen."

„Hat das Metox nicht gewarnt beim Angriff?"

„Nee. Spät erst. War aber auch eine Funkmesssuppe da in der Bucht."

„Wohl ohne Radar angeflogen. Normalerweise funktioniert das Metox ziemlich gut."

„Eben. Und deswegen glaube ich auch, dass das ein echter Flieger war, da oben."

„Mit dem Metox ist alles in Ordnung", mischte sich Kiebig in die Unterhaltung ein. „Ich habe es gerade geprüft."

Er zog sich den Kopfhörer über und setzte das Horchen fort.

„Siehst du, Alfi. Fliegeralarm. Gott sei Dank ist der Alte so vorsichtig."

„Den hätten wir doch sehen müssen. Kein Flugzeug fliegt so lange an!", zischte Alfi.

Er fasste Kiebig am Ärmel und der Horcher befreite das Ohr zum Gang von seiner Kopfhörermuschel.

„Welche Warnstufe war es denn?", fragte Alfi.

„Die vorletzte. Kurz vorm Tauchen dann die höchste Warnstufe."

Alfi pfiff durch die Zähne, so laut, dass der Kaleun ihm einen ärgerlichen Blick zuwarf und er verstummte.

„Den Gang räumen", sagte Lindt.

Die Männer traten auseinander und gingen davon.

„Das war kein Flugzeug", sagte Lindt zu Weber. „Unsere eigene Funkmessortung war doch präzise! Und wie der Stabsoberbootsmann schon sagte: Kein Flugzeug fliegt so lange an."

„Dann ist es noch da. Feindliches Atlantikboot?"

„Wäre ja nicht auszuschließen", sagte Lindt. „Und sie haben uns auch geortet."

„Und sind dann getaucht."
„Genau."
„Von dem hören wir nichts mehr, Herr Kaleun. *Wenn* es ein Submarine ist."
„The Silent Service. Das können wir auch."
Weber grinste.
„Und besser als die", sagte er. „Vielleicht laufen wir gerade aufeinander zu. Wir könnten versuchen, ihn mit dem S-Gerät einzupeilen."
Lindt schüttelte den Kopf.
„Kommt nicht in Frage", sagte er.
Der Kaleun erhob sich vom Sofa und lief zu Krebsdorf in die Zentrale. Im düsteren Licht der Minimalbeleuchtung wirkte die Zentrale wie die Grube eines Bergwerks, in der ausgezehrte Menschen ihren monotonen Verrichtungen nachgingen. Die Luft schien bereits dicker zu werden, nicht mehr ganz transparent, aber das war Einbildung und Lindt schaute auf das große Tiefenmanometer am Steuerstand: einundsechzig Meter.
„Halbe Fahrt, auf zweihundert Meter gehen", sagte der Kaleun. „Aber langsam und etappenweise. Wir müssen sehen, ob der Druckkörper etwas abbekommen hat." Und zu Krebsdorf: „Es ist gut möglich, dass wir es mit einem amerikanischen U-Boot zu tun haben."
Krebsdorf nickte.
„Meinetwegen sollen sie uns nochmal hören", sagte Lindt. „Folgen können sie uns in diese Tiefe nicht."
Die E-Maschine erhöhte die Tonlage und das Boot kippte langsam an. Blaschke schaute von seiner Seekarte auf und aus der O-Messe kamen der LI und Weber zurück in die Zentrale.
„Der Himmel mag ihnen gehören", sagte Lindt. „Der Keller gehört allein uns."
Der Zeiger des Tiefenmanometers begann sich zu regen und in diesem Augenblick traf eine einzelne Klaviernote auf die Außenhaut des U-Bootes und durcheilte die Röhre wie ein lebendiger Eindringling. Blaschke zuckte zusammen und er war nicht der Einzige. Dann erstarrte jeder Mann im Boot an der Stelle, an der er gerade stand. Augenpaare eilten die Bordwand entlang und trafen einander in stiller Erregung. Die E-Maschine summte und das Boot kippte weiter in seine Neigung und die schweren Seemäntel, die in der Zentrale aufgehängt waren, bekamen Schieflage und standen im Raum wie vom Wind bewegt. Ein erstes Knacken im Gebälk erschrak jetzt keinen der Männer mehr und der

Zeiger des Tiefenmanometers passierte siebzig Meter, dann achtzig. Lindt hockte vor das vordere Kugelschott und streckte beide Arme nach oben, um sich festzuhalten und nicht hindurchzufallen. Neben ihm Blaschke und Krebsdorf, beide ebenfalls festgeklammert. Der Kaleun streckte den Kopf durch das Schott und sah nach Kiebig, dessen gebogener Rücken nur halb im Horchschapp erkennbar war. Lindt schnellte zurück und blickte sich in der Zentrale um. Blaschke und Krebsdorf standen mit gesenktem Kopf neben ihm und der LI hinter dem Tiefenrudersteuerstand. Im achteren Bereich Weber, flankiert von zwei Südwestern mit gebreiteten Ärmeln, kopflos und ohne Beine. Weber nahm die beiden Seemäntel vom Haken und reichte sie durchs achtere Kugelschott nach hinten. Dann kam er zu Lindt.

„Da haben Sie Ihr Phantom, Herr Kaleun", sagte er.

Lindt sagte nichts und nickte Baumann zu.

„Vorne Mitte, hinten oben zehn", sagte der LI und die beiden Tiefenrudergänger führten den Befehl aus.

Das Boot kam zurück auf ebenen Kiel, ein scharfes Knacken drang von Achtern in die Zentrale und Lindt gab den Befehl an alle Stationen: „Alle Bordverschlüsse genau prüfen."

„Beide Mitte", sagte der LI.

Die Männer in der Zentrale standen umeinander, zwischen ihnen der Kaleun, die Hände auf seinen freundlichen Bauchansatz gelegt, und warteten.

„Keine Angst, Jungs", sagte Lindt. „Der kann uns nichts tun."

Sie warteten.

„Bordverschlüsse geprüft. Alles in Ordnung."

Lindt nickte dem LI zu.

„Los, tiefer", sagte er.

„Vorne unten fünf, hinten unten zehn", sagte Baumann und stand hinter seinen beiden Tiefenrudergängern.

„Nichts kann der uns tun", sagte Lindt.

„Einhundert", sagte Baumann.

„Wunderbares U-Boot, der Typ VII", sagte Lindt. „Die Amerikaner können davon nur träumen."

Er stand bei der Kartenkiste und hielt die Hände an den Bauch.

„Wendekreis wie eine Maus."

Er lächelte Baumann an.

„Und Krallen wie eine Katze."

Er lachte.

„Können die nur träumen davon", sagte er leise hinterher.

Krebsdorf sah Blaschke an und grinste.

„Hab' dir doch gesagt, er ist wie früher", flüsterte Blaschke.

Krebsdorf nickte und senkte dann den Kopf.

„Einhundertundzehn Meter", sagte Baumann.

Weiße Farbe bröckelte vom sich verbiegenden Stahl der Bordwand und schneite zwischen die Männer. Weber blies sie sich von der Schulter.

„Herr Kiebig", rief Lindt. „Wo steht denn der Gauner?"

Der Horcher antwortete nicht.

Im Inneren einer geballten Faust. Es ist wie im Inneren einer geballten Faust, dachte Blaschke und blickte in Richtung der von Instrumenten und Anlagen verbauten Bordwand, vor der die beiden Tiefenrudergänger mit dem Rücken saßen. *Wer ist denn der Linke*, dachte Blaschke. *Das kann doch nicht sein, dass ich nicht weiß, wer der links sitzende Rudergänger ist.* Blaschke sah den Rücken, das weiße, ärmellose Hemd, Schweißflecken darauf – die müssen Wochen alt sein, der Schweiß von Wochen, Angst und Anstrengung, und die braune Frisur des Hinterkopfs. *Aber wer ist er?*

Lindt schob Blaschke und dessen Gedanken beiseite. Er stieg mit einem Bein voran durch das Schott in den Funkraum und Blaschke blickte ihm nach.

Jetzt prallte ein zweiter Sonarstrahl gebrochen vom Boot ab: ein unwirkliches Geräusch ins Unwirklichere verzerrt.

„Einhundertzwanzig Meter", sagte der LI.

So tun, als wäre ich tot, dachte Blaschke. *Wenn wir jetzt alle ... so tun, als gäbe es uns hier unten gar nicht. Der kann ja dann kein Interesse mehr haben. Denn warum sollte der, sollten die – das sind ja wohl mehrere – warum sollten die den Tod jagen? Den Tod jagen, den Tod jagen, den Tod jagen, den Tod ...*

„Einhundertdreißig Meter."

Einfach ganz still hier in die Ecke kauern, da beim Kartentisch, und die Luft um mich verschließen wie einen Mantel – die Luft, die Luft! Eine seltsam schwebende von Stahl umschlossene Luftblase sind wir hier im Ozean. Wir? Nein, es gibt kein wir. Wir sind gar nicht da. Sind nicht da. Sind nicht da. Haha. Bin gar nicht da. Wer fragt? Bin gar nicht da. Bin gar nicht da.

„Einhundertvierzig Meter."

Wer ist denn nur der linke Rudergänger, dachte Blaschke. *Wer ist denn das? Wenn er sich einmal herumdrehen würde, dann könnte ich es sehen. Aber nein, das tut er nicht. Nicht jetzt. Er ist ja auch gar nicht da, haha, nicht da, nicht da.*

„Einhundertfünfzig. Langsam aufkommen", sagte der LI.

Er macht das gut, der Baumann, dachte Blaschke. *Ganz ruhig. Mit seiner angenehmen Bremer Stimme. Wie wohl das tut. Dabei ist er gar nicht da!*

„Bordverschlüsse noch einmal genau prüfen", sagte Baumann.

‚Bleib in meiner Nähe, Blaschke, dann hast du eine Chance.' Also gut, das hätten wir. Da steht Krebsdorf: kurzes, schwarzes Haar, dichter Bart, den Kopf gesenkt. Ob er Angst hat? Er? Nein, nicht Krebsdorf. Der hat keine Angst. Der hat vor gar nichts Angst. Oder?

Krebsdorf hob den Kopf, als er merkte, dass Blaschke ihn beobachtete. Die beiden Freunde sahen sich in die Augen und dann wandte sich Blaschke ab. *Krebsdorf ist da, als einziger, wir anderen sind gar nicht da, und Krebsdorf ist da, als einziger, aber das ist in Ordnung, denn Krebsdorf hat vor gar nichts Angst, nicht wahr? Und Krebsdorf ist so ein Glückskind, so ein unverschämtes Glücksschwein, den kriegen die Amis im Leben nie. Mit unserem Glücksschwein Krebsdorf an Bord kann uns gar nichts passieren. Nicht das Geringste kann uns passieren. Das Glücksschwein ist aus Wohlmanns Boot ausgestiegen, just als das Boot aufbrach zu seiner letzten Fahrt und mit Mann und Maus, MIT MANN UND MAUS, und ohne Glücksschwein abgesoffen ist. Abgesoffen! Ab-ge-soffen!*

Denk nicht an ‚abgesoffen', dachte Blaschke. *Denk nicht so etwas. Denk etwas anderes. Etwas anderes denken. ‚Abgesoffen' zu denken ist verboten. Denke an ... denke an Land, denke dich an Land, nach Brest, denke an Brest, an die Rue de Quimper, an die Maler am Kai, wie sie dort saßen bei grauem Wetter und dann kam der Regen und wie sie flüchteten, zehn Maler mit der Staffelei unterm Arm vorm Regen geflüchtet. Denk an so etwas, Blaschke, denk nicht an ‚abgesoffen'. Was die Maler in Brest wohl gesucht haben? Brest ist so hässlich, das muss man malen, müssen die sich gedacht haben. Denk nicht an ‚abgesoffen'. Bunker Brest. Alles grauschwarz, was die Organisation Todt dort hingeklotzt hat. Grauschwarze Stahlbetonkatakomben. Box an Box an Box an Box an Box an Box an Box. Zu welch wahnsinnigem und nutzlosem Aufwand sind die Menschen fähig, nur um besser Krieg führen zu können? Die 1. und die 9. U-Bootflottille liegen dort. In Brest. In Brest. Wie weit bis Brest? Oh Gott, Blaschke, jetzt drehst du langsam durch, nicht wahr? Ich habe da einen ganz miesen Verdacht, was dich betrifft, Blaschke! U-Bootbunker Brest. Denke nicht an Brest.*

„Vorne unten zehn, hinten unten zehn", sagte Baumann.

Jetzt geht's noch tiefer. Tiefer gehen, sicher. Herrgott, Blaschke, jetzt reiß dich mal wieder zusammen. Natürlich gehen wir tiefer. Wir gehen tiefer gegen das Ami-Boot; das ist doch klar. Weil der nicht so weit tauchen kann. Um nicht mit ihm zu kollidieren. Nur für den Fall der Fälle, ist doch klar. Erich geht tiefer, nur für den Fall der Fälle. Für den Fall der Fälle, falls der Ami auf uns draufhält, Blaschke! Auf Nummer sicher gehen. Ist doch klar. Entspann dich, Junge, entspann dich. Wir haben das Glücksschwein gekauft.

Auf der Flurplatte neben Anton Kiebigs Horchschapp hatte sich der Kaleun im Schneidersitz niedergelassen und saß, den Rücken gegen die Wand gelehnt, mit geschlossenen Augen da und neben ihm auf der Flurplatte lag die weiße Kommandantenmütze und auf Lindts Kopf war der Kopfhörer. Der Kaleun drehte den Hals zur rechten Seite und zu Kiebig empor und schlug die Augen auf.

„Muss voraus liegen, Anton", sagte er und schüttelte den Kopf.

Der Horcher nickte und drehte am Handrad.

„Los zurück, schnell", sagte Lindt. „Dreihundertvierzig bis zwanzig. Irgendwas dazwischen."

Im Kopfhörer erklang die See. Jetzt mit vielen Stimmen und ohne Verrat.

„Irgendwo muss er doch sein", sagte Lindt.

Der Ruf der Fische umeinander, lautlose Seufzer im submarinen Äther, die reine Stille, und dann wieder, hier, ein Glucks, ein Glacks, ein Gack?

„Was ist das, Anton?"

„Meeresstrudel, Herr Kaleun."

Lindt rutschte den unbequem gewordenen Körper auf der Flurplatte zurecht, fasste sich an den Kopfhörer und verschloss die Augen.

Fernes Beben, von Ruhe nicht zu unterscheiden, rhythmisch, Erdzeitalter unbemessen und gedankenlos, antianimalisch, rhythmisch, schwer, nieder.

„Was ist das, Anton?"

„Nichts, Herr Kaleun."

Und Kiebig drehte weiter suchend.

„Wir müssen ihn finden", sagte Lindt, riss sich den Kopfhörer von den Ohren, beugte sich nach vorn und schaute auf das Tiefenmanometer im Horchschapp über Kiebigs Kopf.

„Tiefe halten, LI! Schleichfahrt!", rief er in die Zentrale und zog sich den Kopfhörer wieder über die Ohren und rückte noch enger gegen die Wand zwischen Funkschapp und Horchschapp und presste seine Hände gegen die Hörmuscheln.

„Kleine Fahrt, fünfzig Umdrehungen, aufkommen beide", sagte Baumann und beugte sich zwischen die beiden Tiefenrudergänger.

„Diese Welt ist verrückt, Herr Kaleun", sagte Kiebig. „Schlucken Sie mal. Dann hören Sie etwas vollkommen anderes. Halten Sie das Schlucken an. Halten Sie die Ohren an."

Lindt verstand und tat es.

„Noch nicht, Herr Kaleun. Das sind noch die Tiefenruder."

„Beide Mitte", sagte Baumann.

„Jetzt, Herr Kaleun."

Im Bugraum brannte die grüne Lampe mit dem Schriftzug *Schleichfahrt* auf, die der LI in allen Stationen installiert hatte. Sie war unmittelbar über der Schotttür zum O-Raum angebracht und auch von ganz vorn, von den Bodenverschlüssen der Torpedorohre aus, noch gut zu erkennen. Ihr Licht warf einen matten, grünen Schein in die Enge der Bugraumhöhle. Der Mulatte hob stumm den Finger und zeigte nach der grünen Leuchte und im selben Augenblick erklang knapp die Stimme des LI über die Bordsprechanlage: „An alle Stationen: Schleichfahrt."

Zwischen den zwei Dutzend Männern des Bugraums war es schon länger still geworden. Seit dem suchenden ersten Sonarstrahl war kaum noch ein Wort zwischen ihnen gefallen. Sie alle wussten, was das zu bedeuten hatte.

Kohler saß mit verschränkten Armen auf seiner Koje *im Parterre,* wie er das nannte. Die Beine ragten übereinander gekreuzt in den Raum hinein und er blickte mit schräg gelegtem Kopf nach unten und war im Gesicht von einem traurigen Ausdruck gezeichnet, der niemandem auffiel, da keiner der übrigen Männer jetzt seinen Blick auf ihn gerichtet hielt und jeder Einzelne für sich allein hier war in der Enge dieser

Bugraumhöhle bei Unterwasserschleichfahrt in einhundertundsechzig Meter Tiefe.

Ein Knallen im Gebälk ließ den Matrosengefreiten Raab zusammenzucken. Es folgte ein Ächzen und Schlurfen, als sich die viele Tonnen schweren Stahlplatten verbogen und gegeneinander verschoben, quälend langsam, bis ein Ruck sie löste und das Schlurfen aufs Neue begann. Jetzt mischte sich ein Quietschen in den Ton, viel zu hoch, langgezogen und lauter werdend, die Ohren drangsalierend, peinigend, überwältigend, und setzte so abrupt aus, wie es gekommen war. Dann ein Reißen und Zerren, ein Schreien im Stahl, als würde jemand zu Tode geschlagen zwischen Druckkörper und Außenbordwand, und dann hatte sich das Material an die neuen Druckverhältnisse angepasst und die furchteinflößenden Geräusche ließen nach. Die Männer sahen einander an.

„Zum Omas wecken", sagte Uhlig. „Was für ein Krach."

Kohler grinste verlegen und der Mulatte zog die Brauen nach oben. Auf der Stirn des Matrosengefreiten Raab hatten sich dicke Schweißperlen gebildet.

„Meine Oma hat mal 'nen Bombenangriff verpennt", sagte er.

„Jeder wie er mag, sag ich immer", antwortete Uhlig.

„Es ist aber wahr", sagte Raab. „In Saarbrücken. Sie hört ganz schwer, wisst ihr, eigentlich hört sie fast gar nichts mehr. Als sie am nächsten Morgen aufsteht, ist der halbe Straßenzug weg."

„Wenn's nicht so traurig wäre."

„Das Gewackel fand sie sogar angenehm."

„Gott, bist du ein Arschloch, Raab."

Der Matrosengefreite zeigte mit Daumen und Zeigefinger ein rund geformtes O.

„Zum Glück muss ich dich nie sehen, Raab", sagte Fellbach, der bei der vorletzten Feindfahrt zusammen mit Raab im Boot eingestiegen war. Seine Koje lag auf der gegenüberliegenden Seite hinter der doppelten Lage von Reservetorpedos verborgen.

„Schreib mir 'n Brief, wenn du was willst", flüsterte Raab.

Gelblich brannte das Licht von der Decke im Funkraum gegen das Tränenmuster der Flurplatten und gegen die Wände, die Funk- und Horchschapp und Kommandantenschapp voneinander trennten. Auf den Flurplatten saß Lindt mit ausgestreckten Beinen und verschlossenen Augen. Sein Bauch bewegte sich unter seinen Atemzügen – gleichmäßig und ruhig – und dehnte den dunkelblauen Pullover darüber, gleichmäßig und ruhig. Es wird wohl derselbe Takt gewesen sein. Seit zehn Minuten hatte er kein Wort mehr mit dem Horcher gewechselt, der im Horchschapp neben dem Kaleun auf seinem Stuhl saß und am Handrad nach dem Feind suchte. Beide Männer lauschten den Geräuschen der See, in deren Variationen sich der Gegner verborgen halten musste, und am Tiefenmanometer gingen jetzt einhundertundsiebzig Meter durch, denn das Boot fiel trotz gegengelegtem Ruder bei seiner geringen Fahrt immer weiter in die Tiefe.

Auf dieser Fahrtstufe war die E-Maschine an Bord nicht mehr zu hören und im Boot herrschte vollkommene Stille. U-Bahnhof bei Nacht, an dem nie ein Zug hielt. Statik, fest und eingefroren im gelben Licht, und die beiden Männer saßen reglos beieinander und nur Kiebigs Hand war ein lebendiges Wesen geblieben, das tastend nach dem Feind suchte.

Die Nadel des Richtungsanzeigers im Horchgerät drehte sich wie ein Uhrzeiger, über den Kiebigs Hand Macht erlangt hatte. Vor und zurück, beliebig weit, im Kreis herum und doppelt zurück, ganz nach Wunsch und instinktiver Absicht des Horchers und der machte nun keine vollen Kreise mehr, sondern durchstreifte immer wieder aufs Neue den vorderen Sektor.

Mit einem Knoten Fahrt bewegte sich die von Stahl umschlossene Luftblase durch die See und die Menschen darin suchten mit weit geöffneten Ohren nach ihresgleichen, nach dem feindlichen Zwilling in der Nähe.

„Wenn wir aufeinander zulaufen, muss er jetzt ganz nah dran sein, Anton", flüsterte Lindt nach einem Blick auf die Uhr dem Horcher zu.

„Herr Kaleun, ich bin mir sicher, dass wir aufeinander zulaufen. Wir hätten ihn sonst hören müssen."

Lindt nickte und legte dann den Finger an den Mund.

Was bedeuteten all die Geräusche und Töne, die die See aus Entfernungen von über dreißig Kilometer an die achtundvierzig Mikrofone des Gruppenhorchgerätes und über diese in die beiden Kopfhörer im Horchschapp trug? Was war dies ein reges Glucksen und Gurgeln und Plappern in der See? In wie vielen Sprachen sprach die See und was war ihr dunkles Geheimnis? Ein Wal schrie auf, sehr fern, tausende und tausende Meter entfernt. Weit, weit weg. So manches kleine und unbeschwerte Land hätte innerhalb solcher Weite leicht seinen Raum finden können. Aus welchem Grund der Schrei über beide Grenzen hinweg? Kiebig drehte vorsichtig das Handrad voran und zögerte über einem Geräusch, bevor er es einordnen konnte und das Handrad weiterdrehte, langsam und vorsichtig, um nichts zu überhören. Eine zu Bruch gehende Tasse, ein fallengelassenes Werkzeug, ein lauter Ausruf eines Besatzungsmitgliedes konnten nun den Amerikaner verraten und der Funkmaat horchte genau auf jedes kleinste Anzeichen dieser Art.

Kiebig vollendete ein ungezähltes Mal den Neuntelkreis in Front des U-Bootes, den der Kaleun als Suchbereich vorgegeben hatte, als ihm sein Instinkt riet, das Handrad weiter laufen zu lassen. Er hatte beabsichtigt, es schnell zu tun, routinemäßig, als reine Vorsichtsmaßnahme, die die Sicherheit des U-Bootes gebot; als Horcher war er daran gewöhnt, stets wachsam gegenüber der gesamten Umgebung des Bootes zu sein, und so ließ er das Handrad weiter laufen und über die zwanzig Grad hinweg und weiter über die Steuerbordseite hinaus vorbei an der blinden Stelle im Heck, als er plötzlich innehielt. Der Kaleun sprang sofort auf und hockte sich dann neben Kiebig wieder hin. Die beiden Männer hatten es zeitgleich gehört.

„Zweihundert Grad", sagte Kiebig und Lindt sah es am Richtungsanzeiger selbst.

Sehr fern, unendlich abgeschlagen, und sehr leise, aber deutlich: das Geräusch schnell laufender Schrauben. Lindts Gesicht wurde hart wie Stein. Mit raschen Bewegungen suchte der Horcher nach weiteren Kontakten in der Umgebung, fand keine, und kehrte schließlich zurück.

„Oberflächenkontakt, Herr Kaleun. Vielleicht mehrere."

„Wie weit sind die?"

„Noch sehr weit. Zwanzig Kilometer mindestens."

Nachdem er sich erhoben hatte, fasste der Kaleun Kiebig am Arm und lief daraufhin in die Zentrale. Krebsdorf und Blaschke machten ihm am Schott Platz und Lindt schaute sich in dem düsteren Raum um, sah fragende Gesichter, die Batteriestandsanzeige und den Kohlendioxidmesser, beide mit guten Reserven, und rang um eine Entscheidung. Weber blickte ihn unter seiner blauen Mütze hervor an.

„Ruder zehn Grad nach Steuerbord auf einhundertunddreißig Grad gehen, beide Maschinen große Fahrt voraus, Anblasen und Auftauchen, Bold ausstoßen. Kein Rundblick, sofort auftauchen!"

„Bold ausstoßen", befahl der LI in den Heckraum.

189

„In achtzig Meter noch einen!", sagte Lindt, während die E-Maschine hochfuhr und der Zentralemaat Pressluft auf die Tanks gab. Sofort kippte die große U-Bootsschaukel in die andere Richtung und hob die Bugraumbesatzung weit über ihre Kameraden in den achteren Abteilungen hinweg. Ein Maat stürzte aus dem O-Raum in Richtung Zentrale und konnte sich gerade noch beim Horchschapp auffangen.

„Halt dich fest, Mensch!", rief der Funkmaat und klammerte sich selbst an die Tischkante.

Von niemand anderem als dem wertgeschätzten Leser dieser Zeilen und einer Hand voll tief tauchender Segelfische beobachtet, verließ der erste Täuschkörper über die Schleuse im Heck das U-Boot und der fortan in kleinen blubbernden Wasserstoffblasen entweichende Bold aus dem Calciumhydrid des winzigen zylindrischen Behälters imitierte für jedes Feind- und auch Freundsonar die verlassene Hülle seiner ursprünglichen Behausung auf verblüffende und, je höher er stieg, überzeugender werdende Weise.

Up and down it goes, dachte Blaschke. *Up and down. Wir sind doch gerade erst runter geschlichen, ganz tief in den Keller, und jetzt geht es panisch die Treppe wieder nach oben. Was hat das zu bedeuten? Was will er tun? Also wenn der Skipper in seinem Amischlitten bislang noch Zweifel gehabt haben mochte, ob er es tatsächlich mit einer Nazimöhre, Naziröhre, so nennen die Herren uns, Blaschke, was ist nur los mit dir, zu tun hat, dann weiß er doch jetzt ganz genau Bescheid! Die Hose runterlassen und den Schlüpfer wegschmeißen! Haben uns ganz umsonst totgestellt. War doch alles für die Katz. Dieser Lärm. Dabei laufen die E-Maschinen noch gar nicht AK. Aber dieser Lärm, dieses singende, klingende Mäuserennen kann der Feindhorcher doch ganz ohne Kopfhörer hören und jeder andere in dem Amischlitten auch! Die müssen doch ganz nah sein!*

Ein Blick aus Krebsdorfs Augen fing Blaschkes fliegende Gedanken auf und arretierte sie an Ort und Stelle. Mach dir doch keine Sorgen, Blaschke, ich bin dein Glücksschwein, sagte Krebsdorfs Blick. Das muss so sein, Blaschke. Es läuft alles so, wie ich mir das gedacht habe. Warum machst du dir denn Sorgen?

„Zweite Wache bereit machen!", rief der Kaleun und Krebsdorf wandte sich von Blaschke ab. Der WO stieg sehr ruhig durch die Zentrale und griff sich eines der Zeiss-Gläser, reichte es an einen Gefreiten seiner Wache, der sich aus dem U-Raum kommend eingefunden hatte, und putzte mit dem Lappen das eigene sauber. Irgendetwas fing achtern an zu rütteln und zu klappern und der LI zwängte sich an den beiden vorbei durch das Kugelschott und stieg nach hinten.

„Unbedingt auf Blasenspuren achten, sobald wir durchgebrochen sind", sagte Lindt. „Auch du, Anton!", rief er in den Funkraum. „Auf Torpedolaufgeräusche hören! Auch wenn wir AK laufen! Sperr die Ohren mal richtig auf! Das wird jetzt brenzlig. Wir verschwinden hier. Die kommen!"

Mit großer Geschwindigkeit schoss das Boot der Oberfläche entgegen.

„Platz da!", brüllte der II LI und stolperte durch die Zentrale nach achtern. Die Männer dort wichen ihm schnell aus. Der LI musste seinen Vertreter über die Bordsprechanlage als Verstärkung angefordert haben.

Aus dem Heck des Bootes wurde der zweite Bold ausgestoßen und der Zeiger des Tiefenmanometers raste über die Achtzigmetermarke und die Siebzigmetermarke hinweg wie ein zu stark aufgezogenes Uhrwerk, das sich nun nicht mehr stoppen ließ. Schon stand die gesamte Brückenwache unter dem Turm versammelt.

„Boot ist durch!", rief Lindt. „Turmluk frei."

Die Sonne glänzte auf dem nassen Schanzkleid, als Krebsdorf aus dem Luk stieg.

Die kommen! Die kommen! Die kommen, dachte Blaschke. *Was ist denn mit dem Amiboot? Die kommen? Nein, Blaschke, die sind schon da! Was hat er denn mit denen vor? Was ist, wenn die da oben liegen mit gestoppten Maschinen und uns gleich eine draufknallen mit ihrem Geschütz? Jetzt geht der Kaleun aber aufs Ganze*, dachte Blaschke. *Wenn das mal gut geht.*

„Flakmunition bereitstellen", rief der Kommandant. „Flakmannschaft auf Abruf! Geschützbedienung und Munition ebenfalls!"

Dann folgte er dem letzten Mann der Wache nach oben.

Blauer Himmel wie am schönsten Mittag über einem Kinderspielplatz. Nur leicht durchwirkt von blassen weißen Wolkenresten, die sich in die Länge zogen, bevor sie sich auflösten, von dünner Konsistenz und fast schon durchsichtig. Das Boot glitt durch die niedrigen Wellen, die dabei kaum Geräusch verursachten, und die Diesel hämmerten und stießen zwei schwarze Rauchfahnen aus den Auspuffen in Richtung des Kielwassers aus. Das Schanzkleid begann zu vibrieren.

Der Obersteuermann stand unter dem Turmluk, legte den Kopf in den Nacken und sah nach oben in das kreisrunde Blau und hörte den Kommandanten mit ruhiger Stimme sprechen.

„Passt mir ja auf, Jungs. Die haben uns noch nicht aufgegeben."

Krebsdorf war auch zu hören.

„Zickzack, Herr Kaleun?"

„Freilich. Was denn sonst?", kam die pampige Antwort.

Daraufhin erschien Krebsdorfs Gesicht wieder im Ausschnitt des Luks und er gab dem Rudergänger den Befehl und das Boot machte einen ersten Schlag nach Steuerbord. Blaschke war froh, eine Aufgabe zu bekommen und wandte sich wieder Kursanzeige und Kartentisch zu. In der Zentrale war es etwas ruhiger geworden, nachdem das Auftauchen nicht sofort mit Granaten beantwortet worden war. Der LI war zurückgekehrt.

„Alles halb so wild", sagte Baumann.

Mit dem Ruder wieder in neutraler Lage schoss das Boot durch die See.

„Angst?", fragte Lindt und sah sich auf der Brücke um. „Jemand Angst hier? ... Der kann ja gleich nach Hause fahren."

Wie eine rasch ansteckende Krankheit hatte die Angst im Boot bereits um sich gegriffen.

„Die sind uns dicht auf den Fersen", sagte Lindt endlich. Und dann fest: „Das hier ist unsere beste Chance."

„Sehe es genau wie Sie, Herr Kaleun", sagte Krebsdorf.

Rastlose Augen wanderten über die Wasseroberfläche, suchten nach dem unerbittlichen Gegner – dem Feind, der nichts als Tod für sie im Gepäck hatte. Nach den gewaltigen Verlusten des Vorjahres hatten die Amerikaner außer Hass nicht mehr viel für die deutschen Seeleute in ihren Röhren übrig. Wenn sich eine solche Röhre vor der amerikanischen Küste jetzt noch blicken ließ, wurde sie gejagt, gnadenlos gehetzt, bis der Beweis für die Versenkung vorlag, und es ging das Gerücht um, dass nicht einmal das den Amerikanern reichte. Angeblich wurde schon mit Maschinenwaffen in ausgestiegene Besatzungspulks reingehalten, bis diese in genug Rotem schwammen. Die Amerikaner wollten Blut sehen.

„Die Batterie freut es auch", sagte Lindt. „Schönes Wetter."

Scheißwetter, dachte Krebsdorf. *Wenn er jetzt noch weiter so palavert, heißt das, dass er im Begriff ist, die Nerven zu verlieren.* Doch der

Kaleun schwieg fortan und suchte geduldig mit seinem Glas nach dem Feind.

Blau, blau, blau war die Welt und doch zweigeteilt. Die eine Hälfte dunkelblau und weiß geriffelt von den Mustern der Wogen, die wie ein weites bewegliches Netz auf der Oberfläche lagen. Die andere Hälfte war der helle azurblaue Himmel. Lindt stellte sich neben einen der beiden achteren Ausgucks und durchsuchte lange den Luftraum. Er wippte dabei auf den Ballen vor und zurück, um das Glas vor seinen Augen zu stabilisieren.

Wir sind vor einem ganzen Kontinent auf der Flucht, dachte Blaschke und betrachtete die Seekarte. *Und vor was für einem Kontinent.* Am linken oberen Rand der Karte war noch immer die Ostküste der Vereinigten Staaten verzeichnet. New York hatte ihn mehr beeindruckt, als er sich zunächst hatte eingestehen wollen. Was für eine Stadt. Diese Gigantomanie. Wer so etwas vollbrachte, für den schien es im Städtebau überhaupt keine Grenzen mehr zu geben. Diese riesigen Gebäude, deren Anblick schwindlig machte, wenn man nur zu ihren Füßen stand. Und wie friedlich alles war. Nicht wie in Berlin, wo man kaum noch ein unversehrtes Stadtviertel finden konnte. Er registrierte die neue Kursänderung nach Backbord – Zickzack gegen Feindtorpedos – und ließ dann den Bleistift aus der Hand auf die Karte fallen. Feindtorpedos, amerikanische. Interessante Zeiten. *Kann jederzeit knallen und du denkst hier über den Städtebau in New York nach. Wenn es knallt, ist es sowieso ganz schnell vorbei,* dachte Blaschke. *Ist doch auch egal, über was du nachdenkst. Kannst es nicht ändern. Sieh lieber zu, dass dir keine Kursänderung entgeht.* Er blickte in den Funkraum, wo der Funkmaat damit beschäftigt war, gegnerischen Funkverkehr einzupeilen. *Das läuft über den runden Peilrahmen oben auf der Brücke*, memorierte Blaschke, *und kommt dann hier unten an. Wenn er es richtig macht, kann uns dann der Funkmaat sagen, in welcher Richtung da mit Funken gepustet wird. Funken pusten. Die Funkenpusterei. Alberner Quatsch. Alles nicht dein Fachbereich. Und so unglücklich wie der Funkmaat aussieht, hat er auch noch nichts entdeckt.*

Wenn du jetzt hier draufgehst, dachte Blaschke, *hast du noch nicht mal ein Mädchen rumgekriegt. Stirbst als heilige Jungfer im Wassersarg. Aber was heißt nicht rumgekriegt?* Er war ja immer viel zu schüchtern, um es ernsthaft zu versuchen. Und von alleine kamen die Mädels, anders als bei Krebsdorf, nicht zu ihm. Dafür war er nicht hübsch genug, nicht kantig genug, zu uninteressant. *Was wohl aus der SS-Dirne Ina geworden sein mag? Wahrscheinlich hat sie getreulich ihren SS-Mann geheiratet, mit ihm eine Horde SS-Kinder gezeugt und gemeinsam freuen sie sich jetzt alle wie Bolle auf den Endsieg. Dass er sich in eine solche Matrone ernstlich verlieben konnte. Unglaublich aus heutiger Sicht. Die scheiß SS ist sich treu geblieben. Diese Schweine sollen mal hier rauskommen und sich von Nahem anschauen, wie das alles aussieht, wohin sie uns geführt haben.*

„Auspennen, Blaschke", sagte Weber. „Neuer Schlag nach Steuerbord."

„Danke, Oberleutnant."

Krebsdorf hatte ihn früher damit aufgezogen. „Komm, Blaschke, wir suchen dir heute eine Frau, die du lieben und ehren kannst", hatte er immer gesagt und genau gewusst, wie sehr er damit in sein Herz traf. Es war seine größte Sehnsucht und sein innigster Wunsch, eine Frau zu finden, auf die das zutraf. Aber wenn dann mal eine in Sicht war, es gab da ein paar Beispiele, hatte er immer gekniffen und sich schüchtern in seine Burg falschen Stolzes zurückgezogen. Am Ende gingen sie sogar manchmal mit Krebsdorf mit und Blaschke konnte es seinem Freund nicht einmal verübeln, denn schließlich hatte er ja wohl am wenigsten Anspruch auf die betreffenden Damen gehabt. Sie hatten sich alle immer Krebsdorf an den Hals geworfen, diesem unwiderstehlichen Schwerenöter und Weibermagneten. Er brauchte sein Honigmaul nicht mal aufmachen, da war er schon umringt von den schönsten Frauen des Lokals, in welche Bar sie auch kamen, es war immer dasselbe. Völlig unerklärlich. Und jetzt soll Krebsdorf handzahm geworden sein? Wegen einer Schreibstubenlady?

„Blaschke, es ist mein voller Ernst. Ich bin hin und weg von ihr. Wir heiraten noch im Mai." Ob sie es im Mai überhaupt noch nach Hause schaffen würden, schien in seinen Gedanken gar keine Rolle gespielt zu haben. „Du bist mein Trauzeuge. Das bist du doch, oder, Blaschke?"

Inzwischen war fast eine halbe Stunde vergangen, seitdem sie wieder aufgetaucht waren. Die Zickzackfahrt wurde eingestellt. Das amerikanische U-Boot war ein Phantom geblieben und die Brücke meldete Mastspitzen im achteren Sektor des Bootes.

„Da kommen sie", sagte Weber. Er warf einen Blick nach dem Atlas-Echolotgerät, dann schaute er Blaschke an. *Reines Theater*, dachte Blaschke. *Das Ding brauchen wir hier nicht, das wissen wir ja wohl* beide. *Viel zu tiefe Gegend, um sinnvollen Gebrauch davon machen zu können.* Auf der Seekarte waren längst vierstellige Zahlen jenseits der Dreitausendmetermarke zu lesen.

„Ich gehe mir die Bande mal anschauen", sagte Blaschke zu Weber. Und zu sich selbst: *Gib dich nur kaltschnäuzig, du alte Jungfer.*

Er trat unter das Turmluk und rief nach oben: „Mann auf Brücke?"

„Komm hoch, Otto", antwortete Lindt.

Der Rudergänger im Turm kaute Kaugummi und schaute Blaschke gelangweilt an. *Der hat Nerven,* dachte Blaschke. *Der ist so erstklassig wie Weber. Unsere Besatzung ist erstklassig,* dachte Blaschke und stieg durchs Luk unter den blauen Himmel.

„Wie sieht es denn bei den Johnnys aus, Obersteuermann?", fragte Lindt und lächelte, nachdem Blaschke ganz herausgeklettert war.

„Die Batterie ist vollständig geladen, Herr Kaleun."

Und jetzt verschwand das Lächeln auf Lindts Gesicht und er nickte nur. *Schon wieder so ein Theater,* dachte Blaschke. Wir könnten ja wohl kaum mit sechzehn Knoten laufen, wenn einer der beiden Diesel noch laden würde. Von unten wurde eine Metox-Warnung nach oben durchgegeben.

„Verstanden", antwortete Lindt.

Interessiert jetzt auch niemanden mehr, dachte Blaschke. *Diesmal wissen wir, wer das ist: die Killer.*

Er stellte sich neben Krebsdorf in den Wintergarten, hob sein Glas und spähte hindurch auf die Kimm. Eine Hand voll dünner Fäden ragte aus der See heraus. Blaschke setzte das Glas ab und sah zu Krebsdorf, der seines noch vor die Augen hielt. Es dauerte lange und dann setzte auch er sein Glas ab und sah Blaschke kurz an. Krebsdorf zuckte die Schultern und hob das Glas wieder über seine Brust.

„Wir wissen noch nicht, wie viele es sind", sagte er.

Lindt schaute auf seine Armbanduhr und befahl AK-Fahrt. Klumpige schwarze Wölkchen rußten aus den Auspuffen und zogen über die Wasserfläche davon.

Der Kaleun sah für einen Moment durch die Augen des Obermaschinisten den LI im Maschinenraum erscheinen. Gemeinsam würden sie nun die auf Höchstleistung laufenden Anlagen überwachen. Jederzeit dazu bereit, sie abstellen zu müssen. AK-Fahrt brachte kein großes Plus an Geschwindigkeit und ließ sich nicht sehr lange halten, ohne den Ausfall der Diesel zu riskieren.

Jetzt sprang der Kommandant aus seiner Brückennock und war mit wenigen Schritten im Wintergarten, wo er Krebsdorf am Arm fasste, um ihm zu signalisieren, dass er die Plätze tauschen wollte. Krebsdorf verstand und übernahm die Überwachung des vorderen Sektors. Lindt kletterte auf die Reling und Blaschke trat hinter ihn und umfasste seine Beine, um ihn zu stützen. Dann hob der Kommandant sein Glas in Richtung der Kimm.

Da soll mal einer schlau werden aus diesen unpassend hingemalten Strichen. Zerstörer- oder Kreuzermasten – wer weiß das schon? Die kleinen Gebilde glitten immer wieder aus dem Fokus des Glases.

Die See ging ruhig, doch sorgte die hohe Fahrt dafür, dass Blaschke seine Mühe hatte, Lindt festzuhalten und es zu verhindern, dass der Kaleun einfach aus dem Wintergarten hinaus und auf das Oberdeck plumpste. Der Kommandant wusste, dass er sich auf seinen Obersteuermann verlassen konnte und reckte sich noch höher hinaus. Rauchfahnen umwölkten nun die Mastspitzen – wie viele? Schwer zu sagen. Aus mancher Rauchfahne wurden plötzlich zwei. Doch stiegen die Masten immer höher aus der See und die Abgaswolken über ihnen verdichteten sich. Die Schiffe kamen ohne Zweifel schnell näher.

Lindt sprang rückwärts von der Reling ab und seine schweren Seestiefel machten ein dumpfes Geräusch, als sie auf dem Boden des Wintergartens landeten. Er blieb mit dem Blick in Richtung des anrückenden Feindes stehen. Blaschke war hinter den Kaleun zurückgewichen und hielt sich mit einer Hand am Lauf der schweren 3,7 cm-Flak fest. Der Stahl der Waffe war fest und lag kalt in seiner Hand.

Nachdem er sich umgedreht hatte, befahl Lindt eine leichte Kurskorrektur nach Backbord. Gerade genug, um den Mastspitzen weiterhin das schmale Profil des U-Bootes zu zeigen, jene aber nicht hinter den braunen Wolken der eigenen Abgase verschwinden zu lassen. Es ging jetzt so wenig Wind, dass manche der Abgaswolken um ihre eigene Achse rotierend davonzogen. Der Kaleun trat wieder an die Reling, hob sein Glas und sah nach den …

„Mastspitzen voraus!"
„Flugzeug!"
„Alarm!"
„Flugzeug in neunzig Grad!"
„Alarm! Alarm!"

Blaschkes erschrockenes Gehirn verarbeitete die Informationen so langsam, dass der Obersteuermann noch dachte, dass ein Flugzeug doch gar keine Mastspitzen habe, als er hinter dem Ausguck in den Turm sprang. Die Glocke begann zu schrillen. Aus der Zentrale drangen durcheinander geworfene Rufe nach oben durchs Luk, in das sich die übrigen Ausgucks und Krebsdorf hineinfallen ließen. Schon war auch Lindt im Turm und drehte das Luk dicht.

„Fluten", rief er. „Auf hundert Meter gehen. Schnell, schnell, schnell!"

Er trat von der Leiter und neben den Rudergänger und legte ihm seine Hand auf die Schulter.

„Hart Steuerbord", sagte er.

Der Rudergänger nahm den Kaugummi aus seinem Mund, klebte ihn mit dem Daumen am Ruder fest und folgte Lindts Befehl.

„Mach, dass er daneben wirft", sagte er.

Mit Tosen und Rauschen strömte das Wasser in die Ballasttanks und Lindts Hand krampfte sich mit der Kraft einer sich schließenden Baggerschaufel in die Schulter des Rudergängers, der davon in der eigenen Anspannung nichts spürte. Und dann kam der Schlag und riss die Realität in tausend Fetzen, die nichts mehr voneinander wussten und in tausend Richtungen auseinanderstrebten. Das Dröhnen des Turms zeichnete mit spitzen Nadeln den Schmerz in das Gesicht des Rudergängers und des Kommandanten und die Körper der beiden Männer wurden wie die Puppen eines zornigen Kindes an die Wand geworfen und der festgeklebte Kaugummi fiel von dem Ruder wieder ab und rollte über die Flurplatte. In der Zentrale sprangen die Männer wie in einem verrückten Tanz durcheinander. Blaschke und Weber schlugen mit den Köpfen zusammen, der Zirkel auf Blaschkes Kartentisch flog als Geschoss durch den Raum und bohrte sich in den Schenkel eines Matrosen, der laut aufschrie und im nächsten Moment von seinem Nebenmann gegen die Bordventilanzeige gedrückt wurde, deren Lichter jetzt alle rot aufleuchteten. Ein Splitterregen, bestehend aus den Lampenabdeckungen der Normalbeleuchtung, hagelte quer durch die Zentrale wie der Schuss aus einem Schrotgewehr. Getroffene Besatzungsmitglieder brüllten auf und ein zweiter scharfer Knall erschütterte das ganze Boot in einem stroboskopischen Lichtwechsel. Am Schemel vor dem Tiefenrudersteuerstand und am Papenberg lief Blut herab, während mit wildem Wirbel der Proviant von fünf Seetagen durch die Luft flog. Jetzt war die ganze Zentrale eingehüllt in beißenden weißen Rauch, und in die Schreie und Kommandorufe der Männer mischte sich ein Husten aus einem halben Dutzend Kehlen, das sogleich von der nächsten Explosion verschlungen wurde, die die Männer noch einmal schüttelte wie die Würfel in einem Becher.

Durch den U-Raum schwebte ein ganzer Packen Briefe der Frau des Bootsmann Scholz, die allesamt mit den Worten *„Mein lieber Rudi"* begannen und mit *„In Liebe, Deine Anna"* endeten. Sie waren dem Spind entwichen, dessen Türchen den Briefen voran wie eine Frisbeescheibe durch den Raum gesegelt war. Die Angeln hingen noch am Spind. Ein Teil der Back war abgerissen und überall lagen Bettzeug, Geschirrstücke und übereinander gefallene Seeleute verstreut. Im Heck- und Bugraum gab es Verwundete. Endlich schnitt das Boot unter.

Zugleich lief die Ventilation an und begann damit, die Luftmengen zu durchmischen. Die Husterei hatte damit ein Ende. Lindt kletterte die Leiter hinab in die Zentrale. Er hielt sich vor Schmerzen das Knie und sah sich in dem Raum um, in dem neben der Notbeleuchtung ein paar umher wandernde Taschenlampenkegel für Licht sorgten. Am Boden lagen Seekarten, Navigationsmittel, Klamotten, Proviant und Glasscherben verteilt. Der Zentralemaat huschte umher, um sich ein Bild von der Lage zu machen. Weber und Krebsdorf halfen hingeschlagenen Besatzungsmitgliedern wieder auf die Beine und befragten sie nach Verwundungen und am Kartentisch stand Blaschke und hielt sich den Kopf. Vom LI war nichts zu sehen. Er musste bereits wieder in der Maschine sein.

„Das nennt man wohl Glück", sagte Lindt.

Achtes Kapitel – Die Tiefe

Auch die vereinbarten „zehn Gebote" konnten Reinhard Heydrich nicht mehr vor seiner Vernichtung durch den Zaunkönig bewahren, denn sie kamen nicht mehr zur Anwendung. „Der spioniert; der schnüffelt überall herum!", hatte Heydrich über seinen früheren Mentor gesagt. Aus den einstmaligen Freunden waren lange schon erbitterte Todfeinde und Erzrivalen geworden. Sie waren dabei Nachbarn und teilten sich einen Garten. Oft besuchten sie einander und dann spielte Heydrich auf der Violine und die Frau des Zaunkönigs am Klavier, während jener in der Küche das Abendessen für alle kochte.

Die Ermordung Reinhard Heydrichs mit ihren grausamen Folgen für das tschechische Volk war eine Verzweiflungstat des listigsten aller Spione, um sich selbst und seine Behörde vor dem skrupellosen Chef des Sicherheitsdienstes der SS zu schützen, der ihm immer dichter auf den Fersen war.

„Wenn ich gehe, kommt Heydrich, und dann ist alles verloren!"

***

„Fuhrmann ist schwer verwundet", sagte Kohler.

Die Männer im Bugraum machten betrübte Gesichter.

„Ausgerechnet der Kleine", sagte Uhlig.

„Leckwehrbalken auf den Kopf gekriegt. Können die das Zeug nicht ordentlicher verstauen? Der Sani sagt, eine Gehirnerschütterung ist das mindestens."

„Abgerissen. Die Sicherung ist einfach abgerissen durch die Bombe. Aber er spricht schon wieder. Ist jetzt natürlich noch blöder als vorher schon."

„Halt doch mal deine dumme Fresse, Raab!", rief Fellbach.

„Meine ja nur. Es geht ihm gut. Den Umständen entsprechend."

Raab seufzte wie zur Entschuldigung und wollte Fellbach beim Wiederaufbau seiner zerstörten Koje helfen.

„Da musste anfassen", sagte Fellbach. „Ja, da! Und jetzt, Hauruck! Danke. Bist doch eigentlich ganz in Ordnung. Hör auf, dich immer so zu verstellen."

„Quatsch nicht rum. Hilf mir jetzt lieber bei meiner Koje."

„Wie die alten Eheleute. Schau an, sie lieben sich doch."

„Du fängst dir gleich eine!", riefen Raab und Fellbach gleichzeitig.

Lindt trat aus dem Horchschapp und kam zu Blaschke, Weber und Krebsdorf an den Kartentisch. Um sie herum waren noch immer Matrosen damit beschäftigt, die Zentrale wieder herzurichten. Sie kehrten Scherben zusammen und tauschten die zu Bruch gegangenen Lampen aus. Der LI befand sich im Heck des Bootes und organisierte dort das Aufräumen und die Reparaturarbeit.

„So ist's recht", sagte der Zentralemaat. „In meiner Stube hat Ordnung zu herrschen, auch nach dem schlimmsten Bombenangriff. Moment, ich helfe euch gleich. Und ihr packt die verfluchte Munition wieder weg. Das hätte uns gerade noch gefehlt, wenn das Zeug hier hochgeht. Los, anpacken!"

Der Zentralemaat wandte sich ab und drehte eine neue Birne in die Lampe über dem Kartentisch.

„Gleich haben Sie Licht, Herr Kaleun."

Kaum war das getan, zeichnete Blaschke die neue Position des Bootes ein und nach Lindts Angaben die der Feinde. Zwei Gruppen unbekannter Stärke, jeweils zehn Kilometer entfernt, achtern und voraus des Bootes. Die Amerikaner hatten sie eingekeilt.

„Obersteuermann, Sie berechnen mir, wie lange die brauchen, bis sie mit Höchstfahrt hier sind."

„Schon erledigt, Herr Kaleun. Zehn Minuten. Vielleicht sogar weniger."

„Lassen Sie auf einhundertundsiebzig Grad gehen. Halbe Fahrt. Ich schaue schnell nochmal nach Fuhrmann, bevor es hier losgeht. Dauert nicht lang. Zwei Minuten."

Und damit trat der Kaleun durch das Schott in die achtere Abteilung des Bootes. Im U-Raum sah es noch immer wüst aus. Unter Lindts Stiefeln knackten die Scherben zerbrochener Teller und Tassen. Ein Propagandabild der Kriegsmarine lag auf der Flurplatte: *U-Boote heraus!* Verziert war es mit den Abdrücken zahlreicher schmutziger Seestiefel. Den Bildern von Fußballmannschaften, heimatlichen Städteansichten, weiblichen Filmstars und auch Scholz' teuren Briefen war es nicht besser ergangen. Die Hälfte der Kojen war völlig zerstört und lag in traurigen Bergen aus Trümmern übereinander. In dem engen Raum arbeiteten Maate und Matrosen daran, alles wieder aufzuklaren. Lindt schob sich an ihnen vorbei und fand in einer unzerstörten Koje Fuhrmann liegen. Der Sani war bei ihm.

„Na, Sie haben sich ja einen lustigen Turban angezogen", sagte der Kaleun und stellte sich neben den Verwundeten. Fuhrmann lächelte nicht und sah Lindt mit erschrockenen Augen an.

„Herr Kapitän ... "

„Ruhig, Gefreiter. Es ist alles in Ordnung."

Ein Teil des weißen Verbandes um Fuhrmanns Kopf war durchgeblutet.

„Herr Kapitän, sind wir angegriffen worden?"

Fuhrmann wollte sich aufstützen, doch Lindt schob ihn gleich zurück.

„Bleiben Sie mal liegen. Ruhen Sie sich aus."

Und jetzt rollten die Tränen über die Wange des Matrosengefreiten.

„Im Stall hat es gebrannt, Herr Kapitän."

Lindt schaute dem Sani ins Gesicht und der blickte zurück, ohne eine Miene zu verziehen.

„Sind wir angegriffen worden?", fragte Fuhrmann noch einmal.

Lindt streckte einen Arm aus und streichelte mit dem Handrücken Fuhrmanns Wange. Der schluchzte auf und weinte.

„Keine Angst, Matrosengefreiter. Ich bringe Sie wieder nach Hause. Das verspreche ich Ihnen."

Aus der Kombüse kam der LI, schaute auf Lindt und Fuhrmann und schob sich dann wortlos an ihnen vorbei. Der Kommandant drückte noch einmal Fuhrmanns Hand mit beiden Händen.

„Sie werden es schaffen. Glauben Sie fest daran."

Dann nickte er dem Sani zu und folgte dem Leitenden zurück in die Zentrale.

„Im Stall hat es gebrannt, aber er hat es mir doch versprochen", sagte Fuhrmann und weinte.

„Sshh, ruhig jetzt, Gerd", sagte der Smut.

In der Zentrale nahm Lindt den Leitenden noch einmal zur Seite.

„Wie geht es denn dem Druckkörper, LI?"

Baumann nahm die Mütze ab, zog ein Taschentuch aus der Hose und schnäuzte seine Nase.

„Das lässt sich überhaupt nicht sagen, Herr Kaleun. Für die Flansche und Bordverschlüsse haben Sie meine Garantie. Der Druckkörper ... feine Risse lassen sich überhaupt nicht feststellen."

Lindt sah dem LI in die Augen, bis der sich abwandte.

„Ich kann es nicht sagen, Herr Kaleun." Er zögerte. „Aber es gibt auch gute Nachrichten: Von den Batteriezellen ist nicht eine gerissen. Dieselfundamente sind im Zustand wie beim Auslaufen. Keine Veränderungen in den Luftverdichtern. Wenn sie davon Rückschlüsse auf den Druckkörper ziehen wollen … "

Lindt bedachte ihn mit einem Blick, der wenig Begeisterung ausdrückte, und der LI zuckte die Schultern.

„Etwas anderes kann ich nicht sagen."

Der Zentralemaat schlich um sie herum und wischte mit einem Tuch über die Handräder am Tannenbaum.

„Wie ist denn Ihr Gefühl, Langer?", fragte der Kommandant.

Der Zentralemaat drehte sich um.

„Ich glaube, dass wir den stabilsten Typ VII der ganzen Flottille erwischt haben: Werftglück. Ich vertraue dem Boot mehr als allem anderen, womit ich gefahren bin, Herr Kaleun."

„Na, da sind wir uns ja mal wieder einig. Maximale Tauchtiefe, LI?", fragte Lindt.

Baumann zögerte wieder.

„Zwohundert Meter", sagte er schließlich.

„Und wie groß ist dabei noch die eiserne Ingenieursreserve?"

Der LI zog die Brauen nach oben und verstummte. Lindt winkte Krebsdorf hinzu und wandte sich dann an die um ihn versammelte Gruppe.

„Lassen Sie die Aufräumarbeiten einstellen. Neue Tiefe einhundertundsechzig Meter. Ruder hart Backbord auf neunzig Grad gehen. Schleichfahrt. Alles abschalten, was nicht gebraucht wird."

Er griff zum Kreiselkompass und stellte das Gerät selbst ab.

„Das wäre alles. Viel Glück, meine Herren."

Damit ging er davon und verschwand im Funkraum.

Er hat mir noch nie so viel Angst gemacht, dachte Krebsdorf. Irgendetwas stimmte nicht mehr mit Lindt. Das war nicht mehr der unbekümmerte dunkelblonde Seekadett mit den stählernen Nerven, den er 1935 im *Roten Schloss* kennengelernt hatte und mit dem man Pferde mausen oder SS-Leute verhauen konnte. Etwas in ihm hatte sich verändert. Eine Nuance nur, eine Winzigkeit. Aber was genau? Oder war er, Krebsdorf, es selbst, der anfing Gespenster zu sehen, wo es keine gab? *Vielleicht ist es nur das. Es sind nur die Nerven, alter Junge*, dachte Krebsdorf. *Das ist ja wohl auch kein Wunder.* Die Belastungen der letzten Tage waren gut geeignet, zuvor noch gut isolierte Nervenenden freizulegen und in Brand zu stecken. *Ist diese Feinfühligkeit nicht auch an mir etwas Neues,* dachte Krebsdorf. *Ist es nicht so? Nun, nicht ganz ... diese Feinfühligkeit hat mich davor bewahrt, mit dem Kapitänleutnant Wohlmann unterzugehen.*

„Und, Willi, was denkst du?"

Das war Blaschke, der plötzlich neben ihm stand. Krebsdorf antwortete nicht und blickte stattdessen nach unten auf die Spitzen seiner Seestiefel. Blaschke ließ seine Augen durch die Zentrale wandern. Der Maschinentelegraph zeigte kleine Fahrt an und die Nadel des Tiefenmessers schlich unendlich langsam auf die Einhundertundzwanzigmetermarke zu. Aus dem Funkraum drangen Fetzen des Gesprächs zwischen Kiebig und dem Kommandanten.

Jetzt kamen Weber und der LI, versperrten Blaschke den Blick auf die Anzeigen und setzten sich dann nebeneinander auf die Kartenkiste. Der Blick war wieder frei: noch immer keine einhundertundzwanzig Meter. Quälend langsam kroch der Zeiger über die Scheibe des Tiefenmanometers. Der Zentralemaat Langer zog sein Tuch aus der Tasche und begann mit ruhigen, geduldigen Kreisen die Anzeigen noch einmal allesamt abzuwischen. Wie gebannt schaute ihm jeder dabei zu. *Dramatische Kampfszene,* fiel Blaschke dazu ein. *U-Boote an den Feind! Ja, so sieht das dann aus.* Der Zentralemaat putzte derart behäbig, als wäre es sein ganzes Bestreben, mit den Bewegungen seines Putzlappens die Geschwindigkeit des Zeigers am Tiefenmesser noch zu unterbieten – oder ihn damit anzuschieben. Endlich steckte er den Lappen wieder ein. Noch immer keine einhundertundzwanzig Meter.

„Jetzt hast du das Boot kaputt gemacht, Fritz", sagte Janosch der Gravitätische. Er drehte sich auf seinem Schemel um und erfreute sich still an dem Schmunzeln, das er jedem in der Zentrale auf das Gesicht gezaubert hatte.

Lange wird uns jetzt wohl nicht mehr nach Witzen zumute sein, dachte Blaschke, während sich das Schmunzeln von seinen Lippen löste und die Züge erstarrten. *Wenn die erst mal anfangen uns wieder einzupeilen. Die Killer. Die kommen! Den Weg haben sie uns abgeschnitten. Dieses verdammte Submarine musste gleich gefunkt haben. Wenn der überhaupt alleine war. Vielleicht sind es auch zwei Submarines da draußen. Die Biene haben sie auch angelockt. Das Metox nützt eben nichts mehr, wenn man trotz Warnung oben bleibt. Aber welche Wahl hatte der*

Kaleun schon gehabt? Gar keine. Das war die letzte Chance zu entkommen und nun ist sie verflogen.

„Nochmal ein Dez nach Backbord."

Das war Lindts Stimme und sie klang fest und ruhig. Jetzt suchte er nach dem richtigen Winkel, der einzigen Lücke zwischen den beiden Feindgruppen, welche das Boot in eine Lage brachte, die den Bedrohungen von vorn und achtern ein möglichst gleichmäßig schmales Profil zeigen würde. Sicher waren die Asdic-Geräte der Killer längst alle angestellt und ihre Suchkegel leuchteten die See unter den Kriegsschiffen aus. Noch war Kiebig der Einzige, der dieses furchteinflößende Zirpen über seine Kopfhörer wahrnehmen konnte.

Hinter der Leiter zum Turm sprachen Langer und Baumann miteinander und der LI begann den Trimm auszugleichen, also musste sich die Wasserdichte verändert haben. *Das ist doch bestimmt ein gutes Zeichen,* dachte Blaschke. Einhundertundzwanzig Meter waren jetzt durch. *Aber wir müssen schnell noch tiefer. Zehn Grad Backbord. Gut so. Nur keine Kursänderung mehr verpassen.* Krebsdorf schaute Blaschke über die Schulter, während jener die veränderte Lage mit dem Bleistift auf die weiße Seekarte übertrug. Es war so still im Boot, dass Lindt im Funkraum das Geräusch der Mine auf dem Papier hören konnte und sich umdrehte.

Die Lampe am Kartentisch warf ein starkes weißes Licht auf Blaschkes rechte Gesichtshälfte und daneben blieb Krebsdorfs Rücken verschattet im Dunkeln. Kein anderes Besatzungsmitglied war zu sehen. Nur die beiden im runden Ausschnitt des Kugelschotts. Lindt schlug die Lider auf und fuhr sich mit der Hand über den Mund.

Dann wandte er sich ab und betrachtete Kiebig. Der Horcher saß mit geradem Rücken vor seiner Anlage. Der rechte Arm lag mit dem Ellbogen vor ihm auf der Tischplatte und mit der linken Hand bewegte Kiebig behutsam das Handrad.

Anton ist erst zwanzig Jahre alt, dachte Lindt, *aber verheiratet und schon Vater zweier Kinder. Ein ganz junger Mann und bereits voll in der Spur. Ein Orchestermusiker aus München. Dass ich so viele gute Leute habe, ist mein Glück. Für Anton ist das Horchschapp eine bereichernde Erfahrung wie die herrlichste Symphonie im Orchestergraben.* Kiebig hatte von Anfang an keinen Wert auf Schonung seiner schöngeistigen Seele gelegt. Ganz im Gegenteil. Dass das Leben nun andere

Saiten aufzog, war dem jungen Mann klarer gewesen als so manchem alten Dieselheizer.

Kiebig blickte zu Lindt und wischte mit der flachen Hand einige Male durch die Luft und nickte mit dem Kopf dazu. Wir sind in der richtigen Position, sollte das heißen. Nun wusste Lindt, dass sein Horcher die feindlichen Schiffe im achteren Bereich des U-Bootes nicht mehr wahrnehmen konnte. Sie befanden sich jetzt an seinem blinden Fleck.

Spitz zulaufend wie das Boot selbst, die Arme vor sich gestreckt und die Handflächen aneinandergepresst, schob sich ein Gefreiter der Bugraumbesatzung an Lindt vorbei, der ihn verärgert ansah.

„Ersatz für Fuhrmann, Herr Kapitän", flüsterte der Gefreite.

Dann lief er weiter in die Zentrale und dort an Blaschke und Krebsdorf vorbei. Blaschke sah Lindt an und der wandte sich genervt von der Szenerie ab. Durch das Kugelschott betrat der Gefreite den U-Raum. Hier war die Ordnung wieder eingekehrt, alle Blitzmädchen und Filmdiven wieder auf ihren Plätzen, genau wie die Freiwächter, die sich erschöpft von der Aufräumarbeit in ihre Kojen verzogen hatten. Einer befestigte noch mit Klebeband das Mannschaftsbild von Eintracht Frankfurt neben dem Propagandadruck *U-Boote heraus!*, den die Maate verkehrt herum aufgehängt hatten, so dass das große stilisierte U darauf jetzt wie eine Tunneleinfahrt aussah.

Die Freiwächter schauten den Gefreiten wortlos an und der entdeckte in der hintersten Koje Fuhrmann mit seinem blutigen Verband. Schnell ging er an dem Schlafenden vorbei in die Kombüse. Der Smut stand an der Back und bereitete eine Unzahl belegter Brote. Als der Gefreite bei ihm war, drückte ihm der Smut eines davon in die Hand.

„Aber leise essen!", sagte Schnitte und grinste.

„Danke dir", sagte der Gefreite, griff sich das Brot und öffnete die Tür zum Dieselraum.

Im Heckraum angekommen, wurde der Gefreite begrüßt und inspiziert.

„Und wie heißt du?", fragte Scholz.

„Müller."

„Ach Gott, noch einer. Hast du Verwandte in Deutschland?"

„Was?"

„Schon gut. Wie geht es Fuhrmann? Los, sag schon!"

„Er schläft jetzt", sagte Müller und blickte Scholz an.

Ping-Ping-Ping. Die Asdic-Ortung setzte ein und gleich wieder aus, als Lindt die Zentrale erreichte. Den Kommandanten schien das zunächst nicht zu kümmern. Sein Blick ruhte auf dem Tiefenmanometer, ohne viel Anspannung zu verraten.

„Heißt nichts", sagte Krebsdorf mit leiser Stimme. Neben dem Kartentisch fielen einige Wassertropfen zu Boden.

Blaschke machte sich dünn und hielt die Luft an, ganz als wollte er sich selbst vor den suchenden Sonarstrahlen verstecken. Lindt warf ihm einen tadelnden Blick zu. Der Kaleun hielt seine Augen fest auf den Obersteuermann gerichtet und als kein neues Ping erfolgte, durchlief Blaschke ein peinlicher Schauer und er lockerte sich und atmete aus.

Lindt nickte und grinste Blaschke spöttisch an. Jetzt grinste Blaschke vorsichtig zurück und fasste sich an den eigenen Pullover. Er war schmutzig und fühlte sich speckig an. Lindt hatte sich bereits wieder von dem Obersteuermann abgewandt und ein ernstes Gesicht aufgesetzt. Er stand jetzt neben dem LI am Tiefenrudersteuerstand, dessen Manometer einhundertundvierzig Meter anzeigte.

Wird das jetzt meine letzte Wabo-Verfolgung?, schoss es Blaschke plötzlich durch den Kopf. *Wie viele Wabo-Verfolgungen hast du eigentlich schon mitgemacht? Der Krieg dauert doch bereits eine Ewigkeit. Wie viel hat man dir eigentlich schon auf den Kopf geschmissen? Es gibt nichts Schlimmeres als Wasserbomben.* Jeder hier wusste das. Allein das Geräusch, die krachende Lautstärke der unter Wasser gezündeten Sprengkörper, war unerträglich.

Ping.

Dieses Mal verzog Blaschke keine Miene und in der Zentrale standen die Männer wort- und reglos umeinander. In die Stille hinein fielen immer wieder Wassertropfen.

Schonfrist – Galgenfrist – lauter verbotene letzte Worte kamen Blaschke in den Sinn. Und da war auch wieder „abgesoffen". Entschieden strich er das Wort in seinem Kopf aus. *Absaufen – das ist etwas für die anderen, für die Herren von der anderen Feldpostnummer, denen wir gerne dabei behilflich sind. Wo stehen die Feinde jetzt eigentlich?* Die Gefechtssituation verschwand für ihn im Nebel und er starrte auf die Karte wie auf ein leeres Stück Papier, das mit ihm nicht das Geringste zu tun hatte.

Sind das Schraubengeräusche? Höre ich Schrauben oder bilde ich mir das ein? Blaschke blickte sich rasch in der Zentrale um und sah in erschrockene Gesichter. Kein Zweifel – er war nicht der Einzige. Jetzt kamen sie.

Alle waren sie nun wie erstarrt, bis auf Lindt, der sich den Kopf kratzte und einen trotzigen Blick nach oben warf. Wie eine fauchende Dampflok, wie ein Todeszug kamen die Geräusche schnell näher und setzten dann plötzlich aus. Im Boot herrschte Grabesstille. Einhundertundfünfzig Meter gingen am Tiefenmesser durch und die Nadel näherte sich dem rot markierten Bereich. Mehr Schrauben, anders klingend als das zuerst vernommene Geräusch, kamen bereits hinzu. Sie liefen langsam und schwerfällig. Ein hartnäckiges Mahlen. Lindt verließ die Zentrale und ging in den Funkraum. Anton Kiebig arbeitete so konzentriert, dass er es nicht merkte, als sich der Kaleun neben ihm zu Boden ließ. Durch das Schott beobachtete Blaschke Lindts angespanntes Gesicht.

Ping-Pingping-Ping-Pingping. Das waren *zwei* Asdic-Geräte, die das Boot nun einpeilten und nicht mehr von ihm abließen. In das Intervall des einen fiel das Ping des anderen. Die entsetzlichen Töne begannen an den Nerven zu reißen.

„Jetzt haben sie uns", sagte der Rudergänger leise.

Vor Blaschkes innerem Auge leuchteten zwei große Scheinwerfer auf, die das Boot in seiner gesamten Länge anstrahlten. Das Pingen ging immer weiter und jeder einzelne Impuls stach wie ein Stilett in die Ohren der Männer und durch sie hindurch ins Nervenzentrum. Der Ingenieur, der die Ortungsgeräte mit diesem Geräusch versehen hatte, musste ein rechter Teufel gewesen sein. Nun folgte ein ganzes Geprassel an Pings, ein Pingbrei, gut geeignet, um eine ganze Besatzung in den Wahnsinn zu treiben.

„Zerstörer läuft an!", rief Kiebig und schon war das Stakkato der Schrauben für jedermann im Boot gut zu hören. Lindt sprang zum Schott, streckte seinen Kopf hindurch und gab rasch die Befehle: „Beide Maschinen große Fahrt, hart Backbord, auf zweihundert Meter gehen!"

Die E-Maschinen fuhren hoch, das Boot kippte zur Seite und wenig später riss das Pingen ab. Alles wurde abschüssig, eine abwärts gerichtete Welt. Die Spanten krachten. *Wuschwuschwuschwusch-wuschwuschwuschwusch*, kamen die Schrauben schnell näher und zogen mit ihrem Lärm eine Decke aus Angst über die versteinerten Männer in dem U-Boot, deren Blicke nach oben gerichtet den Geräuschen folgten. In die Anspannung fiel ein einziges Ping und dann Kiebigs Stimme: „Wasserbomben!"

Jetzt wird verreckt, schon wieder verreckt, wie in Berlin, dachte Blaschke. *Bin ich denn nur zum Verrecken auf der Welt?! Aber dieses Mal gibt es keinen Lichtschacht, kein Luftloch und keinen Ausgang. Dieses Mal wird richtig gründlich verreckt. Gründlich und abschließend. In Vollendung verreckt, denn das Sterben ist die Kür des Lebens und des Soldaten erste Pflicht. Fürführervolkund ... Moment, ich höre gar nichts.*

Blaschke sah zusammenzuckende Gesichter, Köpfe wie an Schildkrötenhälsen, Krebsdorf taumelte an ihm vorüber wie ein angeschossener Betrunkener und von Lindts schweigend aufgerissenem Mund lernte Blaschke in Sekundenschnelle Lippenlesen: Aaaaaahhkaaaah!

Stummfilm mit Todesfolge – was geschah hier? Plötzlich wurde alles unvertraut. Der Raum, die Gesichter, die Leere zwischen den Ohren und der Magen, der sich anfühlte, als hätte ihn jemand umgestülpt. An der Kursanzeige machte die Nadel einen kecken Sprung gegen den Uhrzeigersinn, den Blick auf den Tiefenmesser versperrten tanzende Männer in waghalsigen Balanceakten. Dann Licht aus, ein gefühlvoller Tod, Licht an und rasche Wiedergeburt, Licht aus, Licht an, Notbeleuchtung. Einige Männer lagen hingeschlagen auf den Flurplatten. Der LI reichte einem von ihnen die Hand und zog ihn nach oben, während seine andere Hand den Hörer der Bordsprechanlage gegen das Ohr presste. Dabei sah er Blaschke direkt in die Augen.

„...undachtzig Meter gehen. Mittschiffs. Beide Kleine."

Das war Lindts Stimme und dann war die Stille zurück. Blaschke blickte ungläubig um sich. Nun also wieder Stille. War denn den Ohren noch zu trauen? Krebsdorf stand plötzlich neben ihm und schaute ihn an.

„Vier Bomben", sagte er. Blaschke nickte wie automatisch, ehe er verstand und nach der Kreide griff und vier Striche auf die Tafel zeichnete. Dann nickte er Krebsdorf noch einmal zu und las von der Kursanzeige den Kurs ab und übertrug ihn auf die Karte. Er legte den Stift weg und spürte, dass seine Hände fahrig wurden und seine Finger zitterten. In seinem Magen herrschte ein flaues Gefühl von Krankheit und Unbehagen.

„Das wird doch noch nicht alles gewesen sein", sagte Lindt und stieg durch das Schott zurück in den Funkraum.

Nein, bestimmt nicht, dachte Krebsdorf. Ein schmaler Grat, der jetzt zu gehen war, so zwischen notwendigem Optimismus und reiner Hybris. In der dunklen, nur von der Notbeleuchtung erhellten Zentrale waren die Männer enger beieinander gerückt und aus dem U-Raum drängten noch mehr heran. *Es gibt nichts zu verpassen*, dachte Krebsdorf. *Wenn der Vorhang fällt, sitzen wir alle in der ersten Reihe.* Er lief auf das Schott zu und schon das genügte. Die Männer wandten die Blicke ab, einige machten kehrt. Krebsdorf sah sie durch den U-Raum verschwinden, hinein in die Kombüse, in der kein Licht mehr brannte.

Der scharfe Knall weiterer Wasserbomben steuerbord achteraus zerriss die eingetretene Stille. Zu weit ab, um sich auf das Boot auszuwirken.

„Macht acht", sagte Blaschke und griff nach der Kreide.

„Acht mal daneben", antwortete ihm Krebsdorf und kam zurück zu ihm an den Kartentisch. Weber trat neben die beiden Freunde, blickte beide nacheinander an, sagte keinen Ton und bückte sich dann hinab, um durch das Schott in den Funkraum zu peilen.

„Langsame Fahrt, drei Knoten, hart Backbord auf zweihundertundsechzig Grad gehen", flüsterte Lindt und Weber wiederholte den Befehl. Die E-Maschine wurde etwas lauter.

„Einhundertundachtzig Meter", sagte der LI.

Mit ungesehener Eleganz schob sich das Boot durch die alles umschließende Dunkelheit. Kiebig und Lindt standen in regem Austausch, in ihrer eigenen Sprache, die sich zwischen den beiden herausgebildet hatte. Nur mit den Ohren des Bootes ließ sich jetzt noch ein Bild von der Gefechtssituation erstellen. Alle anderen Sinne waren blockiert.

„Aufpassen, Herr Kaleun, der aus Osten schnürt wieder heran."

„So ist mir das recht. Immer schön stur bleiben – das macht ihn berechenbar."

„Zerstörer auf drei Uhr, Maschinen gestoppt. Den sollten wir auch nicht vergessen."

„Machen wir nicht, keine Angst. Wird gleich pingen, falls die nicht pennen und schon sich selbst vergessen haben."

Trotz der erhöhten Fahrtstufe blieb das Pingen aber aus und das Boot schlich weiter mit ganzer Breitseite an dem U-Jäger vorüber.

„Wir machen das wie immer, Anton", sagte Lindt und warf Kiebig einen listigen Blick zu. „Modell mürrisch Getriebener. Von denen lassen wir uns nicht den Saft klauen – bis sie keine Pfeile mehr im Köcher haben. Du hast doch ein bisschen Zeit mitgebracht?"

Der Funkmaat legte den Finger über seinen Mund. „Beide Kleine", sagte Lindt, als das Boot auf den neuen Kurs eingesteuert war. Der Kaleun trat vom Horchschapp weg und wandte sich an Krebsdorf.

„Das wird bis in die Nacht dauern", sagte er, „das können Sie der Mannschaft gleich mal klar machen, und dass ich vorhabe, gegen Mitternacht noch am Leben zu sein auch. Gehen Sie gleich, Leutnant, und schauen Sie nach, ob Fuhrmann ordentlich fixiert ist. Wenn er Ärger macht, soll der Sani ihn gleich betäuben ohne Wenn und Aber."

Krebsdorf blickte finster drein.

„Wird gemacht, Herr Kaleun."

Der 2WO schob sich an Blaschke vorbei und betrat den U-Raum. Die meisten Männer lagen in ihren Kojen und achteten darauf, nur leise miteinander zu sprechen. Einige waren leicht verwundet durch Glassplitter.

„Ab einhundertachtzig Meter brauchst'e dir eigentlich keine Sorgen mehr um Wasserbomben zu machen. Völlig wirkungslos durch den Druck in der Tiefe."

„Gott, bist du blöd. Ich weiß nur, dass du ab einhundertachtzig Meter ziemlich viel Scheiße quatschst."

„Ruhe", sagte Krebsdorf knapp und trat an Fuhrmanns Koje. Der Matrosengefreite schlief und war mit mehreren Bändern an seiner Koje fixiert.

„Wenn er aufwacht und Faxen macht, wird er sofort betäubt, verstanden? Wo ist der Smut?"

„Hier, Herr Leutnant."

Schnitte trat aus seiner finsteren Kombüse hervor.

„Verstanden?", wiederholte Krebsdorf.

„Selbstverständlich, Herr Leutnant, gar keine Frage."

„Wie macht er das eigentlich, so seelenruhig zu pennen bei all dem Krach?"

„Er hat von uns schon eine gute Erstversorgung bekommen. Der Kleine ist nicht gerade für das U-Boot geschaffen. Wenn es knallt, ist er kurz da und dann sofort wieder weg."

„Wie sieht es denn Achtern aus?"

Schnitte zuckte die Schultern.

„Bunt und lebensfroh. Am besten schauen Sie selbst nach."

„Das mache ich", sagte Krebsdorf. „Der Kaleun sagt, das Geknalle wird bis in die Nacht andauern."

„Schön", gab sich einer der Maate kaltschnäuzig. „Was ist denn eigentlich mit dem Obersteuermann los?"

„Mach dir keine Sorgen. Wenn es darauf ankommt, ist Blaschke der bösartigste und schnellste Mann an Bord. Ich kenne ihn schon sehr lange."

Krebsdorf blieb vorm Kombüsenschott stehen und betrachtete interessiert die Großaufnahme eines Blitzmädchens. Es war ein Einzelbild und die junge Frau darauf war blond und lächelte siegesgewiss den Fotografen an. Die eng sitzende Uniform war nicht ganz ordnungsgemäß um ihren Körper geschlossen.

„Das Leben ist doch fabelhaft", sagte Krebsdorf. „Wenn sie noch ein bisschen strammer steht, fliegt der ganze Fetzen von alleine weg."

„Ich warte jeden Tag darauf, Herr Leutnant."

Der 2WO tat einen Schritt in die finstere Kombüse. Der kleine zugestellte Raum gehörte zu den beengtesten Orten des Bootes und wie üblich war die hier vorhandene Bordtoilette mit Proviant beladen, verschlossen und für die Mannschaft nicht zu benutzen. Vor der Tür sammelten sich Kisten und Kartons voller Lebensmittel und hinter dem Luk an der Decke darüber lauerte der unermessliche Druck der Tiefe. Während Krebsdorf das Luk inspizierte, gab es einen gewaltigen Schlag und Krebsdorf zuckte zusammen und dann folgte eine ganze Serie von Detonationen ungeheurer Lautstärke, sodass die Brote in ihren Körben hin und her hüpften. Der 2WO schaltete seine Taschenlampe ein und ließ den Kegel über das Luk wandern. *Es ist doch ziemlich einsam hier*, dachte er und lief schnell weiter in den Maschinenraum.

Wenig später saß Lindt in der Zentrale auf der Kartenkiste und beobachtete Langer dabei, wie er eine Hand voll winziger Scherben in die Bilge kehrte. Dann wollte sich der Zentralemaat daran machen, neue Birnen einzusetzen.

„Lassen Sie mal", sagte der Kaleun und Langer blieb mit dem Karton unterm Arm stehen. „Wenn es nur mit den Menschen auch so einfach wäre."

„Fuhrmann geht es blendend, Herr Kaleun", sagte Krebsdorf. „Angeschnallt wie Stückgut erlebt der die Reise seines Lebens. Na, oder auch nicht. Er schläft tief und fest."

„Der Smut ist ein Hexer, wenn es um sowas geht."
„Beim Essen auch."
Einige Leute wagten ein leises Lachen.
„Die kommen gleich wieder", sagte Lindt und stand von der Kartenkiste auf. Im Gehen warf er einen Blick in Blaschkes Augen. An der Tafel über dem Kartentisch standen zwanzig Striche.

Lauschend kroch ein geflügeltes schwarzes Tier auf seinen Stahlschwingen durch die See. Ein geweckter Jäger, wachsam den eigenen Sinnen ergeben – das Wasser hinter ihm in aufgewühlter Bewegung in Folge der Wasserbomben. Kein horchendes Ohr war in der Lage, derlei Wirbel zu durchdringen. Das Wühlen der Schrauben war als leises Summen für Momente nicht auszumachen im übrigen Geschrei der Welt.
„Beide Maschinen kleine Fahrt", sagte Lindt und stieg durch das Schott. Hinter dem Boot strömte gurgelnd das Wasser zusammen und verstummte schließlich. An der Oberfläche öffneten sich die Ohren.
Die Jäger hatten sich über dem Boot versammelt und begannen ihr weites Netz zu spannen, indem sie großen Abstand zueinander hielten und jede Ausbruchsrichtung mit Sensoren belegten. Zwei Korvetten fuhren auf dem vermuteten Kurs weit voraus, an den Flanken standen Zerstörer mit Asdic und von achtern folgten zwei weitere Zerstörer mit langsam mahlenden Maschinen.
Als der Funkmaat die Erklärung der Situation beendet hatte, setzte Lindt die Mütze ab, lüftete sie mit einem Schwung des Armes und setzte sie sich abermals auf den Kopf. Im Horchschapp war Kiebig völlig in sich versunken. Der Kaleun ging wieder neben ihm in die Hocke. Der Ausdruck seines Gesichts war nun sehr ruhig geworden und geduldig blickte er in das Schapp, ohne den Horcher zu stören.
„Sind das alle?", fragte Lindt den Funkmaat, der im Funkschapp auf seinem Schemel saß.
„Vorläufig ja. Wir haben noch einen diffusen Horchkontakt in Richtung Nordwest. Sehr weit weg."
„Wir drehen erst mal wieder um", sagte Lindt und steckte seinen Kopf durch das Schott. „Backbord zwanzig. Neuer Kurs einhundert Grad."
„Ruder zwanzig Grad Backbord. Neuer Kurs einhundert Grad."
Blaschke schaute sich um. In der Zentrale standen die Männer dicht zusammen und blickten einander an. Ergebenheit und Zweifel. *Stimmen Tiefe, Kurs und Fahrtstufe? Werden wir es schaffen? Kommen wir auch*

diesmal nochmal davon? Der Zentralemaat und ein Matrosengefreiter schauten Blaschke an, als wollten sie sich gegenseitig darin überbieten, ihrem Gesicht ein Höchstmaß an Gleichgültigkeit zu verleihen. *Noch mehr Heldentheater. Als ob denen nicht auch die Muffe geht*, dachte Blaschke. Das Boot steuerte langsam und still durch seine Wende.

„Anlauf!", rief Kiebig.

„Große Fahrt beide! Ruderlage beibehalten! Auf zwohundertzehn Meter gehen, schnell!"

Kreischend antwortete das Boot und die Leute drehten sich erschrocken zum LI um. Blaschke beobachtete die Veränderung in den Gesichtern des Zentralemaats und des Matrosengefreiten, dann packte ihn selbst die Angst und er klammerte sich an den Kartentisch. Neben ihm fielen die Wassertropfen jetzt in schnellerer Folge von der Wand. *Pitsch-Pitsch-Pitsch* pitschten sie in die Stille, als das Schreien des Stahls nachgelassen hatte. Dann hörten die Männer das wahnsinnige Getöse der Zerstörerschrauben und das Boot erreichte die neue Tiefe und den befohlenen Kurs und flüchtete geradlinig vor den Bomben, die ihm entgegen sanken.

Von achtern erfasste die Druckwelle das Boot und schob es von sich fort. Die Männer stürzten plötzlich beschleunigt durch die Gänge im Zitterlicht und Knallen ringsum. Der Lärm war unbeschreiblich. Am Kartentisch sah Blaschke den Matrosengefreiten sich die Ohren zuhalten, statt sich selbst irgendwo festzuklammern und dann rutschte der Gefreite durch die Zentrale davon. Das Licht fiel aus und sorgte mit einem Trick für das vollständige Verschwinden des Gefreiten. Unbegreifliche Bilder für Blaschkes Gehirn.

Taschenlampen, dann Notbeleuchtung. Es knallte immer weiter. Die Bomben lagen jetzt auf allen Seiten, aber ein Stück über dem Boot, das sich unter den Stößen schwankend hinwegduckte und immer weiter durch die von violetten Detonationen durchzuckte Dunkelheit rannte. Von den Männern an Bord unbemerkt ging neben dem Boot ein Hedgehog-Regen hernieder, doch von den Granaten des noch recht neuen Waffensystems traf keine ihr Ziel und sie sanken wirkungslos dem Grund entgegen.

Unmöglich, die einzelnen explodierenden Bomben auseinander zu halten und zu zählen. Im Lärm schien sich jede Rationalität aufzulösen und Blaschke hatte schon alle Hände voll zu tun, nicht vom Kartentisch weggeschleudert zu werden. Er erkannte kaum noch die Männer um sich herum. Wo war Krebsdorf? Die Schläge über ihren Köpfen hörten überhaupt nicht mehr auf. Ein Knallbrei, unerträglicher Lärm, der wie Zentnermassen auf die Trommelfelle traf. Einige Männer stöhnten schon, doch keiner von ihnen schrie.

Lindt duckte sich durch das Schott und kam stumm zurück in die Zentrale, als der Krach endlich ausblieb. Er blickte in der Notbeleuchtung um sich.

„Na los jetzt, Sicherungen her", hörte er aus dem U-Raum flüstern.

„Kleine Fahrt", sagte der Kaleun.

Das Boot war vollkommen unbeschädigt.

Ein zerbrochener Asdic-Ping zerstörte augenblicklich die kurz entstandene Stille. Dann der nächste Ping, der schon besser lag. Geräuschwechsel von Bombenexplosionen auf die schrecklichen Töne des Feindsonars. Lindt rieb sich mit einer Hand den Bauch.

„Bisschen höher, LI", flüsterte Lindt wie von sich selbst erschrocken.

„Auf einhundertundneunzig Meter gehen."

Baumann nickte nur.

Die Asdic-Ortung riss ab und das Pingen blieb aus.

„Immer feste druff. Freut euch über jeden Knall, Männer", sagte Lindt und lächelte Baumann an.

Krebsdorf kam vorsichtig aus dem achteren Bereich der Zentrale und stellte sich wieder neben Blaschke an den Kartentisch. Er nahm die Mütze ab und sein Haar glänzte im Notlicht vom Schweiß. Dann ging die Normalbeleuchtung wieder an.

„Na, wenigstens sind jetzt alle wach", sagte Lindt. „Die werden wir schon wieder los. Dauert aber noch ein bisschen."

Und damit stieg er zurück durch das Schott in den Funkraum und zu Anton Kiebig. Blaschke und Krebsdorf hockten sich gemeinsam an das Schott und schauten ihm nach. Hinter dem Kaleun konnten sie durch die O-Messe und den Offiziersraum hindurch in Richtung des Bugraums sehen, von wo ihnen zahlreiche Männer entgegenblickten.

Kohler drehte sich um.

„Ich bin müde, Mensch", sagte er.

„Wenn die nächsten besser sitzen, kannst'e pennen."

Das war der Mulatte. Von Ordnung war in dem Raum nichts mehr übrig und fast dreißig Mann lagen und kauerten und hockten nun zwischen den Torpedos und den zusammengeklappten und zum Teil

214

abgerissenen Kojen. Wenn noch gesprochen wurde, dann nur in leisestem Flüsterton.

„Mensch, Janosch, du zitterst ja. So willst du wohl abnehmen?"
„Du bist und bleibst das größte Arschloch an Bord, Raab."
Raab zog künstlich beleidigt die Augenbrauen zusammen.
„Weiß ich doch, mein Dicker, aber ich fürchte mich nicht vor den Amerikanern. Die sind nämlich alle schwul und ich habe keine Angst vor Schwulen."
„Schön. Jetzt hör auf die Schwulen anzulocken und halt endlich die Schnauze."

Das Geräusch langsam mahlender Zerstörerschrauben ließ Raab das Flüstern einstellen und es wurde wieder ganz still im Bugraum. Dann fuhren die Schrauben auf einen Schlag hoch, peitschten sekundenlang mit rasendem Tempo durchs Wasser und verstummten plötzlich. Raab und Janosch sahen einander an und wieder rannten die Schrauben los, dieses Mal näher, und klatschten durch das Wasser und kamen immer näher und brachen ab wie abgeschnitten ... Der Zerstörer trieb mit Restfahrt in den Kurs des Bootes und dann zündeten die Hedgehog-Werfer und mit ihnen ein halbes Dutzend konventioneller Wasserbombenwerfer.

I, II, III, IV prangten die Markierungen auf den Torpedorohren, hinter denen sich der tiefe schwarze Tod verbarg. Die roten Abschusshebel waren verwaist in ihrer Sinnlosigkeit in dieser Tiefe. Es war nicht daran zu denken, sich zu wehren. An gar nichts war zu denken für die Männer. Es gab nur noch einen Mann an Bord, der jetzt noch dachte, und das war der Kommandant. Uhlig malte mit seinem Finger Achten in die Luft, eine nach der anderen, als würde er eine Fliege verfolgen. Die Männer, die ihm gegenübersaßen, schauten ihm dabei zu. Nach einiger Zeit beendete er die Vorstellung, da sich der Gedanke an den Sauerstoffvorrat in seinem Kopf zu regen begann. Also Schluss damit. Am besten gar nichts tun, auch nicht denken. Denken verbrauchte Sauerstoff und das nicht zu knapp. Die Gedanken so richtig veröden lassen, das war hier gefragt. Sauerstoffarme Gedanken denken. Nur noch in Gedanken Achten malen. Wenn man sich in Gedanken eine liegende Acht vorstellte und ihre Bahn entlangfuhr – immer wieder – soll das gut für die Verbindung zwischen den beiden Gehirnhälften sein. U-Waffe: Elite der Marine. Die verhätschelten Lieblinge des Freikorps Dönitz.

Unschlagbar im gemeinsamen Ertragen widriger Umstände. Zusammengeschweißte Kampfeinheiten: Boot für Boot. Die Besten der Besten. Werden mit allem fertig. Mit den Launen des Meeres und der Winde, der Enge und der Öde, den Maschinen und dem Schimmelgestank, mit dem Tod und dem Feind sowieso. *Uns kann doch keiner. Uns doch nicht.*

Ein raschelndes Knistern? Das musste ein bislang erfolgloser Jäger sein, der sie nun mit seinem anders klingenden Suchsonar aufzuspüren drohte. Die Männer warfen sich fragende Blicke zu und spitzten die Ohren. Raab und Fellbach bewegten synchron den Kopf. Die Schrauben eines Zerstörers zogen am verlängerten Blick der beiden vorüber und dann trafen auch wieder einzelne Klaviernoten auf das Boot und seine Besatzung, die ihre Flüstertöne verschluckte und sich in Schweigen hüllte wie in einen schützenden Kokon, der krachend auseinander barst, als die Bomben detonierten. *Ka-WAMM* trennte der Schlag Raab von Fellbach und warf ihn in die Arme Kohlers, der damit schlimmere Verletzungen verhinderte. Dann fiel ein Ping mit einem Bombenhieb zusammen und Raab flog mit Kohler im Arm zurück auf seinen Platz. Crescendo schrie, du sollst nie wieder hören! Nur mich, nur mich, Crescendo! Und es wurde noch immer lauter und die Bomben platzten wie Vulkane, bis das ganze Boot eingeschlossen war in Tod und Tod und Tod. Im U-Raum lag der Smut über Fuhrmann gebeugt und hielt ihm mit beiden Händen die Ohren zu, während sein Körper immer wieder durchgeschüttelt wurde.

„Beide Kleine. Zwo Dez nach Steuerbord. Schäden melden."

Das Licht flackerte erneut und fiel dann komplett aus. Die Elektrik an Bord musste etwas abbekommen haben. Im O-Raum stank es verbrannt und der LI war schon auf dem Weg dorthin.

„Rauchentwicklung … im Heckraum … wird noch geprüft."

„…fundament angerissen."

„Kabelbrand im U-Raum. Bereits gelöscht."

„Steuerbordwelle macht leicht Wasser. Die Flansche – sie haben es im Griff."

„Müssen wir abstellen?"

„Nein, Herr Kaleun."

„Wassereinbruch über Hecktorpedorohr. Wir brauchen Hilfe."

Krebsdorf gab die Meldung weiter an den LI.

„Gleich fertig. Mache ich als Nächstes. Erstmal das Licht."

Männer mit Taschenlampen aus dem Bugraum hatten sich bereits eingefunden und unterstützten den LI bei seiner Arbeit am Kasten mit der Elektrik und den Sicherungen im O-Raum. Die Lichtkegel zitterten und fielen über beide Schultern des Ingenieurs.

„Ist nichts weiter, kriegt ihr selbst hin", sagte Baumann und schon war er verschwunden und an Krebsdorf vorbei und in der Zentrale. Mit beiden Händen schwang er sich durch den achteren Schottring und hastete schnell weiter.

„Halbe Fahrt", sagte Lindt. „Bei dem Krach ist's auch egal. Frage: Peilungen."

„Überall, Herr Kaleun."

Lindt verließ den Funkraum und trat in der Zentrale hinter die Tiefenrudergänger.

„Auf einhundertundsechzig Meter gehen. Vorne oben drei. Hinten oben fünf. Gut so."

Er klopfte dem rechten der beiden Männer auf die Schulter. *Sie klauen uns den Saft. Die verdammten Schweine klauen uns den Saft,* dachte Lindt und sein Blick fiel auf die beiden Batteriestandanzeigen am Tannenbaum. Von achtern drang der Lärm der Reparaturarbeiten in die Zentrale. Dazwischen die Stimme des Smuts. „Ruhig, Gerd, ruhig!" Es war viel Bewegung im Boot und der Trimm schwankte stark. Lindt befahl vom leisen Handruder auf das präzisere elektrische umzustellen und der Tiefenrudergänger folgte dankbar dem Befehl. Der Tiefenmesser stoppte bei einhundertfünfundfünfzig Meter, verharrte einen Moment zitternd und bewegte sich dann langsam wieder weiter in den roten Bereich. Lindts Hand lag auf dem schweißnassen Rücken des Rudergängers.

„Gut so."

Über die Bordsprechanlage erreichte daraufhin der Kaleun Alfi im Heckraum: „Bold ausstoßen."

Im Hintergrund klangen Klopf- und Sägegeräusche.

„Boldschleuse macht Wasser. Wir arbeiten daran."

„Verstanden."

Also kein Bold. Tarnbold, Lügenbold, Täuschbold. Ein lustiges Wort. Also kein Bold. Der Lack war ab, das Boot nicht mehr unbeschädigt. Die Amerikaner hatten sie eindeutig und gut getroffen.

„Langsame Fahrt."

Die Beleuchtung flackerte nicht mehr und die Reparaturarbeiten machten demnach Fortschritte. Vom Asdic war auch nichts mehr zu hören. Hatten sie es etwa mit Sadisten zu tun?

Lindt drehte sich um und die drei Punkte Lindt, Blaschke, Krebsdorf bildeten in der Zentrale ein stabiles Dreieck. Nur langsam kehrte im Boot wieder etwas Ruhe ein und aus dem Heck drang noch immer der gewaltige Lärm der Werkzeuge. *So können die uns bis Nantucket horchen*, dachte Lindt. Wie viele Bomben? Schon weit über sechzig gezählte standen jetzt auf der Tafel. Irgendwann mussten sie zurück nach Newport und neue Sprengkörper holen. Bis dahin galt es zu überleben. An der Oberfläche dicht über ihnen rauschte ein Kriegsschiff vorüber, doch der Horcher meldete keine Wasserbomben. *Wir die Feldmaus, oben der Bussard.*

Wuschwuschwusch-wuschwuschwusch machten die Schrauben und jeder im Boot konnte sie hören. *Einem der Zerstörer einen Aal verpassen, das wäre das Richtige*, dachte Krebsdorf. *Dass die anderen Schiss kriegen und sich endlich verpissen. Diese verdammte Saubande - die können da oben noch die Sonne sehen, während wir uns mit diesen scheiß E-Funzeln zufriedengeben müssen, die auch noch alle naslang ausfallen und zerplatzen. Einen von denen wegkillen, das wär's. Wenn ein Zerstörer einen Torpedo abkriegt, fliegt der ganze Kahn in die Luft wie ein Munitionslager.* Hundert Meter hoch hatte er Zerstörerbesatzungsmitglieder beziehungsweise deren Überreste schon fliegen sehen beim Nachtangriff im Schein der Leuchtgranaten. *Muss ein Wahnsinnsgefühl gewesen sein für die armen Kerle.* Er schaute Lindt in die Augen und versuchte ihm seine Gedanken zu übertragen. Keine Reaktion im Gesicht des Kommandanten. *Der gute alte Erich, das stille Wasser*, dachte Krebsdorf.

Dann kam der Wachwechsel und die Zentralebesatzung wurde ausgetauscht. Aus dem Turm kletterte der Rudergänger herab und ein anderer hinauf. Weber und Langer blieben in der Zentrale und der 1WO nahm nur die Mütze ab und legte sie beim Echolot auf das Pult. Dann fragte er im U-Raum, ob der Smut ein paar Brote bringen könne. „Eine Orange dazu, wenn noch da", sagte er. Krebsdorf verzog das Gesicht.

„Für den 2WO auch – für die ganze Zentrale", sagte Weber.

Krebsdorf drehte sich um und beugte sich über die Seekarte.

„Was hast du denn hier gemacht?", fragte er Blaschke und deutete auf den Kursverlauf und die Schlinge, die er nun gebildet hatte.

„Knallkopf", antwortete Blaschke knapp.

Zwei dumpfe Schläge krachten weit entfernt hinter dem Boot und Blaschke griff zur Kreide. Er fügte seiner Liste zwei Striche hinzu und lauschte in die entstehende Ruhe. Auch die Schraubengeräusche der U-Jäger fielen etwas achtern ab. *Er wird es wissen*, dachte Blaschke. *Er wird es so gut wie ich wissen, dass die letzten Anläufe verdammt nah dran gewesen waren.* Krebsdorf nickte nur zu Blaschkes unausgesprochenen Gedanken. Die wortlose Kommunikation funktionierte also noch tadellos. Auf dem Netz der Wellen an der Oberfläche verschob sich das Netz der U-Jäger. Die sechs Kriegsschiffe bildeten einen Rhombus, der nun seine Laufrichtung änderte.

Sechs U-Jäger – das gab es noch nie. Nicht für Lindt und nicht in dieser Form. Sechs U-Jäger an einem Geleit, ja, das hatte er schon erlebt, auch zehn. Aber die hatten ihn nicht alle gleichzeitig gejagt, denn sie hatten keine Zeit dafür. Die hier hatten Zeit. Die hatten alle Zeit der Welt. Sechs U-Jäger, die ihn alle zugleich einpeilten mit aktivem und passivem Sonar, ohne dabei abgelenkt zu werden von einer lärmenden Dampferhorde, die nur schnell weiterwollte. Sechs U-Jäger, die sich das Signal gegenseitig zuspielten wie Tennisspieler beim gemischten Doppel mit Auswechselspielern. Sechs U-Jäger, die alle nur Rache wollten für den Paukenschlag '42. Oh, die wollten Blut sehen, oder wenigstens Öl. Sechs U-Jäger machte sechs bösartige und mordgierige Zerstörerkommandanten, machte über den Daumen gepeilt sechsmal zweihundertundfünfzig gleich eintausendfünfhundert rachsüchtige Amerikaner mit sechs mal sechs gleich sechsunddreißig Wasserbombenwerfern.

Ein Ping riss Lindt aus seinen Gedanken. Die U-Jäger hatten das Boot in seiner neuen Tiefe gefunden. Die Kriegsschiffe formierten sich für einen erneuten Angriff und im Boot war außer der E-Maschine nichts mehr zu hören. Die Männer duckten sich in die Enge dicht beieinander und gaben keinen Ton mehr von sich. Der Geruch der Angst an die Wand getriebener Menschen breitete sich im ganzen Boot aus. Ein vielfältiger und ekelhafter Duft. Manche Männer rochen sauer im Moment der Angst, andere widerlich süß. Der Duft war ansteckend und übertragbar und fraß sich von einem Mann zum nächsten, zehrte dabei Zuversicht und Mut auf, stieß Gewissheiten um und hinterließ Zweifel und Misstrauen.

„Ich habe mich – irgendwas an dir ist anders als bei den anderen – du, du hast irgendwas, irgendwie – irgendwie habe ich mich in dich verliebt, Willi", hatte Yvonne gesagt und gleich darauf waren ihr dicke Tränen aus ihren schönen Augen die Wange herabgekullert und Krebsdorfs erste innerlich gut verborgene Reaktion war eine kaum verständliche und ihm selbst nicht begreifliche Wut gewesen. Er wusste noch nicht einmal, auf wen er wütend war. Um sie zum Schweigen zu bringen, küsste er sie schnell und sie trank ihn fast aus, bevor sie ihn wieder von sich wegschob.

„Seit ich dich kenne, Willi, denke ich über den Krieg vollkommen anders."

„Lass das nur ja nicht deinen Chef hören."

„Er ist nicht mehr mein Chef, schon vergessen? Das hier ist nicht Saint Nazaire, mein Lieber. Bleib bei mir. Wir verschwinden von hier."

„Bist du verrückt geworden?"

„Ihr seid alle nur kleine Jungen, die man aufeinanderhetzt."

Er schnaubte vor Wut.

„Willst du mich heiraten?", fragte er.

„Ja."

Er lächelte.

„Wer bist du?"

„Ich bin reich, Willi. Ich kann dir eintausend Mark geben. Das ist nur Papiergeld für mich. Zweitausend Mark. Dreitausend. Sag mir, wie viel du brauchst."

In seinem Kopf drehte sich alles.

„Woher hast du so viel Geld?"

„Ich ... meine Familie ist reich."

Sie schluchzte und er schaute sie fassungslos und wie angewidert an.

„Wie tief willst du sinken, Yvonne?"

„Mit dir so tief, wie es geht."

Letztes Kapitel – Exoriare aliquis nostris ex ossibus ultor

„Anlauf!", rief Kiebig, gefolgt von Lindts: „AK! Schnell tiefer! Hart Steuerbord!"
Der Stall brannte. Und wie. Fuhrmann schrie und biss in die Hand des Smuts, aus der das Blut spritzte und an den Mundrändern des Gefreiten herablief. Der Sani rief einem der Maate zu, er möge sich doch beeilen mit der Spritze.
Fuhrmanns Augen wurden immer größer unter dem zweifach gewechselten Verband und die Bomben explodierten ringsum. Die Angst sprang aus dem Kopf. „Ruhig, Gerd", sagte Schnitte und verbiss das „Halt die Fresse" mühsam. Es rutschte ihm mitunter grotesk entstellt in die Rede. „Jetzt mach endlich die Spritze fertig!", schrie er in eine Explosion, die das Boot zur Seite wegdrückte. Der Sani warf sich auf den verwundeten Gefreiten und hielt seinen Arm, in den der Maat die Spritze gab. „Es wird gleich besser, Gerd." Kaum war die Spritze aus dem Arm, schüttelte eine weitere Explosion den U-Raum durch und warf die Männer übereinander. Die Spritze fiel auf die Flurplatten und zerbrach.

Wamm Wamm Wamm! Eine Dreierserie zündete direkt neben dem Boot. *Das sind aller guten Dinge zu viele,* dachte Blaschke und rappelte sich vom Boden auf. Wie sollen die Flansche und Schweißnähte das aushalten? Aus dem U-Raum drang chaotischer Lärm und unterdrücktes Rufen wie hinter vorgehaltener Hand. Die Geräusche klangen entsetzlich und dann blieben sie allmählich aus. Rings um das Boot gurgelte und kochte das Wasser. Auf den Befehl des Kommandanten wurden die E-Maschinen wieder heruntergefahren und ihr hohes Summen verstummte fast. Dieser stetige Wechsel zwischen apokalyptischem Krach und Grabesruhe ließ die stärksten Nerven zur Hölle fahren. *Wie viele Stunden geht jetzt schon diese Art der Folter? Ich will hier weg, ich will hier weg, ich will hier weg – und kann nicht. Oh Gott, Blaschke, jetzt reiße dich zusammen. Die Männer verlassen sich auf dich.* Bei der Hauptlenzpumpe stand der Zentralemaat und untersuchte den kostbaren Apparat auf Schäden. Ein Anflug von Befriedigung trat in das Gesicht des erfahrenen Mannes und dann traf sein Blick auf Blaschke und er nickte ihm zu. Mit der Pumpe war also noch alles in Ordnung, schlecht nur, dass sie in dieser Tiefe kaum eine Chance gegen den Außendruck hatte. Zwohundertundzwanzig Meter waren vom Tiefenmanometer abzulesen. Erich hatte sich schon weit in die eiserne Ingenieursreserve hineingefressen und nun stand der Kaleun inmitten der Zentrale am Sehrohrschaft und verharrte dort unbewegt, sein ganzer Körper ein einziges Sinnesorgan, das versuchte, die nächste Bedrohung wahrzunehmen, um ihr rechtzeitig ausweichen zu können. Zwohundertundzwanzig Meter über dem Boot drehten die Zerstörer ihre Kreise und pingten ins Leere. Günstige thermische Verhältnisse brauchte man beim Unterwasserversteckspiel. Leise wie ein Dieb kam von achtern der LI geschlichen, stellte sich neben den Kommandanten und nickte ihm zu. Lindt legte ihm die Hand auf die Schulter und bewegte den Kopf nach oben in Richtung der Decke. Unaufhörlich zerhackten die feindlichen Schrauben das Wasser.

Blaschke wandte sich von den beiden Offizieren ab und fischte eine zu Boden gefallene Gurke auf. Er betrachtete die noch feuchte Gurke lange und dann begann er sie sorgfältig abzuputzen, um sich abzulenken und sich zu beschäftigen. Alles um ihn herum schien sich verlangsamt zu haben, so als wären das Boot und die Männer darin in Zeitlupe geraten. Die Röhre gab ein krachendes Geräusch von sich wie ein großer Resonanzkörper und das Gebälk im Inneren knackte wie in einem neu erbauten Haus. Blaschke zuckte mit den Achseln und biss ein kleines Stück von seiner Gurke ab. Sein Körper reagierte mit einem warmen Glücksgefühl auf die ihm zugeführte Nahrung. *Du bist noch am Leben und aus Fleisch und Blut und noch dazu unbeschadet. Das müssen ein paar Tonnen Sprengstoff gewesen sein, die sie jetzt schon wieder auf dich geschmissen haben und du hast nicht einen Kratzer abbekommen. Das ist doch besser als in jedem Panzer hier und macht eine ganze Menge mit so ein Typ VII-Boot. Ja, eine ganze Menge, bis ... ein Treffer an der falschen Stelle und aus die Maus. Abgesoffen.* Das aufdringliche Wort kam immer wieder. *Blödes Wort,* dachte Blaschke und biss in seine Gurke. *Das ist besser: Gurke, Gurke, Gurke,* dachte Blaschke und fing fast an zu kichern.

Geflüstert bahnte sich eine Meldung aus dem Heckraum über den Maschinenraum, die Kombüse und den U-Raum ihren Weg in die Zentrale.

„Boldschleuse klar."

Und dann.

„Na, Blaschke, die Gurke wäre dir ja beinah abgesoffen."
Er drehte sich um und da war niemand. Und nun geriet auch das, was zuvor wie eingefroren gewesen war, wieder in Bewegung: Weber streckte seinen Rücken durch und über sein Hemd wanderte eine Falte. Der 1WO hatte die Tiefensteuerung übernommen, doch jetzt trat er beiseite und machte Platz für den LI. Alles um Blaschke herum war noch immer so langsam oder nahm er selbst alles nur langsam wahr, was in Wahrheit in normalem Tempo geschah? Er wollte in die Gurke beißen, aber sie war nicht mehr da. Sie war weg. Aufgegessen? Ja, wahrscheinlich hatte er sie einfach in Zeitlupe aufgegessen.

Es war so still geworden, so ruhig. Wie die Stille mancher in Watte gepackter Winternächte. Niemand achtete auf ihn. Alle Männer schienen nach innen zu blicken – dort zu versinken. Die Stille war wie ... wie Darwin! Die *Beagle*! Charles Darwins Schiff hatte *Beagle* geheißen. Der Gedanke wurde so groß in ihm, dass er ihn laut herausschreien wollte, doch Blaschke blieb stumm wie die übrigen Männer. So stand er und schwieg in der Stille dieser Winternacht, in die der Schnee weißer Farbe von der Bordwand rieselte.

Beegle, Gurke, abgesoffen, ja ... Der treue kleine Schlepper lag nun abgesoffen am Grund der Bucht von New York. Die einzige Versenkung dieser Feindfahrt war der Trawler, der ihnen das Leben gerettet hatte. Ausgerechnet. *Im Seekrieg gibt es nichts, was es nicht gibt. Da ist wohl was dran.* Blaschke schaute auf Kursanzeige, Uhr und Fahrtmesser. Das haute also noch alles hin. Er war gut im Mitkoppeln von Kursen – eines der Talente, die ihn zum Obersteuermann gemacht hatten, nachdem es mit der Offizierslaufbahn auf Anordnung von oben aus gewesen war. Zum Befehlsempfänger hatte er nach dem Kieler Vorfall in den Augen der Entscheidungsträger noch immer getaugt, nur selber denken sollte er besser nicht mehr allzu viel und schon gar nicht sein Denken auf ihm Untergebene übertragen. Er hätte in Verteidigung eines Kameraden gehandelt, hatte er damals zu seiner eigenen Verteidigung hervorgebracht. Das hatte der Leitung der Marineschule gefallen, aber nicht der SS. Karten und Wetterberichte lesen, Strömungen berechnen, Besteck nehmen, Fresse halten: Das waren die ihm nun zugedachten Aufgaben, wenn er in der Marine noch eine Zukunft haben wollte. Zum Glück hatte sich Lindt gleich darum bemüht, ihn in seine Mannschaft zu bekommen, nachdem er sein eigenes Boot erhalten hatte. Das war im Januar 1940 gewesen und in einer in Watte gepackten Winternacht war Blaschke als

Lindts Obersteuermann an Bord gekommen. Janosch war damals der Erste, der ihn gleich an Oberdeck begrüßte: „Hier kommt der SS-Prügler. Willkommen an Bord, du wirst gut zu uns passen. Den Kettenhunden von denen habe ich auch schon ein paar Zähne abgenommen. Alles in allem kommen wir hier sicher auf ein ganzes Gebiss."
Merkwürdig, dass Blaschke später nie wieder solche waghalsigen Reden gehört hatte, aber damals war es gleich die Begrüßung gewesen und nun lag Janosch der Gravitätische im Bugraum und fand keine Ruhe wie alle anderen auch.

Stunden später. *Abiturientenkrieg*, dachte Lindt und sah auf seinen schlafenden ersten Horcher. *Diese jungen Burschen gehören eigentlich in den Hörsaal oder raus aufs Feld und nicht in diese stinkende Röhre, in der sie an den eigenen Ausdünstungen ersticken müssen und von schlecht gelaunten Engländern und Amerikanern mit TNT gejagt werden. Das müssen ganz verbissene Typen sein da oben. Navy-Offiziere aus Texas oder den Ostküstensüdstaaten, aus Ländern jedenfalls, in denen die Mütter stolz sind, wenn aus ihren Söhnen blutrünstige Killer werden und keine Feingeister wie Anton Kiebig.* Eine eisige Wut auf die imaginären Zerstörerkommandanten packte Lindt und er stellte sie sich vor, wie sie selbstgefällig auf ihrer Brücke einher schritten und mit gekniffenen Augen und kaltem Herzen nach der Beute jagten, ihre Männer antrieben und malträtierten, vorwärts gepeitscht von dem bösen Gefühl, schon immer übersehen worden zu sein, doch nun nur noch einen Anlauf entfernt von der lang ersehnten Fügung des Schicksals, die ihnen endlich die wohlverdiente Beförderung und zu Hause Ruhm und Anerkennung verschaffen würde und die sie dann in sich hinein schlürfen würden wie einen guten alles abtötenden Schnaps. Er sah ihre Schnurrbärte zittern vor Wut und er sah, wie sie ihre Fäuste auf die Back schlugen, wenn das vermaledeite U-Boot wider Erwarten doch noch ein Lebenszeichen von sich gab. Er sah, wie sie sich in ihrer unbändigen Rage den Kaffee auf ihr lächerliches Khakihemd kippten, boshaft keifend und schon nah am totalen Kontrollverlust, und dann gewann Lindt sich selbst zurück und erkannte, dass er sich sein eigenes wohl verborgenes Innerstes beschrieb und dass die Kommandanten da oben sich wohl nicht minder kalt gebärdeten als er selbst und dass sie berechnend vorgingen wie er selbst und dass sie zäh und ruhig waren wie er selbst und dass ihnen Beförderungen womöglich egal waren wie ihm selbst und dass er selbst sich hier in Rage gedacht und verrannt hatte und dann schob er den Gedanken an die Zerstörerkommandanten beiseite wie ein lästiges Kind und erkaltete nach kurzer Zeit schließlich ganz und vollständig zu alter Nüchternheit. *Der Teufel soll die Amerikaner holen*, dachte er nur noch.

Als die Asdic-Ortung das Boot erneut erfasste, ließ der Kaleun wieder fünfzig Meter höher gehen und die Bilge lenzen. Dann gab er Befehl zum Gegenruder und das U-Boot sank gemächlich hinab in die Tiefe. Seit sieben Stunden war das Boot nun unter Wasser. Alle wachfreien Männer waren mit Kalipatronen in die Kojen befohlen worden nach dem letzten Wasserbombenangriff. Im Bugraum und überall brannten noch immer die grünen Schleichfahrt-Lampen.

Krebsdorf lag auf seiner Koje und dämmerte vor sich hin. Wenn er die Augen aufschlug, sah er die Back der O-Messe und das Sofa dahinter, auf dem Lindt saß, die Hände vor sich auf der Back gefaltet. Ob auch er dämmerte, konnte Krebsdorf nicht erkennen, und der 2WO verschloss die Augen wieder und ließ die Gedanken treiben. Das Mundstück aus Gummi am Rüssel seiner kohlendioxidbindenden Kalipatrone stank zooisch und eklig nach irgendetwas Abgestandenem und unfassbar Widerlichem und der ganze Apparat rasselte vor sich hin. Im Schapp nebenan produzierte Kiebigs Stellvertreter leise Geräusche am Handrad. Manchmal holte er laut Luft oder wechselte die Sitzposition. Und Krebsdorf dämmerte weg ... An die permanent auftreffenden Pings hatten sich alle gewöhnen müssen und man nahm sie hin wie eigens vom Boot erzeugte Geräusche.

„Wenn sie wieder angreifen, probieren wir es nochmal mit dem Bold", sagte Lindt und Krebsdorf öffnete die Augen und nahm das stinkende Rüsselstück aus dem Mund.

„Freue mich schon darauf", sagte er.

Lindt sah ihn an und verzog keine Miene.

„Hartnäckige Bande", sagte Lindt und stützte sein Gesicht jetzt in beide Hände. Die O-Messe war wie alle anderen Räume abgedunkelt, um Strom zu sparen, und Lindts Gesicht sah im Halbdunkel unvertraut und gespenstisch aus. Das Wangenfleisch wurde durch seine Hände nach oben geschoben und von unten gegen die Augen gedrückt. Neben ihm auf der Back schlief der LI und das Mundstück seiner Kalipatrone war ihm schon lange von den Lippen gerutscht. An der Wand schwiegen der Dönitz und ein Bordlautsprecher und vom Gang war links und rechts nichts zu hören. Lindt sah dem 2WO mit unbewegtem Gesicht in die Augen.

Immer an der Wand lang ist der Weg aus dem Irrgarten: Zerstörerschrauben wurden erst lauter, dann wieder leiser. Lindts Gesicht bewegte sich nicht.

„Mit Blaschke alles in Ordnung?", fragte er.

„Ja, ich glaube schon. Mit ihm?" Krebsdorf nickte zum LI.

„Ja, bestimmt."

Krebsdorf beobachtete den Leitenden Ingenieur und spürte Dankbarkeit in sich, dass der LI schlafen konnte. *Vielleicht tut er auch nur so*, dachte er dann. Die Ohren des LI waren mit Wachs verstopft.

„Ich wecke ihn, wenn was ist", sagte Lindt, der Krebsdorfs Augen und Gedanken gefolgt war. „Haben wir schon immer so gemacht."

„Die wissen genau, wo wir sind. Wir könnten glatt Musik anmachen – es würde nichts ändern."

„Wollen wir?"

„Witzig."

„Ich meine es ernst. Vielleicht kommen sie dann. Wir würden Zeit, Luft und Strom sparen. Ich dachte, du freust dich darauf?"

„So sehr auch wieder nicht", sagte Krebsdorf und legte seine Stirn in Falten.

„Nach dem Krieg fahren wir nochmal hin."

„Nach New York?"

„Ja", sagte Lindt und strahlte. „Und da nehmen wir die Frauen mit und gehen nochmal in den Great Kills Harbor und mieten uns einen Kahn."

Krebsdorf kannte Lindts schöne Frau Isabell. Sie war mit Lindt schon in Mürwik zusammen gewesen.

„Alter Angeber", sagte Krebsdorf.

„Ja", sagte Lindt und lachte bis über beide Ohren.

Endlich blieb das Pingen aus.

„Das Gezirpe macht einen wahnsinnig", flüsterte Krebsdorf. „Willst du nicht versuchen auszubrechen?"

„Wir müssen warten, bis sie angreifen. Wir verschwenden nur unseren Strom."

Der Kaleun beugte sich über die Back und schaute nach dem Horcher. Krebsdorf drehte sich ebenfalls zu ihm hin, doch der Horcher schüttelte nur den Kopf und Krebsdorf lehnte sich wieder zurück.

„Blaschke sagt, Darwins Schiff hieß *Beagle*."

„Hmhm", machte Lindt. Er schien Krebsdorfs Worte nicht aufgenommen zu haben und der 2WO beließ es dabei.

„Meinst du, wir kriegen die Milchkuh?", fragte er stattdessen und hatte damit wieder Lindts volle Aufmerksamkeit.

„Bestimmt – der BdU lässt uns hier draußen doch nicht verdursten. Das wird übrigens eng. Hohe Fahrtstufen halten wir nicht mehr lange durch. Er fängt schon an, mir die Ohren vollzuheulen."

Er nickte mit dem Kopf rüber zum schlafenden LI.

„Holzauge, sei wachsam."

„So ist es."

„Deine Orange im Spind wird übrigens auch irgendwann vergammeln", sagte Krebsdorf. „Ich esse die nicht."

Beide lachten sich vergnügt an.

„Doch, wirst du", sagte Lindt.

„Wie machen die das eigentlich auf den Milchkühen mit der Fresserei? So lang wie die draußen rumgondeln."

„Die sind bestens präpariert. Keine Aale an Bord bedeutet mehr Platz für solche Sachen. Die haben riesige Kühlschränke, eine eigene Bordbäckerei, genug Treiböl, um mehr als ein halbes Dutzend Kampfboote aufzupäppeln, und quasi ihre eigene Eisenwarenhandlung für jeden, der da mal so vorbeikommt."

„Das will ich sehen."

„Glaube nicht, dass die dich hinüberlassen."

Durch das Kugelschott kam leise Blaschke gestiegen, blieb im Gang stehen und schaute Lindt an.

„Setz dich, Obersteuermann", sagte Lindt.

Blaschke setzte sich ans Kopfende der Back.

„Reuter achtet jetzt darauf, dass wir weiter geradeaus fahren", sagte er. „Und was ist das hier für eine komische Veranstaltung?"

„Palaver", sagte Lindt. „Kommen nicht, die Brüder. Machen wohl auch Pause."

„Wäre doch Gelegenheit abzuhauen oder nicht?", fragte Blaschke.

Lindt gähnte.

„Zu riskant. Wir brauchen den Strom."

Der Kaleun strahlte Blaschke an.

„Willst du eine Orange? Wir haben noch eine", sagte er.

Blaschke verdrehte die Augen.

„Zu gütig. Ihr seid die besten Freunde, die ich je hatte."

„Ach, Otto, das wissen wir doch."

Blaschke schaute hinüber zum LI.

„Richard ist zu beneiden."

„Der hat Nerven aus Stahl", pflichtete Krebsdorf ihm bei.

„Das auch, aber vor allem muss er euer Gequatsche nicht ertragen."

„Du führst dich ja gut ein. Wie sieht es denn im U-Raum aus?"

„Bunt und lebensfroh. Dazu das Gerassel der Elefantenrüssel hier."

„Klappt das denn?"

„Wieso nicht. Die Leute passen auf. Das klappt schon ganz gut."

„Und Fuhrmann ist noch betäubt?"

„Das ging nicht anders."

„Ist es die Gehirnerschütterung oder dreht er einfach durch?"

Blaschke zuckte die Achseln und verstummte.

„Sein Vater ist ... ein schwieriger Charakter – sagen wir es mal so. Der ist bei uns schon besser dran als zu Hause. Ich will mich um ihn kümmern, wenn das geht. Besser, ihr sprecht den nie auf seinen Alten an. Der ist von seinem Vater am gesunden Wachsen gehindert worden. Der Vater hat ihn regelrecht versaut – nicht nur für den Frontdienst, sondern für das gesamte Leben. Der Mensch kann einem leidtun – ein Bauernsohn. Und sein Vater hatte ihn oft verprügelt im Suff, das miese Schwein, auch den Achtzehnjährigen noch. Das hat Fuhrmann mir ganz von selbst erzählt in Brest und wenn wir zurück sind, dann werde ich den Herren mal aufsuchen und ihm erzählen, was sein Sohn leistet für das Deutsche Reich und dann werde ich ihm sagen, sollte er noch einmal die Einsatzfähigkeit seines Sohnes für die Flottille gefährden, wird er die Konsequenzen zu spüren bekommen. Mit solchen Leuten muss man nur richtig reden. So, da wisst ihr das auch. Und kein Wort zu den anderen darüber. Wenn er selber darüber spricht, ist das seine Sache."

„Scheiß Thema", sagte Krebsdorf. „Weißt du nichts Witziges zu erzählen?"

„Was Witziges?", fragte Lindt und blickte sich nach allen Seiten hin um, als wollte er damit die Situation ausstellen, in der sie sich befanden. „Jetzt gerade nicht, nein."

„Die haben schon einiges abgeworfen. Das ist halbwegs witzig", sagte Blaschke.
Lindt hob den Finger.
„Anton sagt, die haben irgendetwas Neues. Einige Male klang das Eintauchen der Bomben ganz anders als sonst. Sowas hat er noch nie gehört, sagt er. Er kann sich auch noch keinen Reim darauf machen."
„Na, prima", sagte Krebsdorf. „Wie denn anders?"
„Na ja, eben anders. Leiser."
„Leiser?"
„Ja."
Krebsdorf erhob sich von der Koje, nahm einen Klappstuhl aus der Ecke, baute ihn auf und setzte sich mit an die Back.
„Leiser heißt kleiner, oder?", fragte er.
„Wahrscheinlich."
Ein Ping ließ die drei Männer zusammenzucken.
„Diese Arschlöcher. Was soll das denn jetzt wieder sein?"
„Besser, Anton findet ganz schnell heraus, was das ist."
„Wie soll er das denn herausfinden?"
„Leiser ... kann man es überhören?"
Lindt zuckte die Achseln.
„Weiß er auch noch nicht. Wie denn? Das müssen wir rausgeben, sobald wir können."
„Ja. Und solange würde ich vorschlagen, vor den kleineren Bomben erstmal keine größere Angst zu haben als vor den größeren. Oder?"
„Das Problem ist ... scheint es ... es scheint ein Massenwurf zu sein."
„Massenwurf? Was heißt denn Masse?"
„Masse heißt viele!"
Krebsdorf legte die Hände auf die Back.
„Das gefällt mir gar nicht", sagte er.
„Wir schaffen das schon", sagte Lindt. „Wisst ihr noch, Freunde? Höher ... "
„Schneller", sagte Krebsdorf.
„Weiter", sagte Blaschke. „Oder in unserem Fall: Tiefer, langsamer, kürzertreten."
„Du bist so lustig, Blaschke. Dein Defätismus hat mir echt gefehlt", sagte Krebsdorf.

„Nachts wird es leichter", sagte Lindt. „Irgendwann werden die ja auch mal müde. Es wird für sie dann auch schwieriger, sich zu koordinieren."

Krebsdorf schaute Blaschke eindringlich an, so als wollte er sagen: Siehst du, Blaschke.

„Wann wird es dunkel, Otto?"

Blaschke schaute auf seine stets präzise nachgestellte Armbanduhr.

„In fünf bis sechs Stunden."

„Komisch, dass sie nicht einfach wild drauflos bomben wie früher. Sie haben wohl doch gelernt von den Tommys. Jetzt wollen sie uns aushungern. Strom oder Luft ist denen ja egal. Moralisch aushungern wollen sie uns auch. Dafür braucht es noch die Bomben und dafür ist jede Bombe gut – groß oder klein, getroffen oder nicht. Moralische Aushungermunition."

„Philosophendampfer", sagte Krebsdorf.

Der Horcher steckte den Kopf aus dem Schapp.

„Herr Kaleun!"

Blaschke stand auf und ließ den Kommandanten passieren. Lindt hockte sich neben den Horcher und setzte sich den Kopfhörer auf und Blaschke schaute Krebsdorf an und der verstaute schon den Klappstuhl wieder in seiner Ecke. Dann blickten beide auf Lindts Rücken und in das Gesicht des Horchers. Aus dem Bugraum drangen Geräusche – vorsichtig und tastend. Krebsdorf drehte sich um und legte sich den Finger über den Mund, dann beugte er sich über die Back und stieß den LI an, der die Augen aufschlug, sich das Wachs aus dem Ohr nahm und hinter der Back hervorkam. Lindt wandte sich über die Schulter zu ihnen um.

„Sie kommen wieder", flüsterte er.

Die beiden Offiziere und der Obersteuermann schlichen an Lindt vorüber und stiegen nacheinander durch den Schottring zurück in die Zentrale. Am Steuerstand warteten Reuter und Weber.

„Sie kommen wieder", sagte Krebsdorf.

Eine schöne Plauderrunde war das, dachte Blaschke, als er wieder über seine Karte gebeugt stand. *Als ob die uns nicht jederzeit hätten erledigen können. Jeder weiß, dass die U-Jäger Sneak Attacks fahren – Schleichangriffe aus dem tauben Rückraum des Bootes, mit ganz geringer Fahrtstufe, bis sie direkt über dem Boot sind und dann volle Kraft voraus und die Bomben einfach nur noch die Rampe runter rollen lassen auf die armen Schweine da unten – auf uns. Und was sollen diese neuen kleinen Bomben sein? Was denken die sich denn noch alles aus, um uns zu ersäufen? Ja, sie kommen. Da kommen sie.* Er hörte die Schrauben an Backbord achteraus und sie wurden rasch lauter.

„Hart Backbord", sagte Lindt direkt neben ihm. „Backbordmaschine halbe Fahrt zurück, Steuerbordmaschine große Fahrt voraus. Zehn Meter tiefer!"

Jetzt krallte Blaschke wieder die Angst. Sie packte ihn derb und körperlich im Nacken, als Angstkrampf, der sich den Rücken hinunterschob und seinen gesamten Körper erfasste und sein ganzer Geist schien Körper und Angst und Angstkrampf zu werden: Eine Implosion der Angst. Er hatte, als er beschlossen hatte, Seemann zu werden und auch später dann in Mürwik nie so recht darüber nachgedacht, aber es war unleugbar wahr: Er hatte eine grauenhafte Angst davor zu ertrinken.

Die Schrauben kamen näher und jetzt krochen sie schon seinen Rücken hinab und hinunter bis an das Ende der Wirbelsäule, die sich in einer vergeblichen Bemühung der Abwehr einkrümmte, und Blaschke umfasste mit dem linken Arm das Echolotgerät und mit dem rechten Arm ein Rohr, das hinter dem Kartenpult verlief, und sein Kopf war so dicht über der Tischplatte, dass sie ihm die Nase gebrochen hätte, wenn er nicht im letzten Moment sein Gesicht auf die Seite gedreht und in Sicherheit gebracht hätte, denn die erste Bombe schlug seinen Wangenknochen direkt auf das Pult und war Lärm und Schmerz in einem.

„Werft nur eure kleinen Bomben!", rief Lindt und die Flurplatten klirrten und schepperten. *Ba-Wah-Raunnnns* explodierte eine besonders große – schwerer Koffer für die Reise ins Elysium – und tötete etwa tausend Fische gleichzeitig. *Wamm-Wamm-Wamm – Wamm-Wamm-Wamm!*

Ich bin der Tod und ich bin laut und ich mache, dass du Schmerzen hören kannst – *Wamm-Wamm!* Da kullerte der 1WO Weber wie ein Igel durch den Raum und schlug sich am Flut- und Lenzverteiler den Kopf auf. *Wamm-Rawabamm* öffnete der nächste Schlag die Zentrale für die einbrechende See, die in breitem Strahl und durchscheinendem Grün hereinschoss.

„Wassereinbruch!", schrie der Zentralemaat und taumelte angstvoll rückwärts.

Ich bin es, der Tod, und ich bin hier – mitten unter euch – Wer hat keine Angst vor mir? Den hole ich mir zuerst!
„Beide AK! Zehn drüber! Ruder mittschiffs!", schrie Lindt auf dem Rücken liegend.
„Wassereinbruch über Dieselabgasklappe!"
„Wassereinbruch E-Maschinenraum!"
„Wassereinbruch Bugtorpedoraum!"
„Lenzen! Sofort lenzen!", schrie Lindt.

Nur mein wart ihr von Anbeginn, denn ich bin der Tod und jedes Leben ist mein von Anbeginn und ihr habt die Ewigkeit noch nicht gekostet. Im Bugraum stürzte eine der schweren Ladeschienen von der Decke und krachte auf die Planken, von denen zwei splitternd durchrissen wurden. Vom Bodenverschluss des Rohres Drei sprengte das Wasser trichterförmig hervor, was direkt kunstvoll und gut aussah, bis ein Mann herantrat und die schöne flüssige Form zerstörte und jetzt wurde das Licht irrsinnig hell, überdrehtes und überspanntes Weiß, das bis in den letzten Winkel fiel, und dann platzten alle Birnen im Bugraum gleichzeitig und die panischen Schreie der Männer im Dunkeln waren Geräusche aus der Hölle.

Ich bin der Tod und ich mache, dass du reust dein Leben. Vom Turm riss die Bordsprechanlage ab, schrie kurz „Hallo!" und knallte neben Blaschke in die Wand. Die E-Maschinen rannten mit hohem Fiepen hinter den Männern davon. *Wiiieeeeee!*
Auf dem Schachbrett, das noch im Heckraum stand, endete die letzte Partie unentschieden. Wir sind schachmatt, seufzten beide Könige übereinstimmend und fielen um. Ein Eishauch wehte durch das Boot und in die noch nicht bis zum Ende gelesenen Bücher der Besatzung druckte sich die Zeile *Und hier ist nun leider schon Schluss* ein.

Ich bin der Tod und ich mache, dass du vor mir niederkniest. Eine elektrische Schalttafel in der Zentrale explodierte mit weißem Dampf, schleuderte einen Zentralegast von sich weg und wurde gleich unter Zischen vom hereinbrechenden Wasser gelöscht, gegen das sich der Zentralemaat jetzt mit aller Macht anstemmte.
„Werkzeug und Keile her!", schrie er.

Durch die Lichtkegel der Taschenlampen im gesamten Boot eilten nun Besatzungsmitglieder mit Traglasten in beide Richtungen, nebeneinander und übereinander wie Ameisen, um den bedrohten Staat am Leben zu halten. In der Zentrale stand der LI und fuhrwerkte mit beiden Armen wie ein Dirigent. So fertigte er einen Maat nach dem anderen mit Aufgaben und Anweisungen ab, nahm Meldungen entgegen, gab sie als Anweisung an den nächsten Maat weiter und brüllte sich heißer, wenn ihn einer im allgemeinen Krach nicht gleich verstand.

„Auf einhundertundfünfzig Meter gehen! Beide Maschinen große Fahrt voraus! Ruder zehn Grad Steuerbord auf einhundertundsechzig Grad gehen!", rief der Kaleun Krebsdorf am Steuerstand zu, der die Lücke gefüllt hatte, als Weber sich den Kopf angeschlagen hatte. Zwei Meter lange Leckwehrbalken wurden aus dem Bugraum durch die Zentrale nach achtern geschleppt.

„Wahrschau, verschwinde, achtern säuft uns alles ab!", schrie einer der Maate einen Gefreiten aus dem Weg, der mit einem Satz in Fuhrmanns Koje sprang, um Platz zu machen.

„Alfi, wir kommen!"

„Schneller! Die E-Maschine säuft ab! Schneller!"

Unterdessen hatten die Lenzpumpen bereits damit begonnen, das eindringende Seewasser gegen den Außendruck so gut es ging wieder außenbords zu schaffen. Es begann das Rennen der Pumpen und Männer gegen die Wassereinbrüche.

„Macht schneller, dann schaffen wir es!"

„Wir schaffen es nicht!"

„Halt die Fresse!"

Wüster Lärm brach in allen Abteilungen aus, als sich die Besatzung mit ihren Fähigkeiten und ihrem Werkzeug den Schäden entgegenstellte.

„Wassereinbrüche im Bugraum gestoppt", rief der Mulatte dem LI zu, als er an ihm vorbei nach achtern hetzte.

Ich bin der Tod und ich mache, dass du die Liebe verrätst und gestehst, dass ich deine letzte Hoffnung bin. Hammerschläge krachten im Heckraum. Rudi Scholz bearbeitete das Leck am Torpedorohr Fünf mit verbissener Ausdauer und von der Bordwand spritzte noch immer an mehreren Stellen Wasser bogenförmig in den Raum. Bis an die Knöchel darin kauernd sägten Alfi und der Mulatte die Balken zurecht.

„Vielleicht schaffen wir es ja wirklich!"

„Natürlich schaffen wir es!", rief Alfi grell und sägte wie ein Irrer in rasendem Tempo den Balken durch, den der Mulatte fest fixiert hielt.

„Los den Nächsten! Setz dich drauf, Janosch! Ich hole noch einen."

Und damit sprintete der Mulatte zwischen den Dieseln wieder nach vorn. „Schafft die Pützen nach achtern!", rief er im U-Raum einigen Gefreiten zu, die sich in die Kojen verzogen hatten, um nicht im Weg zu stehen.

Über dem Boot rannte mit AK ein Zerstörer dahin und seine Schrauben schaufelten die Furcht auf die Männer herab. Dann detonierte Steuerbord achteraus noch einmal mit Wucht eine Serie von Bomben. Ihrem Lärm entwuchsen die nächsten Schraubengeräusche und wurden schnell lauter, während sie wie durch Zauber bewegt von Steuerbord über das Heck auf Backbord wechselten durch den irren Ausweichkurs, den das Boot nun einschlug. Das zweite Kriegsschiff sprintete vorüber und ihm folgten wieder die Bomben mit Dröhnen und Krawall, Tullus und Brimborium zum Zersetzen der Nerven und Knacken der Bootshülle.

„Wirft Wabos!", rief der Horcher.

Lindt sprang auf und in die Zentrale.

„AK! Hart Steuerbord! Sofort auf zweihundertundzwanzig Meter gehen!"

Das Gebälk ächzte krachend los und ein hohler metallischer Schlag ließ das ganze Boot erzittern, als es vorn überkippte und auf Tiefe ging. Der LI stellte den linken Fuß auf den Schemel des linken Tiefenrudergängers und krallte sich mit der Hand an der Schulter des rechten fest, um nicht nach vorn und gegen den Maschinentelegrafen wegzurutschen.

„Langsam", sagte er erschrocken. „Zweihundert Meter. Hinten aufkommen, los doch."

Er schlug dem Rudergänger die flache Hand auf die Schulter und krallte sich dann wieder fest. Blaschkes Augen flüchteten im Raum umher und sahen Weber bei der Leiter zum Turm in der Nähe des Zentralemaats. Am Sehrohrschaft klammerte der Kommandant und direkt neben sich entdeckte Blaschke den 2WO, der sich zwischen Kartenpult und der Trennwand zum Kommandantenschapp in die Ecke geklemmt hatte in Erwartung der Bomben.

„Zweihundertundzehn – zweihundertundzwanzig – zweihundertund..."

Wamm-Wamm-Wamm – Wamm-Wamm-Wamm!
Der infernalische Bombenlärm platzte dazwischen und ermordete jeden Gedanken. Dicht über dem Boot explodierten die Sprengkörper und drückten es in die Tiefe.
„Zweihundertundvierzig Meter!", schrie der LI.
Bolzen schossen durch die Hülle.
„Gegenruder! Zwanzig Meter höher, LI!"
Wie Hammerschläge auf einen Amboss krachten die Bomben von oben auf das Boot herab und drückten es immer tiefer.
„Zelle 2 anblasen!"
Pressluft zischte wie ein böses Tier.
Unter dem Druck der Tiefe ächzte der Stahl gequält auf. *Wamm-Wamm-Wamm!* Mit lautem Boink knallte etwas von außen gegen den Rumpf des Bootes und die Männer drehten sich entsetzt hin. *WAMM!* Die gesamte Zentralebesatzung wurde mit einem Hieb von den Füßen gefegt und fiel übereinander. Die Tiefenrudergänger stürzten von ihren Schemeln. *Wamm-Wamm-Wamm!*
„Höher, LI, höher und schnell!"
Knalle ringsum, über und unter dem Boot. Die Schläge krachten in das Rauschen des zusammenstürzenden Wassers ihrer Vorgängerbomben. Detonation auf Detonation. Fünfmal so laut wie an der Luft.
„Hart Backbord! Dreimal Wahnsinnige!"
Das Boot zitterte und schwankte, bäumte sich dann auf wie ein Pferd und Krebsdorf stürzte Blaschke entgegen, der ihn auffing. Kisten rutschten durch den Raum, die Seekarte löste sich vom Pult wie ein fliegender Teppich und durch das Kugelschott aus der O-Messe kam ein Buch geflogen: *Frühblüher im Mai*.
Jetzt warfen die U-Jäger, was sie hatten, und der Bombenlärm drehte sich wie Schrauben in die Ohren der Besatzung, die dann wieder herausgerissen wurden, um das zerstörerische Werk an Gehör und Verstand zu vollenden. Sie bombten, als ginge es darum, so schnell wie möglich die Arsenale zu leeren, und mit unheimlichem Krach und Tempo verpulverten die Amerikaner ein Vermögen, um dieses U-Boot zu töten. In der O-Messe stürzte ein Schrank ein, fiel auf die Back und verteilte seinen Inhalt aus zerbrechendem Porzellan mit Krawall auf den Flurplatten und die Scherben rutschten ratternd über das Tränenmuster in den Funkraum, wo sie gleich darauf von schweren Seestiefeln zu Staub zertreten wurden.

Von der Decke der Kombüse riss ein Kabelstrang und schwang funkensprühend durch den Raum und Schnitte hechtete knapp vor ihm davon in Deckung. Dann stürzten zwei Körbe voller Brot um und begruben den Smut unter sich. Mit lautem Fluchen erhob er sich und begann, vorsichtig gebückt unter dem Kabelstrang, die verstreuten Brote zusammenzutragen. Durch die geöffnete Schotttür beobachtete ihn dabei der Obermaschinist aus dem Dieselraum mit Entsetzen im Gesicht. Auf dem Boden kroch der Smut umher und sammelte alles wieder auf. Neben seinem Kopf hing der gekappte und schwingende, baumelnde Kabelstrang.

„Scheißdreck hier!", blaffte Schnitte den Obermaschinisten an.

In schneller Folge explodierten sechs Bomben wie ein Froschknaller und der Kaleun stand in der Zentrale und lauschte ihnen nach.

„Ruder mittschiffs. Bold ausstoßen. Beide AK!"

Der Täuschkörper verließ über den Pillenwerfer das Boot und mischte sich in die aufgewühlte See. Lindt lauerte beim Sehrohr und spähte zur Decke. Dabei fiel ihm die weiße Kommandantenmütze vom Kopf.

Ich bin der Tod und ich bin unter euch verängstigten Kindern der einzige Erwachsene. Ich mache, dass die Atome einander loslassen und auseinandertreiben. Ein schrecklicher Hieb traf den Bug und das Boot kippte vorne über und begann wegzusacken. In seiner Koje hielt sich Kiebig die Ohren zu und schrie gegen die Schmerzen an. *This is an American nightmare especially for you.* Ich bin der Tod, gleich hier, gleich da und ich bin ewig. Mein Geschäft seid ihr. Tretet ein. In die Lücken, die die Bomben ließen, drangen vom aufgewühlten Wasser zerhackte und zerfetzte Pings wie Nadelstiche. Dann neue Schrauben, die sichere Ankündigung erneuter Lärmfolter, Bomben, Pings – aus den Nadeln wurden Speere und immer weiter ohne Raum und Zeit in ein Reich der Qual und nie gekannter Pein. Mit zitternden Händen griff der junge Mann nach dem Nietzsche im Wandschrank seiner Koje, während der Mulatte und Reuter einen Leckwehrbalken an ihm vorbei von achtern zurück nach vorne schleppten. Die unsterblichen Worte begannen vor Kiebigs Augen zu tanzen, zu tanzen im Lärm und Elend, und er spürte den Trost, der in ihnen lag, jetzt da der Tod so nah war, stärker als je zuvor. Anton Kiebig wurde seltsam ruhig und griff noch einmal in den Schrank nach den Wachspfropfen und versah sorgfältig beide

Ohren mit ihnen, dann schluckte er das stinkende Mundstück seiner Kalipatrone zwischen die Zähne, setzte den Klemmer auf der Nase fest, drehte sich vom Gang weg hin zur Bordwand und, während die Feuchtigkeit langsam von unten in die Matratze seiner Koje drang, begann er das Buch noch einmal ganz von vorn zu lesen.

Ausklang – Der Ruf des Zaunkönigs

Wie unglücklich wir gewesen sind, werden vielleicht erst in einhundert Jahren die Dichter und Weisen begreifen.

Siegt Hitler, so ist es unser sicheres Ende, aber es ist auch das Ende eines Deutschlands, das wir lieben und das wahrhaft verehrungswürdig ist. Verliert Hitler, so ist es das Ende Deutschlands und unser eigenes Ende, weil wir uns nicht von Hitler befreien konnten und weil die Welt keinen Unterschied machen wird in der Begleichung jener ungeheuren Schuld, die nach Sühne schreit.

Siegen wir in unserem politischen Kampf gegen Hitler, so wird Hitler zugrunde gehen, aber auch wir gehen mit zugrunde, denn man wird uns nicht glauben. Für jeden unserer Gegner, ob unter de Gaulle, unter Tito, ob in Norwegen, ob im besetzten Russland, steht am Ende des unterirdischen Kampfes der nationale Sieg. Was wir aber tun, was wir aber tun müssen und immer tun werden, muss mit der Selbstvernichtung beginnen. Das wird der normale General niemals begreifen und deshalb werden wir, noch vor unserem Siege gegen Hitler, von aller Welt verlassen zugrunde gehen.

– Wilhelm Canaris

Impressum

Eine Veröffentlichung der EK-2 Publishing GmbH
Friedensstraße 12
47228 Duisburg
Registergericht: Duisburg
Handelsregisternummer: HRB 30321
Geschäftsführerin: Monika Münstermann

E-Mail: info@ek2-publishing.com
Website: www.ek2-publishing.com

Alle Rechte vorbehalten
Cover/Umschlag: Kayla Pelgrim
Autor: Stefan Bursche
Lektorat & Buchsatz: Jill Marc Münstermann
2. Auflage, Juni 2024

Jetzt mehr U-Boot-Spannung entdecken!

Auch als Hörbuch erhältlich!

Manufactured by Amazon.ca
Acheson, AB